Dakik

JOHN SANDFORD

John Sandford est le pseudonyme d'un journaliste américain lauréat du prix Pulitzer de la presse écrite. Auteur d'une dizaine de romans, son nom est attaché à celui de son héros Lucas Davenport, dont il a fait l'un des officiers de police les plus originaux du thriller américain. Les aventures de son célèbre personnage sont retracées dans une série de romans, parmi lesquels *La proie de l'ombre* (1995), *La proie de la nuit* (1996), *La proie de l'esprit* (1998), *La proie de l'instant* (1999), *La proie secrète* (2000), et plus récemment *Une proie certaine* (2001), thrillers qui gagnent un public toujours plus nombreux.

UNE PROIE CERTAINE

DU MÊME AUTEUR

CHEZ POCKET

LA PROIE DE L'OMBRE
LA PROIE DE LA NUIT
LA PROIE DE L'INSTANT
LA PROIE SECRÈTE

JOHN SANDFORD

UNE PROIE CERTAINE

Traduit de l'américain
par Julie Sibony

BELFOND

Titre original :
CERTAIN PREY
publié par G.P. Putnam's Sons, New York.

ISBN 2-266-12927-9

Pour Tom et Rozanne Anderson

1

Clara Rinker.

Le premier des trois jours les plus funestes dans la vie de Barbara Allen fut celui où Clara Rinker se fit violer derrière le Zanadu, un bar à strip-tease de Saint Louis, situé dans la banlieue ouest de la ville, dans un quartier miteux de hangars d'autobus, d'entrepôts et d'usines de montage. Le Zanadu, comme le proclamait son enseigne jaune métallisé sur le bord de la nationale, était *Cool, Cool, Cool*. Il n'en allait pas de même pour Clara Rinker, contrairement à l'idée que s'en faisaient les clients du bar.

Rinker s'était fait violer à l'âge de seize ans. C'était une jeune fille sportive, pas très grande. Elle avait fui la région des Ozark pour devenir danseuse. Sa teinture blonde laissait voir des racines noires, et ses petites robes en coton léger, des robes décolletées à pois rouges qu'elle achetait chez Kmart, mettaient en valeur ses formes féminines. Des formes qui ne manquaient pas d'attirer l'attention des fermiers, des camionneurs et de tous les types qui rêvaient de Nashville.

Rinker avait pris un boulot de stripteaseuse parce qu'elle avait le physique pour. C'était soit ça, soit vendre son corps pour de l'argent ou bien crever de faim. Le viol avait eu lieu à deux heures du matin, par une délicieuse nuit d'avril, une de ces nuits où les parents laissent les gosses du Midwest jouer dehors, où les cigales fredonnent depuis leur cachette dans l'écorce des ormes. Rinker avait fait la fermeture, ce soir-là ; elle était la dernière danseuse à passer.

Quatre hommes étaient encore en train de boire quand elle termina son numéro. Trois d'entre eux étaient des routiers au long cours avec des mines patibulaires, qui n'avaient d'autre endroit où dormir que leur minuscule couchette dans leurs Kenworth, Freightliner et Peterbilt respectifs ; le quatrième était un Norvégien trafiquant d'animaux exotiques qui noyait dans l'alcool la déception de sa dernière mésaventure, au cours de laquelle il avait perdu une caisse de boas constricteurs et l'équivalent de trente-six mille dollars en oiseaux tropicaux clandestins.

Un cinquième homme, un certain Dale Machin-Chose, sorte de gorille aux épaules tombantes, était sorti du bar au milieu du dernier numéro de Rinker. Il avait laissé derrière lui douze billets d'un dollar chiffonnés en boule et deux auréoles de sueur à l'endroit où ses avant-bras s'étaient posés sur le zinc. Rinker avait remonté le comptoir en s'arrêtant dix secondes devant chaque client pour ce qu'on appelait le « coup de grâce ». Elle avait commencé par Dale Machin-Chose, et il s'était levé pour partir dès qu'elle était passée au suivant. Ayant terminé, Rinker sauta au bout du comptoir et se dirigea vers l'arrière-salle pour remettre ses vêtements de ville.

Quelques minutes plus tard, Rick, le barman, un catcheur de l'université du Missouri, frappa à la porte de la loge et demanda :

« Clara ? Tu voudras bien fermer derrière ?

— D'accord », répondit-elle en enfilant un petit haut moulant à bouclettes roses et en se tortillant pour l'ajuster sur sa poitrine.

Rick respectait l'intimité des danseuses, ce qu'elles appréciaient toutes ; c'était d'ailleurs purement symbolique, vu qu'il travaillait derrière le bar et qu'il passait donc la moitié de la nuit le nez collé contre leurs fesses…

Mais en tout cas, il respectait leur intimité.

Une fois rhabillée, Rinker éteignit les lumières de la loge, fit un tour dans les toilettes des femmes pour vérifier qu'elles étaient vides, ce qui était toujours le cas, puis dans celles des hommes, où il n'y avait personne non plus ; rien que cette odeur indélébile d'urine et de bière. Arrivée à la porte du fond, elle éteignit la lumière du couloir, ouvrit le verrou et sortit dans l'air tiède de la nuit. Elle tira la porte derrière elle, entendit le verrou claquer, secoua la poignée pour s'assurer que c'était bien fermé et se dirigea vers sa voiture.

Une fourgonnette Dodge à moitié rouillée croupissait sur le parking pas loin de sa voiture. Une caravane en alu cabossée était accrochée à l'arrière, avec des rideaux coincés dans les fenêtres. Régulièrement, des types qui avaient trop bu finissaient par passer la nuit dans leur voiture, ce n'était donc pas la première fois que ça arrivait. Rinker eut pourtant un mauvais pressentiment en voyant la caravane. Elle faillit faire demi-tour pour voir si elle pouvait rattraper Rick avant qu'il soit parti.

Mais elle faillit seulement. C'était trop loin, elle s'inquiétait sans doute pour rien, et Rick avait sûrement autre chose à faire ; de toute façon, la lumière dans la caravane était éteinte, aucun signe de vie…

Dale Machin-Chose était caché derrière la fourgonnette, accroupi sur le gravier, le dos appuyé contre la portière côté conducteur. Il attendait depuis plus de vingt minutes en suçant des pastilles de menthe et en pensant à elle avec une impatience croissante. Quelque part dans un recoin brumeux de son esprit, les pastilles de menthe étaient une concession aux bonnes manières et à la galanterie. Il les prenait pour lui être agréable.

Lorsqu'il entendit la porte du bar se refermer, il se redressa légèrement, jeta un œil à travers la vitre de la Dodge et la vit s'approcher : elle était seule. Alors il continua à attendre, accroupi. Il avait une carrure massive et il en était fier, même si c'était surtout de la graisse qui l'enveloppait.

Et en plus il était rapide : Rinker n'avait pas la moindre chance.

Quand elle passa devant la fourgonnette, en faisant tinter ses clés dans le creux de sa main, il surgit de l'ombre et se jeta sur elle comme un rugbyman. L'impact lui coupa le souffle ; elle se retrouva allongée sous lui, suffoquant, le gravier lui meurtrissant les épaules. Il la retourna comme une crêpe en lui tordant les bras dans le dos, puis agrippa ses deux maigres poignets d'une main et sa nuque de l'autre.

« Tu cries, et je te tords le cou, pigé ? » lui murmura-t-il dans l'oreille avec son haleine mentholée.

Et elle pigea tout de suite parce qu'il lui était déjà arrivé la même chose avec son beau-père : elle avait crié, et il avait bel et bien failli lui tordre le cou. Au lieu de crier, Rinker se débattit violemment, crachant, donnant des coups de pied dans le vide, se secouant dans tous les sens pour essayer de se dégager. Mais la main de Dale Machin-Chose était comme un étau autour de son cou. Il la traîna jusqu'à la caravane, ouvrit la portière latérale, la poussa à l'intérieur, lui arracha son pantalon et fit ses petites affaires dans la lumière jaunâtre et vacillante du plafonnier.

Quand il eut terminé, il la jeta dehors en lui crachant dessus et lui aboya : « Espèce de salope, si tu racontes ça, t'es morte ! » Et c'est surtout de ça qu'elle se souvint après : elle, allongée à moitié nue sur le gravier pendant qu'il lui crachait dessus ; ça, et les grosses fesses molles et poilues.

Rinker ne prévint pas les flics, parce qu'elle y aurait laissé son boulot. Et, connaissant les flics, ils l'auraient sans doute renvoyée chez elle, tout droit dans les bras de son beau-père. Alors elle raconta le viol aux patrons du Zanadu. Les frères Ernie et Ron Battaglia étaient doublement inquiets, pour Rinker et pour leur licence. Un crime sexuel sur le parking n'était pas une bonne publicité pour un bar à strip-tease.

« La vache ! s'exclama Ron quand Rinker eut fini son récit. C'est horrible, Clara. Tu n'es pas blessée, au moins ? Tu devrais aller te faire examiner, tu sais. »

Ernie sortit une liasse de billets de sa poche, en tira deux coupures de cent, réfléchit un instant avant d'en ajouter une troisième et fourra le tout dans le décolleté de Clara.

« Va voir un docteur, petite. »

Elle acquiesça en silence, puis dit :

« Vous savez, je ne veux pas aller voir les flics, mais ce salaud devrait payer pour ce qu'il a fait.

— On s'en charge, promit Ernie.

— Non, déclara Rinker. Laissez-moi faire.

— Qu'est-ce que tu vas faire ? demanda Ron en fronçant les sourcils.

— Débrouillez-vous pour me l'amener jusque dans la cave. Je l'ai entendu dire qu'il était couvreur, un jour. Il a besoin de ses mains pour travailler. Je vais prendre une bonne batte de base-ball et lui péter un bras. »

Ron jeta un coup d'œil à Ernie, qui se tourna vers Rinker et dit :

« Ça me paraît honnête. La prochaine fois qu'il vient, d'accord ? »

En réalité, ils ne firent rien la première fois qu'il revint, c'est-à-dire une semaine après. Il avait l'air nerveux, le regard fuyant, comme s'il sentait qu'il n'était pas tout à fait le bienvenu. Rinker refusa de travailler pendant que Dale Machin-Chose était au bar, mais quand elle finit par coincer Ernie dans la cuisine, il lui expliqua que, bon sang, c'était pile la période des impôts et que ni lui ni Ron n'avaient l'énergie nécessaire pour une épreuve de ce genre.

Rinker continua à les harceler et, la deuxième fois que Dale Machin-Chose se montra au bar, à savoir deux jours après la date limite de paiement des impôts, les deux frères étaient d'humeur bagarreuse. Ils lui offrirent des verres et des cacahuètes aux frais de la maison, et le firent parler jusqu'à l'heure de la fermeture. Rick, le barman, s'arrangea pour mettre dehors le seul client qui restait et partit lui-même sans poser de questions ; il savait que quelque chose se tramait.

Ron fit alors le tour du comptoir et, pendant qu'Ernie attirait l'attention de Dale Machin Chose vers l'autre côté, il lui décocha une droite bien envoyée qui le fit décoller de son tabouret. Ron se jeta sur lui, le plaqua au sol, puis Ernie accourut de derrière le bar et l'immobilisa grâce à une prise de catch professionnel. Ensemble, ils le traînèrent jusqu'à la cave.

Le temps que Rinker les rejoigne, Dale était de nouveau sur pied et parfaitement conscient. Rinker avait apporté sa batte de base-ball en aluminium ; ou plutôt, sa batte de T-ball, beaucoup plus maniable pour une femme de sa taille.

« Je vous préviens, bande de salauds, je vais porter plainte et vous allez y laisser votre chemise, marmonna Dale, tandis qu'un gargouillis de sang s'échappait de sa lèvre fendue. Mon avocat est déjà en train de se frotter les mains, à l'heure qu'il est, espèces de…

— Ta gueule, connard, tu vas rien faire du tout ! aboya Ron. T'as violé cette gosse.

— Qu'est-ce que tu veux faire, Clara ? » demanda Ernie. Il se tenait debout derrière Dale, les bras passés sous ses aisselles et les mains jointes derrière sa nuque. « Tu préfères un bras ou une jambe ? »

Rinker était pile en face de Dale Machin-Chose, qui lui lança un regard noir.

« Je vais…, commença-t-il.

— Et merde ! » interrompit Rinker en levant sa batte en l'air avant de la rabattre violemment sur le crâne de Dale.

Ça sonna creux ; on aurait dit que quelqu'un venait de marcher sur une coque de noix. Pris de court, Ernie lâcha prise et Dale Machin-Chose s'affaissa sur le sol comme un énorme bloc de gelée anglaise.

« La vache », murmura Ron en se signant.

Alors qu'Ernie tâtait le corps du bout de sa bottine, Dale Machin-Chose laissa échapper une bulle de sang.

« Il n'est pas mort », fit observer Ernie.

La batte de Rinker prit de nouveau son élan et frappa Dale sur la tempe gauche, juste derrière l'oreille. Elle avait de la force dans les bras ; pendant des années, son beau-père lui avait fait couper le bois pour la chaudière.

« Avec ça, ça devrait être bon, conclut-elle.

— Ouaip », confirma Ernie en hochant la tête.

Ils se regardèrent tous les trois dans la lumière blafarde de l'ampoule nue, et Ron dit à Rinker :

« C'est la merde, Clara. Comment tu te sens ? »

Clara observa un instant le corps de Dale Machin-Chose, le petit cercle de sang noirci autour de ses lèvres épaisses, et répondit :

« C'était une ordure.

— Mais ça ne te fait rien ? insista Ernie.

— Non, rien. »

Elle avait les lèvres pincées.

Au bout d'un moment, Ron leva la tête vers l'étroit escalier de bois qui remontait de la cave et observa :

« Ça va pas être de la tarte pour le sortir d'ici.

— Ouais, acquiesça Ernie. On aurait dû le prévenir que, chez nous, tout se paye. »

Dale Machin-Chose finit dans les eaux du Mississippi, tandis que son camion était abandonné à Granite City, de l'autre côté du fleuve. Deux jours après, il avait disparu. Personne ne s'inquiéta jamais du sort de Dale, et Rinker reprit ses strip-teases. Quelques semaines plus tard, Ernie lui demanda d'aller s'asseoir avec un homme d'un certain âge qui était venu boire une bière. Comme Rinker faisait la grimace, Ernie ajouta :

« Ne t'inquiète pas, tu n'auras rien à faire. »

Elle commanda une Bud et alla s'asseoir à la table du type, qui lui expliqua qu'il était le frère du mari de la tante d'Ernie. Il connaissait l'histoire de Dale Machin-Chose.

« Vous n'avez toujours pas de remords ? lui demanda-t-il.

— Non, répondit Clara entre deux gorgées de Budweiser. Mais par contre, ça m'énerve un peu qu'Ernie vous en ait parlé. »

Le type sourit. Il avait de grandes dents très blanches, des yeux noirs et de longs cils presque féminins. Rinker pensa qu'il était sans doute encore capable de donner du bon temps à une fille, bien qu'il eût la quarantaine bien tassée.

« Vous savez vous servir d'un pistolet ? » demanda-t-il.

C'est ainsi que Rinker devint tueur à gages. Elle n'avait rien de spectaculaire, aucun point commun avec les meurtriers qu'on voit au cinéma. Elle se contentait de faire son travail, discrète et efficace, en choisissant parmi toute une gamme de pistolets à silencieux, la plupart du temps des calibres 22. Ses meurtres soigneux, à bout portant, devinrent sa marque de fabrique.

Rinker ne s'était jamais considérée comme quelqu'un de stupide, mais simplement comme quelqu'un à qui l'on n'avait pas encore donné sa chance. Quand elle se mit à toucher de l'argent pour ses crimes, elle comprit immédiatement qu'elle ne saurait pas le gérer toute seule. Aussi décida-t-elle de s'inscrire à l'École intercontinentale de commerce pour prendre des cours de comptabilité et de création d'entreprise. À l'âge de vingt ans, comme elle commençait à se faire trop vieille pour le strip-tease, elle trouva un boulot dans un entrepôt d'alcool clandestin géré par la mafia. Et, quand elle eut vingt-quatre ans, elle en connaissait assez sur le métier pour s'acheter, à Wichita, dans le Kansas, son propre bar qu'elle rebaptisa le Rink.

Le bar marchait plutôt bien. Plusieurs fois par an, cependant, Rinker quittait la ville avec un pistolet en poche et revenait avec un gros paquet d'argent. Elle en dépensait une partie et cachait le reste sous des tas de noms différents, dans divers endroits. Ça faisait partie des choses que lui avait enseignées son beau-père : quel que soit le confort dans lequel on vit à un moment donné, tôt ou tard, il faudra s'enfuir.

Carmel Loan.

Carmel était grande, suave et luxueuse comme une Jaguar flambant neuve.

Elle avait une toute petite tête, un petit nez bien dessiné, des lèvres minces et pâles, un menton carré et une langue pointue. De ses origines suédoises, elle avait gardé la blondeur… Une de ces grandes Suédoises avec des petits seins, des hanches étroites, et une taille interminable entre les deux. Elle avait les yeux d'un oiseau de proie, des yeux de rapace. Carmel était avocate à Minneapolis, parmi les deux ou trois meilleurs juristes du Minnesota. La plupart du temps, elle gagnait facilement plus d'un million de dollars par an.

Elle habitait un somptueux appartement dans une tour du centre-ville, parquets blonds et murs blancs sur lesquels s'alignaient des photographies noir et blanc d'Ansel Adams, Diane Arbus et Minor White, mais personne d'aussi vulgaire que Robert Mapplethorpe. Au milieu de tout ce noir et de tout ce blanc, on trouvait dans les meubles et les tapis des touches de rouge d'un goût parfait. Et même sa voiture, une Jaguar XK 8, avait une carrosserie rutilante.

Le deuxième des trois jours les plus funestes dans la vie de Barbara Allen fut celui où Carmel Loan décréta qu'elle était éperdument et définitivement amoureuse de Hale Allen, le mari de Barbara.

Hale Allen, avocat spécialisé dans les affaires d'immobilier, était la coqueluche de ces dames. Ses cheveux retombaient sur son front en bouclettes brunes ; de grands yeux marron rieurs, un menton carré avec une fossette au milieu, de larges épaules, de grandes mains et des hanches étroites. Il faisait un bon cinquante-deux, un peu plus d'un mètre quatre-vingts, il avait une incisive légèrement ébréchée. Son nœud de cravate était toujours de travers, de sorte que les femmes s'empressaient systématiquement de le rectifier, histoire de pouvoir poser les mains sur lui. Il avait le contact facile avec les femmes, il leur faisait la cour, s'amusait beaucoup avec elles.

Hale Allen aimait les femmes, et pas seulement au lit. Il aimait discuter avec elles, les accompagner pour faire les boutiques, boire en leur compagnie, faire son jogging à côté d'elles ; le tout sans jamais perdre une once de sa virilité. Il avait donné à Carmel des raisons de croire qu'elle ne le laissait pas indifférent. Et chaque fois que Carmel le voyait, un déclic se produisait au plus profond de son être.

Malgré son physique et ses succès féminins, Hale Allen n'avait pas inventé l'eau tiède. Dans son métier, il se contentait des affaires de routine, des contrats standard qu'il remplissait sans même se donner la peine de les modifier, et gagnait dix fois moins d'argent que Carmel. C'était toutefois de peu d'importance aux yeux d'une femme qui pensait enfin avoir rencontré le grand amour. On pouvait pardonner la bêtise, songeait-elle, quand on ressentait une authentique passion physique pour un homme. Par ailleurs, Hale ferait très bien à côté de la cheminée lors de la fête qu'elle donnait chaque année à Noël, un verre de whisky à la main et peut-être un nœud papillon rouge pétard autour du cou. Elle, elle s'occuperait de la conversation.

Hélas, Hale semblait irrévocablement cramponné à sa femme, Barbara.

Pour son argent, pensait Carmel. Barbara en avait beaucoup, de par sa famille. Et même si Hale n'était pas une lumière, il savait ce que cinquante millions de dollars voulaient dire. Il savait aussi reconnaître un manteau Armani en cachemire à mille six cents dollars.

L'attachement d'Allen à son épouse, du moins à son argent, laissait peu de solutions envisageables pour une femme de la trempe de Carmel.

Elle n'allait sûrement pas rester à se languir, ni à pleurnicher dans son coin, ni se saouler pour avoir le courage de se jeter dans ses bras. Il fallait qu'elle trouve quelque chose à faire.

Éliminer sa femme, par exemple.

Cinq ans plus tôt, Carmel avait participé à un procès au cours duquel elle avait réduit à néant les témoignages recueillis par un jeune flic de Saint Paul après qu'un banal contrôle routier eut débouché sur le démantèlement d'un énorme réseau de drogue.

Son client, Rolando (Rolo) D'Aquila, avait été lavé de toutes les accusations qui pesaient sur lui, alors que les policiers avaient retrouvé dix kilos de cocaïne cachés sous la roue de secours de sa Lincoln Continental marron. Les flics avaient quand même fini par lui confisquer sa voiture, mais ce n'était pas trop grave aux yeux de Rolo. Ce qui lui importait, en revanche, c'est qu'il avait passé en tout et pour tout cinq heures en prison, le temps qu'il avait fallu à Carmel pour rassembler la caution d'un million trois cent mille dollars.

Plus tard ce jour-là, alors qu'ils sortaient du tribunal après l'acquittement, Rolo lui promit que si jamais elle avait besoin d'un très gros service – vraiment très gros –, elle pourrait toujours venir le voir. Et d'après certaines conversations qu'ils avaient eues ensemble, ils savaient tous les deux de quel genre de service il voulait parler. « J'ai une dette envers toi », avait-il dit. Et elle ne refusa pas, parce qu'elle ne refusait jamais rien.

Au lieu de ça, elle se contenta de lui dire : « À la prochaine. »

Par un tiède après-midi pluvieux de la fin du mois de mai, Carmel prit sa deuxième voiture – un break Volvo bleu-noir anonyme qu'elle avait enregistré sous le second nom de sa mère – pour se rendre dans une maison délabrée de la banlieue de Saint Paul. Elle se rangea le long du trottoir et jeta un œil par la vitre côté passager.

La bicoque en bois semblait s'enfoncer dans la pelouse en friche qui l'entourait. L'eau de pluie débordait des gouttières bouchées par les feuilles mortes, et la peinture verte de la façade tombait en lambeaux, laissant voir de grandes plaques de la couche précédente, d'un bleu crayeux. Les fenêtres et les portes n'étaient pas vraiment d'équerre, ni avec l'extérieur ni avec la maison elle-même, pas plus qu'elles n'étaient alignées entre elles. La plupart des fenêtres avaient des vitres, mais certaines étaient recouvertes d'un carton noir.

Carmel attrapa son petit parapluie de voyage sur la banquette arrière, ouvrit la portière du bout du pied, déploya le parapluie et se précipita vers la maison. La porte était ouverte, mais pas le battant-moustiquaire ;

elle frappa deux petits coups et entendit Rolo lancer depuis le fond :

« Entre, Carmel. Je suis dans la cuisine. »

L'intérieur de la maison était à l'image du dehors : le tapis devait avoir au moins vingt ans, usé jusqu'à la corde aux endroits de passage ; les murs étaient d'un jaune crasseux, l'ameublement consistait en une collection miteuse de chaises et de tables en contreplaqué recouvertes d'un plastique qui s'écaillait le long des arêtes et des pieds. Il n'y avait rien au mur, aucune décoration d'aucune sorte. Des têtes de clous dépassaient par endroits, là où les locataires précédents avaient essayé de faire un effort. Il flottait partout une odeur de goudron et de nicotine.

La cuisine était étonnamment lumineuse ; ni stores ni rideaux aux deux fenêtres qui flanquaient la table, entourée de deux chaises, dont l'une était rangée, l'autre tirée. Rolo paraissait plus petit que cinq ans auparavant. Il portait un jean et un T-shirt sur lequel on pouvait lire la mystérieuse inscription JÉSUS. Il avait les deux mains plongées dans l'évier.

« J'étais justement en train de faire un peu de ménage pour l'occasion », dit-il.

Il n'était pas gêné le moins du monde d'être surpris en pleine corvée domestique, et une pensée traversa aussitôt l'esprit de Carmel : il aurait dû être gêné.

« Assieds-toi, suggéra-t-il en désignant du menton la chaise à l'écart de la table. J'ai mis du café en route.

— Je suis un peu pressée, répondit-elle.

— Tu n'as pas le temps de prendre un café avec Rolando ? »

Il secoua les mains en l'air pour les égoutter, puis arracha une feuille de Sopalin au rouleau posé sur le plan de travail, finit de s'essuyer avant d'en faire une boule qu'il lança en direction de la poubelle. La boule rebondit contre le mur et atterrit dans la poubelle.

« Deux-zéro », commenta-t-il.

Carmel jeta un coup d'œil à sa montre et changea d'avis pour le café :

« D'accord. J'ai deux minutes.

— Je suis tombé bien bas, pas vrai ? »

Carmel balaya la cuisine du regard et haussa les épaules.

« Tu t'en sortiras.

— Je sais pas. Je suis vraiment accro, cette fois.

— Fais une cure.

— C'est ça, une cure, répéta-t-il en ricanant. Jésus en dix leçons. » Puis il ajouta sur un ton d'excuse : « Je n'ai pas de déca.

— Je ne bois que du vrai, affirma-t-elle. Tu as passé le coup de fil. »

Ce n'était pas une question.

Rolo était en train de verser du café dans deux chopes en céramique jaune, du genre de celles qu'on trouve dans les villes de vacances au bord des grands lacs.

« Oui, répondit-il. Elle travaille toujours, et elle veut bien faire le boulot.

— Elle ? C'est une femme ?

— Ouais. J'étais moi-même étonné. Je ne m'étais jamais posé la question, tu vois, je savais juste qui contacter. Mais quand j'ai demandé, mon pote m'a dit "elle".

— Elle a intérêt à être bonne, fit observer Carmel.

— Elle est bonne. Elle a une sacrée réputation. Elle ne rate jamais son coup. Super-efficace, super-rapide.

Toujours à bout portant, du coup, il ne peut pas y avoir d'erreur. »

Rolo posa une chope de café devant Carmel. Elle la fit tourner un moment entre ses doigts avant de la prendre.

« C'est exactement ce qu'il me faut, déclara-t-elle avant de boire une gorgée. Un bon café, bien chaud.

— T'es vraiment sûre de toi ? » demanda Rolo. Il s'appuya contre le bar de la cuisine en brandissant sa chope en l'air. « Parce qu'une fois que je leur aurai dit oui, ce sera difficile de les arrêter. Cette fille, la manière dont elle fonctionne, personne ne sait jamais où elle est, ni le nom qu'elle utilise. Si tu dis oui, elle va tuer Barbara Allen. »

Carmel fronça les sourcils en entendant prononcer le nom. Elle n'avait jamais réellement pensé à ça en termes de meurtre. Elle considérait les choses de façon plus abstraite, comme la solution à un problème impossible à régler autrement. Bien entendu, elle savait qu'il s'agissait d'un meurtre, c'était juste qu'elle n'avait jamais envisagé la situation sous cet angle-là.

« Oui, je suis sûre, confirma-t-elle.

— Tu as l'argent ?

— Chez moi. Je t'ai apporté ta part. »

Elle posa sa chope, plongea une main dans son sac et en ressortit une épaisse liasse de billets qu'elle mit sur la table. Rolo la ramassa et la feuilleta du pouce, d'un air expert.

« En tout cas, reprit-il, laisse-moi te dire une chose. Quand ils viendront te réclamer l'argent, je te conseille de leur payer jusqu'au dernier cent. Jusqu'au dernier cent, tu m'entends ? Tu ne discutes pas, tu payes. Si tu ne le fais pas, ils ne se fatigueront pas à essayer de récupérer l'argent, ils feront de toi un exemple.

— Je sais comment ça marche, rétorqua Carmel avec une note d'impatience dans la voix. Ils auront leur argent. Et personne ne pourra savoir d'où il vient, parce que je l'ai mis de côté, c'est de l'argent parfaitement propre. »

Rolo eut un haussement d'épaules.

« Donc, si tu dis oui, je les appelle ce soir, et ils tuent Barbara Allen. »

Cette fois, elle ne tressaillit pas en entendant le nom. Elle se leva et dit :

« Vas-y. Fais-le. »

Rinker arriva en ville trois semaines plus tard. Elle avait fait une partie de la route dans sa propre voiture depuis Wichita, avant de louer deux véhicules, successivement chez Avis et chez Hertz, sous deux identités différentes, à l'aide de deux permis de conduire parfaitement authentiques et de deux cartes de crédit tout à fait valides.

Elle entreprit de suivre Barbara Allen pendant une semaine puis décida de la tuer dans l'escalier du parking aérien de la 6e Rue. Pendant la semaine où Rinker l'avait surveillée, Allen avait utilisé ce parking à quatre reprises, et chaque fois elle avait emprunté l'escalier pour rejoindre le réseau de passages couverts qui desservaient le centre-ville. Une fois dans la coursive, elle se rendait directement à un bureau dont la porte indiquait : STAR OF THE NORTH CHARITIES. À un moment où Rinker savait que Barbara Allen n'était pas au bureau, elle avait appelé et demandé à lui parler.

« Désolée, elle n'est pas là.

— Elle va arriver ?

— En général, elle vient une ou deux heures dans la matinée, juste avant le déjeuner.

— Merci, je réessayerai demain. »

Barbara Allen.

Le dernier des trois jours les plus funestes de sa vie, Barbara Allen se leva, prit une douche et un petit déjeuner léger : céréales et fraises. Avec un mari comme Hale, elle avait intérêt à surveiller sa ligne. Tandis que la femme de ménage débarrassait la table, Barbara Allen alluma la télé pour connaître le niveau du Dow Jones à l'ouverture, s'assit à son bureau et passa en revue les diverses allocations proposées par la fondation Star of the North. Puis, à neuf heures et demie, elle rassembla ses affaires, les rangea dans une sacoche en cuir beige et sortit de chez elle.

Rinker, dans une Jeep Cherokee rouge, la suivit jusqu'à ce qu'elle soit sûre qu'Allen prenait bien la direction du centre, après quoi elle la dépassa en enfonçant le pied sur l'accélérateur. Allen était une conductrice plutôt prudente, mais, les feux et la circulation étant imprévisibles, Rinker voulait avoir au moins cinq minutes d'avance sur elle, le temps qu'elle arrive en ville.

Rinker avait repéré un autre parking à moins de deux minutes du lieu du crime, en marchant vite. Elle s'y engouffra, gara la Jeep, se dirigea à pied vers sa propre voiture, qu'elle avait laissée là plus tôt dans la matinée, et passa sur la banquette arrière. Elle jeta un coup d'œil du côté de la rampe d'accès, vit un homme s'éloigner. Alors elle se baissa, arracha la moquette derrière le siège avant droit et en sortit une petite boîte en métal qui contenait sur un lit de boules en polystyrène deux Remington 22 semi-automatiques, avec le silencieux déjà vissé sur le canon.

Rinker portait une robe ample, avec en dessous une ceinture élastique de sa fabrication. Elle enfouit les deux pistolets dans les larges poches de la robe puis, par une fente découpée au fond des poches, elle les glissa dans la ceinture : les armes étaient coincées bien en sécurité contre son corps, mais elle pouvait les dégainer en une fraction de seconde. Ainsi parée, Rinker sortit de la voiture et gagna la sortie.

Barbara Allen, robuste Allemande blonde à la coupe de cheveux courte et sophistiquée, portait un chemisier en coton blanc impeccable, une jupe bleu marine, des chaussures plates assorties et une touche de rouge à lèvres. Elle s'engouffra dans l'escalier du parking de la 6e Rue à 9 h 58 du matin. À mi-chemin, elle croisa une femme qui montait les marches en sens inverse, une petite rousse. Comme elle arrivait à sa hauteur, tête baissée, la femme lui sourit et Allen, à qui on ne la faisait pas, observa sa frange et songea « perruque ».

Ce fut la dernière image qui lui traversa l'esprit ce jour-là, le jour le plus funeste de sa vie.

Rinker, qui montait les marches, avait mal calculé son coup. Elle savait que l'étage du dessous était désert et elle avait prévu de surprendre Allen assez bas. Mais Allen descendait les marches plutôt lentement et Rinker, maintenant à découvert, préféra ne pas s'arrêter pour l'attendre. Aussi continua-t-elle d'avancer. Lorsqu'elles se croisèrent, Allen lui sourit avec un léger signe de tête. Une fois qu'elle l'eut dépassée, Rinker sortit son pistolet de droite, pivota et tira à moins de cinq centimètres dans la tête d'Allen. Ses cheveux se gonflèrent comme si quelqu'un avait soufflé dessus, et elle commença à s'affaisser.

Le silencieux fonctionnait à merveille. La seule chose qu'on entendait un peu, c'était le mécanisme de détente du pistolet. Rinker tira une deuxième fois avant qu'Allen s'effondre complètement, puis se rapprocha du corps étalé par terre et lui tira cinq autres coups dans la tempe.

Alors qu'elle s'éloignait déjà et s'apprêtait à redescendre vers le parking, un flic en uniforme apparut sur le palier du dessus. C'était un type costaud, avec une chemise cartonnée sous le bras.

Rinker avait déjà envisagé cette éventualité, se faire surprendre par un flic, même si ça ne lui était jamais arrivé jusque-là. Mais elle avait prévu la situation.

« Hé ! » lança le flic. Il eut juste le temps de lever une main, et Rinker lui tira dessus.

2

Dès son premier jour de terrain, Baily Dobbs avait compris que le travail de la police était bien plus compliqué qu'il ne se l'imaginait... Et aussi plus dangereux. Baily avait toujours envisagé ce métier comme une façon d'acquérir une certaine autorité, un statut social. Il n'avait jamais pensé qu'il aurait à affronter des gens plus forts que lui, à supporter des ivrognes qui vomissent sur le siège arrière de la voiture, à passer des heures entières à se geler les fesses devant le stade les soirs de match. Aussi avait-il décidé de faire profil bas, de ne jamais se porter volontaire pour rien, de toujours arriver à la dernière minute quand on avait besoin de renfort et de s'arranger pour être dispensé de patrouille le plus vite possible.

En moins de deux ans, il avait réussi.

Un soir de Halloween, alors qu'il intervenait – tardivement – dans une affaire de mœurs et qu'il avançait le long d'un trottoir mal éclairé, il avait marché sur l'essieu arrière d'un tricycle et trébuché en se tordant le genou. Il ne fut jamais déclaré inapte, mais il était clair que, s'il ne pouvait plus courir, il ne pouvait pas continuer à faire du terrain. Sa démarche boiteuse sur la piste de rééducation consternait les médecins et amusait ses anciens collègues. L'expression « je vais faire mon Baily sur ce coup-là » entra dans le jargon de la police de Minneapolis.

Baily fut dispensé de patrouille et ne mit plus jamais un pied dehors. Il portait toujours l'uniforme, gardait un pistolet sur lui et recevait une fiche de paye en tant que policier, mais en réalité il faisait un travail d'employé de bureau et s'en réjouissait. Ce qui explique pourquoi il ne réagit pas aussi vite qu'il aurait dû quand il vit Rinker exécuter Barbara Allen sous ses yeux. Il avait perdu ses réflexes de flic.

La pause-déjeuner de Baily commençait officiellement à onze heures, mais ce jour-là il s'était accordé un peu de rab. Il s'éclipsa en passant par les sous-sols, qui communiquaient avec l'immeuble de l'administration régionale. Il tenait sous le bras une chemise cartonnée contenant quelques documents adressés à un huissier du tribunal : sa couverture au cas où il croiserait un de ses supérieurs.

Une fois dans l'immeuble de l'administration, il jeta un rapide coup d'œil autour de lui avant de s'engouffrer dans le couloir qui menait au parking de la 6e Rue. De là, il comptait emprunter l'escalier pour regagner la rue, traverser jusqu'au centre médical de Hennepin County, qui abritait une cafétéria aussi sympathique que discrète, rarement visitée par les flics. Il commanderait un cheeseburger avec des frites, boirait quelques tasses de café tout en lisant le journal, puis retournerait tranquillement au bureau pile à l'heure pour le déjeuner.

Mais son plan bien huilé tomba à l'eau au moment où il posa le pied sur la première marche de l'escalier.

Deux femmes se trouvaient dans l'escalier au-dessous de lui, dont l'une, une petite rousse, paraissait fourrer un objet dans l'oreille de l'autre, qui était allongée par terre.

« Hé ! » dit-il.

La rouquine leva les yeux vers lui et, en une fraction de seconde, Baily comprit que ce qu'elle avait à la main était un pistolet. L'arme pointa dans sa direction, Baily eut le temps de lever une main, et la femme tira. Il n'y eut presque aucun bruit, mais il sentit quelque chose le frapper en pleine poitrine et il tomba à la renverse.

Il atterrit dans l'encadrement de la porte, et c'est ce qui lui sauva la vie : Rinker, qui se trouvait en contrebas et s'efforçait de le viser avec son pistolet, ne parvenait à distinguer que les semelles de ses chaussures. Baily laissa échapper un grognement et entendit vaguement une voix d'homme lui demander : « Ça va ? »

Rinker avait déjà avancé de deux pas dans sa direction, avec l'intention de l'achever, lorsqu'elle entendit elle aussi cette nouvelle voix. Les choses se compliquaient. En un éclair, elle prit sa décision : mieux valait s'enfuir par le bas. Elle descendit en vitesse, mais sans courir.

Baily luttait péniblement pour se redresser, s'éloigner en rampant. Il perçut un bruit de porte un étage plus bas dans la cage d'escalier. Sa poitrine était en feu, sa main aussi. Il examina sa paume et vit qu'elle était tout égratignée, sans doute à cause de la chute. C'est alors qu'il découvrit la tache de sang sur la poche de sa chemise blanche.

« Oh, merde ! » s'exclama-t-il.

La voix de l'homme se fit entendre de nouveau : « Eh ! Vous allez bien ?

— Oh, Seigneur, nom de nom ! Oh, mon Dieu ! » marmonna Baily, qui n'était pourtant pas croyant. Il essaya encore une fois de se redresser en prenant appui sur une main, constata qu'elle était visqueuse et couverte de sang, et se mit à pleurer. « Oh, mon Dieu… »

Il leva les yeux et vit un homme s'approcher de lui avec une mallette à la main. Un peu plus loin, une autre femme arrivait aussi dans leur direction. Il percevait son hésitation.

« Aidez-moi…, gémit-il. Aidez-moi. On m'a tiré dessus. »

Sloan fit irruption dans le bureau de Lucas Davenport et annonça de but en blanc : « Baily Dobbs s'est fait tirer dessus. » Puis il ajouta, après un rapide coup d'œil à sa montre : « Il y a douze minutes. »

Lucas parcourait d'un air maussade un rapport de six cents pages dont l'étiquette blanche sur la couverture bleue disait : *Commission d'enquête municipale sur la diversité culturelle, la marginalité et la mixité dans la police de Minneapolis : une approche préliminaire des divergences [résumé de travail]*, ce que Lucas avait surligné au feutre jaune fluo. Il en était à la page sept.

Il posa aussitôt le rapport et demanda, incrédule : « *Notre* Baily Dobbs ?

— Pourquoi ? T'en connais combien ? »

Lucas se leva pour attraper une veste en soie bleu marine pendue à un portemanteau.

« Il est mort ?

— Non.

— C'est un accident ? Il s'est tiré dessus ? »

Sloan secoua la tête. C'était un homme mince au visage en lame de couteau, habillé dans un camaïeu d'ocre et de brun. Il était enquêteur dans la brigade criminelle, le meilleur interrogateur sur le marché, et un vieil ami de Lucas.

« Il semblerait qu'il ait débarqué au milieu d'une fusillade, dans le parking de la 6e Rue. L'assassin a tué une femme, avant de tirer sur Baily. Vu que Rose Marie et Lester sont absents, et que personne n'arrive à mettre la main sur Thorn, je me suis dit que tu ferais bien de rappliquer dare-dare à l'hôpital. »

Lucas enfila sa veste en grognant. Rose Marie Roux était le chef de la police de Minneapolis. Lester, Thorn et Lucas étaient ses adjoints.

« Des éléments sur l'assassin ?

— Non. Enfin, si. Baily dit qu'il s'agirait d'une femme. L'assassin, j'entends. L'autre femme est morte, et Baily a pris deux balles dans la poitrine, vers la droite.

— C'est bien le dernier à qui j'aurais cru que ça pouvait arriver. »

Lucas était grand, mince mais pas maigre, assez large d'épaules. Il avait le teint mat et une grande cicatrice du sourcil jusqu'à la pommette qui dessinait une ligne pâle dans son bronzage estival, comme un bout de fil blanc égaré. Une autre cicatrice était visible sur le devant de son cou, en travers de la trachée, pile dans le col en V de son polo bleu roi. Il sortit du tiroir de son bureau un 45 dans son holster, qu'il fixa à la ceinture de son pantalon, sous sa veste. Il agissait sans y penser, comme un autre aurait mis son portefeuille dans sa poche avant de sortir.

« Il est dans quel état ?

— On le transporte au bloc, répondit Sloan. Swanson est déjà sur place, mais c'est tout ce que je sais.

— Allons-y, annonça Lucas. Quelqu'un sait ce que Dobbs faisait dans cet escalier ?

— Les gars de son bureau disent qu'il était sans doute en route pour le centre médical Hennepin, de l'autre côté de la rue, pour s'enfiler un cheeseburger en cachette. C'était toujours le même scénario : il faisait semblant d'aller au tribunal et, en réalité, il se faufilait discrètement jusqu'à la cafétéria de l'hôpital où il prenait le café en lisant le journal.

— Ah, voilà. Ça, c'est le Baily qu'on connaît et qu'on aime. »

Les urgences étaient à quatre minutes des bâtiments de l'administration, en marchant vite. Un flic venait de se faire tirer dessus, il était grièvement atteint, mais dehors la vie continuait. Les trottoirs grouillaient de gens qui faisaient leurs courses, les voitures obstruaient les rues, et Sloan, impatient d'arriver à l'hôpital, faillit se faire renverser à un carrefour ; Lucas dut le retenir par le bras.

« T'es trop moche pour finir empalé sur un capot de bagnole », maugréa-t-il.

Lucas trouva qu'il régnait aux urgences un calme étonnant. D'habitude, quand un flic venait de se faire tirer dessus, ça courait dans tous les sens, quel que soit le flic en question. Là, il n'y avait en tout et pour tout que trois policiers, deux infirmières et un médecin, au milieu de la salle d'accueil où flottait un vague relent d'alcool. Personne n'avait l'air de trop s'affoler.

« Y a personne, ici, commenta Sloan, qui avait deviné les pensées de Lucas.

— Le bruit n'a pas encore filtré. »

L'un des trois policiers était au téléphone tandis qu'un autre, un brigadier en uniforme, lui parlait à l'oreille. Le troisième, Swanson, un enquêteur de la Crim en costume gris, à la mine terne et à l'embonpoint légendaire, discutait avec une infirmière, appuyé contre le comptoir de la réception, un cahier ouvert devant lui. Quand il aperçut Lucas, avec Sloan derrière lui, il leur adressa un signe de la main.

« Où est Baily ? demanda Lucas.

— Il va entrer au bloc, répondit Swanson. Ils lui ont déjà envoyé le sédatif, pour pouvoir brancher la respiration artificielle. Il ne peut pas parler. Le chirurgien est en train de se désinfecter au bout du couloir, si tu veux lui parler.

— La femme de Baily est prévenue ?

— On cherche l'aumônier. Il est à un truc religieux, au nord de la ville, un genre de vente de charité. Dick attend de pouvoir lui parler. » Il désigna d'un hochement de tête le flic pendu au téléphone. « On devrait réussir à l'avoir d'ici une ou deux minutes. »

Lucas se retourna vers Sloan :

« Ramène-moi l'aumônier, envoie une bagnole. Gyrophare, sirène et tout le bordel. »

Sloan acquiesça en silence et se dirigea vers le flic au téléphone. Lucas reprit sa conversation avec Swanson :

« Qu'est-ce qui se passe sur le lieu du crime ?

— C'est complètement hallucinant. Je crois que la bonne femme a été exécutée.

— Comment ça, exécutée ?

— Elle s'est pris au moins quatre ou cinq balles dans la tête avec un petit calibre, à bout portant ; on voit les traces de poudre sur son crâne. Personne n'a rien entendu, ce qui veut sans doute dire un silencieux. Tout résonne à mort dans cet escalier, sur les parois en béton, et Baily m'a dit qu'il ne se rappelait pas avoir entendu de coups de feu. Il a vu l'assassin, mais tout ce dont il se souvient, c'est que c'était une femme et qu'elle était rousse. C'est tout. Ni son âge, ni sa taille, rien. On a pensé qu'elle était sûrement blanche, puisqu'elle est rousse, mais, putain, on doit bien croiser cinq mille rousses tous les jours en ville.

— Qui est chargé de l'enquête ?

— Sherrill et Black. C'est moi qui ai entendu l'appel le premier, je me suis précipité là-bas, j'ai vaguement jeté un coup d'œil à la bonne femme et ensuite je suis venu ici avec Baily et l'ambulance.

— Donc, le corps est toujours sur place ?

— Ouais, confirma Swanson en hochant la tête. Elle était cuite et recuite. On n'a même pas envisagé de l'amener à l'hosto.

— OK… Tu dis que le chirurgien est en train de se désinfecter ?

— Au bout du couloir. Il s'appelle Dan Wong. Et, au fait, Baily dit qu'il n'a pris qu'une balle mais les médecins disent qu'il y a deux trous.

— Pas génial, comme témoin oculaire…

— Ouais. Mais en tout cas ça veut dire que cette nana est rapide et précise. Les trous sont à un centimètre d'écart. En même temps, elle a raté le cœur…

— Si c'était ça qu'elle visait. Parce que si c'était un 22…

— Ça en a tout l'air.

— … elle a peut-être voulu lui transpercer le sternum. »

Swanson secoua la tête, sceptique.

« Personne ne peut être aussi précis.

— J'espère que non », rétorqua Lucas.

Lucas passa en trombe devant une infirmière qui tenta vainement de l'intercepter, et trouva Wong les bras plongés jusqu'aux coudes dans de l'eau savonneuse. Le chirurgien se retourna et lança :

« Oh, oh, v'là les flics.

— Comment va-t-il ? demanda Lucas.

— Pas trop mal, répondit Wong, qui avait entrepris de se récurer les ongles. Il va déguster pendant un bon moment, mais j'ai déjà vu pire. Il y a deux balles. Sur la radio, elles ont l'air assez déformées, ça doit être des balles à pointe creuse. Elles sont entrées par le sein droit et se sont logées sous l'omoplate droite. Deux petits trous de rien du tout, il a à peine saigné, même si, avec toute cette graisse, c'est un peu dur de savoir ce qui se passe à l'intérieur. La pression artérielle est bonne.

— Il va s'en sortir, alors ? »

Lucas sentait la tension retomber.

« À moins qu'il nous fasse une crise cardiaque. Il est beaucoup trop gros et il paniquait sec quand ils l'ont transporté. Mais, pour ce qui est de l'opération elle-même, je pourrais la faire avec mes doigts de pied.

— Qu'est-ce que je dis à la presse, alors ? Wong opère avec ses doigts de pied ?

— Pour l'instant, il est au bloc. Les médecins réservent leur diagnostic, mais il devrait s'en sortir, sauf complications.

— Tu vas parler à la presse, après ?

— J'ai un tournoi de golf à deux heures à Wayzata, répondit Wong en secouant les mains au-dessus de l'évier, après les avoir abondamment rincées.

— Tu vas peut-être devoir y renoncer, objecta Lucas.

— Ça m'étonnerait. C'est pas tous les jours que j'ai un tournoi.

— Danny…

— Dix minutes, pas plus. Et maintenant, j'aimerais bien que tu t'éloignes de moi avec tous tes microbes, histoire que je puisse faire mon boulot. »

Randall Thorn, nouvellement promu codirecteur adjoint de la police, arriva dix minutes plus tard. Il y avait maintenant une quinzaine de policiers dans la salle d'attente des urgences, et les curieux commençaient à affluer.

« J'étais à perpète, du côté de l'aéroport », expliqua Randall à Lucas. Son uniforme laissait paraître deux auréoles de sueur sous les aisselles. « Comment va-t-il ? »

Lucas lui fit un rapide résumé de la situation, puis Sloan vint les rejoindre en disant : « L'aumônier est en route vers chez Baily. Il devrait pouvoir prévenir sa femme d'ici cinq à dix minutes. »

Lucas acquiesça avant de reprendre sa conversation avec Thorn :

« Tu crois que tu pourrais assurer la permanence ici ? Je suis venu parce que Rose Marie n'est pas là et que je savais que Lester et toi étiez sortis, mais c'est plutôt un de vos gars.

— Je m'en charge, répondit Thorn. Tu vas sur le lieu du crime ?

— Oui, en vitesse. Je veux me faire une idée par moi-même.

— Tu sais ce qui me paraît le plus invraisemblable, dans tout ça ? C'est que Baily Dobbs se soit fait tirer dessus. C'est bien le dernier type à qui j'aurais cru…

— … que ça pouvait arriver », compléta Lucas à sa place.

•

S'il régnait un calme plutôt inhabituel au service des urgences, le parking de la 6e Rue ressemblait au congrès annuel de la police : une douzaine de flics de la Crim en uniforme, une équipe de médecins légistes, un adjoint au maire, le patron du parking et deux témoins potentiels s'entassaient dans le hall devant l'ascenseur et dans la cage d'escalier.

Lucas adressa un signe de tête à l'un des flics en uniforme qui bloquaient le passage ; Sloan et lui purent jeter un œil dans l'escalier. Marcy Sherrill et

Tom Black examinaient le contenu du sac de la victime, qui gisait à leurs pieds sur les marches. Sa jupe relevée sur ses cuisses laissait voir des collants couleur chair. Une de ses mains était repliée bizarrement – elle avait dû se casser le bras en tombant, pensa Lucas – et elle avait les yeux mi-clos, immobiles. Une flaque de sang était déjà en train de coaguler sous sa coiffure impeccable. Son visage lui disait vaguement quelque chose ; elle donnait l'impression d'avoir été une femme sympathique.

En se retournant, Sherrill aperçut Lucas et lança un timide : « Salut. »

« Salut », répondit Lucas.

Sherrill et lui venaient de mettre un terme à une petite aventure qui durait depuis six semaines ; ou plutôt, comme disait Sherrill, « quarante jours et quarante nuits de sexe et d'engueulades ». Ils traversaient désormais une phase délicate pendant laquelle ils étaient censés ne plus se voir tout en continuant à travailler ensemble.

« Ça a l'air moche », ajouta-t-il.

Il flottait dans la cage d'escalier une odeur de béton humide que recouvraient les effluves cuivrés du sang et des gaz intestinaux qui s'échappaient du corps.

Sherrill jeta un coup d'œil en direction du cadavre avant de répondre.

« À mon avis, ça va être une drôle d'affaire.

— Swanson dit qu'elle a été exécutée, intervint Sloan.

— Ça, c'est sûr, et avec les grands moyens », confirma Black. Tous baissèrent les yeux vers le corps de la victime, étalé à leurs pieds. « J'ai compté sept trous d'impact de balles, mais aucun trou de sortie. Pas besoin d'être médecin légiste pour comprendre que l'arme était tout près, sans doute à moins de cinq centimètres.

— C'est qui ? demanda Lucas.

— Barbara Paine Allen. Elle avait dans son sac une carte avec un numéro à appeler en cas d'urgence. Il semblerait que son mari soit avocat.

— Son visage me dit quelque chose, et le nom aussi, commenta Lucas. Il n'est pas impossible que ce soit quelqu'un de connu. »

Sherrill et Black hochèrent la tête et Sherrill murmura :

« Super. »

Lucas resta accroupi près du corps pendant un moment, observant son crâne. Les trous étaient petits et propres, comme si on lui avait planté un crayon dans la tête à plusieurs reprises. Il y avait deux trous assez haut sur l'arrière du crâne, et un groupe de cinq autres dans la tempe. Son cœur avait continué de pomper après qu'elle eut atterri par terre : un mince filet de sang séché s'écoulait de chacun des trous. Les sept petits filets étaient parfaitement nets, ce qui voulait dire qu'elle n'avait plus bougé après avoir touché le sol. Du travail de professionnel, bien soigné, pensa Lucas. Il se releva et demanda aux deux autres :

« Vous avez des témoins ? À part Baily ?

— Baily a dit que l'assassin était une femme rousse, et on a deux personnes qui affirment avoir vu une rousse venir de cette direction à peu près à l'heure du meurtre. Aucune description précise. Elle portait des lunettes de soleil, d'après ce qu'ils ont dit. Et tous les deux précisent qu'elle était en train de se moucher ou d'éternuer dans un mouchoir.

— Pour se couvrir le visage, devina Lucas.

— Je ne crois pas une seconde à cette histoire, annonça Sloan en regardant le corps de Barbara Allen. Les gens ne se font pas descendre comme ça.

— Pas à Minneapolis, ajouta Sherrill.

— Pas par un professionnel », renchérit Black.

Lucas se gratta le menton et dit :

« Pourtant, c'est bien ce qui lui est arrivé. Je me demande pourquoi.

— Tu veux t'immiscer dans l'enquête, ou quoi ? plaisanta Sherrill. Ça pourrait être intéressant, comme expérience.

— Pas le temps, protesta aussitôt Lucas. J'ai la commission sur l'altérité.

— Peut-être que, si on retrouve la meurtrière, on pourra la charger de descendre un par un tous les membres de la commission.

— Personne ne peut tuer ces gens-là, répliqua Lucas d'un ton morose. Ils sont tout droit sortis de l'enfer.

— On te tiendra au courant, alors, promit Sherrill.

— Parfait. » Lucas secoua la tête et se retourna une dernière fois vers le corps qui refroidissait. « Je me demande pourquoi », répéta-t-il tout haut.

3

Barbara Allen fut exécutée un mois jour pour jour après que Carmel Loan eut passé un contrat sur elle. Lorsque la nouvelle de sa mort se répandit, Carmel se dit aussitôt qu'elle n'avait rien à voir là-dedans. Elle avait conçu ce plan depuis tellement longtemps que c'était comme si ça ne comptait plus.

Carmel apprit la nouvelle alors qu'elle était à son bureau en train de lire la déposition d'un type qui promenait son chien tard dans la nuit et prétendait avoir vu Rockwell Miller – son client – pénétrer par la porte de service dans le restaurant dont il était propriétaire, avec un bidon d'essence à la main. L'accusation soutiendrait qu'il s'agissait du même bidon que celui que les enquêteurs avaient retrouvé dans les ruines de l'établissement incendié. Le feu avait été tellement violent que les extincteurs de la cuisine avaient fondu.

Carmel était à la recherche d'une faille. Si elle parvenait à mettre le doigt sur un aspect douteux de l'histoire, ou même des témoins, elle pouvait démonter tout le témoignage en minant la crédibilité du témoin.

En l'occurrence, elle commençait à croire qu'elle pouvait « démonter » le type au chien. Il était divorcé et avait déjà été condamné à deux reprises pour violences conjugales, ce qui était toujours mauvais pour un témoin s'il y avait suffisamment de femmes dans le jury. Ça, elle pouvait s'en charger. Le problème était ensuite de réussir à porter la condamnation à la connaissance des jurés, dans la mesure où la plupart des juges avaient le tort de trouver ce genre de détails hors de propos.

Le type au chien habitait près du restaurant et connaissait de vue le propriétaire. Y avait-il déjà dîné avec son ex-femme ? Peut-être s'y étaient-ils disputés alors qu'ils étaient en train de rompre, auquel cas l'homme pouvait avoir gardé du ressentiment à l'égard de ce restaurant, voire de son patron, même inconsciemment.

Ce n'était rien d'autre que des spéculations mais, si elle arrivait à demander implicitement à douze honnêtes femmes : « Pouvez-vous croire au témoignage d'un homme dont il est prouvé qu'il battait sa femme ? », elle anéantirait sa déposition.

Elle était en train de composer le numéro de son client quand sa secrétaire passa la tête dans son bureau.

« Vous avez entendu, pour la femme de Hale Allen ? » demanda-t-elle sans préambule.

Carmel sentit son cœur faire un bond dans sa poitrine et posa aussitôt le téléphone.

« Non. Qu'est-ce qu'il y a ? »

Elle était l'un des trois meilleurs avocats du Minnesota, et son visage ne montrait pas plus d'émotion que si on venait de lui demander quel temps il faisait dehors.

« Elle est morte. Assassinée. » Le ton de la secrétaire trahissait une certaine excitation. « Dans un parking du centre-ville. La police dit que c'est un travail de professionnel. La mafia, sans doute. »

Carmel baissa la voix tout en laissant percer une curiosité naturelle.

« Barbara Allen ? »

La secrétaire avança d'un pas et ferma la porte derrière elle.

« Jane Roberts dit que les flics sont venus chercher Hale pour foncer à l'hôpital, mais que c'était trop tard. Elle était déjà morte.

— Oh, mon Dieu, la pauvre ! » s'exclama Carmel en portant une main à sa gorge.

Elle songea : *Ce n'est pas moi*. Puis : *J'étais assise à mon bureau, où tout le monde pouvait me voir.*

« On se disait qu'on pourrait peut-être collecter de l'argent pour envoyer des fleurs, poursuivit la secrétaire.

— Oui, parfait, approuva Carmel, c'est une excellente idée. » Elle ramassa son sac à ses pieds et en sortit son porte-monnaie. « Je commence la cagnotte avec cent dollars, dit-elle en posant les billets sur son bureau. Vous croyez que ça suffit ? »

Plus tard cet après-midi-là, sur le balcon de son fabuleux appartement, un verre de gin tonic à la main, Carmel se faisait du souci. Elle se rongeait l'ongle du pouce, une mauvaise habitude qu'elle avait gardée depuis l'école primaire, où elle se rongeait les ongles jusqu'au sang. Pour la première fois depuis le début de sa toquade pour Hale Allen, elle prenait un peu de recul.

Elle répétait souvent à ses clients – du moins à ceux d'entre eux qui étaient des criminels plus ou moins professionnels – qu'on ne peut jamais imaginer toutes les façons de rater un crime. Malgré toutes les précautions qu'on peut prendre, il y a toujours un risque quelque part.

Carmel avait envisagé d'éliminer Barbara Allen elle-même. Elle n'avait jamais tué personne jusque-là, pas même un animal, mais l'idée ne la dérangeait pas plus que ça. Elle était parfaitement capable d'appuyer sur la détente. Le problème, c'étaient les détails. Et il y avait trop de détails. Comment se procurer une arme ? Si elle en achetait une, il y aurait une trace quelque part. Elle pouvait s'en servir et s'en débarrasser ensuite, mais si jamais les flics venaient la lui réclamer, il lui faudrait trouver une meilleure excuse que « mon chien l'a mangée ».

Elle avait aussi la possibilité de dérober une arme quelque part, mais elle courait alors le risque de se faire prendre en flagrant délit. En plus, elle serait obligée de la voler à l'une des deux ou trois personnes qu'elle connaissait et qui en possédaient une, ce qui risquait d'éveiller les soupçons. Sinon, elle pourrait toujours essayer de se faire fabriquer de faux papiers d'identité – ce qui était déjà un crime en soi –, mais elle était assez repérable pour qu'un marchand d'armes se souvienne d'elle si on lui posait des questions, surtout avec photos à l'appui.

Ensuite venait le meurtre en lui-même. Elle était capable de s'en charger. Elle était capable de faire n'importe quoi du moment qu'elle l'avait décidé. Cependant, comme elle le répétait sans cesse à ses clients, la moindre erreur, le moindre accident, ou même le plus improbable des hasards, pouvait saboter le crime le mieux préparé. Et, dans l'État du Minnesota, une erreur, un accident ou une coïncidence, ça voulait dire trente années de sa vie dans une cellule minable, de la taille d'une baignoire.

Au bout du compte, elle avait décidé que le moins risqué était encore de faire appel à un professionnel. Elle avait plein d'argent liquide impossible à pister, dans un coffre à la banque, et elle avait Rolando D'Aquila, le contact. Elle bénéficiait aussi d'une marge de sécurité : ni son contact ni le tueur ne pouvaient la livrer aux flics, ça les désignerait comme complices. Le tueur, même si on finissait par retrouver sa trace, serait sans doute très facile à défendre : en bon professionnel, il ne laisserait aucun indice derrière lui, et n'aurait aucune connexion apparente avec la victime.

Carmel était donc à l'abri, en principe. Après quelques instants de réflexion, son verre à la main, elle résolut néanmoins de se tenir à distance de Hale Allen pendant un certain temps. Le temps qu'il se remette de ses émotions et que les flics aillent l'interroger, ce qu'ils ne manqueraient pas de faire, bien entendu. Puisqu'elle n'avait jamais montré ses sentiments à Hale, il n'y avait aucune raison de penser qu'on viendrait fouiner de son côté.

Elle était toujours en train de passer en revue les différentes éventualités, les ongles des pouces à vif, lorsque Rinker téléphona.

C'était son numéro sur liste rouge, auquel ne l'appelaient que les gens qu'elle connaissait bien.

« Oui ? dit-elle en décrochant.

— Vous me devez de l'argent. »

La femme au bout du fil avait un accent âpre du Sud ou du Texas ; elle avalait la fin des mots. Mais il y avait aussi une note de bonne humeur dans sa voix.

« Vous allez bien ? demanda Carmel.

— Très bien.

— Je me méfie un peu de vous, avoua Carmel. Je préférerais vous voir dans un lieu public. »

La femme laissa échapper un petit gloussement, un rire chaleureux à l'autre bout du combiné.

« Vous, les avocats, vous êtes toujours dix fois trop stressés, dit-elle. Et de toute façon, ma belle, vous ne croyez pas que vous allez me voir ?

— D'accord. Comment on fait, alors ?

— Vous avez l'argent sur vous ?

— Oui, c'est ce que Rolo m'avait dit.

— Parfait. Montez dans votre Volvo, roulez jusqu'au parking de l'université, au coin de Huron et de la 4e Rue. C'est un grand parking en plein air, avec toujours beaucoup d'étudiants qui vont et viennent. Il y a une machine qui distribue les tickets à l'entrée. Garez-vous le plus loin possible de la caisse, mais dans un endroit où il y a d'autres voitures. Ne verrouillez pas la portière côté conducteur, et laissez l'argent dans un sac par terre sous le volant. L'idéal serait un sac d'épicerie en papier kraft. Ensuite, vous marcherez jusqu'à Washington Avenue. Vous connaissez un peu le quartier ?

— Oui. C'est là que j'ai fait mes études. »

Elle avait passé sept ans à la fac.

« Très bien. Vous marchez jusqu'à Washington Avenue et vous continuez jusqu'au fleuve. Une fois que vous êtes arrivée au bord du fleuve, c'est comme vous voulez. Quand vous en aurez envie, vous pourrez retourner à la voiture. Je fermerai la sécurité de l'intérieur. Et pendant ce temps-là, vous serez dans un lieu public, en sécurité.

— Et si jamais quelqu'un prend l'argent avant vous ? »

Encore ce petit rire joyeux.

« Personne ne prendra l'argent, Carmel. » Elle prononçait « CAR-mul », en insistant sur la première syllabe, alors que Carmel prononçait toujours « car-MEL ».

« Quand, alors ?

— Tout de suite.

— Comment savez-vous que j'ai une Volvo ?

— Je vous ai un peu surveillée depuis une semaine. Vous l'avez prise pour aller faire vos courses avant-hier. Personnellement, je n'aurais pas acheté ce maïs, si j'étais vous. Il avait l'air un peu défraîchi.

— Vous avez raison, il l'était, confirma Carmel. Je serai là dans un quart d'heure. »

Carmel fit exactement ce que Rinker lui avait indiqué, prenant quelques minutes supplémentaires pour se promener le long du Mississippi. Quand elle retourna à la voiture, la portière était verrouillée et l'argent avait disparu. Elle rentra directement chez elle. Au moment où elle pénétrait dans l'appartement, le téléphone se mit à sonner.

« C'est moi, annonça la même voix âpre.

— Tout s'est bien passé, j'espère ? s'inquiéta Carmel.

— Très bien. Je quitte la ville, mais je voulais vous dire que le compte y était. Vous avez un stylo ?

— Oui.

— Si jamais vous avez encore besoin de moi, appelez-moi à ce numéro. » Elle dicta à Carmel un numéro avec l'indicatif 202, qui correspondait à la ville de Washington. « Laissez-moi un message sur le répondeur en disant de rappeler Patricia Case.

— Patricia Case.

— Je vous rappellerai dans les vingt-quatre heures.

— Je ne pense pas que j'aurai encore besoin de faire appel à vous.

— Ne jurez pas si vite. Vous, les avocats, vous avez toujours des idées bizarres…

— D'accord. Et merci encore.

— Merci à vous. »

Clic. Et la voix s'était envolée.

Le téléphone sonna de nouveau avant même qu'elle eût tourné les talons.

« Carmel ? »

Pour la deuxième fois de la journée, son cœur bondit.

« Oui ?

— C'est Hale. » Et puis il ajouta, comme si elle risquait de le confondre avec un autre Hale : « Allen.

— Hale. Mon Dieu, j'ai appris pour Barbara. C'est affreux. »

Elle était agrippée au combiné, tremblante d'émotion. Des larmes perlèrent au coin de ses paupières. Pauvre Barbara. Pauvre Hale. Une tragédie.

« Carmel…, murmura Hale Allen. Bon sang, je ne sais plus, je suis tellement retourné ! Maintenant, les flics pensent que c'est peut-être lié à moi. Le meurtre.

— C'est absurde !

— Complètement. Ils n'arrêtent pas de me demander de combien d'argent je vais hériter, et les parents de Barbara racontent des choses invraisemblables…

— Quelle horreur ! » Il avait besoin d'aide, et c'était vers elle qu'il se tournait !

« Écoute, voilà pourquoi je t'appelle : tu crois que tu pourrais t'occuper de tout ça pour moi ? Tu pourrais te charger de parler à la police ? Tu es la meilleure avocate que je connaisse…

— Bien sûr, répondit-elle aussitôt. Où es-tu, là ?

— À la maison. Au milieu de toutes les affaires de Barbara… Je ne sais pas quoi faire.

— Ne bouge pas. Je serai là dans une demi-heure. Ne dis plus rien à la police. Si quelqu'un appelle, tu leur dis qu'ils me parlent à moi.

— Ça ne risque pas d'éveiller les soupçons ? »

Décidément, ce n'était pas l'homme le plus intelligent du monde.

« Ils ont déjà des soupçons, Hale. Je sais exactement comment ils raisonnent. C'est idiot, mais c'est comme ça qu'ils pensent. Alors tu leur donnes mon numéro au bureau et aussi ma ligne privée, et surtout, surtout, tu ne leur dis plus rien, d'accord ?

— D'accord. » Il avait déjà l'air d'avoir repris du poil de la bête. « Une demi-heure, c'est ça ? »

Oh, Seigneur ! Le truc de Hale Allen, songea-t-elle, c'étaient surtout ses mains. Il avait de grandes mains puissantes avec des ongles carrés, impeccables, quelques poils sombres sur la première phalange qui laissaient deviner sa virilité endormie. Il avait également de magnifiques cheveux et des épaules admirables, et ses yeux marron avaient un regard si intense que, lorsqu'ils se posaient sur elle, Carmel se sentait défaillir.

Mais c'étaient vraiment ses mains qui la séduisaient ; qui l'avaient séduite un après-midi dans ce bar sympathique que fréquentaient les avocats, meublé de commodes dépareillées chinées dans des brocantes et décoré de plantes vertes dans des bassines de cuivre. Ils étaient trois ou quatre assis à une table, de plusieurs cabinets différents. Ce n'était pas une réunion de travail, juste du bavardage entre collègues. Il riait, avec ses grandes dents blanches, et à plusieurs reprises il l'avait regardée droit dans les yeux, comme s'il la déshabillait du regard. Mais surtout, il buvait un vin blanc léger, peut-être un chardonnay de Californie, et il n'arrêtait pas de faire tourner son verre entre ses grands doigts. C'était ce qui avait fait vibrer Carmel. Ils s'étaient revus une vingtaine de fois depuis lors, mais toujours en public, et jamais longtemps.

Pourtant, elle était persuadée qu'il savait, quelque part au fond de lui. Et ce coup de téléphone, à présent…

Elle prit un quart d'heure pour se maquiller – et surtout pour que ça ne se voie pas – puis, après avoir appliqué sur son cou une très légère touche de Chanel N° 5, elle descendit au parking et monta dans sa Jaguar. Elle oublia aussitôt toutes ses résolutions – se tenir à distance.

Hale Allen avait besoin d'elle.

4

Lucas se sentait léger, sur le plan psychologique. Plus rien à perdre.

Il n'avait pas reparlé sérieusement avec une femme depuis sa rupture avec Marcy Sherrill. Et il se sentait bien : il faisait du sport, tentait quelques paniers de basket, courait dans les rues du quartier, même si ses genoux commençaient à lui faire mal dès qu'il atteignait les sept ou huit kilomètres. La vieillesse…

Son compte en banque était approvisionné, toutes ses factures payées. Au boulot, ça allait, à part cette histoire de commission culturelle. Et même ce truc, ça avait sur lui un effet apaisant. Comme un concert où on s'ennuie, où la musique ne change jamais, la commission lui donnait l'occasion de rester assis sans bouger trois heures par semaine, le cerveau au point mort, les sens au ralenti. Il ne pouvait pas aller jusqu'à dormir pendant les réunions, mais il en profitait pour avancer la lecture du rapport.

Plus tôt, cette année-là, avant les Quarante Jours et Quarante Nuits, il avait traversé un passage à vide, à deux doigts de la dépression. L'épisode avec Marcy

Sherrill avait au moins servi à y remédier. Il se sentait en meilleure forme qu'il ne l'avait été depuis longtemps, bien qu'un peu détaché, désengagé, comme flottant. Sa plus vieille amie d'enfance, une bonne sœur qui était aussi professeur à l'université de Sainte-Anne, était partie en mission pour l'été au Guatemala, témoignant ainsi sa gratitude après avoir échappé à une violente agression ; la moitié de ses amis étaient en vacances. Le taux de criminalité, aussi invraisemblable que cela puisse paraître, était en baisse généralisée.

Et, pour couronner le tout, c'était l'été ; un bel été.

Lucas allait travailler quatre jours par semaine, et passait tous ses week-ends prolongés dans sa maison du Wisconsin. Cinq ans auparavant, l'un de ses voisins à North Woods, un type de Chicago au nez aplati, avait implanté une colonie de perches noires dans l'étang du coin. À présent, l'étang était un véritable vivier. Tous les matins, de bonne heure, Lucas marchait sur près d'un kilomètre jusqu'à la maison du type, poussait à l'eau la vieille barque verte à fond plat, et jetait ses hameçons et ses mouches dans les feuilles de nénuphar jusqu'à ce que le soleil soit haut. Le poids du monde se dissolvait dans le scintillement éblouissant de la surface laquée de l'étang, l'odeur du pollen chauffé par le soleil – qu'il sentait taper sur ses épaules – et le calme immobile de la forêt.

Barbara Allen avait été assassinée un jeudi. Lucas rangea le souvenir de son corps inerte dans un gros dossier mental plein d'images du même genre, qu'il referma aussitôt. Le soir même, il partit pour la campagne. Il n'acheta pas le journal du vendredi mais aperçut la première page du *Pioneer Press* dans la vitrine de la maison de la presse le samedi matin. Le gros titre disait : « On interroge le mari de la riche héritière assassinée jeudi. »

Dimanche, le *Star Tribune* annonçait en une : « Le meurtre de Mme Allen déroute la police », tandis que le *Pioneer Press* renchérissait : « Le cas Allen intrigue les flics. »

Tiens, tiens, se dit Lucas.

Le lundi matin, il pénétra en sifflotant dans les locaux de l'administration et tomba sur Sherrill et Black dans un couloir.

« Je croyais que vous deviez me tenir au courant, lança-t-il.

— Exact, rétorqua Black. Alors voilà : on n'a que dalle.

— Ce n'est pas complètement vrai, rectifia Sherrill avec une pointe d'impatience. Il y a une très forte probabilité pour que Hale Allen soit derrière tout ça ; qu'il ait commandité le meurtre.

— OK, parfait », répondit Lucas en faisant tinter ses clés de bureau dans sa main. Ce n'était pas une affaire pour lui, dans ce cas. « Envoyez-le direct à Stillwater, alors. Si vous voulez, je peux téléphoner pour lui réserver une cellule.

— Je suis tout à fait sérieuse, reprit Sherrill. On l'a surveillé tout le week-end et on a trouvé trois trucs. D'abord, la première chose qu'il ait faite après qu'on lui a parlé, c'est qu'il a appelé Carmel Loan.

— Aïe », murmura Lucas.

Il connaissait Carmel. Pour n'importe quel flic sur une affaire un peu délicate, avoir Carmel comme adversaire était un réel handicap.

« Ce qui ne prouve absolument rien, commenta Black, si ce n'est qu'il a du bon sens.

— Deuxièmement, continua Sherrill, il va hériter de quelque chose comme trente ou quarante millions de dollars, exonérés d'impôts. Un truc tellement énorme qu'on n'arrive même pas à savoir combien ça représente exactement. Les parents de Barbara disent que leur mariage battait de l'aile et qu'il y avait du divorce dans l'air.

— Rien de plus concret sur le divorce ? s'enquit Lucas. La façon dont tu présentes les choses…

— Non, rien de concret, reconnut Sherrill de mauvaise grâce.

— Le truc, précisa Black, c'est que si Hale Allen est condamné pour le meurtre de sa femme, il ne pourra plus hériter. L'argent irait alors aux parents de Barbara, qui n'en ont pas vraiment besoin mais qui ne diraient pas non pour autant. On n'est jamais trop riche ni trop mince, comme me le disait un jour la duchesse de Windsor en privé.

— L'argent ne vient pas déjà d'eux, au départ ? » demanda Lucas.

Black secoua la tête :

« Non. Les arrière-grands-parents étaient des magnats du bois ici, et des spéculateurs immobiliers en Floride. L'argent provient d'un tas de placements différents. Il est à elle. Ses parents ont aussi eu leur part du gâteau. Ils n'ont jamais travaillé de leur vie.

— Troisièmement ? poursuivit Lucas en regardant Sherrill. Les deux premiers points n'étaient pas super-convaincants.

— Troisièmement, il se tape une secrétaire de son cabinet. Ça dure depuis un ou deux ans, et les choses allaient bientôt se gâter parce qu'elle comptait aller voir sa femme et tout lui raconter. Allen essayait de gagner du temps, mais il avait une épée de Damoclès au-dessus de la tête. »

Lucas se retourna vers Black.

« Ah, voilà, dit-il, ça c'est une piste. »

Black haussa les épaules.

« Ouais, c'est une piste.

— Même si, en général, reprit Lucas à l'intention de Sherrill, on tue plutôt la maîtresse, pas la femme.

— Pas toujours.

— Vous avez des infos sur la maîtresse ?

— Ouais. Elle était au boulot quand Barbara Allen s'est fait descendre. Elle prenait des notes pendant une réunion sur le testament d'un client. Elle a environ six cent cinquante dollars sur son compte en banque, donc ça m'étonnerait qu'elle se soit payé un tueur à gages.

— Peut-être qu'elle a vu ça au cinéma, suggéra Lucas.

— Ou qu'elle a lu un bouquin du genre *Le Meurtre pour les nuls*, renchérit Black.

— Et Allen ? demanda Lucas. Vous lui avez parlé de sa maîtresse ?

— Pas encore, répondit Sherrill. Mais on va le faire d'ici dix minutes, précisa-t-elle en jetant un coup d'œil à sa montre.

— Au fait, ajouta Black, on devrait aussi te mettre au courant pour le FBI.

— Le FBI ? s'étonna Lucas. Ils veulent s'en mêler ?

— Peut-être bien. Ils veulent nous rencontrer, en tout cas, donc on va y passer dans l'après-midi. Ils nous envoient un type de Washington.

— La capitale de la nation, commenta Sherrill d'un air goguenard.

— Tu veux venir ? proposa Black. On pourrait leur faire le coup du directeur adjoint de la police, ça fait toujours classe.

— Et puis ils t'aiment tellement ! ironisa Sherrill.

— Passez-moi un coup de fil, dit Lucas. Je suis là tout l'après-midi. »

Carmel Loan, affublée d'un rouge à lèvres écarlate, arriva au bâtiment de l'administration et trouva Hale Allen assis dans les locaux de la brigade criminelle devant une table de métal gris, en face de Black et de Sherrill. On se serait cru sur un plateau de cinéma, dans le décor d'un petit journal de province.

« Qu'est-ce qu'on fait ici ? » demanda-t-elle, prenant aussitôt la situation en main. Elle écarta des papiers sur la table pour y poser son sac : une tactique pour montrer qu'elle était quelqu'un d'important. « Je croyais qu'on avait fait le tour vendredi dernier. Et quand allez-vous nous remettre le corps de Mme Allen ? Nous devons prendre des dispositions pour les obsèques.

— Nous vous le remettrons dès que le labo aura envoyé les résultats de l'autopsie, c'est-à-dire cet après-midi ou demain, répondit Black. On les a demandés en urgent.

— Vous savez combien la question est délicate », reprit Carmel en se penchant exagérément vers lui.

En général, elle faisait de l'effet à tous les hommes. Mais Black avait des tendances homosexuelles à demi avouées, et ledit effet s'en trouva amoindri.

« Bien sûr, rétorqua Black d'un ton égal. Nous faisons tout notre possible. »

Carmel prit une chaise à une autre table, s'installa confortablement et se retourna vers Allen avant que Sherrill ou Black aient pu dire un mot.

« Comment vous sentez-vous ? lui demanda-t-elle.

— Pas terrible, répondit-il avec un haussement d'épaules. Je n'arrive pas à refaire surface. Il faut qu'on commence à s'occuper de l'enterrement. »

Il est vraiment à tomber par terre, songea Carmel. Et la fatigue qui se lisait dans son regard semblait lui conférer une profondeur qu'il n'avait pas avant, une sorte de tristesse un peu fascinante.

« Alors ? » lança-t-elle en se retournant vers Sherrill.

Sherrill se pencha en avant et demanda à Allen en le regardant droit dans les yeux :

« Avez-vous l'intention d'épouser Louise Clark ? »

Allen se redressa sur sa chaise comme s'il venait de recevoir une gifle. Carmel jeta un coup d'œil dans sa direction, comprit aussitôt le sens de la question, s'efforça de refouler la vague de rage qu'elle sentait monter en elle et bredouilla péniblement :

« Holà, plus de questions. Hale, suivez-moi dans le couloir. »

Quand ils furent sortis de la pièce, Sherrill se retourna vers Black avec un grand sourire.

« Il ne lui en avait pas parlé », dit-elle.

Carmel voyait rouge, au sens propre du terme, comme si de petits caillots de sang glissaient à la surface de sa pupille. Dans le couloir, devant les bureaux de la Crim, elle attrapa Hale Allen par le revers de son manteau et le coinça contre le mur. Ce n'était pas une femme très forte, mais elle poussa avec une telle violence qu'il se retrouva plaqué contre la brique.

« Qu'est-ce que c'est que cette histoire ? explosa-t-elle. C'est qui, cette Louise Clark ?

— Une secrétaire, marmonna Allen. Je… je couche avec elle, on peut dire.

— On peut dire ? Pourquoi, tu n'es pas sûr ?

— Je sais, je sais, j'aurais dû t'en parler. Mais je ne pensais pas qu'ils le découvriraient.

— Bon sang de bonsoir, comment on peut être aussi con ? Hein, comment ? Il y a d'autres choses que tu ne m'as pas dites ? Tu baises avec qui d'autre, encore ?

— Personne, personne. Je déteste ce mot. Baiser. »

Carmel ferma les yeux un moment. Elle n'arrivait pas à le croire. Qu'il couche avec une autre femme, d'accord, mais qu'un avocat de sa trempe soit aussi stupide, alors là…

« Tu as un diplôme de droit, non ? demanda-t-elle en rouvrant les yeux. Tu as suivi des études ?

— Carmel, je ne…

— Ah, la ferme ! » Elle fit demi-tour, s'éloigna de quelques pas avant de faire brusquement volte-face. « Je devrais lâcher l'affaire, dit-elle. Si Barbara et toi n'étiez pas des amis, c'est ce que je ferais.

— Je suis désolé, balbutia Allen. Je t'ai tout dit, à part ça. Promis juré. »

Carmel laissa échapper un soupir.

« D'accord. On s'expliquera plus tard. Maintenant, parle-moi un peu de cette Louise Clark. Tu comptes l'épouser ?

— Non, non, il n'en a jamais été question. C'était purement physique. C'est une vraie maniaque sexuelle, une vraie machine. Qu'est-ce que tu veux que je te dise ? Elle n'arrêtait pas de me faire du rentre-dedans, et un jour, on avait un redressement judiciaire dans un motel du côté de Little Canada, et une des chambres était ouverte…

— Oh, c'est pas vrai… »

Carmel se passa une main sur le front.

« Quoi ?

— T'as déjà entendu le mot "mobile" ? C'est un terme juridique souvent utilisé dans les procès.

— Je ne pouvais pas savoir que Barbara allait se faire assassiner, bordel ! »

Allen haussait le ton. Une pointe de colère perçait dans sa voix, il devenait rouge et des mèches de cheveux lui tombaient en désordre sur le front.

« D'accord, d'accord. C'est fini, avec cette femme ?

— Si tu me le demandes.

— Je te le demande. Mais il faudra quand même que je lui parle.

— Très bien. Je vais l'appeler.

— Il va bien falloir qu'on accepte d'en parler aux flics, tôt ou tard, mais pas tout de suite. Peut-être demain.

— Comment on fait pour éviter le sujet ?

— Je m'en charge », répondit Carmel.

Elle commença à se ronger l'ongle du pouce, sentit le goût du sang dans sa bouche, cracha et continua à ronger.

Carmel pénétra de nouveau dans le bureau de la Crim avec Allen sur ses talons. Black et Sherrill étaient toujours assis à la même place, Black les pieds sur la table. Avant même que Carmel ait eu le temps d'ouvrir la bouche, Sherrill lança :

« Vous voulez entendre une blague ?

— Allez-y, répondit Carmel.

— Alors, c'est une blonde qui marche sur un trottoir et qui voit une peau de banane. Elle soupire et elle dit : "Oh mince, je vais encore me casser la gueule." »

Carmel esquissa l'ombre d'un sourire et dit d'un ton morose :

« C'est à mourir de rire.

— J'ai pas compris, avoua Allen, inquiet.

— Asseyez-vous, lui rétorqua Carmel, avant de s'adresser à Black et à Sherrill. Mon client vient de me confier qu'il avait eu des relations sexuelles avec Louise Clark. Il ne m'en avait pas parlé plus tôt parce qu'il ne trouvait pas ça important. Et il avait raison : ça n'a aucune importance. D'un autre côté, je vois bien où vous voulez en venir. Je dois d'abord discuter avec lui plus longuement, ainsi qu'avec Louise Clark. Si vous ne divulguez rien de tout ça à la presse, nous reviendrons demain pour répondre à vos questions. Mais si vous en parlez, tant pis pour votre gueule : fini la coopération.

— Revenez demain, déclara Black. Nous ne dirons rien.

— Dix heures demain matin, proposa Carmel. Je présume que vous avez déjà contacté Louise Clark et que vous lui avez conseillé de ne parler de tout ça à personne, moi y comprise.

— Bien entendu, confirma Sherrill.

— Bien entendu », répéta Carmel.

Sherrill passa un coup de fil à Lucas un peu après trois heures :

« On va au FBI, si tu veux te joindre à nous.

— Allons-y, répondit Lucas en laissant tomber par terre le rapport de la commission. Juste le temps d'enfiler ma veste. »

Il faisait un soleil éblouissant. Encore une journée magnifique, songea Lucas en chaussant ses lunettes noires. Une journée parfaite pour la campagne : faire la planche sur le lac pendant des heures, écouter la retransmission d'un match de base-ball sur un petit transistor et laisser le reste du monde se débrouiller tout seul.

« … cru qu'elle allait le tuer », disait Sherrill.

Lucas prit la conversation en route :

« Carmel ne le savait pas ?

— Non. Et elle ne faisait pas semblant. Quand on le lui a dit, ses yeux sont littéralement sortis de leurs orbites, raconta Sherrill avec gaieté. Je n'ai pas vu ce qui s'est passé dans le couloir, mais quand ils sont revenus dans le bureau, il avait l'air d'un agneau qu'on vient de tondre.

— Et alors ? Qu'est-ce que ça t'inspire, toute cette histoire ? Il essayait de le cacher, ou quoi ? »

Sherrill répondit par un haussement d'épaules, mais Black secoua la tête.

« Je n'y comprends rien, à vrai dire. Il avait l'air surpris. Je veux dire : surpris qu'on lui pose la question. Il n'avait pas l'air d'avoir peur, ni de cacher quelque chose. »

Le réceptionniste, qui portait une chemise blanche, une cravate, et deux pistolets à la ceinture, les fit pénétrer dans le sanctuaire du FBI, où ils trouvèrent un agent légèrement transpirant qui les attendait dans une salle de conférences en compagnie d'un homme qui ressemblait à un prof d'économie, l'air un peu surmené, un peu débraillé, avec des lunettes un peu trop épaisses et un large cou. Il sourit gentiment à Lucas, examina Sherrill avec attention et salua Black d'un signe de tête.

« Je m'appelle Louis Mallard, dit-il, en prononçant son nom à la française. Vous connaissez Bill. »

Bill Benson, l'agent de service, hocha la tête et lança :

« Salut, Lucas.

— Qu'est-ce qui se passe ? demanda Lucas.

— L'affaire Allen, répondit Mallard. Des pistes ? »

Lucas se tourna vers Sherrill, qui se tourna à son tour vers Mallard et expliqua :

« On soupçonne son mari, un avocat d'ici.

— Des connexions avec la mafia ? s'enquit Mallard sans lui laisser le temps de développer.

— Non, pas que l'on sache. Vous avez des informations ?

— Jamais entendu parler. Aucune trace de lui dans nos fichiers. Il n'a pas fait l'armée. Pas même la moindre contravention, d'après ce que j'ai pu voir. Un type chiant.

— On a aussi enquêté sur sa femme, ajouta Sherrill, pour essayer de trouver quelque chose dans son passé qui aurait pu attirer l'attention d'un professionnel, si c'en était bien un…

— C'en était un, confirma Mallard.

— Qu'est-ce que… ?

— Finissez ce que vous alliez dire sur la femme. »

Il parlait d'une manière extrêmement précise, exactement comme un prof d'économie.

« On a mené notre petite enquête, poursuivit Black à la place de Sherrill. On a analysé ses finances, mais on n'a rien trouvé d'intéressant. Son argent est placé depuis des décennies. Pas de grandes pertes, pas de gros bénéfices non plus, rien qu'un bon vieux onze pour cent par an. Jamais aucun changement. On a aussi jeté un œil du côté de l'œuvre de charité dont elle s'occupait. C'est son grand-père qui l'a fondée, elle siégeait au conseil d'administration, avec ses parents et d'autres membres de la famille. Ça consiste principalement à s'occuper de vieux. On peut vous transmettre tout le dossier si vous voulez, mais on n'a rien remarqué d'intéressant. »

Mallard regarda tour à tour Lucas puis Benson, l'agent de service, avant de laisser échapper un « bon sang de bonsoir » sur un ton très professoral.

« Dites-nous, demanda Lucas.

— La femme qui a fait le coup est une pro. Elle n'est pas très grande, peut-être un mètre soixante. À une époque, elle vivait à Saint Louis, ou en tout cas dans la région. Elle a sans doute un accent du Sud. Elle a commencé à opérer il y a douze ou treize ans, et on pense qu'elle a tué vingt-sept personnes, y compris cette Mme Allen. On pense qu'elle a des liens avec certains éléments – ou peut-être une seule personne – de la mafia de Saint Louis. C'est tout ce qu'on sait. Et on aimerait vraiment en savoir plus.

— Vingt-sept personnes, commenta Lucas, impressionné.

— Peut-être même plus si elle a pris la peine de se débarrasser de certains des corps, ou si elle a mis un certain temps avant d'adopter définitivement sa signature : le silencieux, toujours à bout portant. Mais on est sûrs que c'est au moins vingt-sept. Elle fait de longues recherches en amont, surprend sa victime à un moment où elle est seule, la tue et disparaît. On pense qu'elle prépare ses meurtres à l'avance jusqu'à choisir l'endroit où ça va avoir lieu…

— Comment vous pouvez le savoir ? s'étonna Black.

— Parce que le calibre de l'arme est toujours adapté à l'endroit choisi. Si c'est dehors, c'est en général un 9 millimètres ou un 40. Si c'est dans un endroit fermé, comme c'était le cas cette fois-ci, c'est toujours un 22. Il vaut mieux ne pas se retrouver dans une cage d'escalier en béton avec des fragments de 9 millimètres qui volent dans tous les sens comme des mouches. Comme munitions, elle utilise des balles à pointe creuse standard, qui réduisent le cerveau en bouillie mais restent à l'intérieur du crâne la plupart du temps.

— C'est tout ? demanda Black. C'est tout ce que vous savez ?

— Pas tout à fait. On pense qu'elle arrive en voiture dans la ville où le meurtre doit avoir lieu. On a épluché les listes de passagers dans tous les sens autour des dates de chaque crime en question, en espérant repérer un schéma récurrent.

— Et rien, devina Black.

— Oh, si. On a trouvé des schémas. Toutes sortes de schémas. Mais rien qui lui corresponde. On a interrogé des centaines d'individus : mais ça n'a rien donné.

— Elle travaille toujours pour de l'argent ? demanda Sherrill.

— On ne sait pas pour quoi elle travaille. Certains meurtres étaient des règlements de comptes internes à la mafia ; d'autres, peut-être la moitié, ont plutôt l'air de contrats privés. On ne sait pas. Vingt-sept meurtres, et pas une seule condamnation. Il y a eu deux ou trois affaires dans lesquelles des femmes ont été tuées et on soupçonne que le mari était impliqué, mais on n'a rien pour monter un dossier. Rien du tout. À chaque fois, il était absolument impossible que le mari soit présent au moment du meurtre ; il était toujours ailleurs, bien en vue, dans un endroit public.

— Vous pourriez nous communiquer les informations que vous avez sur elle ?

— C'est pour ça que je suis là », expliqua Mallard. Il plongea une main dans la poche de son manteau et en ressortit une enveloppe cartonnée, carrée, qu'il fit glisser sur la table en direction de Sherrill : « Des copies de nos disquettes : tout ce qu'on a sur chacune des affaires dans lesquelles elle est suspectée. Les noms, les dates, les techniques, les témoins, les photos de tout le monde et de tous les endroits. Le premier fichier est un index.

— Merci.

— Tout ce que vous trouverez, conclut Mallard, même le plus petit indice, vous m'appelez. Je veux mettre la main sur cette femme. »

Louise Clark accepta de parler à Carmel seulement après que Hale Allen l'eut convaincue que c'était sans risque.

« Je suis avocat, Louise. Tu ne cours aucun risque en parlant à Carmel. Les flics veulent juste nous emmerder.

— Si tu le dis… », rétorqua Clark d'un air anxieux. C'était une femme mince plutôt effacée, avec une tête de petite souris, de longs cheveux châtains, un nez charnu, des mains osseuses, nerveuses. « C'est juste que la police m'a prévenue… »

Carmel ne trouvait pas vraiment que Clark avait l'air d'une maniaque sexuelle, mais on ne pouvait jamais savoir.

« Puisqu'il vous le dit », coupa-t-elle abruptement.

Ils étaient attablés dans un bar et parlaient depuis dix minutes quand la jeune femme s'était mise à pleurnicher. Carmel détestait les pleurnicheurs. Elle se tourna vers Hale Allen.

« Ça t'ennuierait d'aller faire un petit tour dehors ? Je voudrais parler à Louise en privé. »

Hale Allen sortit donc faire un tour dehors, les mains dans les poches de son pantalon en laine, vêtu d'un grand manteau de sport à carreaux bleus sur un T-shirt noir. Le manteau lui donnait des épaules encore plus larges que d'habitude, et les deux femmes le regardèrent un moment, alors qu'il tenait la porte à une jeune fille qui entrait dans le restaurant avec un enfant dans les bras. L'inconnue dit quelque chose à Allen, qui lui répondit avec un grand sourire, et ils échangèrent quelques phrases sur le seuil.

Au bout d'un instant, Allen poursuivit son chemin, et Carmel et Louise purent discuter en tête à tête.

Carmel avait un lit immense avec deux oreillers plus un traversin autour duquel elle pouvait enrouler ses jambes pendant la nuit. Bien qu'elle eût toujours raconté aux gens qu'elle dormait nue – question d'image –, elle dormait en réalité avec un T-shirt XL et un caleçon de coton. Ce soir-là, une épaule dépassait du col distendu de son T-shirt ; les jambes agrippées autour du traversin, elle resta longtemps immobile à se repasser mentalement sa conversation avec Louise-la-Souris.

Pour la majeure partie, l'histoire de Clark et Allen était similaire à bien d'autres. Ils passaient beaucoup de temps ensemble au bureau ; ils partageaient pas mal de stress en commun ; sa femme ne le comprenait plus ; ils avaient développé une relation fondée sur un respect mutuel, et patati et patata. Ils avaient couché ensemble pour la première fois au Up North Motel.

Louise n'avait pas pu s'empêcher de se confier à Carmel :

« La première fois que je l'ai vu nu dans cette chambre d'hôtel, c'était après l'avoir fait. Et il était tellement… tellement beau ! C'est un très bel homme. » Puis elle avait battu des cils avant d'ajouter, sur le ton de la confidence entre filles, en baissant la voix et en gloussant à moitié : « Et il est extrêmement bien membré. Bel homme, et très, très bien membré. Il m'a fait grimper au plafond. »

Carmel serra le traversin entre ses jambes en essayant de se sortir cette image de la tête. La Souris et Hale Allen. Bien membré.

Le réveil sonna à sept heures tapantes. Carmel s'extirpa de son lit avec mauvaise humeur, après une nuit anormalement agitée. Bien membré ? C'est-à-dire ? Elle se gratta les fesses, bâilla, s'étira et se dirigea vers la salle de bains. Une demi-heure plus tard, elle était en train de boire son premier café de la journée et de manger sa deuxième tartine tout en parcourant distraitement le *Star Tribune* pour vérifier si rien n'avait filtré de l'histoire d'Allen et Clark, lorsque le téléphone sonna.

« Oui ?

— Mam'zelle Loan ? C'est Bill, d'en bas. »

Bill était le gardien de l'immeuble.

« Qu'est-ce qu'il y a ? »

Encore un peu de mauvaise humeur.

« J'ai un paquet pour vous, y a marqué "urgent". Vous voulez que j'vous le monte ?

— Quel genre de paquet ?

— Petit. Au toucher, on dirait une cassette vidéo.

— D'accord, montez-le-moi. »

Bill lui remit le paquet et Carmel lui donna un billet de cinq dollars. Elle retourna le paquet dans sa main en refermant la porte. Bill avait raison, c'était sans doute une vidéo. Emballée dans du papier kraft tout bête. Elle déchira le papier et trouva un petit mot écrit au stylo sur une page de carnet arrachée. Ça disait simplement : *Désolé*.

Carmel fronça les sourcils, regagna le salon, glissa la cassette dans le magnétoscope et appuya sur « Play ».

L'image d'une femme apparut sur l'écran, et Carmel la reconnut aussitôt : c'était elle, assise dans la cuisine de Rolando, un peu plus d'un mois auparavant.

La Carmel de la cassette disait : « Je ne bois que du vrai. » Et ensuite : « Tu as passé le coup de fil. »

Une voix d'homme hors champ répondit : « Oui. Elle travaille toujours, et elle veut bien faire le boulot.

— Elle ? C'est une femme ?

— Ouais. J'étais moi-même étonné. Je ne m'étais jamais posé la question, tu vois, je savais juste qui contacter. Mais quand j'ai demandé, mon pote m'a dit “elle”.

— Elle a intérêt à être bonne », disait Carmel à l'écran. La Carmel en chair et en os songea que la caméra devait être cachée dans un placard dont Rolando avait laissé la porte entrebâillée.

« Elle est bonne. Elle a une sacrée réputation. Elle ne rate jamais son coup, expliquait l'homme. Super-efficace, super-rapide. Toujours à bout portant, du coup, il ne peut pas y avoir d'erreur. » Une main entra dans le champ avec une chope de café. Carmel se vit tourner la tasse un moment entre ses doigts avant de la prendre.

« C'est exactement ce qu'il me faut », disait-elle. Puis elle buvait une gorgée de café. Elle se souvenait que c'était un bon café, bien chaud.

« T'es vraiment sûre de toi ? demandait l'homme. Parce qu'une fois que je leur aurai dit oui, ce sera difficile de les arrêter. Cette fille, la manière dont elle fonctionne, personne ne sait jamais où elle est, ni le nom qu'elle utilise. Si tu dis oui, elle va tuer Barbara Allen. »

La Carmel de la vidéo fronça les sourcils. « Oui, je suis sûre », déclara-t-elle. La vraie Carmel fit la grimace en entendant prononcer le nom de Barbara Allen. Elle avait oublié ce détail.

« Tu as l'argent ? demanda la voix de l'homme.

— Chez moi. Je t'ai apporté ta part. »

La Carmel à l'image posa sa chope, plongea une main dans son sac et en ressortit une épaisse liasse de billets qu'elle mit sur la table. La main de l'homme entra de nouveau dans le champ pour ramasser l'argent.

« En tout cas, reprit-il, laisse-moi te dire une chose. Quand ils viendront te réclamer l'argent, je te conseille de leur payer jusqu'au dernier cent. Jusqu'au dernier cent, tu m'entends ? Tu ne discutes pas, tu payes. Si tu ne le fais pas, ils ne se fatigueront pas à essayer de récupérer l'argent, ils feront de toi un exemple.

— Je sais comment ça marche, répondit la Carmel de la télé. Ils auront leur argent. Et personne ne pourra savoir d'où il vient, parce que je l'ai mis de côté, c'est de l'argent parfaitement propre.

— Donc, si tu dis oui, je les appelle ce soir, et ils tuent Barbara Allen. »

Carmel ne put s'empêcher d'admirer sa performance à l'écran ; elle n'hésita pas une seconde, se leva et dit simplement : « Vas-y. Fais-le. »

La bande sauta un peu puis l'image se figea sur un téléphone noir.

« Je suis vraiment désolé d'en être arrivé là, disait la même voix d'homme, mais tu connais ma situation. J'ai besoin de vingt-cinq mille dollars, disons… pour demain. Je t'appellerai pour te dire où. »

La cassette était finie. Carmel but une longue rasade de café, retourna dans la cuisine, vida le fond de sa tasse dans l'évier avant de la jeter violemment contre la grande baie vitrée qui donnait sur le balcon. La tasse rebondit sans se casser. Mais Carmel ne s'en rendit même pas compte ; comme une furie, elle balançait par terre tout ce qui lui tombait sous la main : des verres, des assiettes, la planche à découper, le grille-pain, tous les couverts qui se trouvaient dans les tiroirs, sur la table et la cuisinière… Puis elle donna de grands coups de pied dans les tas de débris, les éparpillant encore plus. Et pendant tout ce temps, les dents serrées, elle laissait échapper un grognement continu ; pas un cri, mais un son rauque et étouffé, comme un frelon géant.

Elle mit la cuisine à sac et finit par se couper avec un éclat de verre. La vue du sang qui coulait de sa main lui fit reprendre ses esprits.

« Enfoiré de Rolo », dit-elle. Le sang gouttait par terre. « Enfoiré de Rolo, enfoiré de Rolo, enfoiré de Rolo… »

5

Le reste de la journée, Carmel oscilla entre des accès de rage et des périodes plus calmes. Elle mit en scène de mille façons, plus cruelles les unes que les autres, la mort de Rolando D'Aquila. Mais elle dut finir par admettre qu'elle était coincée.

Elle appela Rinker au numéro qu'elle lui avait donné, laissa un message sur le répondeur :

« C'est très urgent. On a un gros problème. »

Le lendemain, un peu après une heure de l'après midi, Rinker rappela Carmel sur son téléphone portable. Elle ne prit pas la peine de se présenter et annonça simplement de sa voix âpre :

« Voilà, je vous rappelle. J'ai horreur des problèmes.

— Une seconde, répondit Carmel, je vais fermer ma porte à clé. » Elle passa la tête dans le couloir et expliqua à sa secrétaire : « J'ai besoin d'être seule dix minutes », après quoi elle revint dans son bureau et ferma la porte derrière elle.

« Alors… », commença-t-elle.

Mais Rinker lui coupa la parole :

« Votre téléphone est sûr à cent pour cent ?

— Oui. Il est au nom de ma mère. Elle est remariée et ne porte plus le même nom. Comme pour la Volvo. C'est pratique pour les… les contacts spéciaux.

— Vous en avez beaucoup, dans votre boulot ?

— Pas mal. Bref, je vous appelais au sujet de Rolando D'Aquila, le type qui m'a mise en contact avec vous.

— Et alors ? » demanda Rinker.

Carmel lui exposa brièvement la situation et ajouta :

« Je croyais que les gens comme vous prenaient des précautions pour que ce genre de chose n'arrive pas. Parce que, si on pousse quelqu'un dans ses retranchements…

— Quoi ? Qu'est-ce que vous allez faire ? »

Carmel sentait une pointe d'exaspération dans la voix de la femme au bout du fil.

« Je ne vais certainement pas vous balancer, ni aller parler à la police, si c'est ce que vous craignez, reprit Carmel, sur la défensive. Mais il faut trouver une solution. Rolo est un junkie. Même si je lui donne tout l'argent qu'il demande, il se le mettra dans le nez. Il aura peut-être l'argent, mais il aura toujours la cassette, et il se mettra à chercher quelqu'un à qui il peut la vendre. La télé, par exemple. Ça veut dire que je suis foutue, et vous aussi par la même occasion. Les flics presseront Rolo jusqu'à la moelle en échange de son immunité, et on ne sait jamais ce qui peut sortir.

— Peut-être rien. Il n'a pas grand-chose à leur raconter, de toute façon.

— C'est ça ! Tôt ou tard, il leur crachera le nom du type qu'il a appelé pour vous contacter. Alors ils feront parler ce type, vous savez très bien comment ça marche. Il s'agit d'un meurtre, je vous le rappelle. Ça veut dire trente ans de prison pour toute personne impliquée. C'est long, trente ans. Et, croyez-moi, je suis suffisamment connue dans la région pour que ça déclenche une avalanche d'emmerdements si ça se sait. Ce n'est pas une chose que les flics laisseraient passer.

— Quand est-ce que vous allez lui donner l'argent, à ce Rolo ?

— Je suis censée le retrouver demain à cinq heures au Crystal Court. J'ai essayé de repousser le plus possible en lui disant qu'il me fallait du temps pour réunir l'argent. Le Crystal Court, c'est ce grand patio…

— Je connais.

— D'accord. Bref, ce qui est prévu, c'est que je lui donne l'argent et qu'il me donne la cassette. J'ai insisté pour qu'il vienne en personne. Mais tout ce qu'il va faire, c'est me donner une copie de la cassette. Il prétend qu'il n'y en a qu'une mais il ment. Il reviendra me demander de l'argent, j'en suis sûre.

— Pourquoi ?

— C'est un petit dealer de merde, putain ! »

Après quelques secondes de silence, Rinker dit :

« Il y a un vol pour Minneapolis demain matin. Je peux être là à 11 h 55.

— Je ne sais pas…, hésita Carmel. Je ne sais pas si j'ai envie de vous voir. J'ai peur qu'ensuite vous soyez obligée de m'éliminer.

— Écoutez, il y a une bonne trentaine de personnes qui m'ont déjà vue. C'est pas une de plus qui va changer quelque chose, surtout si c'est quelqu'un qui m'a payée pour un boulot. Je préférerais que vous ne me voyiez pas, mais il faut bien qu'on arrange cette histoire. Et je vais avoir besoin de votre aide.

— Je sais.

— Le truc, c'est qu'il va falloir qu'on lui parle pour savoir où est la cassette.

— Oui. Qu'on ait une petite discussion en privé. C'est bien ce que je m'étais dit.

— Exact... Pourquoi avez-vous insisté pour qu'il vienne au rendez-vous en personne ?

— Parce que j'ai pensé que vous voudriez peut-être intervenir... au point où on en est. »

Rinker ne put s'empêcher de rire.

« D'accord, dit-elle. Vous avez déjà tué quelqu'un ?

— Non.

— Je suis sûre que vous seriez douée. Avec un peu d'entraînement.

— Sans doute. Mais ça ne paye pas assez. »

Rinker rit de nouveau et ajouta :

« Rendez-vous à 11 h 55. Venez avec la Jaguar. Et mettez un jean et de bonnes chaussures. »

Carmel ne savait pas trop à quoi s'attendre. Une péquenaude à la mâchoire carrée et à la mine patibulaire, avec les poignets et les épaules tout maigres... ou bien, au contraire, une grosse bonne femme robuste, genre gardienne de camp de concentration.

Le lendemain, à midi, elle scrutait la première vague de passagers qui débarquaient du vol de Kansas City en cherchant quelqu'un qui pouvait correspondre aux diverses images qu'elle s'était fabriquées. Lorsqu'elle reconnut la voix de Rinker dans la bouche d'une jeune femme blonde, élégante, bien coiffée, avec juste une discrète pointe de rouge à lèvres, Carmel sursauta, décontenancée. La femme était juste à côté d'elle, un petit sac à dos en cuir sur l'épaule.

« Bonjour.

— Pardon ? »

Rinker la regarda avec un grand sourire.

« Vous attendiez quelqu'un d'autre, peut-être ? »

Carmel pencha légèrement la tête et dit :

« C'est vous ?

— C'est moi, ma belle. J'ai une valise à récupérer. »

Comme elles traversaient le hall, Carmel reprit :

« Ma parole, vous n'avez vraiment pas l'air de... de...

— Qu'est-ce que vous voulez que je vous dise ? » rétorqua joyeusement Rinker.

Elle tourna la tête vers la droite, où un grand type bronzé se pressait dans leur direction pour les intercepter.

« Carmel ! lança-t-il en appuyant sur la dernière syllabe.

— James ! » Carmel lui tendit la joue et, quand James l'eut embrassée, elle lui demanda : « Tu pars où ?

— À Los Angeles... Bon sang, mais tu es devenue sportive, on dirait ! Je n'aurais jamais cru que tu mettais des jeans et des baskets. » Le type mesurait près de deux mètres et n'était pas mal du tout, malgré son front un peu dégarni.

Il se retourna vers Rinker : « Et vous êtes charmante. J'espère que vous n'êtes pas une gauchiste hystérique et féministe comme Carmel.

— Ça peut m'arriver, répondit Rinker. Vous êtes charmant aussi, en tout cas. »

Le type porta une main à son cœur et s'exclama :

« Oh, mon Dieu, l'accent ! Je crois que j'ai envie de me marier avec vous.

— Tu t'es déjà marié assez souvent comme ça, James », répliqua Carmel d'un ton sec. Elle prit Rinker par le bras et lui dit : « Si on ne s'en va pas, il va nous baratiner pendant des heures.

— Carmel… »

Elles continuèrent leur chemin et Rinker jeta un dernier regard par-dessus son épaule.

« Pas mal, commenta-t-elle. Qu'est-ce qu'il fait, dans la vie ?

— Il est comptable.

— Ah. »

Carmel perçut une légère déception.

« Mais pas du genre chiant, précisa-t-elle aussitôt. Il a volé près de quatre millions de dollars à une société de logiciels.

— La vache ! s'extasia Rinker en se retournant de nouveau. Et il s'est fait piquer ?

— Ils ont remonté la piste jusqu'à lui, parce qu'ils se sont vite rendu compte qu'il était le seul capable de l'avoir fait. Il m'a engagée pour le défendre, mais il n'a jamais eu l'air de s'affoler. Finalement, la société est venue le voir en disant que, s'il rendait l'argent, ils abandonneraient les poursuites contre lui. Il leur a répondu que s'ils abandonnaient les poursuites et qu'ils s'excusaient de leur erreur, il leur révélerait le petit défaut du logiciel : ils avaient intérêt à le rafistoler dare-dare, avant que leurs clients commencent à s'en apercevoir et qu'ils se retrouvent passibles d'une amende de un milliard de dollars.

— Et ils ont accepté ?

— Il leur a fallu une semaine pour dire oui. Ça leur arrachait la gueule de devoir s'excuser, mais ils l'ont fait. Ensuite il a négocié un contrat d'un demi-million de dollars pour se charger d'identifier le problème. Il leur a expliqué que c'était un dédommagement et qu'il le méritait. Ils ont fini par accepter aussi. J'imagine que ça le valait. »

Au bout d'un instant, Carmel demanda :

« Euh, écoutez… Par quel nom je peux vous appeler ?

— Pamela Stone, répondit Rinker. Au fait, vous connaissez le chemin pour aller au parc de South Washington County ?

— Non, je ne crois pas.

— Je regarderai sur une carte, alors. Il faut qu'on aille récupérer mes armes. Je ne peux pas prendre l'avion avec, vous comprenez. »

Carmel n'arrêtait pas d'observer Rinker du coin de l'œil pendant qu'elles sortaient de l'aéroport pour rejoindre l'entrée du parking ; elle cherchait désespérément le moindre signe qui aurait pu laisser deviner que la jeune femme était un « homme » de main de la mafia. Mais Rinker n'avait rien d'un monstre. C'était juste une nana normale, qui aimait papoter de choses et d'autres : comment s'était passé le vol, l'article qu'elle avait lu sur le body-piercing dans le magazine de la compagnie, la Jaguar de Carmel.

« Moi, j'ai une Chevrolet », dit-elle tandis qu'elles passaient à la caisse.

Carmel l'écouta un moment, jusqu'à ce que Rinker lui pose une main sur le bras et lui dise :

« Carmel, il faut vous calmer. Vous êtes tendue comme un ballon de baudruche, on dirait que vous allez exploser.

— C'est parce que je n'ai pas envie de passer les trente prochaines années de ma vie enfermée dans un placard comme un écureuil.

— On enferme les écureuils dans des placards, maintenant ? »

Carmel ne put s'empêcher de sourire, et desserra quelque peu l'étau de ses mains sur le volant.

« Vous savez très bien ce que je veux dire.

— Ça ne risque pas d'arriver, croyez-moi. On va coincer ce Rolo dans un endroit tranquille, lui expliquer gentiment la situation et reprendre la cassette.

— Et le tuer ? »

Rinker haussa les épaules.

« Il a peut-être fait trois ou quatre copies. S'il nous dit où il en a planqué deux, et que la troisième est cachée quelque part… S'il disparaît, peut-être que personne ne la retrouvera jamais.

— On ne peut pas prendre le risque qu'il y en ait une troisième. Il faut être sûres qu'on pourra toutes les récupérer avant de… de le tuer, je veux dire.

— On va lui faire peur, expliqua Rinker. Je vous le garantis. Mais on n'a aucun moyen d'être sûres à cent pour cent.

— Comment va-t-on s'y prendre ?

— Je m'en charge. Je vais le repérer quand il sera avec vous, je le suis, et quand il est seul, je m'en occupe. Est-ce qu'il y a un magasin pour les agriculteurs, dans le coin ? Ou un dépôt de camions ? Ou une grande surface de bricolage ?

— J'imagine.

— On va avoir besoin de chaînes, de deux ou trois cadenas et de quelques autres trucs... »

Le parc naturel de South Washington County était à trente kilomètres au sud de Saint Paul. C'était un complexe de sentiers de randonnée et de pistes de ski. Deux voitures étaient stationnées sur le parking, mais nulle trace de leur conducteur.

« Garez-vous tout au bout », indiqua Rinker en tendant le doigt.

Carmel s'exécuta, et elles sortirent de la voiture. Son sac en cuir à l'épaule, Rinker ouvrit la voie. Elles descendirent un sentier le long d'une petite crique, remontèrent le flanc d'une colline plantée de chênes. Arrivée au sommet, Rinker jeta un regard circulaire autour d'elle avant qu'elles ne quittent le chemin pour s'enfoncer dans le bois. Une minute plus tard, elles atteignirent une barrière qui séparait le parc d'une exploitation agricole. Rinker suivit la barrière sur quelques dizaines de mètres puis annonça enfin : « C'est là. »

Elle s'agenouilla au pied d'un arbre et creusa entre deux racines. La terre était meuble et partait facilement. Au bout d'une minute, elle dégagea deux pistolets automatiques, encore couverts de terre.

À cet instant, Carmel prit conscience qu'elle se trouvait dans un parc quasiment désert, en compagnie d'une tueuse qui avait à présent deux pistolets à la main. Si Rinker la descendait, ici, maintenant, qui le saurait, d'ici qu'un promeneur retrouve son corps par hasard, loin du sentier ? Rinker pouvait très bien reprendre la Jaguar…

Tout ce scénario défila dans l'esprit de Carmel en moins d'une demi-seconde. Rinker essuya les deux pistolets, les rangea dans son sac à dos et dit :

« Vous vous faites trop de souci.

— J'anticipe, répliqua Carmel.

— Pourquoi vous n'avez pas anticipé que Rolo était en train de vous filmer, alors ? » fit poliment remarquer Rinker.

Carmel n'éluda pas la question.

« J'ai merdé, concéda-t-elle en faisant la grimace. Je savais qu'il y avait quelque chose de bizarre. Je me souviens de m'être dit qu'il n'avait pas l'air gêné le moins du monde de montrer la déchéance dans laquelle il était tombé. Il n'était pas gêné. Et ça, c'était bizarre.

— Au moins vous reconnaissez que vous avez fait une connerie. » Les pistolets cliquetèrent dans son sac lorsqu'elle le remit sur son épaule. « Il faudra qu'on achète de l'huile. En même temps que les chaînes et les cadenas. Pour les pistolets.

— Le fait de les enterrer… Ça ne les abîme pas ?

— Si, au bout de quelques jours, ça les abîme. En une semaine, ils deviennent complètement rouillés. Et, même si quelqu'un les retrouvait, il n'y aurait plus aucun moyen de faire le lien avec la mort de Barbara Allen.

— Parce que vous comptiez les laisser là ?

— Bien sûr. On en trouve pour deux ou trois cents dollars pièce. Je n'avais pas le temps d'essayer de les faire passer dans l'avion. » Elle consulta sa montre. « Quatre heures jusqu'à Rolo. Il faut retourner en ville. »

Le Crystal Court était le patio intérieur de la plus grande tour de Minneapolis, carrefour essentiel dans un entrelacs de galeries couvertes et de passerelles. Carmel avait rendez-vous avec Rolo au rez-de-chaussée. Elle était dans une rage noire, ce que Rinker jugea parfait.

« Si vous n'étiez pas en colère, dit-elle, il trouverait ça louche. Alors plus vous êtes furieuse, mieux c'est.

— Je peux en rajouter s'il le faut, mais je ne crois pas que ce sera nécessaire. J'ai horreur de me faire avoir comme ça et d'être impuissante. »

Elle serra les dents. Elle sentait qu'elle était au bord de perdre le contrôle d'elle-même, mais elle tenait bon.

« Vous n'êtes pas impuissante, rectifia Rinker. C'est juste une apparence.

— En tout cas c'est l'impression qu'il faut lui donner. Quelle humiliation… Quel connard ! »

En effet, elle n'eut pas besoin d'en rajouter. Sa colère était intacte lorsque Rolo apparut avec la cassette vidéo dans un sachet en papier kraft.

Quant à elle, elle avait mis l'argent dans un sac en plastique.

« Espèce de salopard ! siffla Carmel en arrivant à sa hauteur. Espèce de sale petit merdeux ! J'aurais dû te laisser prendre perpète, pauvre connard ! »

Rolo abordait la situation avec plus de sérénité : « Donne-moi l'argent, Carmel. Moi, je te donne la cassette, et on n'en parle plus.

— J'espère bien qu'on n'en parlera plus », grogna Carmel.

Un homme grisonnant, en polo à manches courtes, lui jeta un regard en coin, et elle se rendit compte qu'elle devait avoir l'air d'une folle furieuse, le visage déformé par la haine, la colère, peut-être même la peur. Elle prit une grande inspiration, se redressa, tenta de recouvrer son sang-froid.

« Donne-moi la cassette, dit-elle.

— L'argent d'abord.

— Putain, Rolo, tu ne crois quand même pas que je vais la prendre et me tirer en courant ? Si je me fais choper par un flic, je suis morte. »

Après une minute de réflexion, Rolo répondit :

« Fais-moi voir l'argent. »

Carmel lui ouvrit le sac sous le nez et le laissa vérifier. Il opina du chef et lui tendit le petit paquet à contrecœur. Elle regarda à l'intérieur, aperçut la cassette et murmura :

« Espèce de salaud…

— L'argent, Carmel. »

Elle lui remit le sac en plastique.

« Je te conseille de ne pas revenir, prévint Carmel. Parce que la prochaine fois, ça ne se passera pas comme ça.

— Regarde la cassette », lui suggéra Rolo en s'éloignant parmi la foule.

Il arriva au bas d'un escalator. Une minute plus tard, il avait disparu. Le Crystal Court se situait à cinq minutes de chez Carmel. Elle était venue à pied – ça lui aurait pris plus de temps de devoir se garer. À présent, elle se hâtait pour rentrer chez elle, traversant même quand le feu était vert, impatiente de savoir ce que faisait Rinker de son côté.

Rolando D'Aquila avait garé sa vieille Dodge pourrie au troisième niveau du parking de la 6e Rue, à l'étage même où Barbara Allen avait été assassinée. Rinker trouvait ça amusant : la symétrie de la situation lui plaisait assez, et en outre elle connaissait bien la topographie des lieux, qu'elle avait repérés de manière approfondie la fois précédente. Un grand sac en plastique vert à la main, elle avait suivi Rolo de loin dans les couloirs en se mêlant à la foule des promeneurs et des hommes d'affaires qui sortaient des bureaux. Quand elle comprit où il allait, elle se rapprocha et, au moment où il pénétra dans le parking, elle n'était plus qu'à une dizaine de mètres derrière lui, avec deux personnes entre eux.

Elle suivit Rolo dans le parking sans faire d'effort particulier pour se cacher mais en restant dans les pas d'un type en costume gris avec une mallette à la main. Lorsque le type bifurqua pour rejoindre sa voiture – une Buick noire –, elle se retrouva toute seule derrière Rolo. Il jeta un coup d'œil par-dessus son épaule mais la remarqua à peine, d'autant qu'elle fit exprès de baisser la tête pour consulter sa montre à ce moment-là ; puis elle dirigea son regard en diagonale vers le fond du parking, comme si elle y avait garé sa voiture. Quand Rolo s'achemina vers sa Dodge marron, elle n'était qu'à deux pas derrière lui. Il ne s'en rendit même pas compte avant qu'elle arrive à quelques centimètres de lui. Alors il se retourna, la clé à la main, et, avant qu'il ait pu articuler un mot, Rinker sortit un pistolet du sac en plastique et lui susurra :

« Tu fais le moindre bruit et je te transperce le bide. Si tu réfléchis bien, tu comprendras qui je suis. Et que j'en suis capable. »

Rolo resta paralysé pendant plusieurs longues secondes puis répondit d'un ton calme :

« Vous pouvez reprendre l'argent, si vous voulez.

— On va reprendre l'argent, mais il faut d'abord qu'on discute un peu, tous les trois. Toi, Carmel et moi.

— Prenez l'argent, c'est tout.

— On va monter dans la voiture, Rolo. Je vais me glisser sur la banquette et pendant ce temps tu vas rester là, devant la portière. Si tu fais le moindre bruit, ou que tu essayes de t'enfuir, je te descends.

— Ça m'étonnerait, rétorqua Rolo, qui essayait de reprendre le dessus. Il y a trop de gens dans les parages. »

Elle lui tira dans la cuisse gauche. Avec le silencieux, le 22 émit un petit claquement sourd, comme si quelqu'un avait frappé dans ses mains. La jambe de Rolo flancha et il s'affaissa contre la voiture, les yeux écarquillés.

« Elle m'a tiré dessus », gémit-il dans un râle.

Il coinça sous son bras le sac en plastique qui contenait l'argent, afin de se tâter la cuisse. Quand il remonta sa main, elle était couverte de sang. Il sentait du sang lui couler le long de la jambe.

Rinker jeta un regard autour d'elle : deux personnes traversaient le parking ; ni l'une ni l'autre ne leur prêtaient attention. Elle tenait le pistolet assez bas, caché par les voitures.

« Ouvre la portière, Rolo. » Elle parlait d'un ton posé qui comportait néanmoins une menace sérieuse. « Sinon, la prochaine fois, je vise l'œil. »

Elle fit basculer son arme vers le haut, et D'Aquila eut soudain la ferme conviction qu'il pouvait distinguer la pointe de la balle au fond du canon. Il introduisit en tremblant la clé dans la serrure et ouvrit la portière.

« Ne bouge pas ! » ordonna Rinker. Elle s'approcha de lui, si près qu'on aurait pu les prendre pour deux amoureux qui échangent un baiser avant de remonter en voiture.

Elle lui colla le bout du pistolet contre le sternum et l'avertit :

« Je vais monter dans la voiture. Si tu dis un mot ou que tu essayes de t'enfuir, je te tue. Compris ?

— Tu vas me tuer de toute façon, quand je serai dans la voiture. »

Rinker secoua la tête :

« Non. On ne peut pas être sûres, pour la cassette… savoir combien de copies tu as faites. Mais on s'est dit que tu en avais sans doute gardé au moins une, et on veut la récupérer. Après ça, tu es prévenu : si une troisième copie fait surface un jour, on te tue, sans discuter. Mais on voudrait en parler calmement avec toi, pour être sûres que tu as bien compris.

— La douleur dans ma jambe, ça me tue.

— Mais non, je t'assure. Moi, en revanche, je peux te tuer. Suis-moi dans la voiture. »

Rinker s'assit sur le siège avant sans jamais perdre Rolo de vue. Elle se glissa ensuite à la place du passager, et Rolo s'installa au volant.

« Démarre, lui enjoignit Rinker.

— On va où ?

— À la maison. Chez toi. »

Carmel les trouva assis dans le salon, Rolo dans un fauteuil avec un bout de drap déchiré noué autour de la cuisse gauche. Rinker se tenait sur le canapé, ses deux pistolets soigneusement posés sur les genoux. Carmel remarqua que les deux armes étaient désormais munies de silencieux.

« J'ai été obligée de lui tirer dessus, expliqua Rinker d'un ton plat, sans la moindre émotion. Vous avez visionné la cassette ?

— Ouais, répondit Carmel, j'ai visionné la cassette. » En plus de son sac à main, elle avait un gros sac plastique qui provenait d'une quincaillerie et qui fit un bruit de cliquetis métallique quand elle le laissa tomber à ses pieds. « Ça commence par une image de lui qui m'annonce que ceci est seulement une copie, qu'il en a une autre et qu'il veut un peu plus d'argent.

— Je vais vous donner la cassette, promit Rolo. Conduisez-moi à l'hôpital. »

Carmel tira une chaise et s'assit juste en face de lui. « Regarde-moi, Rolo. Combien de copies as-tu faites ?

— Deux, c'est tout. Je le jure devant Dieu. J'allais te donner l'original, mais après j'ai réfléchi… et j'ai fait une copie. Pourquoi j'en aurais fait plus, de toute façon ? Du moment que j'avais gardé l'original, je pouvais toujours en refaire après.

— Où est-elle ? La deuxième cassette.

— Pas chez moi. Je l'ai déposée au coffre. Je me suis dit que, si ce genre de chose devait arriver, tu ne pourrais pas me tuer. Parce que tu serais obligée de m'emmener à la banque avec toi.

— Tu l'as mise au coffre ? répéta Carmel.

— Oui. À la US Bank.

— Regarde-moi dans les yeux, Rolo. »

Il la regarda, l'air sincère et honnête.

« Où sont les clés du coffre ?

— Ben, euh... je les ai confiées à une amie, une fille que je connais...

— Arrête tes conneries, Rolo. » Carmel se tourna vers Rinker. « Il ment, affirma-t-elle.

— Je ne mens pas, protesta Rolo.

— Si, tu mens. Tu n'aurais jamais donné les clés à quelqu'un. Tu les as cachées quelque part.

— Je ne mens pas, persista Rolo. Écoute, je peux appeler mon amie, si tu veux...

— Comment s'appelle-t-elle ? coupa Carmel. Vite. »

Rolo baissa les yeux et bredouilla :

« Euh, euh... Mary.

— Mary comment ? demanda Carmel d'un ton sarcastique. La Vierge Marie ? Il ment, répéta-t-elle en regardant Rinker.

— Je lui tire dessus ? suggéra cette dernière. Quelque chose d'un peu plus sérieux, cette fois ? »

Carmel observa Rolo un moment, en pinçant sa lèvre inférieure, puis secoua la tête. « Non, dit-elle. Je crois qu'on ferait mieux de l'attacher. » Elle donna un petit coup de pied dans le sac de quincaillerie. « Vérifier pour cette Mary, fouiller la baraque, voir si on trouve quelque chose qui ressemble à une clé de coffre.

— Je ne pense pas qu'elle existe, cette clé, répondit Rinker. Je pense que je devrais lui faire un peu plus mal.

— Bon sang ! murmura Rolo.

— Mettons-le sur le lit, insista Carmel. Comme ça on ne sera pas obligées de le surveiller tout le temps et on pourra réfléchir un peu. » Elle donna un deuxième petit coup de pied dans le sac en regardant Rolo. « On va t'attacher au lit et fouiller la maison. C'est soit ça, soit Pamela te fait un deuxième trou quelque part et ensuite on fouille la maison. Alors, tu vas collaborer ?

— Vous allez me tuer, répondit-il.

— Pas si ce n'est pas nécessaire.

— Vous êtes complètement cinglées !

— Oui, et tu devrais t'en souvenir.

— Allez, dans la chambre, ordonna Rinker en indiquant la direction du bout de son pistolet.

— J'ai horriblement mal à la jambe », gémit Rolo.

Rinker orienta le pistolet vers son autre jambe, et Rolo bondit en avant.

« Ça va, ça va ! s'écria-t-il. J'y vais. »

Rinker le suivit de très près, l'arme pointée vers sa colonne vertébrale.

« Allonge-toi sur le lit, dit-elle quand ils arrivèrent sur le pas de la porte. Tranquillement. »

Elles avaient acheté un rouleau de chaîne métallique dans une quincaillerie, le genre qu'on utilise pour suspendre les balançoires, du Scotch ultrarésistant dans une droguerie, et quatre cadenas plus deux paires de gants de ménage en plastique jaune au Kmart. Pendant que Rinker surveillait Rolo, l'arme à la main, Carmel fit trois tours de chaîne autour de son cou avant de la glisser sous le lit et de fixer le tout avec un cadenas.

« Les pieds, maintenant », indiqua Rinker.

Carmel fit la même chose avec les pieds.

« Les bras, ajouta Rinker.

— Hum », marmonna Carmel, hésitante. Enfin, elle lui attacha fermement un poignet avec un cadenas, se pencha sur le côté du lit, lança le reste du rouleau de chaîne par-dessous, le récupéra de l'autre côté, l'enroula autour du deuxième poignet de Rolo et accrocha le dernier cadenas. « Voilà pour la chaîne », dit Carmel.

Elle retourna chercher le Scotch dans le sac.

« Qu'est-ce que vous allez faire avec ça ? s'inquiéta Rolo.

— Te scotcher la bouche », répondit Carmel.

Rolo essaya de se débattre, mais la chaîne lui serrait le cou et il s'arrêta.

« Ne me faites pas mal, dit-il en regardant Carmel, la voix soudain plus calme.

— Combien de cassettes ? demanda Carmel.

— Juste l'autre.

— Et elle est au coffre à la banque ?

— Exactement. J'irai vous la chercher.

— La ferme. »

Carmel déroula soixante centimètres de Scotch et les lui enroula autour de la tête, au niveau de la bouche.

Carmel et Rinker passèrent une heure à fouiller la maison avec les gants de plastique jaune. Elles vidèrent les placards, les penderies et les étagères, inspectèrent la petite cave humide, où il n'y avait pas grand-chose à part des toiles d'araignées et des nids de bestioles. Elles explorèrent aussi les combles, recouverts de couches isolantes en fibre de verre rose qui leur collaient à la peau et se prenaient dans leurs cheveux. Elles sortirent tous les bacs à glaçons du congélateur, toutes les boîtes des placards, regardèrent dans la chasse d'eau des toilettes, arrachèrent les cache-prises. Elles trouvèrent une demi-douzaine de cassettes vidéo sous le téléviseur, dont les étiquettes indiquaient qu'il s'agissait de films à caractère pornographique, et, lorsqu'elles les introduisirent dans le magnétoscope, elles virent en effet des images pornographiques s'afficher sur l'écran. Elles dénichèrent aussi deux carnets d'adresses, vidèrent son portefeuille et recueillirent encore d'autres numéros de téléphone. La caméra vidéo était posée dans un placard. Rinker l'ouvrit, annonça : « Vide » et la jeta par terre, où elle atterrit dans un grand fracas. Elles découvrirent enfin quelques outils, beaucoup de vêtements et un curieux mélange de bijoux fantaisie.

Régulièrement, elles allaient jeter un œil du côté de Rolo. Les chaînes l'empêchaient de bouger et, bien qu'il poussât des gémissements à chacun de leurs passages, elles l'ignoraient et retournaient à leur exploration. Au bout d'une heure, il était clair qu'elles ne trouveraient pas la cassette.

« Peut-être qu'elle est quelque part ailleurs, observa Rinker après avoir arraché le rembourrage des fauteuils et du canapé. On ne peut pas regarder partout… il nous faudrait une pelleteuse. »

Debout dans l'embrasure de la porte, Carmel observait Rolo.

Finalement, elle s'approcha du lit et lui retira le Scotch de la bouche. Il se mit à crachoter, et elle lui dit :

« Dernière chance, Rolo. Dis-moi où est cette putain de cassette.

— À la banque », grommela-t-il.

Il croyait qu'il avait gagné.

« Va te faire foutre. » Carmel attrapa le rouleau de Scotch et se pencha pour lui en recoller sur la bouche, mais il détourna la tête. « Regarde-moi, ordonna-t-elle.

— Hé, va te faire foutre toi-même ! rétorqua-t-il avec arrogance.

— Je crois qu'il a envie de se prendre une deuxième balle dans la peau, remarqua Rinker depuis le pas de la porte.

— Je vais mourir si vous me tirez encore dessus ! protesta Rolo. Ma jambe saigne toujours. Et si je meurs, les flics vont ouvrir le coffre à la banque et… Hé ! »

Il avait poussé une exclamation parce que Carmel était montée sur lui à califourchon. Assise sur son torse, elle l'attrapa par les cheveux et lui tira la tête en avant, de toutes ses forces, jusqu'à ce que la chaîne lui coupe la respiration. Il se débattit tant bien que mal, mais il faisait de drôles de gargouillis lorsque Carmel lâcha prise.

« Garde la tête droite, dit-elle tandis qu'il reprenait son souffle, au bord de la suffocation. Espèce de… »

Il garda la tête droite ; elle lui colla plusieurs couches d'adhésif sur la bouche.

« Et maintenant ? demanda Rinker alors que Carmel redescendait du lit.

— Je suis très bonne pour les contre-interrogatoires, répondit-elle. Ce que vous pourriez faire pendant ce temps, c'est prendre une serpillière, un balai, et nettoyer là où on est passées.

— On est passées partout.

— Ouais, mais vous n'êtes pas obligée de frotter, il suffit de brouiller les empreintes pour que, si le labo de la Crim vient voir, ils ne puissent pas savoir ce qui est récent et ce qui est vieux.

— Le labo de la Crim ?

— Oui. » Carmel s'approcha de Rinker et lui chuchota à l'oreille : « C'est presque sûr qu'on va devoir le tuer après l'avoir interrogé. Ils finiront bien par trouver le corps, et le labo viendra relever les empreintes.

— Et la cassette, alors ? demanda Rinker.

— On aura la cassette. » Elles étaient dans la cuisine, et Carmel alla ramasser la perceuse et une boîte de forets dans le tas d'ustensiles qu'elles avaient renversés par terre. « Je vous garantis qu'on l'aura. »

Carmel retourna dans la chambre et brancha la perceuse, sous le regard inquiet de Rolo.

« Tu savais que j'étais folle ? lui lança-t-elle. Je veux dire : vraiment folle à lier ? Eh bien, tu vas voir, je suis cinglée, et je vais te le prouver. » Elle remonta sur le lit et s'assit à cheval sur ses jambes. « Ceci est une mèche de 4, poursuivit-elle. Et maintenant, je vais te faire un trou dans la rotule. »

Comme il se débattait en grognant, elle secoua la tête :

« Non, non, non. Pas de négociations. Ça ne servirait qu'à nous faire perdre un peu plus de temps. Je vais d'abord percer. »

Ce qu'elle fit. Il eut beau se cabrer de toutes ses forces, avec le cou et les pieds enchaînés il ne réussit pas à la désarçonner. À califourchon sur ses jambes, elle lui enfonça la mèche dans le genou avec une détermination impitoyable. La mèche crissait, crachotait, projetait en l'air des paillettes d'os blanc et de sang noirâtre. Carmel continua jusqu'à ce que le mandrin de la perceuse arrive en contact avec le jean de Rolo. Ce dernier ruait dans tous les sens, mais ses cris étaient étouffés par le Scotch. À la fin, quand la perceuse se tut, il laissa échapper un terrifiant gémissement d'animal blessé, une sorte de rugissement qui dérapait dans les aigus. À l'autre bout de la pièce, Rinker fit volte-face et retourna dans le salon, où elle s'assit sur une chaise, les mains plaquées sur les oreilles.

Après avoir enfoncé la mèche au maximum, Carmel la remua dans la plaie en disant :

« Alors, connard ? C'est bon ? Tu aimes ça ? La cassette est à la banque, hein ? Tu nous prends pour des connes, ou quoi ? »

Rolo s'évanouit.

« Et maintenant, tu crois peut-être que je vais t'enlever le Scotch et te reposer la question, mais tu te trompes, poursuivit-elle sur le ton de la conversation lorsqu'il eut repris connaissance. D'abord, je vais te percer l'autre genou. »

Et elle recommença, toujours à califourchon sur ses jambes, tandis que Rolo s'étranglait avec la chaîne en essayant de se débattre.

Puis elle continua :

« Tu sais ce qui doit faire vraiment mal ? Un trou dans les talons. »

Et elle perça un trou dans chacun de ses talons, en prenant son temps, en perfectionnant sa technique. Au milieu du premier talon, Rolo s'évanouit de nouveau ; et une troisième fois pendant l'autre pied.

« Trouvez-moi des glaçons dans l'évier ! cria Carmel à Rinker. S'ils n'ont pas tous fondu. »

Il en restait quelques-uns, et Carmel vida un bol d'eau glacée sur le visage de Rolo. Une minute plus tard, il rouvrait les yeux.

« Tu sais ce qui doit faire très mal pour un mec ? reprit Carmel. Vraiment très, très mal ? »

Elle promena une main jusqu'à sa ceinture et commença à la défaire, après quoi elle lui déboutonna le pantalon et tira dessus pour le faire descendre. Rolo n'opposait aucune résistance. Carmel fit descendre le pantalon jusqu'aux cuisses, et le geignement d'animal à l'agonie reprit de plus belle. Carmel s'arrêta et demanda :

« Qu'est-ce qu'il y a ? Tu ne veux pas que je te troue la queue ? Pourtant ça m'amuserait, je crois.

— Ah, ah, ah, grogna-t-il.

— Tu vas nous dire où se trouve vraiment la cassette, alors ?

— Ah, ah… »

Carmel lui arracha le Scotch et il tourna la tête vers elle, le regard vitreux.

« Je vais mourir, gémit-il. Mon cœur a lâché.

— Écoute, si c'est pour nous raconter des conneries, je remets le Scotch et je recommence à percer. Je peux y passer la nuit, tu sais.

— La cassette est dans la voiture. Dans la roue de secours. »

Carmel regarda Rinker.

« Merde, alors ! Comment a-t-on pu être aussi stupides ?

— Je vais la chercher, déclara Rinker. Vous avez du sang partout. »

Carmel baissa les yeux vers son chemisier : les gouttelettes rouges y dessinaient comme un motif brodé.

Rinker sortit de la maison ; encore une belle soirée. Elle percevait de la musique en provenance d'un immeuble voisin, par une fenêtre ouverte, quelque part. Elle s'arrêta un instant pour tendre l'oreille mais ne reconnut pas le morceau. Puis elle marcha jusqu'à la voiture de Rolo, ouvrit le coffre et souleva la bâche qui protégeait la roue de secours. La cassette était coincée au milieu. Elle l'examina une seconde, la soupesa dans la paume de sa main, laissa échapper un soupir et retourna dans la maison.

« Alors ? lança Carmel.

— J'ai une cassette. »

Elle l'introduisit dans le magnétoscope. L'image apparut aussitôt, et Carmel vint la rejoindre pour regarder.

« Bien éclairé, commenta Rinker.

— Il avait tous les rideaux ouverts. C'est un autre détail qui aurait dû me mettre la puce à l'oreille. Il n'est pas du genre à laisser les rideaux ouverts.

— Bon sang…, murmura Rinker en voyant le film. Vous étiez cuite si les flics trouvaient ça.

— C'est bien pour ça qu'il fallait que je la récupère.

— Vous croyez que c'est la seule copie ?

— Je ne sais pas. Je pourrais percer encore un peu. »

Rinker jeta un coup d'œil en direction de la chambre.

« Il a l'air assez mal en point, quand même… Je ne crois pas qu'il puisse en supporter plus, et je ne crois pas qu'on en tirera autre chose. Autre chose que ce qu'on a déjà.

— On laisse tomber, alors ?

— C'est vous qui êtes sur la cassette. »

Carmel considéra un moment la porte de la chambre, puis décida :

« D'accord. On arrête. S'il y a une autre copie quelque part, on verra plus tard. Mais je crois quand même qu'on est obligées de le tuer. Après ce que je lui ai fait, il pourrait être tellement remonté qu'il irait voir les flics.

— Vous vous en chargez ? demanda Rinker.

— Oui. Si vous voulez.

— Pas si ça vous dérange.

— Non, non, je ne crois pas. Pas vraiment. Qu'est-ce qu'il faut faire ? »

Rinker lui expliqua le principe pendant qu'elles retournaient dans la cuisine. Rolo les vit revenir avec le pistolet et n'eut même pas la force de protester.

« Rendez-vous en enfer, souffla-t-il.

— Il n'y a rien de plus con que l'enfer, répliqua Carmel. Tu ne sais pas encore ça ? » Elle se tourna vers Rinker : « Qu'est-ce que je fais ? Je le pose sur sa tempe et j'appuie, c'est tout ?

— C'est tout. »

Rolo détourna la tête, et Carmel appuya le canon de l'arme contre sa tempe, puis attendit quelques secondes.

« Vas-y, dit Rolo.

— Je t'ai fait peur, pas vrai ? » demanda Carmel.

Rolo commença à tourner la tête vers elle. Un espoir ? Elle pouvait le lire dans ses yeux.

Carmel tira six coups, et s'arrêta en s'apercevant que le chargeur était vide.

Rinker et Carmel passèrent encore une dizaine de minutes dans la maison pour tout vérifier, effacer toutes les traces qui auraient pu servir de preuves.

« On pourra balancer les flingues dans le Mississippi, suggéra Carmel. Je connais un endroit près du barrage.

— Et brûler la cassette, ajouta Rinker.

— Dès qu'on sera chez moi. Il faudrait qu'on rentre se changer, qu'on se débarrasse de nos vêtements, et puis qu'on se lave bien, les cheveux et tout.

— On pourrait peut-être sortir quelque part, ce soir. Mon billet de retour n'est que pour après-demain.

— Oui, pourquoi pas ? On peut aussi louer un film, ou… »

Elle s'interrompit au milieu de sa phrase et fit volte-face.

« Qu'est-ce qu'il y a ? » demanda Rinker.

Sans même prendre la peine de répondre, Carmel retourna dans la cuisine, s'accroupit à côté de la caméra vidéo que Rinker avait jetée par terre et la retourna du bout du doigt.

« Qu'est-ce qu'il y a ? insista Rinker.

— Enfoiré de Rolo ! Cette caméra est une VHS-C. Et cette cassette... » Elle examina la cassette qu'elles avaient récupérée. « Cette cassette est une VHS normale. Si vous vouliez faire une copie en branchant directement la caméra sur le magnétoscope, ce serait sur une cassette comme ça. Ce qui veut dire qu'il reste une autre cassette quelque part. Une VHS-C.

— Vous en êtes sûre ?

— Regardez. »

Carmel ramassa la caméra, la retourna, ouvrit le compartiment à cassette. La cassette qu'elles possédaient était au moins deux fois plus grosse que le compartiment.

« Mauvaise nouvelle », commenta Rinker.

Carmel lui jeta un regard en coin : si Rinker la descendait maintenant, elle n'aurait plus aucun souci à se faire. Elle pouvait rentrer chez elle tranquillement et dormir sur ses deux oreilles, le problème était réglé.

« Vous vous inquiétez trop, lança Rinker.

— J'anticipe. Rentrons chez moi. Vous avez toujours ses carnets d'adresses ?

— Ouais.

— Prenons aussi son portefeuille, son répertoire, tous les trucs où il est susceptible d'avoir noté des noms... Il faut que je réfléchisse à tout ça.

— Vous ne croyez pas qu'elle est dans un coffre à la banque ?

— C'est un dealer. Jamais il n'aurait eu un coffre à la banque, pas à son vrai nom en tout cas. On n'a pas trouvé de faux papiers qu'il pourrait avoir utilisés pour ouvrir un coffre sous un nom d'emprunt, et on n'a pas retrouvé de clé non plus. J'imagine qu'il a dû faire ce que font les dealers la plupart du temps : laisser la clé à quelqu'un en qui ils ont confiance.

— Qui, par exemple ?

— Un avocat. Sauf que c'était moi, son avocat. Il peut très bien en avoir eu un autre, c'est facile à savoir. Mais il était latino, donc ça doit plutôt être quelqu'un de sa famille. En tout cas, il faut effectuer une petite enquête. Et vite…

— Je vais annuler mon billet d'avion. Et je crois qu'on va garder les pistolets. »

En chemin, Rinker observa furtivement Carmel et lui demanda :

« Ça vous a plu ? Ce que vous avez fait tout à l'heure ? »

Carmel faillit répondre puis changea d'avis et posa une question à son tour :

« Vous avez été en classe ? À la fac, je veux dire.

— Ben oui.

— Ah bon ? Je ne pensais pas que… enfin…

— Tueuse professionnelle, tout ça ?

— Ouais. Vous avez fait des études de quoi ?

— Psychologie. En fait, il me reste huit UV à passer pour avoir mon diplôme. Je devrais avoir terminé au printemps prochain.

— Dans une bonne fac ?

— Pas mal.

— Mais vous n'allez pas me dire laquelle.

— Ben...

— Ça ne fait rien. Enfin bref, ça m'a pas mal plu, oui. Un peu plu, disons. Mais de toute façon, que ça m'ait plu ou pas, il fallait bien le tuer, non ?

— Ça vous a plu un peu ? Pas mal ou un peu ?

— Et vous ? demanda Carmel.

— Non. Je ne supportais pas les bruits qu'il faisait. Et cette odeur quand il a... enfin, vous voyez. Ça ne m'a pas plu du tout, non. »

Carmel quitta la route des yeux l'espace d'un instant pour regarder Rinker.

« Ne vous inquiétez pas, dit-elle. Je suis juste une sociopathe. Comme vous. Pas une psychopathe.

— Et comment savez-vous que je ne suis pas une psychopathe ?

— D'après ce que Rolo m'a dit... ce qu'il a entendu sur vous. Calme, professionnelle, discrète. Vous faites ça parce que vous en avez la possibilité, que ça vous rapporte de l'argent et que vous êtes plutôt douée. Pas parce que vous avez des orgasmes en tuant des gens.

— Des orgasmes ?

— Vous savez... J'ai travaillé sur deux ou trois affaires... »

Le temps qu'elles arrivent devant chez Carmel, Rinker riait aux larmes. En sortant de la voiture, elle regarda Carmel par-dessus le toit et lui lança :

« Wichita State.

— Pardon ?

— C'est là que je fais mes études. »

Carmel sut instinctivement que Rinker venait de lui dire quelque chose d'important. Au bout d'un moment, elle comprit pourquoi : elle venait de lui révéler où elle pouvait la retrouver.

Où elle habitait.

6

Trois voitures de la police de Saint Paul et la fourgonnette du labo étaient stationnées devant la maison lorsque Lucas arriva. Des deux côtés de la rue, les gens étaient assis sous leur porche et contemplaient le ballet des flics autour de chez Rolo. Lucas se gara, descendit de sa Porsche et se dirigea vers la maison. Un agent en uniforme le vit approcher et s'apprêtait à l'intercepter quand un flic en civil passa la tête par la porte et lui cria :

« C'est bon, Dick. Laisse-le passer.

— Vous pouvez y aller », indiqua Dick.

Lucas lui adressa un signe de tête en gravissant les quelques marches du perron. Sherrill se tenait dans l'entrée. Avec ses cheveux bruns, ses yeux noirs, son chemisier jaune pétard et sa jupe grise à la place du pantalon qu'elle portait d'habitude, elle avait l'air d'une madone de la Renaissance italienne. Elle portait également une veste en soie noire pour cacher son 357, coincé sous son bras.

« Très chic, commenta Lucas.

— Une femme doit être belle si elle veut plaire à son homme, répondit-elle en battant des cils.

— Trop tôt pour ce genre de conneries », marmonna Lucas. Il jeta un coup d'œil rapide à l'intérieur saccagé de la maison. « Qu'est-ce qui se passe ?

— Viens voir. Je suis sûre que ça va te plaire.

— Trop tôt », répéta Lucas, tout en allant voir quand même.

Un flic de la brigade criminelle de Saint Paul qui répondait au nom de LeMaster lui montra le corps sur le lit, avec des chaînes autour du cou, des chevilles et des poignets, et le pantalon baissé sur les cuisses.

« C'est un drogué du coin qui l'a trouvé il y a environ deux heures. Il était venu chercher son petit remontant. Le type qui est mort était un gros dealer, à une époque.

— Plus maintenant ? »

LeMaster secoua la tête.

« Il a trop mis son nez dedans. Dernièrement, il en était réduit à dealer au gramme.

— Est-ce que ce n'est pas la tendance générale ? fit observer Lucas. Un jour, c'est par kilos, le lendemain, c'est sachet par sachet. » Il s'accroupit sur le côté du lit en gardant les mains dans ses poches. « Une flopée de 22 dans la tête.

— Ouaip. C'est peut-être le même tueur que pour Barbara Allen. Ou bien quelqu'un qui a lu l'histoire dans les journaux et à qui ça a plu. »

Lucas opina du chef et se releva en se grattant le nez, repéra les taches de sang encore humides autour des pieds et des genoux puis demanda :

« D'où vient tout ce sang ? Et comment il s'appelle ?

— Il s'appelait Rolando D'Aquila, mais tout le monde l'appelait Rolo. Le sang provient de trous pratiqués à la perceuse dans ses rotules et ses talons. Et il a un trou dans la jambe qui ressemble à une blessure par balle…

— Des trous de perceuse dans les talons ?

— Ouais. Regardez ça. »

La perceuse gisait sur le sol au bout du lit, avec un foret moucheté de sang séché.

« Bon sang de bonsoir ! » s'exclama Lucas. Il porta de nouveau son attention sur le cadavre. « Ils lui ont fait des trous avec une perceuse ?

— On dirait bien. Il faudrait lui retirer son pantalon et ses chaussures pour en avoir le cœur net, mais le médecin légiste n'est pas encore arrivé… En tout cas, ça en a tout l'air.

— Ça doit faire mal, putain », murmura Lucas en examinant le visage de Rolo.

On aurait dit que la tête avait été compressée, parcheminée, comme les têtes réduites que Lucas avait vues à la télé. Il semblait avoir souffert.

« Vous voyez ces bouts de Scotch par terre ? On distingue des traces de dents à certains endroits. Ils ont dû lui scotcher la bouche pendant qu'ils lui faisaient les trous.

— Et la maison est sens dessus dessous, ce qui signifie qu'ils cherchaient sans doute quelque chose. De la cocaïne, par exemple.

— Ouais, mais bon sang… Les trous dans la tête, regroupés, comme ça, exactement comme dans l'affaire Allen… Aucun des voisins n'a rien entendu, et pourtant beaucoup dorment avec la fenêtre ouverte, par cette chaleur. Exactement comme pour le meurtre de Barbara Allen : personne n'a rien entendu. Et la façon dont ils l'ont torturé, ça ressemble à du travail de pro. Ils avaient prévu le Scotch, les chaînes, les cadenas, la perceuse… Ils savaient ce qu'ils allaient faire avant de venir. C'est du travail de pro. Comme pour Allen.

— Vous n'arrêtez pas de dire “ils”, remarqua Lucas.

— Je ne peux pas imaginer qu'un seul type ait réussi à le faire allonger sur le lit et à l'attacher comme ça. Ça doit pas être évident. À mon avis, il devait y avoir un type qui le tenait en joue, et au moins un autre qui l'attachait.

— Envoyez les douilles au labo pour qu'ils fassent une analyse. Si c'est les mêmes que dans l'affaire Allen, elles seront tellement tordues qu'on ne pourra rien en tirer, même pas le numéro de série.

— On ira jusqu'au bout, répondit LeMaster. Et si c'est les mêmes…

— On est dans la merde », conclut Lucas.

Sherrill feuilletait un magazine pour hommes lorsque Lucas la rejoignit au milieu du salon dévasté.

« Alors ? demanda-t-il. Qu'est-ce que tu en penses ?

— Je pense que c'est un magazine homo, répondit-elle. En gros, c'est un catalogue d'accessoires parsemé de photos de mecs qui sont clairement homos.

— T'arrives à savoir sur photo ?

— Évidemment. Regarde ce type, par exemple. » Elle lui montra la photo d'un motard torse nu et couvert de sueur, le regard ténébreux, avec une tignasse de cheveux noirs qui lui retombaient sur le front. « Ou bien il est homo, ou bien il fait tout pour qu'on le croie. Toutes les photos sont comme ça. Des types qui font de l'escalade, du canoë… Et regarde les fringues. Tu vois un type habillé comme ça dans la rue et tu te dis…

— J'aurais très bien pu avoir cet air-là quand j'étais gosse », coupa Lucas.

Elle fronça les sourcils et roula des yeux. « Lucas, crois-moi, tu n'avais pas cet air-là. On dirait que quelqu'un lui a fait du mal. On dirait tous que quelqu'un leur a fait du mal. Regarde les lèvres tuméfiées. Toi, au contraire, on dirait toujours que tu viens de faire du mal à quelqu'un. À une femme, par exemple.

— Merci.

— Y a pas de quoi.

— Mais je pense quand même que tu ne peux pas te faire une idée d'après une simple photo. »

Elle le scruta attentivement, puis sourit :

« Ah, je comprends maintenant ! C'est parce que tu as lu le rapport sur la globalité, la disparité, enfin je sais plus comment ça s'appelle. Le rapport sur la diversité. Il faut que tu arrêtes de lire ces conneries, ça te bousille le cerveau.

— Ouais, c'est… je ne sais pas. Mais, bref, qu'est-ce que tu penses de ça, là-bas ? » Il désigna la chambre, par-dessus son épaule. « Un imitateur ? Une coïncidence ? J'ai pas trop suivi, moi.

— Pas un imitateur, je ne pense pas. On n'avait pas donné les détails aux journaux… On ne leur a pas dit que c'était un 22, que tous les trous étaient groupés comme ça, que c'était vraiment tiré à bout portant. On voit les mêmes marques de poudre sur le crâne. Et c'est fait avec sang-froid.

— Personne n'a autant de sang-froid qu'un dealer en gros qui veut marquer le coup, rétorqua Lucas. Peut-être qu'il cachait quelque chose à quelqu'un, qu'il essayait de revenir dans la cour des grands.

— Ouais, d'accord, mais c'est pas seulement le sang-froid. C'est tout le reste qui va avec. Ça ne peut pas juste être un imitateur.

— Ça pourrait être une coïncidence, alors... suggéra Lucas. Mais ce serait assez extraordinaire.

— Tu connais la loi des coïncidences.

— Ouais : c'est sans doute une coïncidence à moins que ce n'en soit pas une.

— Alors, tu prends le train en marche ou non ? » Elle lui décocha son plus beau sourire. « Allez, on n'a pas retravaillé ensemble depuis que cette vieille Audrey McDonald a essayé de nous refroidir.

— On s'est parlé deux ou trois fois, quand même.

— Tu appelles ça parler ? »

Elle le taquinait.

« J'ai assez envie de me mettre sur l'enquête, reprit-il, si Black et toi n'y voyez pas d'inconvénient. La commission sur la diversité me rend dingue, et ça pourrait me donner un prétexte pour...

— Bienvenue à bord, lança Sherrill. C'est pour ça que je t'ai demandé de venir aujourd'hui.

— La première chose à faire, enchaîna Lucas, c'est de convoquer cet avocat, Allen, et de le cuisiner un peu. Est-ce qu'il connaît ce Rolando Machin-Truc ? Est-ce qu'il prend de la cocaïne ? Est-ce qu'il en a déjà pris ?

— Son avocate va se jeter sur nous comme la misère sur le pauvre monde, avertit Sherrill.

— Comme quoi ?

— La misère sur le pauvre monde.

— Bon sang, j'avais presque oublié ce que c'était, de parler avec toi. Mais ne t'en fais pas pour Carmel. Je m'en charge. »

« La question, commença Carmel tandis que Rinker, penchée sur un rayonnage de chez Neiman Marcus, contemplait les foulards Hermès, c'est de savoir si la personne qui a la cassette va la visionner, et si oui, si elle viendra me voir ou si elle ira direct chez les flics. »

Une vendeuse s'approchait d'elles, et Rinker répondit :

« En tout cas, je parie que le nom de cette personne est dans son carnet d'adresses.

— Sauf s'il la connaissait tellement bien qu'il n'avait pas besoin de noter son numéro quelque part, objecta Carmel.

— Je peux vous aider, mesdames ? » proposa la vendeuse. Rinker tapota le bord de la vitrine en disant : « Je peux voir le noir et doré, s'il vous plaît ? Avec les œufs. »

Elles restèrent encore cinq minutes à regarder les foulards, et Rinker choisit finalement le noir et doré, qu'elle paya avec une carte de crédit du magasin.

« Vous faites vos courses chez Neiman assez souvent pour avoir une carte chez eux ? s'étonna Carmel pendant que la vendeuse était partie emballer le foulard.

— Je viens chez eux une ou deux fois par an, j'achète pour quelques centaines de dollars. Le nom sur la carte n'est pas mon vrai nom, mais j'ai tous les autres papiers au même nom. Je me sers régulièrement de la carte et je paye mes échéances toujours à temps. Au cas où. J'ai aussi plusieurs cartes – Visa et Master Card – selon le même principe. Au cas où.

— Au cas où quoi ?

— Au cas où je devrais partir en courant.

— Je n'avais jamais pensé à faire ça, reconnut Carmel. Partir en courant.

— Je préfère courir plutôt que de me retrouver au milieu d'une bagarre. Si les flics commencent à me tourner autour d'un peu trop près, je suis foutue.

— Vous croyez que je pourrais partir en courant ? »

Après l'avoir examinée attentivement pendant une bonne minute, Rinker acquiesça.

« Physiquement, je ne pense pas que ce serait un problème. La question, c'est de savoir si vous le supporteriez psychologiquement. »

La vendeuse revint avec le paquet et la carte de crédit.

« Merci beaucoup, madame Blake.

— Merci à vous, répondit Rinker en rangeant sa carte dans son portefeuille.

— Vous pensez que physiquement, ça irait ? Mais psychologiquement… »

Le sujet intéressait Carmel.

« Bien sûr. Vous avez une image à préserver. Des vêtements qui se remarquent, les cheveux blonds, bien maquillée bien parfumée, super godasses. » Rinker recula d'un pas pour mieux la contempler de haut en bas. « Si vous vous habilliez beaucoup moins bien, par exemple en achetant des trucs dans des friperies, vous voyez, des trucs qui ne vont pas aussi bien ensemble, un vieux tissu écossais dégueulasse ou de la toile épaisse. Et si vous vous laissiez pousser les cheveux et que vous vous faisiez une teinture châtain clair, que vous marchiez avec les épaules un peu plus voûtées et en traînant les pieds, peut-être aussi que vous pourriez vous mettre des prothèses mammaires pour avoir des gros seins qui tombent…

— Mon Dieu ! » s'exclama Carmel en éclatant de rire.

Mais Rinker parlait sérieusement. « Avec tout ça, vos meilleurs amis ne vous reconnaîtraient pas à un mètre. Vous pourriez prendre un boulot de femme de ménage dans votre compagnie et personne ne vous reconnaîtrait. Mais je ne sais pas si vous, vous le supporteriez. Je crois que vous aimez être au centre de l'attention. Vous en avez besoin.

— Peut-être, admit Carmel. Peut-être que c'est vrai pour tout le monde.

— Pas pour moi. Moi, je ne veux pas que les gens me regardent. Et c'est une des raisons pour lesquelles ce métier me convient.

— J'avoue que ça m'échappe un peu.

— J'ai fait du strip-tease pendant trois ans et demi, expliqua Rinker, de seize à vingt ans. Au bout d'un moment, on commence à en avoir marre que les gens vous regardent. On a envie d'intimité. »

Carmel était fascinée, à présent.

« Vous avez fait du… » Son bipeur sonna dans son sac, un bip à la discrétion toute japonaise. « Tiens, tiens… »

Elle jeta un œil au numéro qui venait de s'afficher, remit le bipeur dans son sac, en sortit un téléphone portable et composa un numéro.

« Peut-être un problème, expliqua-t-elle. Ma secrétaire ne me bipe que s'il y a une urgence. Marcia ? dit-elle dans le combiné. Vous avez cherché à me joindre ? Mmm-mmm. Mmm-mmm. D'accord. Donnez-moi le numéro. D'accord. »

Elle raccrocha et annonça :

« Un flic a appelé. Il veut parler à l'un de mes clients.

— Ça ne vous stresse pas de parler aux flics à longueur de journée ?

— Pourquoi ? Ça devrait ? Je n'ai rien à me reprocher, je ne fais que mon travail.

— Il faut qu'on passe un peu de temps à chercher cette cassette, parce qu'on ne peut pas…

— En fait, mon client s'appelle Hale Allen », lâcha Carmel.

Rinker fronça les sourcils.

« Un rapport avec Barbara Allen ?

— C'est son mari.

— La vache ! Comment ça se fait ?

— C'est un ami à moi et je suis un bon avocat. À vrai dire, je suis même un des meilleurs de l'État du Minnesota. Les flics le soupçonnent.

— Vous êtes infiltrée, alors ?

— En quelque sorte, répondit Carmel en souriant. C'est assez intéressant.

— En tout cas, ça peut être utile. C'est pour ça que vous avez accepté de le défendre ?

— Pas vraiment. » Son sourire disparut, et elle ajouta : « Mais le flic qui a téléphoné n'était pas sur l'affaire jusqu'à présent. Lucas Davenport. Il est très haut placé dans la police. Il a été nommé pour des raisons politiques. Avant, c'était un flic normal, mais il s'est fait virer pour brutalité ou un truc comme ça. Ils l'ont fait revenir parce qu'il est malin. C'est un salopard, mais il est très malin.

— Oui, enfin, du moment qu'il croit que c'est le mari qui a fait le coup…

— Mais ça veut dire qu'il faut qu'on mette la main sur cette putain de cassette. Si Davenport entend la moindre rumeur là-dessus… Je vais vous dire une chose, Pamela, Davenport est le seul mec au monde qui pourrait vous démasquer. Le seul au monde.

— Du moment que vous êtes infiltrée, il ne devrait pas poser de problème, rétorqua Rinker en haussant les épaules. Et s'il devient un problème, on le supprime. »

Carmel la regarda un moment sans rien dire, et Rinker demanda :

« Quoi ?

— Vous ne le connaissez pas.

— Écoutez, si un type ne s'y attend pas et que vous passez du temps à l'observer et à réfléchir, vous pouvez toujours l'avoir. Toujours. »

Alors qu'elle avançait d'un pas allègre le long des couloirs de la Crim, Carmel repéra Lucas qui arrivait dans l'autre sens avec un énorme dossier sous le bras.

« Bon sang, Davenport, ne me dites pas que vous avez encore bafoué les droits de mon client !

— Comment allez-vous, Carmel ? répliqua Lucas.

— C'est quoi, ce pavé ?

— Ah, la commission de la perfection.

— Oh, mon Dieu. J'ai essayé de lire un article là-dessus dans le *Star Tribune*, j'ai eu l'impression qu'on m'avait fait une piqûre d'anesthésie. »

Carmel lui tendit une joue, et Lucas lui donna une bise. Puis il lui prit la main, la souleva et recula d'un pas pour pouvoir la contempler de la tête aux pieds.

« Vous êtes absolument… ravissante.

— Merci. Comment se fait-il qu'on n'ait encore jamais couché ensemble ? Pourtant, vous avez couru après toutes les femmes de la ville.

— Je cours seulement après… Non, c'est faux.

— Quoi ?

— J'allais dire : “Je cours seulement après les femmes qui ne me font pas peur”, mais de toute façon elles finissent toutes par me faire peur.

— J'ai entendu dire que vous couchiez avec Mlle Gros-Nichons, la fliquette, mais que vous avez rompu.

— Vous devez parler de l'inspecteur Sherrill.

— Qu'est-ce qui s'est passé ? Elle avait un plus gros pistolet que vous ?

— Carmel, Carmel… »

Lucas lui tenait la porte. Carmel pénétra dans le bureau et aperçut Hale Allen à l'autre bout de la pièce, adossé à un meuble de classement, en pleine conversation avec Marcy Sherrill. Marcy se tenait un peu trop près de lui et le regardait dans les yeux avec une mine extatique.

« Oh, oh, commenta Carmel.

— Au fait, reprit Lucas en baissant la voix, il paraît que votre client est bête à bouffer du foin.

— Peut-être, mais, bon sang, qu'est-ce qu'il est beau ! »

Elle se mordit la lèvre, poussa un grand soupir théâtral et s'avança vers Allen et Sherrill. Elle se déplaçait comme un léopard, pensa Lucas.

Lucas expliqua à Allen qu'ils avaient besoin de revoir certaines questions ensemble, parce qu'il était nouveau sur l'enquête. Il espérait que ce ne serait pas trop pénible.

« J'ai cru comprendre que le comté venait tout juste de vous remettre le corps de votre femme…

— Oui, enfin, répondit Allen.

— Le délai d'attente a été scandaleusement long, observa Carmel. Je ne comprends pas pourquoi ils avaient besoin de faire des dizaines de prélèvements différents alors qu'elle a pris sept balles dans la tête, point.

— La routine, rétorqua Lucas.

— La routine, mon cul ! lança Carmel, qui avait basculé sur le mode avocat. Vous devriez essayer de vous mettre un peu à la place de la famille. Vous victimisez les victimes.

— D'accord, d'accord, coupa Lucas. Cet entretien ne devrait nous prendre que quelques minutes.

— Où est l'autre type ? demanda Carmel. Le dénommé Black.

— Il a autre chose à faire, expliqua Lucas avant de se tourner vers Allen… Parlez-moi de votre relation avec votre femme.

— Oh, c'est pas vrai ! » soupira Carmel.

Dix minutes plus tard, Lucas se pencha vers Allen et lui demanda :

« Quels étaient vos rapports avec Rolando D'Aquila ?

— Rolando qui ? répéta Allen d'un air intrigué.

— D'Aquila. Il se faisait appeler Rolo, d'après ce que je sais.

— Je ne connais personne de ce nom.

— Vous ne lui avez jamais acheté de coke ? insista Lucas.

— Non, jamais. De la coke ? »

Lorsque Lucas mentionna le nom de Rolo, Carmel se renferma en elle-même et se mit à cogiter. Apparemment, ils avaient retrouvé le corps. S'ils fouillaient dans le passé de D'Aquila – et ils ne sauraient tarder à le faire –, ils tomberaient sur son nom. Et ils se demanderaient sans doute pourquoi elle n'avait rien dit.

« Pourquoi êtes-vous intéressé par Rolando D'Aquila ? demanda-t-elle à Lucas.

— Il a été assassiné hier soir. Exactement de la même manière que Mme Allen. La méthode était identique. » Il se retourna vers Allen : « Donc vous ne l'avez jamais défendu, ni lui ni un de ses amis, soit au cours d'un procès au pénal, soit dans une affaire de droit civil ?

— Non, pas que je me souvienne. Mais j'ai défendu des milliers de gens dans des affaires de liquidation immobilière, alors peut-être que… Mais je ne me souviens d'aucun Rolando.

— Lâchez-le ! aboya Carmel. Il n'a jamais défendu Rolando D'Aquila pour quoi que ce soit.

— Qu'est-ce que vous en savez ? s'étonna Lucas.

— Parce que Rolando n'avait qu'un avocat. » Tous les regards étaient tournés vers elle, et elle hocha la tête. « Moi. »

Après l'entretien avec Allen, alors qu'il prenait un café au distributeur avec Sherrill, Lucas fit remarquer :

« Je t'ai trouvée bien silencieuse. Ça me fait presque peur quand tu ne dis rien.

— Je faisais la fliquette gentille, puisque tu faisais le flic méchant, répondit Sherrill.

— En tout cas, je suis d'accord : il est extrêmement séduisant. »

Sherrill éclata de rire et renchérit :

« Il a des yeux absolument incroyables. On dirait les yeux d'un petit chien.

— Il en a aussi le QI. En plus, il couche avec sa secrétaire.

— *Une* secrétaire, pas *sa* secrétaire. Parce que son mariage battait de l'aile, d'après ce que j'ai compris. Et puis je crois que son intelligence peut très bien résider ailleurs que…

— Que quoi ?

— Que dans sa tête. »

Lucas pouffa de rire et dit :

« Bon sang, j'ai failli aspirer du café bouillant par le nez, à cause de toi.

— Bien fait », lança Sherrill.

7

Lorsque Carmel rentra chez elle, elle trouva Rinker allongée sur le canapé, un coussin derrière la tête, plongée dans la lecture du *Guide NBC de la prononciation*. « Vous saviez que le club de strip-tease français le plus connu s'appelait le "foh-lee bairjair" ? »

Carmel eut un haussement d'épaules.

« Ouais, peut-être.

— Vous voyez, conclut Rinker en jetant le livre sur la table basse, c'est ça que font les gens quand ils apprennent le français. On leur apprend à prononcer des trucs marrants. Moi, j'ai été obligée de prendre espagnol pour mes études, mais la prononciation n'a rien de très marrant. Alors qu'en français… J'ai toujours cru que c'était "foh-lee beer-zhair".

— J'en sais rien, moi aussi j'ai pris espagnol. »

Rinker se redressa, posa les pieds par terre et demanda : « Comment ça s'est passé avec les flics ?

— Ils ont demandé à Hale s'il connaissait Rolo. Ils ont trouvé le corps ce matin… Un junkie qui était passé chercher de la coke.

— Vous leur avez dit que c'était un de vos clients ? »

L'espace d'une seconde, Carmel eut la tentation de mentir, mais elle se ravisa :

« Ouais, j'étais plus ou moins obligée. Ils s'en seraient rendu compte, de toute façon.

— D'accord. Donc, maintenant, ils peuvent faire le lien entre vous et Rolo, mais pas avec le meurtre, parce que personne ne sait que vous… que vous avez quelque chose à voir avec Hale. Hale ne le sait pas lui-même, c'est bien ça ?

— C'est ça. » Elle marcha d'un pas nonchalant jusqu'à la baie vitrée et balaya la ville du regard. C'était une journée brûlante, et une fine brume planait vers l'est. « S'il n'y avait pas cette putain de cassette, on serait complètement hors de danger. Je me dis qu'on aurait peut-être mieux fait d'étrangler Rolo, plutôt que de le descendre. Comme ça il n'y aurait eu aucun lien. On a fait une erreur.

— Je n'y ai même pas pensé, reconnut Rinker. Ça paraissait naturel de se servir du pistolet, vu qu'il était à portée de main.

— Ouais, enfin… Ils attendent les analyses des douilles qu'ils ont envoyées au labo. Ils pourront voir si les balles qui ont tué Barbara Allen et celles qui ont tué Rolo proviennent du même lot.

— D'accord… Il va falloir qu'on se débarrasse des flingues assez rapidement. Ou qu'on achète de nouvelles cartouches.

— Vous avez réfléchi à ce qu'on pourrait faire pour la cassette ?

— Oui », déclara Rinker. Elle se leva, s'approcha d'un guéridon où elle ramassa le carnet d'adresses qu'elles avaient trouvé chez Rolo. « Premièrement, vous vous souvenez quand il a dit qu'il avait donné la cassette à une fille qui s'appelait Mary ?

— Oui, mais il n'y a aucun nom dans le carnet, seulement des…

— Des initiales, compléta Rinker. Mais, comme j'avais un peu de temps, j'ai commencé à l'éplucher. Il y a quatre paires d'initiales qui commencent par un M. Je suis allée dans votre bibliothèque et j'ai consulté l'annuaire inversé. Je me suis rendu compte qu'il utilisait un petit code débile pour ses numéros de téléphone. Il mettait le dernier chiffre au début. Par exemple, s'il avait eu le numéro 123-4567, il l'aurait noté sous la forme 712-3456.

— Comment vous en êtes-vous aperçue ? demanda Carmel, impressionnée.

— Parce que certains des préfixes n'existent pas, et que ceux qui existent correspondent à n'importe quoi. Un des numéros correspondait à un centre de toilettage pour chiens. Pourquoi il aurait eu ça dans son répertoire ? Bref, les types pour qui je travaillais avaient fait de la taule, et ils m'ont expliqué le genre de codes que ces mecs utilisent. Alors j'ai essayé plusieurs combinaisons jusqu'à ce que j'en trouve une qui me donne tous les bons préfixes. Et ensuite, tout collait parfaitement : toutes les initiales correspondaient à des personnes, et deux des noms qui commencent par un M sont des femmes. Ou probablement des femmes. La première s'appelle Martha Koch, mais la deuxième n'a que la lettre M : M. Blanca. Quand il n'y a que la première lettre du prénom, c'est souvent une femme qui habite toute seule. Une jeune femme.

— Mary, par exemple.

— Non, ce n'est pas Mary. J'ai appelé, une femme a répondu et j'ai demandé Mary Blanca, elle m'a dit que j'avais fait une erreur. Elle avait un léger accent, mexicain peut-être. Mais j'ai re-réfléchi à tout ça et je me suis souvenue que Rolo était terrorisé quand vous lui avez demandé le nom de la personne à qui il avait confié les clés du coffre. Je suis sûre que quand vous lui avez dit “vite”, le nom de son amie lui est réellement venu à l'esprit et il a failli le dire, mais il l'a modifié au dernier moment. Ça peut être Martha, ou bien cette M.

— Ça fait beaucoup d'hypothèses à la suite, rétorqua Carmel, sceptique. Ça peut être aussi une autre M, ou bien quelque chose de totalement différent.

— Ouais, mais c'est la seule piste qu'on ait.

— Le nom de Rolo va être dans tous les journaux demain, observa Carmel. Si cette fameuse M ne sait pas encore qu'il est mort, elle l'apprendra demain matin à coup sûr. Alors elle va sans doute regarder la cassette, si elle ne l'a pas encore fait. Et après, elle va aller la porter aux flics.

— Donc, on ferait mieux d'aller dire deux mots à cette M. Blanca, et à Martha Koch.

— Quand il fera nuit.

— Ouaip.

— On a une épée de Damoclès au-dessus de la tête », dit Carmel.

On célébrait une naissance chez Martha Koch et, bien qu'elle ne le sût jamais, cette petite fête lui sauva la vie.

« Il y a beaucoup de bagnoles », marmonna Carmel alors que Rinker et elle s'avançaient dans l'allée qui menait chez les Koch.

Une douzaine de voitures étaient garées le long du trottoir. La maison était une somptueuse résidence en face d'un terrain de golf. Une série de marches en pierre jalonnaient la pelouse et montaient jusqu'à la porte d'entrée. La lumière était allumée sous la véranda, et les rideaux du salon ouverts.

« Oh, oh », murmura Carmel en s'immobilisant en haut des marches. Deux femmes passaient en riant dans la pièce principale et l'une d'entre elles se retourna pour s'adresser à une ou plusieurs autres personnes derrière elle.

« On laisse tomber, annonça Rinker. Il faudra revenir une autre fois. »

Elles descendirent les marches, remontèrent dans la Volvo de Carmel garée au bout de la rue, et démarrèrent.

La maison de M. Blanca n'était pas tout à fait du même standing. Située au nord du quartier de l'université du Minnesota, elle faisait partie d'une rangée de petites maisons délabrées toutes identiques les unes aux autres. Quatre boîtes aux lettres étaient accrochées près de la porte d'entrée.

« Ce sont des appartements, chuchota Rinker.

— C'est souvent comme ça, répondit Carmel.

— Ça veut dire qu'il faut faire attention, il va y avoir des gens autour. Vous avez l'argent ?

— Oui. » Carmel avança de quelques pas et demanda : « De quoi j'ai l'air ? »

Rinker portait sa perruque rousse, et elles s'étaient toutes les deux enveloppé la tête dans de grands foulards en soie noire.

« Vous avez l'air d'une de ces femmes vertueuses qui portent toujours un foulard autour de la tête.

— Parfait, rétorqua Carmel. Vous aussi, d'ailleurs. »

Devant la porte, Carmel sortit une petite lampe de poche pour éclairer les boîtes aux lettres. Sur celle de gauche, on pouvait lire *Howell* ; celle d'à côté ne portait que la trace d'une étiquette qu'on avait arrachée. Sur la troisième était écrit à l'encre rose *Jan et Howard Davis*, et en dessous avait été rajouté en vert, d'une écriture d'enfant : *Et Heather*. La quatrième boîte indiquait simplement *Appartement A*. Carmel ouvrit la boîte de gauche, celle au nom de *Howell*, mais ne trouva rien à l'intérieur. Celle à l'étiquette arrachée contenait une facture de téléphone adressée à un certain David Pence, appartement C. Elle sauta la boîte de la famille Davis et ouvrit celle de droite : rien.

« Je pense que c'est l'appartement A qui nous intéresse, murmura-t-elle, mais je n'en suis pas sûre. »

Rinker acquiesça d'un signe de tête et elles pénétrèrent dans le hall du bâtiment. Un escalier montait sur la droite, et un vélo ultramoderne était attaché à la rambarde.

« On ne fait plus de vélos comme avant », marmonna Rinker.

Sur le mur de gauche s'ouvrait une porte jaune paille. Une autre porte, vert clair, se trouvait face à elles, au fond du hall. Un grand B de métal était accroché à la première porte, tandis que la verte portait la lettre A. Rinker mit la main dans la poche où elle avait rangé son pistolet, et Carmel s'avança pour toquer à la porte du fond.

Silence. Carmel frappa une deuxième fois, un peu plus fort. On entendit un léger bruit étouffé, comme quelqu'un qui se lève d'un lit ou d'un canapé. Quelques instants plus tard, la porte s'entrouvrit et un Latino ensommeillé passa la tête dans l'entrebâillement.

« Qu'est-ce que c'est ? demanda-t-il.

— Nous voudrions parler à Mme Blanca, expliqua posément Carmel.

— Elle dort, rétorqua-t-il en commençant déjà à refermer la porte.

— Nous avons de l'argent pour elle », s'empressa d'ajouter Carmel. La porte s'immobilisa et les yeux du type réapparurent dans la fente. Sans la moindre discussion, il annonça : « Je lui donnerai.

— Non, rectifia Carmel. Rolo a dit que nous devions le remettre à Mme Blanca en personne, si quelque chose devait lui arriver.

— Ah… » Il réfléchit quelques instants, avec l'air de comprendre de quoi il s'agissait ; Carmel sentit son cœur se serrer.

« Qu'est-il arrivé à Rolo ?

— Ça représente pas mal d'argent », ajouta Carmel. Elle voulait paraître nerveuse, et c'était plutôt réussi.

« Une seconde », répondit le type. La porte se referma et elles l'entendirent appeler : « Hé ! Marta !

— Marta Blanca, murmura Rinker. La pâtisserie.

— Quoi ? »

Carmel dévisagea Rinker comme si elle délirait.

« "Avec la farine Marta Blanca, toutes vos pâtisseries sans tracas"… »

Carmel secoua la tête, consternée. Le type revint et la porte se rouvrit. Il les examina rapidement, parut satisfait et leur dit :

« Très bien, entrez. »

Carmel pénétra la première dans l'appartement, qui semblait entièrement décoré dans des tons bruns ; une seule lampe était allumée, l'abat-jour jauni par le tabac, et éclairait faiblement une pile de magazines porno. Une odeur de marijuana flottait autour des rideaux.

« Combien d'argent ? voulut savoir le type.

— Il faudrait demander à... », commença Carmel, avant de s'interrompre en voyant une femme arriver par la cuisine. Elle venait sans doute d'une chambre du fond de l'appartement, et finissait de rentrer son chemisier dans la taille de son jean. « C'est vous, Marta ?

— Ouais. » Elle avait encore les yeux gonflés de sommeil. « Qu'est-il arrivé à Rolando ?

— Il est mort, annonça Carmel d'une voix morne. Assassiné. »

La femme se figea et son visage blêmit.

« Il est mort ? C'est impossible, je lui ai parlé hier au téléphone.

— Les flics l'ont trouvé ce matin, expliqua Rinker en s'écartant de Carmel. C'était un ami proche ?

— C'était, c'était, c'était..., balbutia-t-elle sans parvenir à terminer sa phrase.

— Son frère », compléta l'homme à sa place.

Rinker jeta un rapide coup d'œil à Carmel, qui lui répondit par un hochement de tête imperceptible. Elle bougea les doigts dans sa poche.

« Demi-frère, rectifia Marta avant de s'effondrer sur une chaise. Oh, mon Dieu ! soupira-t-elle.

— C'est passé aux informations, précisa Rinker.

— Il disait qu'il vous avait confié une cassette, enchaîna Carmel en s'accroupissant devant la jeune femme pour pouvoir la regarder droit dans les yeux, et que, si jamais il lui arrivait quelque chose, nous devions venir la récupérer, parce que si vous la gardiez quelqu'un risquait de vous retrouver et de vous faire du mal. Et il nous a aussi donné une enveloppe pour vous. De l'argent.

— On n'a pas de cassette », prévint aussitôt le type. Mais la jeune femme demanda d'un air pensif : « Combien d'argent ? »

Ils avaient la cassette, Carmel en était persuadée, et elle sentit tous les muscles de son dos se détendre d'un seul coup.

« Cinq mille dollars », indiqua-t-elle. Marta leva les yeux vers l'homme, qui lui répondit : « J'en sais rien. »

Carmel sortit l'enveloppe de sa poche.

« Si vous pouviez nous remettre la cassette… »

La jeune femme se leva, mais le type l'arrêta d'un geste de la main.

« Avant toute chose, dit-il, je crois qu'on ferait mieux de regarder cette cassette.

— Rolando nous l'a interdit, objecta Marta en se frottant nerveusement les mains.

— Il faut que vous nous donniez cette cassette, insista Carmel.

— C'est pas une cassette normale, expliqua Marta. C'est une petite cassette, vous savez, il faut un truc spécial pour pouvoir la visionner.

— On va la visionner, répéta l'homme avec détermination. Si vous nous en offrez cinq mille dollars..., dit-il avec un grand sourire triomphant, c'est sans doute qu'elle vaut beaucoup plus que ça.

— Écoutez, intervint Rinker, il nous faut cette cassette. Elle n'était pas censée tomber entre les mains de Rolando, et si j'étais vous je préférerais ne pas avoir d'ennuis avec les gens à qui elle appartient. »

Rinker parlait d'un ton uni, dans lequel Carmel décela une pointe de menace. Mais visiblement, le type n'avait pas l'ouïe aussi fine.

Il lui rit au nez :

« C'est quoi ? La mafia, c'est ça ? Ou les Colombiens ? Je les emmerde, moi. » Puis il se tourna vers Marta et ajouta : « On va regarder cette cassette. » S'adressant de nouveau à Carmel et à Rinker, il dit en remontant son pantalon d'un coup sec : « Vous n'avez qu'à laisser l'enveloppe ici. Si ça suffit, on vous remettra la cassette. Sinon, on vous donnera notre prix, bande de connasses.

— Bon sang ! marmonna Carmel en passant devant Rinker. Ce n'est vraiment pas nécessaire. »

Du coin de l'œil, elle pouvait voir la main de Rinker sortir son pistolet de sa poche.

— Si, c'est parfaitement nécessaire, répliqua le type en haussant la voix. Si je dis que c'est nécessaire, c'est que c'est nécessaire, putain ! » Il se tourna vers Marta : « Compris ? »

La jeune femme détourna le regard, et Carmel haussa les épaules.

« Si vous le dites... »

Elle fit un pas de côté et sentit Rinker lever son pistolet à bout de bras.

L'homme eut un mouvement de recul, un peu décontenancé.

« Quoi ? demanda-t-il en souriant. Vous croyez me faire peur ? »

Ce furent les derniers mots qu'il prononça ; Rinker lui tira une balle au milieu du front, et il s'effondra sur place. Abasourdie, Marta porta les deux mains à sa bouche et, avant qu'elle ait pu émettre le moindre son, Rinker pointa son arme sur elle en disant :

« Tu cries, je te bute.

— Donne-nous la cassette et on te donne l'argent, suggéra Carmel.

— Oh, mon Dieu, mon Dieu, mon Dieu…

— La cassette, bordel ! » s'énerva Rinker.

La jeune femme tendit une main en direction du pistolet, comme pour se protéger des balles, et recula lentement, les yeux rivés sur le corps de l'homme à ses pieds.

La cassette se trouvait dans un placard de la cuisine, à l'intérieur d'une grosse cocotte en métal. Marta la tendit à Rinker, qui la passa à Carmel, laquelle l'examina un instant avant de hocher la tête en signe d'approbation.

« Vous n'avez pas fait de copies ? demanda-t-elle.

— Non, non, non, non… »

La jeune femme ne quittait pas Rinker du regard. Dans le salon, le type laissa échapper un gémissement et Rinker retourna auprès de lui.

« Il n'est pas mort ? risqua Marta.

— Ouais, ça arrive, répondit Rinker avec nonchalance. Parfois, la balle n'arrive même pas à transpercer la boîte crânienne. »

Elle se pencha en avant, approcha le canon de son pistolet à moins de cinq centimètres de la tête de l'homme, et tira trois coups secs d'affilée. Le corps de l'homme fut agité d'un violent soubresaut avant de s'immobiliser définitivement.

Marta se signa, dévisageant Rinker, les yeux écarquillés.

« Vous allez me tuer, maintenant, pas vrai ?

— Non, pas moi », répondit Rinker en esquissant un sourire.

Carmel, qui avait pris le deuxième pistolet, tira une balle dans la nuque de Marta Blanca. Pendant que la jeune femme s'écroulait, Carmel s'avança et vida son chargeur dans sa tempe. Ensuite, elle se tourna vers Rinker avec un grand sourire, les yeux brillants d'excitation :

« On a la cassette, putain ! On a la cassette ! »

Rinker rangea le pistolet dans la poche de sa veste et proposa :

« Allons boire un verre quelque part.

— Non, rectifia Carmel. D'abord on vérifie la cassette pour être sûres que c'est la bonne, on l'efface, et après on va boire un verre quelque part. »

Elles sortirent dans le hall et refermèrent la porte derrière elles. Alors qu'elles se dirigeaient vers la sortie, un trait de lumière éclaira soudain leur visage. D'un même mouvement, elles se retournèrent vers la droite, puis baissèrent les yeux : une petite fille se tenait sur le pas de la porte et les dévisageait d'un air sérieux. La lumière provenait de l'intérieur de l'appartement. Dans le dos de la fillette, une maman énervée cria :

« Heather ! Ferme cette porte ! »

Carmel tripotait le pistolet au fond de sa poche, mais une autre porte s'ouvrit à l'étage au-dessus et une voix d'homme prononça quelques mots inintelligibles ; elles levèrent toutes les deux la tête, et la petite fille referma la porte.

« On se tire, dit Rinker d'une voix pressée.

— Elle nous a vues », fit observer Carmel.

Des pas se firent entendre sur le palier du dessus et Rinker poussa Carmel vers la porte principale. Elles sortirent précipitamment de l'immeuble et se hâtèrent dans la nuit en direction de la voiture.

« C'est une gamine, reprit Rinker. Elle ne s'en souviendra pas. Si ça se trouve, ils ne vont pas trouver les corps avant une semaine.

— Pourquoi est-ce que ça ne peut pas être plus simple ? demanda Carmel. Ça me rappelle un rêve que je faisais tout le temps quand j'étais ado. Je rêvais que j'étais au lycée, que je ne retrouvais plus mon casier et que la cloche allait sonner d'une minute à l'autre. Chaque fois que j'allais enfin trouver mon casier, quelque chose se passait et m'empêchait d'y arriver.

— Tout le monde fait ce genre de rêves, affirma Rinker. C'est bon, on est hors de danger, maintenant.

— Peut-être », répondit Carmel. Elle jeta un coup d'œil par-dessus son épaule. Une silhouette d'homme montait sur un vélo et prenait la direction opposée à la leur. « Mais j'ai mes informateurs. Si cette gamine ne tient pas sa langue, on va devoir revenir faire le ménage.

— Allons boire un coup », proposa Rinker.

Elles burent plusieurs verres et se firent deux steaks dans l'appartement de Carmel. Celle-ci avait sur son balcon un barbecue qu'elle n'avait quasiment jamais utilisé, et Rinker en fit les honneurs. Elle s'affairait comme un professionnel.

« À une époque, je travaillais dans un bar où on avait un barbecue en terrasse, raconta-t-elle à Carmel. C'était fréquenté que par des cow-boys, et ils voulaient leur steak carrément carbonisé.

— Pour moi, ce sera plutôt à point. Pas de sang. »

Elle visionnait la vidéo dans le salon : la totalité de son entrevue avec Rolo était enregistrée sur la cassette, alors que sur les autres n'apparaissait que la séquence finale.

« Donc, c'est l'original, annonça-t-elle à Rinker avec une satisfaction non dissimulée. Même s'il reste une copie quelque part, ils peuvent m'attaquer mais je peux très facilement prouver que c'est une copie et qu'elle a pu être trafiquée, donc pas de preuve.

— Ce serait quand même mieux qu'il n'y ait plus de copie nulle part.

— C'est bientôt prêt ?

— C'est prêt. On peut passer à table.

— Parfait. Une dernière chose avant de manger… »

Carmel dévida toute la bande de la cassette vidéo, jeta le boîtier vide à la poubelle, fit une grosse boule avec la bande magnétique et la posa sur les braises du barbecue.

« Plus aucune trace, murmura-t-elle en la regardant se consumer.

— Trois morts rien que pour cette cassette ! soupira Rinker.

— Oh, c'est pas grand-chose. Juste une bande de drogués. Personne ne va les regretter.

— Même les drogués ont de la famille, quelquefois. Je détestais mon beau-père et mon grand frère, je n'aime plus ma mère, mais j'ai encore un petit frère. Il vit à Los Angeles, il se drogue, parfois il dort sur la plage… Je ferais n'importe quoi pour lui. D'ailleurs, je fais tout ce que je peux pour lui.

— Ah bon ? » s'étonna Carmel, impressionnée. Elles s'étaient installées à la table de la salle à manger. « Moi, je n'ai jamais eu personne comme ça. Enfin, je donne à des bonnes œuvres, ce genre de trucs, mais c'est parce que je suis obligée. Je n'ai jamais eu personne pour qui… pour qui je serais prête à faire n'importe quoi.

— Même Hale ? »

Carmel secoua la tête :

« Même Hale.

— Vous avez tué des gens pour lui.

— Non, rectifia Carmel. J'ai tué des gens pour moi… pour quelque chose que je voulais, moi. Et ce quelque chose, c'est Hale. S'il avait eu le choix, qui sait ? Il serait peut-être resté avec Barbara.

— Hum », commenta Rinker en mastiquant un morceau de viande. Elle avala sa bouchée, regarda un instant Carmel découper son steak et questionna :

« Vous auriez pu tuer la petite fille ?

— On dirait que vous me prenez pour un monstre.

— Non, non, ça m'intéresse, c'est tout. Moi-même, je l'aurais fait si ça avait été indispensable, mais j'aurais eu horreur d'en arriver là.

— Pourquoi ?

— Parce que c'est une gamine.

— Et alors ? Qu'est-ce que ça veut dire, de toute façon, tout ça ? » Carmel balaya la pièce d'un regard circulaire. « On est juste des morceaux de viande ambulants. Et la pensée, c'est juste une réaction chimique. Quand on aime quelque chose, c'est encore une autre réaction. À notre mort, tous ces produits chimiques retournent à la terre, et voilà, il ne reste plus rien. Le seul endroit où on va après la mort, c'est dans la terre. Il n'y a pas de paradis, pas d'enfer, pas de Dieu, rien de tout ça. Simplement… le néant.

— C'est plutôt sombre, comme vision », commenta Rinker. Elle pointa sa fourchette en direction de Carmel. « J'ai déjà vu des gens comme ça… des nihilistes, des gens qui croient comme vous. Au bout d'un moment, ils ne supportent plus. La plupart se suicident.

— Je comprends. C'est sûrement ce que je ferai quand je serai plus vieille. Si je vis jusque-là…

— Pourquoi pas maintenant ? demanda Rinker. Si rien n'a de sens, pourquoi attendre ?

— Pour rien, juste par curiosité. J'ai envie de voir ce qui va se passer. Finalement, se suicider est aussi vain que de ne pas se suicider. Ça ne change absolument rien. Alors, du moment qu'on ne s'ennuie pas, du moment qu'on se sent bien… pourquoi le faire ?

— Mais vous le feriez si vous étiez obligée ? Vous suicider, je veux dire.

— Bien sûr ! Puisque je le ferai peut-être même sans y être obligée.

— Vraiment ?

— Mais oui. Pour la même raison que celle qui me fait rester pour l'instant : la curiosité. Je ne pourrai jamais être sûre à cent pour cent qu'il n'y a rien de l'autre côté. Alors, dans la mesure où il reste une chance sur un million, ça vaut quand même le coup de vérifier.

— La vache, je crois que ça me déprime.

— Moi aussi, de temps en temps ça me déprime, avoua Carmel. Mais je retombe vite sur mes pieds. C'est parce que j'ai un esprit supérieur.

— Chimiquement, vous voulez dire ?

— Exactement. » Après quelques bouchées supplémentaires, Carmel demanda : « Et vous ? Comment vous arrivez à justifier tout ça ?

— Je pense que je suis assez croyante, finalement.

— Ah bon ?

— Oui. Je crois que tout ce qui arrive sur cette terre est planifié par Dieu. Et si Dieu décide que quelqu'un doit mourir maintenant, si c'est le destin de cette personne, alors je ne peux pas refuser.

— Donc, d'une certaine manière, vous êtes le doigt de Dieu.

— Je ne dirais pas ça exactement comme ça. Ça fait un peu… un peu prétentieux, je trouve. Mais je ne fais qu'accomplir la volonté de Dieu, oui.

— Bon Dieu ! s'exclama Carmel, avant de se reprendre : Oh, excusez-moi si ça vous choque, je…

— Non, non, pensez-vous ! Je traîne tout le temps avec des Italiens, vous savez. Des catholiques. Bon sang ! Personne ne jure comme les catholiques. Je ne suis pas vraiment pieuse dans ce sens-là. Je travaillais dans un bar à strip-tease, alors… C'est juste que je crois en… en une sorte de Dieu. Même pas le paradis ou l'enfer, juste Dieu. Comme un grand tout dont on ferait tous partie.

— Et les armes ? Où avez-vous appris à vous en servir ?

— On a toujours eu des armes à la maison quand j'étais gosse, mon beau-père était un chasseur. Un braconnier, plus exactement. Du coup je connaissais un peu les fusils et les carabines. Ensuite c'est les types de la mafia qui m'ont initiée au maniement des revolvers et des pistolets, même si la plupart d'entre eux n'y connaissent pas grand-chose, en réalité. J'ai pensé que, si je devais en faire mon métier, je veux dire devenir tueur à gages, je ferais mieux de m'y plonger sérieusement. On peut pratiquement tout apprendre dans les livres. Il y a une infinité de documents sur les armes à feu.

— Vous savez tout sur chaque type de balles, à quelle vitesse elles vont…

— En gros, oui. Je ne recharge pas moi-même, c'est-à-dire que je ne fabrique pas mes propres munitions, parce que ce serait une signature trop évidente et que tôt ou tard ils pourraient me retrouver grâce à ça. Mais ce qu'on trouve sur le marché est aussi bon que ce que j'arriverais à faire moi-même pour mon type de travail, de toute façon.

— C'est quelque chose de spécial, une arme. Je veux dire…

— Non. La plupart sont des flingues volés, ils circulent de main en main. J'ai un ami qui les récupère pour moi et qui scie le canon pour le silencieux.

Il vérifie le mécanisme, et je m'en sers deux ou trois fois pour m'assurer que tout fonctionne, mais en gros tout ce que je fais est toujours à moins de trois mètres de distance. À bout portant. Donc j'utilise plutôt des petits calibres et je tire plusieurs coups.

— Vous transportez les silencieux séparément ?

— Ouais. Dans une petite mallette en plastique avec deux ou trois clés à molette et des tenailles. Comme ça, même si ça passe aux rayons X, on dirait une boîte à outils. En revanche, pour les pistolets, il n'y a aucun moyen de les dissimuler. Pour ce qui est des pistolets traditionnels, en tout cas. »

Elles discutèrent ainsi pendant un bon moment, parlant de tout et de rien, de nihilisme et de religion, d'armes à feu et de munitions. Très tard dans la nuit, alors qu'elle somnolait, Carmel se repassait la conversation dans la tête en souriant dans son sommeil. Elle avait fait l'université avec des étudiants d'économie et de droit qui passaient des nuits blanches à réviser, pas à refaire le monde.

La soirée qu'elle venait de passer, la plupart des gens en vivaient des dizaines dans leur jeunesse, réunis autour d'une bière, entre amis, à parler de la mort et de Dieu.

Elle s'endormit paisiblement, et elle rêva peut-être d'une cassette vidéo qui partait en fumée. Et aussi d'armes à feu.

8

Lucas et Black pénétrèrent dans la pièce juste après le médecin légiste du comté de Ramsey. Le corps de Rolando D'Aquila était allongé sur un brancard d'acier.

« Dis donc, ils l'ont sacrément amoché », commenta Black avec un long sifflement d'incrédulité. On lui avait pourtant raconté, mais c'était la première fois qu'il apercevait le cadavre. « Regardez-moi ces genoux.

— Regardez plutôt ses talons, si vous voulez voir quelque chose qui a dû le faire déguster », rétorqua le médecin.

C'était un petit homme brun et velu, avec une barbe. Une sorte de Raspoutine à l'accent de Boston.

« Alors, qu'est-ce que c'est, cette histoire de lettres ? demanda Lucas.

— J'ai une photo à vous donner, répondit le médecin, mais j'ai pensé que vous voudriez peut-être voir ça par vous-même. » Il prit une main du cadavre et la retourna. Sur le dos de la main figuraient une série d'écorchures qui formaient le dessin suivant :

Lucas et Black s'accroupirent pour y regarder de plus près.

« Qu'est-ce que c'est ? demanda Black.

— Je nc sais pas, répondit le médecin. Mais en tout cas, il s'est fait ça lui-même, parce qu'on a retrouvé de la peau sous ses ongles. Et il l'a fait peu de temps avant sa mort. Il avait du sang sur les doigts, qui aurait disparu s'il avait eu les mains libres et qu'il s'en était servi pour faire quoi que ce soit. Donc, on pense qu'il savait qu'il allait mourir et qu'il a essayé de laisser un message.

— Le nom de l'assassin, par exemple, suggéra Black. Qui doit être Dew.

— Vous croyez ? » Le médecin se pencha sur la main et reprit : « Je ne voyais pas ça comme ça. Je rcgardais dans l'autre sens et je voyais plutôt Mop. »

Black s'adressa à Lucas :

« Qu'est-ce que tu en penses ? M-O-P ou D-E-W ?

— Alors là, ça me les coupe, reconnut Lucas Peut-être qu'on verrait mieux sur une photo, finalement. » Puis il demanda au médecin : « On ne peut pas penser qu'il s'est simplement écorché en se débattant dans les chaînes ? On était quand même en train de lui trouer les rotules à la perceuse…

— Qui sait, quand un type se fait torturer… Les égratignures ont l'air délibérées. On dirait vraiment que la peau a été arrachée d'un coup sur le dos de la main. Et le tracé lui aussi a l'air délibéré, pas comme s'il s'était débattu ou contracté involontairement. Je crois vraiment qu'il l'a fait exprès.

— Ouais, maugréa Lucas en se grattant la tête. Faut vraiment avoir des couilles.

— Tu ne vois pas D-E-W ? insista Black.

— Si, et je vois aussi M-O-P, et un tas d'autres choses, et j'ai pas la moindre idée de ce que ça peut bien signifier.

— Qu'est-ce que tu vois ? demanda Black en penchant la tête de côté pour essayer de voir les lettres sous un autre angle.

— Je vois C-L-É, par exemple, ou C-L-O-U, comme s'il voulait nous orienter vers un indice. Mais il n'y a pas de clé, ni de clou. À moins qu'on soit passés à côté.

— Nan, protesta Black, c'est beaucoup trop tiré par les cheveux. Et puis, s'il avait voulu écrire CLÉ, qu'est-ce que tu fais du petit zigouigoui qui ressemble à un W après ?

— Je n'en sais rien, peut-être un dérapage. Ça doit pas être évident d'écrire lisiblement en s'arrachant la peau.

— Ouais, d'accord, mais je ne pense pas que ce soit ça. Je pense que ce sont des initiales. Je pense que… Hé, attendez !

— Quoi ? »

Black se grattait la tête à son tour.

« Je discutais avec les gars de Saint Paul. Ils sont sur la piste de la sœur de Rolando. Elle habite du côté de la fac, mais pour l'instant ils n'ont pas réussi à la joindre. Elle s'appelle Marta Blanca. Si on lit l'inscription à l'envers, ça peut être un M au lieu d'un W, et un B au lieu d'un D…

— Et le truc au milieu, c'est quoi, alors ? interrogea le médecin.

— Je ne sais pas, c'est juste une hypothèse, rétorqua Black. Mais bon, comme disait Lucas, il avait les mains enchaînées et… Comment avait-il les mains, exactement ?

— Comme ça, répondit Lucas en lui mimant la position. Derrière la tête.

— Donc il ne pouvait pas voir ce qu'il était en train de faire, il devait souffrir horriblement et paniquer à mort parce qu'il savait très bien ce qui l'attendait. Je me demande s'il n'essayait pas de nous mener jusqu'à sa sœur…

— En tout cas, peut-être que sa sœur a quelque chose à voir là-dedans, suggéra Lucas.

— Voilà ! s'exclama Black. Ça, c'est peut-être la clé, justement. Si on allait frapper à sa porte ? »

Une petite fille s'amusait avec un camion en plastique dans l'entrée de l'immeuble de Marta Blanca, devant une porte ouverte.

« Hou ! hou ! lança Lucas.

— Qui est là ? » répondit une voix de femme depuis le fond de l'appartement.

Lucas se pencha par-dessus la petite fille et toqua contre le chambranle.

« C'est la police de Minneapolis, madame. Nous cherchons une certaine Marta Blanca.

— Au fond du hall, appartement A. »

Black parvint au bout du couloir et frappa à la porte du fond. Une jeune femme apparut sur le seuil, dans le hall, avec un torchon dans une main et dans l'autre une casserole qu'elle était en train d'essuyer.

« Il y a un problème ? s'inquiéta-t-elle.

— Oui. Son frère a été assassiné. Nous avons besoin de l'interroger, c'est la procédure habituelle. »

La jeune femme haussa les sourcils.

« Je ne les ai pas entendus sortir ce matin. Heather laisse toujours la porte ouverte pour pouvoir jouer dans le hall, et Marta s'arrête souvent au passage pour lui dire bonjour. » Elle jaugea Black du regard avant de s'adresser à Lucas : « Vous auriez une pièce d'identité, s'il vous plaît ?

— Oui, bien sûr », répondit Lucas avec un sourire.

Il sortit son portefeuille, l'ouvrit et le lui tendit avec sa carte d'immatriculation bien en évidence.

Elle l'examina attentivement et dit en relevant les yeux :

« J'ai entendu parler de vous. Vous ne faites que les homicides.

— Qu'est-ce qui se passe, maman ? demanda Heather.

— Je t'expliquerai plus tard, lui répondit sa mère. Ce monsieur est un policier. Il attrape les méchants.

— Je n'ai pas vu de méchants chez Marta, fit observer la fillette.

— D'accord », dit Lucas.

Depuis le fond du couloir, Black indiqua :

« Ils ne sont pas chez eux.

— Ils ont fait une fête, hier soir », déclara la petite fille.

Sa mère fronça les sourcils.

« Je n'ai pas entendu de fête… Je n'ai vu personne entrer ou sortir.

— J'ai entendu les ballons éclater, insista la gamine. Comme à un anniversaire. »

Lucas se retourna vers Black.

« C'est suffisant pour justifier une perquisition, dit celui-ci, le visage tendu.

— Je crois, approuva Lucas avant d'ajouter à l'intention de la jeune femme : Vous feriez mieux de rentrer chez vous avec votre fille.

— Quoi ? Pourquoi ? »

Elle jeta un regard interrogateur vers la porte du fond. Black avait sorti son arme de son étui et la tenait contre sa cuisse pour la dissimuler aux yeux de la fillette. La femme comprit brusquement ce qui se passait et se retourna vers Lucas.

« Oh, non, murmura-t-elle. Non, non, non. Heather, viens ici. Viens avec maman. »

Une fois qu'elles furent rentrées chez elles, Lucas adressa un signe de tête à Black, qui se positionna en face de la porte verte et décocha un coup de pied juste sous la poignée. La vieille porte en bois s'ouvrit toute seule et Lucas, pistolet à la main, pénétra le premier dans l'appartement. Immédiatement, il repéra le corps de l'homme sur le sol. Un pas de plus, et il découvrit la femme allongée à côté de lui. Ils étaient tous les deux sur le ventre.

« OK, souffla Black derrière lui. Fais gaffe. »

Ils explorèrent prudemment le reste de l'habitation au cas où il y aurait encore eu quelqu'un. Mais, à part les deux cadavres, l'endroit était désert. Lucas revint dans le salon. Aucune trace de lutte, d'ailleurs la petite fille n'avait rien entendu, sauf les ballons éclater. Il s'agissait donc d'une exécution pure et simple, avec un silencieux. Il avait vu au cours de sa carrière assez de cadavres pour ne plus être affecté par ce genre de spectacle, mais celui-ci le toucha pourtant. L'efficacité implacable du tueur, qui anéantissait les êtres humains comme des mouches.

Il secoua la tête et demanda à Black :

« Tu as ton portable ?

— Ouais. Je vais appeler. » Il était penché sur le corps de l'homme. « Putain, regarde-moi ça ! Même histoire : un chargeur entier dans la tête. »

Rangeant son arme dans son étui, Lucas s'accroupit à côté de la femme. Elle faisait plus que son âge ; son visage avait l'usure de l'inquiétude, mais aussi les rides du sourire. Le bord de ses narines semblait un peu rugueux, rougi. La cocaïne, pensa-t-il aussitôt.

« C'est pareil ici, annonça-t-il. Ce qui nous éloigne de la piste Hale Allen. Il aurait pu à la rigueur avoir tué sa femme pour son argent, mais là, non. C'est autre chose.

— Ouais, acquiesça Black. De toute façon il est vraiment trop con. » Le téléphone collé à l'oreille, il enchaîna : « Marcy ? C'est moi… OK, OK, ferme-la deux secondes, d'accord ? Je suis avec Lucas et on a sous les yeux deux cadavres de plus dans un appart de Dinkytown… Non, pas du tout… Pas du tout, je te dis. Tu peux t'occuper de nous envoyer une équipe ici, avec tout le tralala ? Ouais… »

Pendant qu'il donnait quelques informations complémentaires, Lucas fit un tour rapide de l'appartement. Il était en train de feuilleter un tas de papiers sur le bar de la cuisine lorsqu'il entendit un léger coup à la porte. Il releva les yeux juste au moment où la maman de la petite Heather pénétrait dans le salon.

« Est-ce que… ? commença-t-elle, avant de remarquer les deux cadavres. Oh, mon Dieu !

— Ne restez pas là », lui enjoignit Lucas en s'approchant d'elle.

Elle recula dans le couloir, une main plaquée sur la bouche tandis que de l'autre elle essayait de s'agripper au chambranle.

« Ne touchez à rien, lança Lucas un peu sèchement. S'il vous plaît, ne touchez pas cette porte. Ne touchez à rien. »

Elle recula encore. Lucas la rejoignit dans le hall et lui expliqua :

« Nous n'avons pas encore relevé les empreintes. Il faut faire venir des spécialistes. » Elle hocha la tête, hébétée, et Lucas ajouta : « J'aimerais vous parler. Je dois rester ici encore quelques minutes, le temps de tout mettre en branle, mais ensuite j'aimerais pouvoir discuter avec vous et votre fille.

— Heather ? »

Elle avait l'air terrorisée.

« Ça prendra juste un petit moment. Chez vous, ce serait mieux.

Pourquoi voulez-vous parler à Heather ?

— Elle dit qu'elle a entendu des ballons éclater. C'étaient sans doute les coups de feu. À vous deux, vous arriverez peut-être à nous donner une idée de l'heure du… du crime. »

La jeune femme s'appelait Jan Davis. C'était une petite femme mince aux cheveux blond filasse et aux pommettes saillantes. Son appartement était un amoncellement chaleureux de livres, de revues scientifiques et de CD, tous de musique classique. Elle s'affairait nerveusement, ramassant des magazines par terre, replaçant les chaises, préparant de la citronnade, lorsque Lucas se présenta à sa porte. Heather fila se blottir dans un immense fauteuil élimé et ne quitta plus le policier des yeux, lui souriant chaque fois qu'il la regardait. Non loin, dans le hall d'entrée et l'appartement voisin, les flics étaient en train de tendre les rubans jaunes fluorescents qui délimitaient le périmètre du crime.

« J'ai une fille qui doit avoir à peu près ton âge, confia Lucas à Heather. Tu vas déjà à l'école ?

— Oui, répondit-elle fièrement. Je suis en avance. Je vais entrer au CP.

— Tu ne seras plus la plus petite, alors. Il y aura la maternelle au-dessous de toi.

— Ouais. » Mais cette pensée ne l'avait jamais effleurée jusque-là, et elle bondit de son fauteuil pour aller retrouver sa mère dans la cuisine. « Hé, maman ! M. Davenport dit qu'il y aura des enfants plus petits que moi, à l'école… »

Une minute plus tard, Jan Davis revint de la cuisine avec deux verres de citronnade maison.

« Il en reste plein, si l'autre monsieur en veut aussi. »

Lucas acquiesça d'un signe de tête et prit un verre.

« J'ai vu sur votre boîte aux lettres le nom de votre mari, Howard…

— Howard n'habite plus ici, coupa-t-elle sèchement.

— Depuis longtemps ?

— Sept semaines. C'est juste que je n'ai pas encore retiré son nom de la boîte aux lettres.

— Et… ? Vous allez divorcer ?

— Oui. Je suis en train de finir ma thèse. Ensuite, on me propose un poste de recherche à l'université Johns Hopkins. On va déménager à Baltimore en décembre prochain, Heather et moi. Howard ne vient pas avec nous.

— Bien. Je suis désolé. » Il l'était sincèrement. Après un bref moment de silence, il se tourna vers Heather et lui demanda : « Qu'est-ce que tu faisais hier soir quand tu as entendu la fête chez Marta ? Tu étais dans le hall ? »

La fillette jeta un regard coupable en direction de sa mère et admit :

« Pendant juste une minute. J'avais oublié mon camion dehors.

— Je lui interdis de jouer dans le hall le soir, quand la nuit est tombée, expliqua Jan Davis. Mais parfois elle le fait quand même.

— Vous savez quelle heure il était ?

— On en discutait avant que vous n'arriviez, répondit-elle. Elle s'amusait dans le hall avec ses petites voitures quand je lui ai dit de rentrer. Mais elle a oublié son camion dehors et quelques minutes après je l'ai entendue trafiquer quelque chose dans le couloir, alors je suis venue la chercher. C'était entre huit et neuf heures.

— Huit et neuf ? Vous n'étiez pas en train de regarder la télévision, par hasard ? Parce que vous pourriez nous dire quelle émission c'était. »

Jan Davis secouait la tête.

« Non, je suis en train de corriger ma thèse, en ce moment, la version définitive, et je venais juste d'éteindre le… » Elle s'interrompit, pencha la tête sur le côté et reprit : « Ah ! Je crois que mon logiciel a une horloge intégrée qui indique l'heure à laquelle le dossier a été fermé. »

Elle se dirigea vers la pièce du fond, où Lucas et Heather la suivirent.

Le bureau de Jan Davis était en fait une chambre reconvertie, avec un lit à une place le long d'un mur.

« Howard dormait ici les dernières semaines », expliqua-t-elle avec désinvolture.

Elle alluma son ordinateur et attendit que les fenêtres successives apparaissent à l'écran.

« Voilà, déclara-t-elle en tapotant l'écran du bout de l'ongle. Le dossier a été fermé à 8 h 22. Je l'ai fermé, je me suis levée, j'ai entendu Heather dans le hall et je lui ai dit de rentrer.

— Très bien, c'est déjà quelque chose, approuva Lucas. 8 h 22… Tu n'as vu personne pendant que tu étais dehors ? demanda-t-il à Heather.

— Non », répondit-elle en secouant énergiquement la tête. Puis elle ajouta : « J'ai passé la tête quand maman est partie et j'ai vu deux dames.

— Deux dames ? C'était après les ballons ? »

Elle acquiesça d'un air solennel, flattée de l'intérêt que Lucas lui portait.

« Comment tu les as vues ?

— Quand j'ai entendu du bruit, j'ai ouvert la porte pour voir. Je croyais que c'était Marta.

— Mais ce n'était pas Marta ? »

Elle secoua la tête.

« C'étaient des dames que tu connaissais ?

— Non.

— Tu ne les avais jamais vues avant ? »

Elle fit non de la tête.

« Tu te souviens de quoi elles avaient l'air ? »

Elle pencha légèrement la tête de côté, avec un mimétisme parfait du geste de sa mère, et répondit après deux ou trois secondes de réflexion :

« Peut-être que oui. »

9

Carmel Loan apprit sur TV3 que la police avait retrouvé les corps. Accompagnée de Rinker, elle parcourait les galeries couvertes en direction de son bureau, tout en mangeant un yaourt glacé, lorsque ses yeux se posèrent sur un écran de télévision dans la vitrine d'un magasin. Sous le visage du présentateur, on pouvait lire : « Deux morts près de l'université ». Elle donna un petit coup de coude à Rinker.

« Ils ont fait vite, commenta celle-ci en regardant le poste à son tour.

— Pour le premier aussi. On aurait pu gagner un ou deux jours à chaque fois, mais on n'a pas eu de pot.

— Je repense à cette gamine, dit Rinker. J'espère qu'elle ne va rien raconter. »

Carmel hocha la tête.

« Je vais me renseigner pour savoir quand ils ont retrouvé les corps. Si les flics ont déjà rendu publiques certaines informations, je peux très bien aller leur demander en quoi ça affecte le cas de Hale… et ainsi savoir ce qu'ils ont comme pistes.

— Trop de curiosité risque de paraître suspect.

— Je sais comment m'y prendre », affirma Carmel d'un air confiant.

Carmel alla directement s'adresser à Lucas.

« J'ai cru comprendre que vous les aviez retrouvés, attaqua-t-elle d'emblée. Je veux dire : vous, personnellement.

— Ouais. Ce ne fut pas le moment le plus glorieux de ma carrière », répondit Lucas.

Il était calé au fond de son nouveau fauteuil, les pieds sur son bureau, plongé dans la lecture du rapport sur la modalité. Il s'était acheté ce fauteuil lui-même, un modèle en acier et tissu gris qui lui plaisait tellement qu'il aurait eu envie de l'épouser.

« Alors écoutez, poursuivit Carmel. On se retrouve avec une femme de la haute et trois Latinos refroidis sur les bras, donc je me permets de vous suggérer que l'affaire a l'air un peu plus compliquée que l'histoire d'un type qui veut buter sa femme pour son argent. Mais je ne doute pas que vous soyez assez intelligent pour y avoir pensé tout seul.

— J'y ai pensé, merci. Mais votre client est un traître. Il finançait le cartel de la cocaïne local avec l'argent de sa femme, et elle s'en est aperçue. Après l'avoir tuée, il s'est débarrassé du reste de la bande avant qu'ils aient le temps de parler.

— Vous ne pouvez pas..., commença Carmel, avant de s'interrompre et d'agiter son index sous le nez de Lucas. Vous vous moquez de moi.

— Peut-être bien...

— Je me demande vraiment pourquoi on n'a pas encore couché ensemble. Mis à part que mon cœur est pris ailleurs.

— Le mien aussi. Le seul problème, c'est que je ne sais pas où. »

Carmel eut un rire sincère.

« Donc, je peux dire à mon client qu'il peut arrêter les antidépresseurs et dormir sur ses deux oreilles ? reprit-elle.

— Pourquoi ? Il dort mal ? »

Lucas laissa échapper un bâillement et jeta un coup d'œil à sa montre.

« Il se voit déjà dans une cellule avec des problèmes d'élargissement rectal, aux mains – enfin, pour ne pas dire autre chose – de bandes de mafieux.

— Je vois, je vois… Ne lui dites pas qu'il est blanchi, parce qu'on ne néglige aucune piste, mais entre vous et moi…

— Oui ?

— Ça semble peu probable qu'il ait fait le coup. Cela dit, si on change d'avis et qu'on l'accuse du meurtre de sa femme et que vous me demandez si je vous ai dit ça un jour, je mentirai et je jurerai que non, bien sûr.

— Ça alors, ça nous changera, un flic qui ment sous serment. Mais d'accord, je vais lui dire que vous relâchez la pression.

— On peut dire ça comme ça, oui. »

Carmel fit demi-tour, comme si elle allait partir, mais demanda d'un ton détaché :

« Vous avez des pistes, pour les nouveaux meurtres ? Des clients potentiels à qui je pourrais proposer mes services ?

— On a ça, répondit Lucas. D'après le témoignage d'une gosse. » Il posa les pieds par terre, ouvrit un tiroir de son bureau et en sortit un portrait-robot fait sur ordinateur. « On va le publier dans les journaux. »

Il tendit la feuille à Carmel, qui l'examina un instant avant de questionner :

« Qu'est-ce que c'est ?

— Ce que la gosse a vu.

— C'est merdique, rétorqua Carmel. Ça ne vaut rien du tout.

— Je sais. Mais c'est tout ce qu'on a.

— On dirait deux Martiens, un grand et un petit.

— Moi, ça me faisait plutôt penser à deux moines, avec leur capuchon. »

Les foulards les avaient sauvées. Carmel aurait bien fait quelques prières de remerciement, si elle avait su à qui les adresser. Sur le portrait-robot, les foulards leur donnaient une tête tout allongée. La gamine n'avait dû les apercevoir que brièvement. Quant aux visages dessinés par l'ordinateur, ils avaient l'air assez anonymes pour ne pas les mettre en danger.

« Qu'est-ce que c'est, ce truc qu'ils ont sur la tête ? feignit de s'enquérir Carmel.

— La gosse ne savait pas. Peut-être un chapeau. Peut-être que c'étaient des bonnes sœurs.

— Bien vu, observa Carmel.

— En tout cas, ce sont des femmes. Du moins, c'est ce que dit la petite.

— Le tueur du parking était aussi une femme.

— C'est le triomphe du féminisme. L'égalité des sexes devant le crime.

— Oui, enfin… » Carmel reposa la feuille sur le bureau. « À la réflexion, si vous la retrouvez, appelez quelqu'un d'autre que moi. Elle est peut-être un peu dangereuse à fréquenter.

— Surtout si vous perdez son procès. »

Carmel laissa échapper un ricanement en quittant la pièce.

« Comme si ça pouvait arriver. »

Lorsqu'elle rentra chez elle, Carmel trouva une valise dans l'entrée et Rinker qui sortait de la salle de bains, fraîchement douchée, se frottant les cheveux avec une serviette.

« Alors ? Comment ça s'est passé ?

— On est hors de danger », déclara Carmel. Elle lui résuma sa discussion avec Lucas.

Rinker fut satisfaite de ce qu'elle entendit.

« Je m'en vais, annonça-t-elle. Je dois retourner m'occuper de mes affaires.

— Vous avez une réservation ?

— Oui. Sur le vol de quatre heures.

— Je vais vous déposer à l'aéroport. Écoutez… vous faites quoi, en hiver ?

— Je bosse, principalement, répondit Rinker en s'ébouriffant les cheveux. Là où j'habite, il n'y a pas des tonnes de choses à faire.

— Pareil ici… Vous êtes déjà allée à Cancún ? Ou à Cozumel ?

— À Cozumel. Et à Acapulco. De temps en temps. Pour améliorer mon espagnol.

— Moi, j'essaye toujours de partir au moins trois fois au soleil pendant l'hiver. Une semaine en novembre, une en janvier et une en mars. On devrait aller quelque part ensemble. Je connais pas mal de gens là-bas, dans les hôtels et autres. C'est vraiment sympa.

— La vache ! » s'exclama Rinker. Elle avait l'air particulièrement flattée de la proposition, et Carmel eut le sentiment qu'on ne devait pas souvent l'inviter en vacances. « C'est vrai que ça a l'air sympa.

— Vous n'avez qu'à m'appeler en octobre, et, si vous pouvez prendre une semaine, je réserverai un hôtel, vous pourrez vous occuper de votre billet d'avion et on se retrouvera là-bas.

— Ça me ferait vraiment plaisir. Et vous faites quoi, là-bas ? De la bronzette ? Du shopping ? Moi, j'aime bien faire la fête.

— Vous savez, je connais des mecs là-bas, et de toute façon il y a toujours des mecs partout. Je vous garantis qu'on s'amusera bien. »

Rinker dressa un doigt en l'air.

« Je retiens l'idée, mais je viens de penser à quelque chose, avant que j'oublie : les flingues sont dans la penderie. Il faut que vous les preniez et que vous alliez les jeter dans le fleuve ou les enterrer quelque part. Avec les boîtes de munitions. Qui sont à côté des flingues. C'est la seule chose qui peut encore nous dénoncer.

— C'est dommage. Je crois que j'aime les armes.

— Très bien. Alors, allez donc vous acheter un beau pistolet tout neuf, ça vous coûtera quelques centaines de dollars et il sera à vous. Je peux passer un coup de fil et vous en faire expédier un : flambant neuf, vierge, pas de souci à vous faire pour le permis. Si vous voulez un silencieux, je peux aussi vous trouver ça. Mais les flingues qui sont dans le placard doivent disparaître. Ça m'inquiète de les savoir ici, même cachés. Il faut que vous le fassiez. Je vais vous harceler au téléphone.

— On peut les balancer dans le fleuve près de l'aéroport. Je connais un endroit. Comme ça, vous n'aurez pas à vous inquiéter.

— Parfait, conclut Rinker, avant d'ajouter en penchant légèrement la tête de côté : Et… si on va à Cancún, qu'est-ce que je fais avec mes cheveux ? J'ai toujours pensé que c'était une coupe un peu provinciale. Vous savez, comme si j'avais déjà la quarantaine. Alors je me disais que… »

Carmel prit une inspiration volontairement exagérée et posa une main sur sa poitrine d'un air maniéré. « Écoutez, très chère… Je connais une femme là-bas, chaque fois que j'y vais c'est elle qui me coupe les cheveux. Elle est fantastique. C'est une artiste… »

À force de parler du Mexique, elles faillirent oublier les pistolets. Alors que la porte était ouverte et la valise de Rinker déjà sur le palier, Carmel claqua des doigts et murmura :

« Merde, les flingues ! »

Elle retourna les chercher et renversa par mégarde la boîte de cartouches. Il en restait encore une trentaine, qui roulèrent dans tous les coins. Carmel les ramassa à la hâte, les remit en place et se dépêcha d'aller rejoindre Rinker.

Avant d'arriver à l'aéroport, Carmel s'arrêta sur les rives du Minnesota, en contrebas de Fort Snelling.

« Le fort n'est plus qu'une ruine, expliqua-t-elle tandis qu'elles l'observaient depuis le pied de la falaise. C'est le plus ancien monument de la région.

Ou du moins le plus ancien encore debout. L'armée avait construit un camp d'extermination pour les Indiens exactement à l'endroit où nous nous trouvons. C'était après la grande révolte… Ils ont pendu trente-huit Indiens en une seule fois, à Mankato. Et c'est ici qu'ils parquaient les survivants, surtout les femmes. La moitié sont mortes pendant l'hiver, et presque toutes ont été violées par les soldats.

— Joyeuse histoire, commenta Rinker.

— Je ne sais pas ce que je ferais si je me faisais violer, mais le type passerait un mauvais quart d'heure si jamais je le retrouvais.

— Ça, je veux bien le croire. »

Elle ne mentionna pas Dale Machin-Chose. Elles trouvèrent un chemin tranquille qui longeait le fleuve, vérifièrent s'il n'y avait personne dans les parages et jetèrent les pistolets à l'eau.

« Et voilà, conclut Rinker. Terminé. »

Sur la route, en revenant de l'aéroport, Carmel téléphona à Hale Allen.

« Ah ! s'exclama Allen, j'ai essayé de te joindre en début d'après-midi. Tu viens à l'enterrement demain ?

— Moi aussi, j'ai essayé de te joindre, mais je n'ai eu que ton répondeur. Il faut que je te parle de quelque chose. J'ai vu Lucas Davenport cet après-midi…

— Quoi ? Qu'est-ce qu'il t'a dit ? demanda Allen d'une voix anxieuse.

— Écoute, je suis dans la voiture et je déteste parler sur le portable. Tu ne veux pas plutôt que je passe te voir ? Je peux être là dans vingt minutes.

— Vingt minutes ? répéta-t-il, hésitant. D'accord, à tout de suite. »

Quel enthousiasme débordant de la part d'un amant ! songea Carmel en raccrochant. D'un autre côté, il ne savait pas encore qu'ils étaient amants…

Mais dans quelques heures tout au plus, il le saurait. Elle savait qu'un certain type d'hommes, souvent des avocats, quand ils se retrouvaient seuls avec elle, ne pouvaient s'empêcher de lui faire des avances. Parfois, selon son humeur et selon l'homme en question, Carmel les acceptait, et il arrivait ce qui devait arriver. Carmel était loin d'être farouche, mais elle n'avait jamais eu de relation durable avec un homme. Une de ses connaissances, presque une amie, lui avait un jour avoué qu'un de ses ex-amants avait raconté à la cantonade, dans une soirée, que Carmel lui faisait peur. Il avait l'impression d'être une mouche, Carmel figurant l'araignée.

Sur le coup, Carmel avait fait semblant d'être choquée par cette révélation, mais à vrai dire ce n'était pas pour lui déplaire : la peur n'était pas le dernier sentiment qu'elle aimait inspirer à un homme, surtout à cet homme-là, qui savait lui-même sérieusement se défendre au lit. Après cela, cependant, elle s'était efforcée d'adoucir un peu son image et de calmer ses ardeurs. Mais elle appréciait moyennement de se retrouver écrasée sous le poids d'un type, prisonnière de son étreinte, et de contempler le plafond pendant qu'il s'agitait sur elle. En plus, elle était assez difficile. Elle détestait les épaules poilues, sans parler des dos poilus. Elle n'aimait pas non plus quand les poils du torse rejoignaient les poils pubiens sans interruption. Elle n'aimait pas les chauves, l'apparence débraillée des hommes non circoncis ; elle n'aimait pas les hommes qui rotent, ceux qui ont mauvaise haleine, ceux qui pissent avec la porte ouverte, ni ceux qui pètent.

Elle n'avait pas souvent d'orgasmes, en tout cas avec des hommes ; les meilleurs orgasmes, c'étaient ceux qu'elle se procurait toute seule, dans sa baignoire. Mais avec Hale, ce serait différent. Et même si ça devait prendre un peu de temps, elle lui apprendrait.

Hale Allen habitait dans une petite rue résidentielle qui donnait sur l'un des lacs, suffisamment à l'écart pour jouir d'une certaine tranquillité le soir, loin des constantes allées et venues des jeunes femmes en roller branchées à leur casque de Walkman ; mais en même temps assez près des lieux fréquentés pour que l'on puisse sortir à pied et se mêler à la foule quand on en avait envie. Il avait une maison blanche tout en longueur, avec des volets verts et une lanterne jaune au-dessus de la porte. Pour y parvenir, il fallait emprunter une allée privée qui serpentait entre deux rangées de vieux chênes. Une petite pancarte sur le bord de l'allée prévenait les cambrioleurs que la maison était protégée par une alarme Insula.

Carmel gara sa Jaguar sous le feuillage protecteur d'un grand chêne et sonna à la porte. Quelques instants plus tard, elle entendit le bruit étouffé de quelqu'un qui descendait l'escalier en chaussettes. Hale vint lui ouvrir, une serviette-éponge à la main. Il lui sourit, s'écarta pour la laisser passer et lui dit : « Viens, entre », tout en séchant ses cheveux mouillés avec la serviette. Il avait l'air d'une publicité pour un parfum dans un magazine pour hommes.

Carmel n'était jamais venue chez lui – ou plutôt chez Barbara. La maison était décorée avec goût, un mélange d'ancien et de moderne. Mais rien d'extraordinaire : Carmel reconnut instantanément la médiocrité de la classe moyenne. Elle avança dans le salon et annonça de but en blanc :

« J'ai parlé avec Davenport.

— Et alors ? demanda Allen avec une impatience non dissimulée.

— C'est presque une affaire classée. Ils ont trois autres meurtres sur les bras, probablement le même tueur, et bien entendu tu ne peux pas être suspecté sur ce coup-là.

— Qu'est-ce qu'ils vont faire ? Parler à la presse, leur dire que…

— Non, ça ne marche pas comme ça. » Elle s'attarda devant une petite aquarelle encadrée : elle ne connaissait pas le nom de l'artiste, mais elle percevait une certaine vibration émanant du tableau – une scène de rue banale, sans doute à New York – et elle sut que c'était une œuvre de qualité. Elle détourna la tête et poursuivit : « Ça ne marche pas comme ça. Ils ne vont rien dire à personne. Ils vont juste te laisser tranquille. Parce que, s'il s'avérait en fin de compte que tu étais impliqué, ils n'ont pas envie de passer pour des cons.

— Mais c'est pas juste ! » protesta Allen.

Une fois de plus, Carmel devait faire un effort mental pour se souvenir qu'elle avait affaire à un avocat.

« Bien sûr, c'est pas juste. Mais ils ont le choix entre être justes avec Hale Allen et prendre le risque de passer pour des cons. À ton avis, qu'est-ce qu'ils vont décider ?

— Bon sang, ça me rend malade ! s'écria-t-il en jetant violemment sa serviette en direction du canapé.

— À moins qu'ils ne découvrent quelque chose de nouveau, tu es tiré d'affaire. Dis-moi, pour Barbara… c'est à quelle heure, demain ?

— À deux heures, à l'église dc Morganthau.

— Je ne pourrai pas venir à la cérémonie, mais je viendrai au cimetière.

— Merci. Je… » Il se laissa tomber sur le canapé, ramassa la serviette humide et la tripota un moment, l'air gêné. « Il y a des questions que je voudrais poser à Barbara, des choses dont j'aimerais discuter avec elle, mais je ne peux pas, parce qu'elle est morte. Je n'arrive pas à me faire à cette idée.

— Qu'est-ce que tu voudrais lui dire, par exemple ? »

Simple curiosité…

« Par exemple, je voudrais lui dire pour Louise. »

Carmel était consternée.

« Quoi ? Mais tu ne réussirais qu'à lui faire du mal.

— Non, pas uniquement. Je crois que c'est plus compliqué que ça.

— D'accord, concéda Carmel en venant s'asseoir à côté de lui sur le canapé. Vas-y, raconte-moi. Parle-moi de Louise. »

Louise aimait le sexe, et Hale aussi. Barbara préférait peut-être ça à un sandwich à l'omelette, d'accord, mais n'aimait pas autant ça qu'un bon massage du dos, par exemple.

« Quand on faisait l'amour, j'avais toujours l'impression qu'elle faisait ça pour moi, pour me faire plaisir. Elle attendait que j'aie fini. Elle voulait que ça me plaise, mais ensuite elle avait surtout envie de retourner à son bouquin.

— Je connais ça », commenta Carmel.

La pièce paraissait se resserrer autour d'eux, les murs se rapprocher, jusqu'à ce qu'il ne reste de la maison qu'un petit îlot avec eux au milieu. Il lui parla de Barbara, de Louise ; il rit en se remémorant certains excès d'ardeur de Louise ; pleura en évoquant les petites manies de Barbara. Carmel lui donna de petites tapes amicales sur l'épaule, puis lui frotta le dos. Il lui prit la main, la retourna, la caressa un moment.

La pièce se resserra encore, Carmel bascula en arrière et il fut aussitôt sur elle. Une parfaite petite bande de poils sur la poitrine ; une circoncision impeccable.

Malheureusement, songea-t-elle un peu plus tard, il n'avait pas la plus grande classe quand il allait aux toilettes.

Elle laissa échapper un profond soupir : beaucoup de boulot en perspective…

10

Sloan portait un short kaki, un polo rose et une banane en faux cuir accrochée à la taille. Il avait les jambes blanches comme un cachet d'aspirine et si maigres qu'on aurait dit des pattes d'autruche.

« C'est ma femme qui m'a obligé à mettre ça, précisa-t-il en désignant son short. Elle dit que sinon je vais prendre un coup de chaud, et que ce serait dommage pour un jour de vacances. »

Lucas se pencha par-dessus son bureau pour mieux voir.

« T'as mis ton flingue dans la banane ?

— Ouais. Je l'ai achetée chez Brinkhoff. La banane. C'est tout en Velcro, il n'y a pas de fermeture Éclair. Tu vois ? »

Il se leva, tira sur le rabat de la banane, et l'arracha d'un seul geste. À l'intérieur, l'arme était retenue par une petite patte qui entourait le canon et qui se détacha quand Sloan sortit l'arme.

« Astucieux, reconnut Lucas avant de se radosser dans son siège. Mais t'as l'air d'un con.

— Ma femme dit que…

— Ta femme n'a aucun sens de l'esthétique.

— Je lui répéterai que tu as dit ça.

— Si tu fais ça, je te tue. »

Quelqu'un frappa un coup hésitant à la porte.

« Entrez », lança Lucas.

La porte s'ouvrit et Hale Allen pénétra timidement dans le bureau, puis s'arrêta en voyant Sloan avec son short kaki, son polo rose et son revolver à la main.

« Vous voulez parler à Lucas ? s'enquit Sloan.

— S'il n'est pas occupé, répondit Allen.

— Ben, disons que j'allais justement le descendre, plaisanta Sloan. Ça ne peut pas attendre deux minutes ?

— Euh… Vous pensez qu'il sera remis pour le déjeuner ?

— Casse-toi », ordonna Lucas à Sloan. Puis, à Allen, d'un ton poli et empreint de curiosité : « Entrez, entrez. Asseyez-vous. »

« Vous avez du nouveau dans notre affaire ? » demanda Allen.

Il balayait la pièce du regard d'un air embarrassé, croisait et décroisait les jambes.

« On travaille, mais on est un peu bloqués, à vrai dire. »

Une semaine s'était écoulée depuis que Lucas avait discuté avec Carmel Loan. Ils avaient eu le temps d'examiner en détail tous les indices retrouvés sur les lieux du crime, sans rien pouvoir en tirer d'intéressant. Entre-temps, une grande roue s'était décrochée dans une fête foraine voisine, deux enfants avaient été tués et sept autres grièvement blessés. Les quatre meurtres en série avaient disparu des colonnes des journaux, qui faisaient maintenant leurs gros titres sur la sécurité dans les fêtes foraines. L'absence de nouvelles pistes et d'intérêt médiatique avait fini par réduire à néant la pression dans l'enquête sur le meurtre de Barbara Allen. Lucas avait le sentiment que l'affaire allait finir par être classée sans suite.

« Vous avez entendu parler des parents de Barbara ? demanda Allen.

— Juste des rumeurs.

— Ils voulaient m'attaquer pour homicide, en prétendant que j'étais impliqué dans le meurtre de Barbara, comme pour le procès d'O. J. Simpson. Ils voulaient m'empêcher d'hériter, afin de pouvoir se garder tout l'argent pour eux. Et puis on s'est rendu compte que quatre-vingt-dix pour cent de l'argent de Barbara allait revenir à la fondation, et pas à moi. S'ils m'attaquent et qu'ils gagnent le procès, c'est cent pour cent qui ira à la fondation. Dans les deux cas, ils ne touchent rien. Pas un cent.

— Ah, ah…

— Ouais. Du coup, ils se sont dit : Et merde ! on ne va pas attaquer s'il n'y a rien à gagner. Et ils ont laissé tomber.

— Hum, marmonna Lucas en feignant d'être intéressé.

— Exactement. »

Allen avait l'air indigné, mais curieusement il évitait de croiser le regard de Lucas. Le policier avait déjà vu ce genre d'attitude chez des gens qui se sentent coupables de quelque chose et qui sont sur le point de passer aux aveux. Il aurait mis sa main à couper qu'Allen n'était pas venu pour lui parler de ses beaux-parents.

« Et à part ça, quoi de neuf ? » demanda-t-il en se laissant aller contre le dossier de son fauteuil. Il regrettait que Sloan ne soit pas là. Sloan était un génie dans ce genre de situations. « Vous allez mieux ? On vous a mené la vie dure, pendant un moment…

— Ben… », commença Allen avec un demi-sourire. Voilà, on y vient, pensa Lucas. « Je suis venu vous voir parce que vous connaissez toute l'histoire, vous avez l'air d'être un type bien, tout le monde dit de vous que vous êtes malin et que vous avez travaillé sur pas mal d'affaires…

— D'accord, d'accord, abrégea Lucas.

— Il y a quelque chose qui me tracasse un peu… dans cette affaire.

— Vous voulez dire, d'un point de vue psychologique ? Je…

— Pas exactement », coupa Allen. Il se pencha en avant. « Vous savez, j'aimais réellement Barbara. C'était une femme remarquable, quand on la connaissait. Mais nous étions très différents, et cette liaison… Vous saviez que j'avais une liaison ?

— Oui », répondit Lucas avec un geste de la main, comme pour dire : « Et alors, ça arrive à tout le monde, non ? »

Le sourire d'Allen vacilla légèrement.

« Quand Barbara est morte, je me suis senti coupable, à cause de cette liaison. Vos gars ont mis le doigt dessus, et moi je n'avais rien dit à Carmel. Quand elle l'a appris, elle a piqué une crise. Elle est allée parler à Louise, et maintenant c'est la pagaille. »

Lucas acquiesça d'un hochement de tête.

« Oui, je comprends que Carmel se soit énervée. Si elle avait dû vous défendre devant un jury…

— Je sais, je sais », rétorqua Allen, balayant d'un geste la remarque de Lucas. Ce n'était donc pas là qu'il voulait en venir. « Le jour où vous lui avez dit que mon cas ne vous intéressait plus tellement… »

Lucas jeta un œil au calendrier accroché au mur.

« Il y a une semaine, jour pour jour.

— Exactement. Ce jour-là, Carmel est passée chez moi pour m'annoncer la bonne nouvelle. On a bu un verre, etc, et puis elle s'est mise à me faire un rentre-dedans pas possible.

— Ah bon ? demanda Lucas en haussant les sourcils.

— Ouais. Pas possible. Limite agressif. Et vous connaissez Carmel… Elle arrive toujours à ses fins. »

Lucas s'autorisa un sourire complice, du genre « entre mecs, on se comprend ».

« Elle m'a littéralement vidé, reprit Allen. Et depuis, elle est revenue trois fois. Ça vous paraît atroce ? Délirant ? Rien que d'y penser, ça m'empêche de dormir, mais en même temps je ne peux en parler à personne. Mes amis seraient horrifiés en entendant ça. Presque tous étaient des amis de Barbara, qu'on a connus au club. »

Lucas secoua la tête.

« Je serais vous, je ne m'en ferais pas trop. J'ai vu des gens réagir de tas de façons différentes après la mort d'un conjoint et, croyez-moi, vous n'êtes pas le premier à vous consoler auprès d'une autre femme. Peut-être que vous avez besoin d'affection.

— Vous croyez ? »

Il avait l'air de s'animer un peu. Soulagé ? Lucas n'en était pas sûr.

« Oui, répondit Lucas, c'est quelque chose comme ça. Mais dites-moi, puisque vous m'avez raconté tout ça… pourquoi Carmel ? Ça n'a pas l'air tellement votre genre. L'inspecteur Sherrill m'a dit que vous étiez quelqu'un de plutôt relax. Alors que Carmel…

— L'inspecteur Sherrill, c'est… ? »

Il traça de ses deux mains une silhouette de femme dans le vide.

« Oui, c'est elle.

— Elle a l'air gentille. » Il regarda encore un moment autour de lui, l'air égaré, avant de bondir en avant sur sa chaise. « Carmel… Vous savez ce qu'elle m'a dit ? Confidences sur l'oreiller… Elle m'a dit que ça faisait deux ans qu'elle était amoureuse de moi, mais qu'elle le cachait parce qu'elle pensait que c'était sans espoir, parce que j'étais marié avec une femme riche. Elle m'a aussi dit que Louise – cette fille avec qui j'avais une liaison – était une pauvre arriviste, une minable qui ne s'intéressait à moi que pour mon fric. Elle peut devenir violente quand elle commence à parler de ça.

— Ah bon ? s'étonna Lucas, qui voulait surtout continuer à le faire parler.

— Je suis sérieux, insista Allen. Une fois, elle m'a attrapé par la queue et elle m'a dit qu'elle me la couperait si jamais je recommençais avec Louise.

— Waouh… Et elle dit que ça fait deux ans qu'elle est amoureuse de vous ?

— Oui. Depuis un jour où on s'est vus dans un restaurant, paraît-il. Je ne m'en souviens même pas.

— Et vous le croyez ? Qu'elle était amoureuse ?

— Ben, je sais que ça peut paraître prétentieux, mais oui. Vous devriez l'entendre. Elle se souvient de trucs que j'ai dits, de choses que j'ai faites, des endroits où on s'est rencontrés par hasard, même des fois où on échangeait à peine quelques mots. »

Lucas réfléchit une seconde avant de dire :

« Vous la voyez, ce soir ?

— Bien sûr. C'est tous les soirs, maintenant. Elle dit que, dans un an ou deux, on va se marier.

— Ah, ah ? » Lucas pivota dans son fauteuil pour faire face à la fenêtre. Un doigt posé sur les lèvres, il se laissa absorber par la contemplation de la rue. Il espérait avoir un faux air de Sherlock Holmes. Puis il fit volte-face. « Vous pensez que si vous lui proposiez d'aller dîner chez Penelope, elle serait d'accord ?

— Chez Penelope ? Ça, c'est sûr, elle adore ce genre d'endroit. Minnetonka, le lac, tout ça. Branché, hors de prix…

— Appelez-la. Elle habite le centre-ville, n'est-ce pas ? Elle a un appartement de rêve qui est passé dans le journal, non ? »

Lucas savait très bien où elle habitait. Il s'était amusé de ça avec un ami banquier, qui vivait dans le même immeuble.

« C'est ça. Et je confirme, c'est vraiment un appartement de rêve.

— Appelez-la, proposez-lui d'aller chez Penelope, et quand elle arrivera chez vous, arrangez-vous pour prendre sa voiture. Inventez une excuse bidon, racontez-lui que vous vous êtes foulé la cheville, un truc comme ça. Mais rien de grave. Juste histoire qu'elle conduise.

— C'est presque toujours elle qui conduit, de toute façon. Elle n'aime pas ma voiture. J'ai une Lexus beige et marron, elle trouve que c'est une voiture de Japonais. Elle, elle a sa Jaguar rouge, vous savez.

— Parfait. Et surtout, ne lui parlez pas de tout ça. Ne lui dites pas que vous m'avez vu. Arrangez-vous seulement pour aller dîner dehors et prenez votre temps.

— D'accord. Qu'est-ce que vous allez faire ?

— Observer. Pas moi, un collègue.

— Observer quoi ?

— Toute cette histoire me paraît un peu bizarre. N'oubliez pas : que vous le vouliez ou non, vous êtes un homme riche. Et plutôt séduisant. C'est normal que vous attiriez les femmes, et il est difficile de faire le tri entre celles qui sont sincères et les autres. On a dans l'équipe un type qui est spécialiste de… euh, comment appeler ça ?… l'interprétation émotionnelle, je dirais. Je vais lui demander de vous scruter attentivement quand vous serez ensemble, ce soir, et de me dire ce qu'il en pense. Il observera sa façon de vous regarder, ses gestes, des trucs comme ça. Et je vous tiendrai au courant.

— Il va dîner avec nous ? demanda Allen d'un air hésitant.

— Non, non. Il sera simplement dans les parages. Mais ne cherchez pas à le repérer. Amusez-vous et faites juste en sorte de rester assez longtemps pour lui permettre d'affiner son interprétation.

— Son interprétation émotionnelle ? »

Lucas tourna ses deux paumes ouvertes vers le plafond.

« C'est tout ce que j'ai à vous proposer. »

Lorsque Allen fut parti, Lucas bascula en arrière dans son fauteuil et resta un long moment à contempler le plafond. Il repensait à Carmel Loan, à tout ce qu'elle lui avait dit depuis le meurtre de Barbara Allen. En passant en revue les différentes conversations qu'ils avaient eues ensemble, il tomba sur une perle.

La dernière fois qu'il lui avait parlé, elle avait eu une remarque volontairement crue sur les quatre victimes : « une femme de la haute et trois Latinos ». En tout cas, c'est ce dont il se souvenait. Et il se souvenait aussi qu'ils avaient eu du mal à retrouver la famille, ou même quelqu'un pour identifier les corps.

Leurs noms avaient-ils déjà été rendus publics le jour où il avait vu Carmel ? Sans doute pas. Mais peut-être que les journalistes avaient discuté avec les flics sur les lieux du crime, et que quelqu'un avait lâché le morceau. Ou peut-être qu'un reporter avait parlé à un voisin, qui lui avait donné les noms. Peut-être. C'était en tout cas la seule façon d'expliquer comment Carmel avait su que les deux morts de Dinkytown étaient des Latinos.

Carmel Loan. Lucas écrivit son nom sur un bloc-notes, l'examina puis traça une flèche au bout de laquelle il écrivit un deuxième nom : *Rolando D'Aquila*. Une autre flèche, à angle droit avec la première, reliait Carmel à un troisième nom : *Hale Allen*. Il considéra son schéma pendant quelques instants avant d'ajouter deux flèches qui partaient de Carmel, la première jusqu'à *Barbara Allen*, et l'autre jusqu'aux *deux Latinos* restants. Bien entendu, ce qui reliait Carmel à Marta Blanca et à son copain n'existait que dans la tête de Lucas. Impossible à prouver…

Lucas sentait déjà une tempête se lever à l'intérieur de lui. Il savait ce qu'il allait faire, il savait même comment il allait s'y prendre, dans les moindres détails, mais l'idée le glaçait de l'intérieur. Il se sentait dans le même état qu'un homme aisé sur le point de voler quelque chose de cher dans un magasin. Et se frotter à Carmel Loan, c'était autre chose qu'affronter un camé, un joueur ou un braqueur à la petite semaine. S'il se plantait, c'était lui qui risquait de se retrouver en taule.

Au bout d'un moment, il s'extirpa de son fauteuil et se rendit au bureau de la brigade criminelle. Sloan était sur le point de partir.

« Ce foutu air conditionné me file la chair de poule ! s'exclama-t-il en voyant entrer Lucas.

— Tu fais quoi, ce soir ?

— Je voulais peut-être emmener ma femme au cinéma.

— Si tu l'emmènes dîner chez Penelope, sur le lac Minnetonka, c'est moi qui paye et je te le compte comme heures sup.

— Ça marche, s'empressa de dire Sloan. De toute façon, si je refusais, ma femme ne me le pardonnerait jamais. » Sloan avait une fille à l'université, pour laquelle il devait payer les frais de scolarité, et le luxe ne faisait pas partie de son quotidien. « Qu'est-ce que je dois faire ? »

Après le départ de Sloan, Lucas appela son ami Jim Bone, président de la banque Polaris.

« Jim, tu es chez toi ce soir entre huit et neuf ?

— Ouais, pourquoi ?

— Je voudrais te parler. Dix minutes, pas plus. J'ai un boulot de malade, je n'arrive jamais à trouver un moment pour t'appeler dans la journée, et en plus tu es occupé, toi aussi...

— Passe à la maison. Kerin sera ravie de te voir.

— Comment va-t-elle ? » La femme de Jim était enceinte.

« Ça commence à se voir.

— Vous n'avez pas perdu de temps, en tout cas.

— Ouais, on est des vieux, tu sais. »

Myron Bunnson racontait à tout le monde que sa mère était une hippie pur jus, que son père avait fait partie des Hell's Angels d'Oakland et que son vrai nom était Bullet Blue. Rien de tout cela n'était vrai. Ses parents s'appelaient Myron (senior) et Adele Bunnson, et ils possédaient une laiterie près d'Eau Claire, dans le Wisconsin.

Bullet était l'un des trois voituriers en service ce soir-là chez Penelope. Lorsqu'il vit la Jaguar rouge arriver, il avertit ses deux collègues :

« Celle-là, elle est pour moi.

— On partage en trois, mon gars », rétorqua son copain Richard Schmid, qui essayait de convaincre ses amis de l'appeler Crank.

Le troisième approuva : « Ouais, on partage en trois.

— Aucun problème, acquiesça Bullet Blue. Moi, je m'occupe de la gonzesse.

— C'est ça. »

Crank reconnaissait la Jaguar. Les chances pour que Bullet arrive à se taper cette nana-là, surtout vu comment il était sapé avec son uniforme de singe en livrée, étaient quelque part entre zéro et un sur un million, plutôt proches de zéro. Mais bon, Bullet Blue voulait cette bagnole, et ils avaient tous leurs préférées.

Blue prit les clés de la Jag et les dix dollars que lui tendit Carmel avec un grand sourire.

« Merci, m'dame », répondit-il en lui jetant un regard par en dessous.

Le regard ne dut pas avoir l'effet escompté parce que, une seconde plus tard, elle disparaissait dans le restaurant avec son ami, un type que Blue trouvait beaucoup trop coincé pour elle. Bref. Il s'installa au volant de la Jaguar et la conduisit jusqu'au parking privé qui jouxtait l'établissement.

Après quoi il rejoignit Lucas, qui, appuyé contre la carrosserie d'un van Chevrolet, discutait avec l'homme au volant.

« Tu as le fric ? demanda Blue.

— Les clés d'abord. »

Bullet lâcha les clés dans la paume de Lucas, qui les tendit par la fenêtre au conducteur du van ; celui-ci les prit et passa aussitôt à l'arrière en enjambant la banquette. Lucas remit une petite somme d'argent à Bullet Blue.

« Je vais en parler à McKinley.

— Si on pouvait juste la faire sortir pour cette fois… », insista Bullet en glissant les billets dans sa poche – le partage en trois ne concernait que les dix dollars de Carmel.

« Je n'ai pas dit qu'on irait jusque-là », protesta Lucas. À l'intérieur du van, on entendait le crissement de la meule électrique. « Le maximum qu'on puisse faire, c'est d'alléger les charges contre elle, mais c'est sûr qu'elle va prendre de la taule.

— Mais elle a déjà fait de la taule ! » s'indigna Blue. Il parlait de sa sœur, qui avait quitté la laiterie deux ans après Bullet et se faisait désormais appeler Baby Blue. « Elle a fait un mois de préventive en attendant le procès. On ne pourrait pas considérer qu'elle a purgé sa peine ?

— Pas cette fois. À la limite, si elle n'avait pas eu le flingue…

— C'était pas le sien. C'était celui d'Eddie.

— Mais c'est elle qui l'avait. Je vais voir si McKinley et sa bande veulent bien s'en tenir à deux ou trois mois. Parce que, pour l'instant, elle risque un an, voire plus.

— Tu fais au mieux, OK ?

— Et toi, tu te tiens à carreau, p'tite tête. Retourne chez tes parents s'il le faut.

— C'est ça. Pour passer ma vie à traire des putains de vaches…

— Alors reprends les cours à Dunwoody. Combien de temps il te reste pour avoir ton diplôme ?

— Un semestre.

— Un semestre. Ensuite tu sors, tu commences à gagner ta vie et tu peux faire ça où tu veux.

— Ouais, ouais.

— Tu ne veux pas entendre mon couplet sur Dunwoody ?

— J'suis pas fait pour réparer des bagnoles, pas plus que pour traire des vaches ; moi, j'suis fait pour la vraie vie, le rock'n'roll, quoi.

— T'es fait pour…

— Voilà, c'est bon », déclara le type dans le van.

Il tendit le trousseau de clés à Lucas, qui le rendit à Blue.

« Dunwoody, lança Lucas.

— Rock'n'roll », rétorqua Blue en s'éloignant.

Vêtu d'un costume bleu foncé et muni d'une sacoche de cuir noir, Lucas annonça : « Jim Bone » au concierge, qui consulta sa liste avant de demander :

« Et vous êtes monsieur… ?

— Lucas Davenport.

— Allez-y, monsieur Davenport », répondit le concierge en mettant une croix à côté du nom de Lucas.

Lucas s'était fait une petite fortune en revendant son entreprise de logiciels de simulation, et c'était la banque de Bone qui gérait son argent pour lui.

« … vraiment risqué, dit Jim Bone. L'économie peut très bien s'effondrer du jour au lendemain, et personne ne sera prêt à payer cent dollars la partie après ça. » Lucas acquiesça mollement.

« Ouais, mais je ne suis pas obligé de faire payer cent dollars la partie… Je peux m'en tirer à soixante.

— Tu ne connais rien à la gestion d'un club de golf, objecta Bone.

— Bien sûr que non. D'ailleurs, je n'ai même pas envie d'essayer. En plus, j'ai horreur du golf. C'est pour ça qu'ils parlent d'une gestion confiée à des professionnels.

— Oui, ce n'est pas complètement absurde, reconnut Bone.

— L'intérêt, c'est que ça me permettrait d'en donner une grosse partie à ma fille dès maintenant, d'emprunter avec le reste, de réinvestir tous les bénéfices dans l'entretien du terrain, et de créer de la valeur. Quand elle aura vingt-cinq ou trente ans, elle sera propriétaire de toute la partie à responsabilité limitée, c'est-à-dire quatre-vingt-dix-neuf pour cent, tandis que moi je possède le un pour cent restant. On vend, et le tour est joué. Elle récolte quatre ou cinq millions minimum, et qui sait, peut-être même cinq ou dix.

— Le concept fonctionne mais, pour te dire la vérité, sur le long terme tu ferais peut-être mieux de payer la part du gouvernement, point. »

Quand ils eurent terminé leur conversation, Lucas dit au revoir à Kerin, qui semblait à présent beaucoup plus douce que lorsqu'il l'avait rencontrée pour la première fois ; plus posée, plus heureuse, contente d'elle. Sur le pas de la porte, Bone dit encore :

« Je vais demander à mes gars de plancher là-dessus. Tu auras quelque chose dans une semaine.

— Merci, Jim. »

Il y avait cinq portes à l'étage de Bone. Trois appartements en plus de celui de Bone, et la porte de l'escalier. Pas de caméra de sécurité. Lucas laissa les portes de l'ascenseur se refermer derrière lui, et appuya sur le bouton du 27. Alors qu'il commençait à monter, il sortit de sa poche un bas en Nylon, le détendit en tirant dessus et se l'enfonça sur la tête comme un béret. S'il y avait quelqu'un dans le couloir, il pouvait le retirer aussitôt sans que cela se voie.

Mais le couloir du vingt-septième étage était désert. Sans sortir de l'ascenseur, bloquant la porte du pied, il fit glisser le bas sur son visage, redressa le col de son manteau et jeta un coup d'œil rapide sur le palier. Pas de caméra vidéo ici non plus. Il se dirigea d'un pas pressé vers la porte de Carmel, introduisit la première clé dans la serrure et tourna : c'était la bonne ; l'autre devait être la clé de son bureau.

Il y avait une lumière allumée, quelque part au fond de l'appartement.

« You-hou ! » lança-t-il. Pas de réponse. « Y a quelqu'un ? »

Il fit un tour pour vérifier, les nerfs à fleur de peau. Ce n'était pas la première fois qu'il se retrouvait dans ce genre de situation, mais il aurait fait un piètre cambrioleur.

Il commença par l'agenda, qui contenait des dizaines de noms, la plupart accolés au nom d'une étude ou d'un cabinet d'avocats : des relations de travail. Certaines personnes apparaissaient sous leurs nom et prénom, suivis d'un numéro de téléphone, le plus souvent de deux : domicile et bureau. Sûrement pas le numéro d'un tueur à gages. Seules dix entrées ne comportaient qu'un nom et un numéro, et il les recopia dans son cahier.

Dans la cuisine, il trouva un autre carnet d'adresses, celui-ci personnel, visiblement. Il sortit un petit appareil Nikon de sa sacoche, prit seize photos, s'interrompit pour changer la pellicule, prit huit autres clichés et rangea l'appareil.

Puis il entreprit d'explorer l'appartement : il trouva un ordinateur dans le bureau, avec un lecteur Zip intégré. Il avait apporté un Zip, un Jaz et des Superdisks. Il alluma l'ordinateur, cliqua sur l'icône « Mes documents » et copia tous les fichiers sur le Zip.

Pendant que l'ordinateur travaillait tout seul, il se mit à fouiller la bibliothèque sur le mur d'en face. Il ouvrit les tiroirs un par un et, dans le dernier, trouva une pile de factures ; rien d'extraordinaire, juste la routine. Il les feuilleta rapidement, identifia les factures de téléphone des quatre derniers mois et ressortit son appareil photo. Mais la dernière facture datait presque exactement d'un mois…

Il retourna dans la cuisine, où il avait repéré un petit tas de lettres à poster et découvrit parmi elles la facture de téléphone manquante. La main légèrement tremblante, il souleva la bouilloire posée sur la gazinière, vérifia si elle contenait assez d'eau et la mit à chauffer.

En attendant, il alla jeter un œil dans la chambre. À première vue, rien à signaler. Il examina les tiroirs de la commode avec une précaution extrême, terrorisé à l'idée de déplacer quelque chose. Il ne trouva rien. Il ouvrit la penderie et, alors qu'il allait refermer la porte, un objet brillant sur le sol retint son attention. C'était un éclat cuivré qui lui était familier et qu'il avait inconsciemment reconnu. Il se pencha, passa la main sur la moquette, sentit l'objet et le ramassa : une cartouche de 22. Il sortit une lampe stylo de sa poche pour éclairer le sol de la penderie, mais ne remarqua rien d'autre.

Il réfléchit quelques instants et finit par mettre la cartouche dans sa poche. Alors qu'il refermait la porte de la penderie, la bouilloire commença à siffler. Il se précipita dans la cuisine, présenta le dos de l'enveloppe devant le jet de vapeur, ouvrit le rabat, sortit la facture, la photographia et referma l'enveloppe avant que la colle ait eu le temps de sécher. Il reposa la bouilloire et renifla l'air autour de lui : l'odeur de la colle était perceptible, assez vaguement, mais perceptible quand même. Il espérait que Carmel allait prendre son temps.

Dans le bureau, l'ordinateur avait accompli sa tâche. Il ouvrit encore quelques dossiers supplémentaires, en copia certains sur le Zip, attendit quelques secondes et éteignit l'ordinateur.

Parfait. Quoi d'autre ? Il avait terminé. Avant de partir, il regarda une dernière fois autour de lui.

C'était en effet un appartement de rêve. Mais, à part la paperasse entassée dans la bibliothèque, et quelques trucs fourrés à la va-vite dans les tiroirs, on aurait dit que l'endroit était inhabité : il y régnait une propreté obsessionnelle, chaque objet semblait y avoir une place attitrée, comme sur un plateau de cinéma.

Le téléphone sonna dans sa poche. C'était Sloan.

« Ils s'en vont, annonça-t-il. Je viens d'attaquer mon cocktail de crevettes. J'espère que je ne suis pas censé les suivre.

— Nan… Laisse-les filer. Alors, qu'est-ce que tu en penses ?

— Ils sont intimes, c'est clair. Ils ont passé la soirée à se bécoter. Mais j'ai l'impression que le type attendait quelqu'un. Il n'a pas arrêté de regarder autour de lui.

— Ah bon ? Je me demande pourquoi…, répondit Lucas, se sentant légèrement coupable. Et comment se fait-il que tu n'en sois qu'au cocktail de crevettes alors qu'ils sont en train de partir ? C'est ton dessert ?

— Ouais, bon… C'est mon péché mignon. »

Lorsque Carmel rentra chez elle, un peu après onze heures – elle devait travailler le lendemain –, elle s'arrêta sur le pas de la porte et plissa le nez : quelque chose de bizarre, mais elle n'arrivait pas à savoir quoi. L'air était différent, comme si on avait altéré l'alchimie de l'appartement. Elle fit un tour en laissant la porte d'entrée ouverte, pour avoir une issue de secours si nécessaire, mais elle nc remarqua rien de spécial.

« Bon », dit-elle tout haut en refermant la porte.

Le lendemain matin, elle avait oublié.

11

En rentrant chez lui, Lucas sortit la carte CompactFlash de sa poche, ainsi que celle qui se trouvait encore dans l'appareil photo, et en transféra le contenu sur son ordinateur. Après avoir copié chaque fichier sur Photoshop afin d'ajuster la netteté des clichés au maximum, il les imprima un par un. Puis il appela la compagnie Davenport Simulations. Le téléphone sonna longtemps dans le vide avant qu'une voix d'homme lui réponde.

« Steve ? C'est Lucas Davenport.

— Lucas ! Comment ça va, vieux ? » Steve fumait un peu d'herbe de temps en temps, prenait parfois de l'acide le week-end et se laissait pousser la barbe. Quand il était sous acide, il arrivait à faire de la programmation en 3 D comme personne. « Ça fait un bail qu'on t'a pas vu par ici.

— Je ne veux pas vous mettre la pression, répondit Lucas. C'est pas très agréable d'avoir l'ancien propriétaire dans les pattes. Mais j'ai besoin de quelqu'un qui puisse m'aider sur un problème informatique. Alors j'ai pensé à toi… du temps où tu te défonçais.

— Je ne prends plus rien, enfin presque jamais. Mais bon, c'est quoi, ton problème ?

— Est-ce qu'il y a quelqu'un sur le Net qui sait retrouver des numéros de téléphone anonymes ? Et si oui, est-ce que tu sais comment je peux me mettre en contact avec cette personne ? »

Steve baissa la voix, bien qu'il fût sans doute seul dans le bureau.

« Ça dépend de quels numéros il s'agit et jusqu'à quel point tu as envie de prendre des risques. Et aussi, combien tu es prêt à payer.

— Ça ferait dans les combien ?

— Si tu veux tous les numéros et que tu ne poses aucune question… Je connais un type qui fait ce genre de trucs. Il peut t'envoyer une liste par e-mail, pour deux ou trois dollars par nom. T'en as combien ?

— Une cinquantaine.

— Ah bon ! Je croyais qu'on parlait de plusieurs centaines, voire de milliers. Je ne sais même pas s'il prend des petits boulots comme ça.

— Je peux le payer plus, proposa Lucas.

— Je lui demanderai. Cinq cents dollars, ça te va ?

— Ça marche.

— Je me porte garant pour toi, vieux. Si tu ne payes pas, c'est moi qui vais devoir allonger les cinq cents dollars.

— Steve…

— OK, OK.

— S'ils ont d'autres informations sur les gens à qui appartiennent les numéros de téléphone, ça pourrait aussi me servir. Enfin, je ne sais pas si c'est dans leurs cordes.

— C'est plus cher, alors.

— Monte jusqu'à mille.

— C'est d'accord. Envoie-moi un mail avec la liste des numéros, je le ferai passer. Tu recevras la réponse par e-mail. »

Lucas recopia à partir des photos qu'il avait prises chez Carmel une liste de numéros bizarres, inhabituels ou non identifiés, et demanda les noms et les adresses correspondants. Il envoya l'e-mail à Steve avant de consulter sa boîte de réception. Il avait deux nouveaux messages : une publicité pour un site pornographique, qu'il effaça aussitôt, et une lettre de sa fille.

Sarah était au cours préparatoire, où elle apprenait tout juste à lire et à écrire, mais sa mère, qui était productrice à la télé, lui avait montré comment utiliser un logiciel de reconnaissance vocale. Sarah pouvait désormais correspondre avec son père une ou deux fois par semaine.

Il fallut à Lucas un quart d'heure pour déchiffrer le texte rédigé par le logiciel de dictée, après quoi il écrivit une réponse en s'efforçant de choisir des mots que Sarah reconnaîtrait facilement, tout en essayant d'éviter l'infantilisation excessive. Il finissait à peine lorsque l'ordinateur lui annonça de sa petite voix guillerette : « Vous avez un nouveau message. »

Il envoya son e-mail à Sarah et cliqua sur sa boîte de réception. Le message en question était une liste de noms et d'adresses attachée à la liste de numéros qu'il venait d'envoyer. Mis à part deux noms, tous les autres avaient un petit paragraphe contenant des informations personnelles. Lucas parcourut la liste en diagonale : les informations semblaient provenir d'institutions de crédit, même si certaines paraissaient plutôt émaner du service fédéral de recensement des véhicules motorisés. Au bas du message apparaissait une simple phrase : *Prière d'envoyer mille dollars.*

« Plutôt rapide », marmonna Lucas.

Il consulta sa montre : moins d'une demi-heure.

Il imprima la liste et reprit les documents qu'il avait découverts chez Carmel. Bien qu'il passât moins de cinq secondes par nom en moyenne – la plupart d'entre eux avaient l'air d'être des relations de travail –, il était plus de trois heures du matin lorsqu'il vint à bout de la liste. Il éteignit alors son ordinateur et alla se coucher.

Le lendemain, à l'aide d'un couteau de cuisine, il découpa la disquette en petits morceaux, qu'il jeta dans plusieurs poubelles différentes sur le trajet du bureau. Il avait la phobie des fichiers informatiques qui réapparaissent là où on ne les attend pas.

Alors qu'il se trouvait dans une galerie couverte qui reliait l'immeuble Pillsbury aux bâtiments de l'administration, il remarqua une femme vêtue d'une robe noire informe et arborant un grand foulard blanc sur la tête, dans le style babouchka. Il se retourna sur son passage : encore une secte, pensa-t-il. Il continua sa route en sifflotant jusqu'aux locaux de la police et appela le poste de Sherrill.

« Est-ce que toi ou Black pourriez passer me voir une seconde ?

— Tu préfères qui ? Moi ou Tom ?

— Arrête ton cinéma. Je veux juste savoir où on en est avec l'affaire Allen, et aussi te dire un mot. »

Sherrill débarqua dans son bureau quelques instants plus tard et s'installa dans le fauteuil en face de lui.

« On n'a plus grand-chose à se mettre sous la dent, avoua-t-elle.

— Laisse-moi te répéter ce que Hale Allen m'a raconté hier. »

Il lui fit un rapide résumé de sa conversation avec Hale et lui parla de la femme qu'il venait de croiser dans la galerie.

« Elle m'a fait penser aux extraterrestres que la gosse nous a décrits quand on essayait d'établir un portrait-robot. Il nous faut donc une photo en contre-plongée de quelqu'un dans une grande robe noire, avec un foulard sur la tête. Ensuite on remplace le visage par la photo de plusieurs personnes, y compris Carmel.

— Carmel Loan ? répéta Sherrill. Ça peut nous valoir de sacrés ennuis si ça s'ébruite et qu'on n'est pas couverts.

— C'est pour ça que je ne veux pas qu'elle sache qu'on la soupçonne. Jusqu'à ce qu'on ait des preuves solides.

— D'accord, conclut Sherrill en se relevant. Je peux sûrement trouver une photo de Carmel par l'intermédiaire de ta petite copine aux archives du *Star Tribune*, si elle y travaille encore.

— Elle y travaille encore.

— Et je vais demander aux gars de l'identité judiciaire de nous trouver une série de photos, à partir du portrait-robot qu'on a établi avec la gosse. Quand est-ce que tu veux la voir ? Je parle de la gamine.

— Le plus tôt possible. Je ne sais pas pendant combien de temps les enfants se souviennent des choses.

— Je vais essayer d'organiser ça pour cet après-midi.

— Ah, ajouta Lucas en plongeant la main dans sa poche, autre chose : peux-tu demander au labo de m'analyser ça ? »

Il lui lança la cartouche de 22, qu'elle rattrapa d'une main et observa un moment.

« Qu'est-ce qui se passe, Lucas ?

— Rien. C'est une de mes cartouches. Je veux juste pouvoir comparer une analyse normale à celle des cartouches qu'on a retirées des corps. Est-ce qu'on peut vraiment s'appuyer sur une expertise des métaux ? »

Elle lui jeta un regard suspicieux et retourna la cartouche dans sa paume.

« Si c'est ça, au cas où je perdrais cette cartouche-ci, je pourrais envoyer une des miennes ?

— Envoie celle-là, d'accord ? Fais ce que je te dis.

— Celle-là ?

— Oui, celle-là.

— Lucas…

— Lâche-moi la grappe, Marcy.

— Y a pas de Marcy, rétorqua-t-elle avec un grand sourire. Tu me caches quelque chose, pas vrai ?

— Envoie cette putain de cartouche, c'est tout. »

Lucas passa la matinée à éplucher les numéros qu'il avait relevés dans les deux carnets d'adresses et les factures de téléphone chez Carmel ; il en avait coché cinquante-cinq à vérifier. Au bout de trois heures, il avait couvert de notes la moitié de son cahier. Mais rien de vraiment prometteur.

Peu avant midi, il arriva enfin au dernier appel longue distance sur la dernière facture ; un appel qui datait de deux semaines plus tôt, deux ou trois jours après la mort de Barbara Allen. Les informations du pirate internet disaient simplement « numéro d'une petite compagnie listée sous le nom de Tennex Messenger Service ».

Lucas composa le numéro et une voix de femme répondit dès la première sonnerie :

« Tennex Messenger Service.

— Oui, bonjour, je voudrais parler au directeur de Tennex, s'il vous plaît.

— Je suis désolée, monsieur, mais M. Wilson n'est pas là. Je peux vous passer son répondeur, si vous voulez.

— Je voulais juste savoir comment je peux ouvrir un compte chez Tennex.

— Désolée, monsieur, mais je suis seulement au standard. Tout ce que je peux faire, c'est vous passer son répondeur.

— D'accord, merci, passez-le-moi. »

Son appel fut transféré et il tomba sur le répondeur, une voix un peu brumeuse qui pouvait être celle d'un adolescent complètement drogué :

« Vous êtes en communication avec Tennex Messenger Service, les … euh… coursiers les plus rapides de la région de Washington. Nous sommes … euh… soit au téléphone, soit en déplacement. Nous consultons nos messages régulièrement, alors … euh… laissez votre nom et votre numéro après le bip. Merci. »

N'ayant aucune envie de laisser un message à un coursier à moitié défoncé, Lucas raccrocha, bâilla, se leva pour s'étirer et se rendit dans les locaux de la Crim. Black était à son bureau en train de fouiller dans ses papiers. Les pieds sur la table, Sloan lisait le journal.

« On déjeune ? proposa Lucas.

— Ouais, répondit Sloan, je crois que j'ai plus rien à faire. »

Sherrill entra à ce moment-là, repéra Lucas et lui dit :

« J'ai envoyé la cartouche au labo, et j'ai tout arrangé pour cet après-midi, quatre heures. »

Sloan haussa les sourcils d'un air malicieux.

« Ah bon ? Et on va où ?

— Ta gueule », rétorqua Sherrill, qui avait très bien compris où il voulait en venir. Puis elle reprit à l'intention de Lucas : « Maman n'est pas contente qu'on retourne voir sa gamine. Il y a eu toutes ces rumeurs sur le tueur en série dans les journaux.

— Pas de problème, je te laisserai la mettre en condition en arrivant sur place. Un petit brin de causette entre nanas, on papote, tout ça.

— Sexisme, commenta Sloan en secouant tristement la tête. Et de la part d'un membre de la commission sur la parité… »

Lucas se frappa le front.

« Ah, merde, j'avais oublié : on a une réunion ce soir. »

Ils le regardèrent tous avec compassion, et Sherrill lui tapota l'épaule affectueusement.

« Allez, y a pis.

— Ah bon ? Quoi, par exemple ?

— Je ne sais pas. Tu pourrais t'être fait tirer dessus.

— Mais il s'est déjà fait tirer dessus, fit observer Sloan. Il faudrait bien pis que ça. »

Le déjeuner avec Sloan consista en une longue heure de ragots, avec quelques brefs apartés sur les nouvelles tendances de la criminalité locale. Les meurtres étaient en baisse, même avec Barbara Allen et les deux macchabées de Dinkytown ; le quatrième, Rolo, relevait du district de Saint Paul. Les viols étaient en baisse, les agressions et la coke aussi, mais le speed et l'héroïne étaient en hausse.

« Gutierrez m'a dit que le jour où l'héroïne avait amorcé son retour avait été un des plus beaux jours de sa vie, raconta Sloan en parlant d'un des enquêteurs des Stups. Il dit que les supermarchés et les stations-service vont se faire braquer, mais qu'au moins ils n'auront plus des bandes de mecs complètement défoncés qui se baladent avec un flingue en pensant que rien ne peut leur arriver. »

Lucas opina du chef.

« Tu donnes un peu d'héroïne à un mec, il pionce. Tu lui en donnes un peu plus, il meurt. Aucun problème.

— Par contre, le vol à la tire, ça y va.

— Ça fait partie de leur culture, commenta Lucas en soulevant le pain de son cheeseburger pour examiner d'un air suspicieux la rondelle de cornichon au milieu de son steak. Ça doit être les dealers qui se chargent de faire leur éducation. Quelqu'un devrait se pencher sur le sujet. Un anthropologue.

— Ou un proctologue. Dis donc, avec la réunion de la commission, ce soir, tu ne vas pas venir au tir.

— Je pensais arrêter, de toute façon. Ce gamin de l'Iowa m'a bluffé, l'autre jour. C'est déprimant.

— C'est une bête. Il est dans les rangs pour les JO, maintenant. Il a affiché une feuille de tir sur son casier : dix coups, tous dans le X. Et dans le milieu du X, en plus ; on voit le rond noir tout autour.

— Il est bon, reconnut Lucas. À mon âge, on ne peut plus être aussi bon. C'est scientifique. Tu n'as plus le même contrôle musculaire.

— Ouais, ouais, c'est un petit con.

— Ah bon ? Moi j'ai plutôt entendu dire que c'était un petit malin, justement.

— OK, d'accord, c'est un petit con malin. » Sloan jeta un œil à sa montre. « Je dois y aller. Faut que je parle à un mec. »

Sur le chemin du retour, Lucas s'aperçut qu'à un moment, pendant le déjeuner, il avait perdu le fil de sa pensée. Il avait gardé quelque chose dans un coin de sa tête, et maintenant il n'arrivait plus à se rappeler quoi.

Cependant, il avait la sensation que c'était important. Aussi se creusa-t-il la cervelle pour tenter de retrouver son idée. Il se souvint que ça avait quelque chose à voir avec le type de l'Iowa. Ce gosse venait à peine d'entrer dans la police, et pourtant il se portait volontaire pour toutes les missions un peu dures ; il avait l'obsession des armes à feu. Il en rêvait, savait les manier, les réparer ; il les comparait, en achetait, en vendait. Une sorte de cow-boy des temps modernes…

Lucas s'efforça de penser au rendez-vous de l'après-midi avec Jan et Heather Davis, à la série de photos qu'il voulait leur soumettre. Une séance d'identification sur photos comportait des risques : si la gamine reconnaissait Carmel comme un des deux tueurs et qu'on allait jusqu'au procès, la défense pourrait contester le bien-fondé d'une reconnaissance visuelle en prétextant que la police avait conditionné la mémoire du témoin avec les photos. Il fallait donc faire très attention.

Mais, alors qu'il essayait de se concentrer sur tout cela, son esprit revenait sans cesse sur le tireur de l'Iowa. Quelque chose que Sloan avait dit à son sujet... Un tout petit détail. Lucas n'arrivait plus à mettre le doigt dessus.

Voilà, songea-t-il au bout d'un moment. C'est le début de la sénilité. Il avait quelque chose sur le bout de la langue et il se voyait incapable de s'en souvenir avec exactitude. Il finit par descendre dans les vestiaires et arpenta les rangées de casiers, à la recherche de celui du gosse de l'Iowa. Et il le trouva, avec la cible placardée sur la porte, comme Sloan l'avait mentionné.

« Tu surveilles la concurrence ? » lui lança un grand flic blond, un autre tireur.

Lucas lui répondit par un hochement de tête.

« J'ai entendu dire qu'il avait réussi un exploit », expliqua-t-il.

Il se pencha en avant pour examiner les cibles de plus près. Le centre de la cible s'appelait le dix. Mais, à l'intérieur de ce cercle, il y en avait un autre, beaucoup plus petit encore : le X, à peine plus large qu'une cartouche de 22 millimètres. Dix petites cibles étaient dessinées sur la feuille d'exercice, et, chaque fois en plein dans le X, un petit trou. Autour des dix trous, on voyait encore parfaitement la ligne du cercle. Lucas émit un sifflement admiratif.

« Ce type est un extraterrestre, commenta le grand blond tout en finissant d'enfiler un gilet pare-balles.

J'ai dix sur dix à mes deux yeux, et j'arrive même pas à voir le X sur les cibles de 22. Tirer dans le dix, c'est une chose. Mais dans le X, moi je dis… c'est un truc d'extraterrestre.

— Ouais, reconnut Lucas. C'est balaise. J'ai jamais réussi. »

Il jeta un dernier coup d'œil à la cible, secoua la tête et rebroussa chemin. Tirer dans le dix, c'était une chose, mais dans le X…

Il se rassit à son bureau et parcourut du regard la liste de noms et de numéros qu'il avait reçue par e-mail. Ses yeux se posèrent sur le dernier nom de la liste : Tennex Messenger Service.

« Putain de bordel », marmonna-t-il. Non, c'était sans doute une coïncidence [1]…

Il était encore absorbé dans ses pensées lorsque Sherrill et Black arrivèrent avec un dossier plein de photos de femmes vêtues de manteaux sombres et portant un foulard sur la tête. Une douzaine de visages différents avaient été incrustés au milieu du foulard.

« Pas mal, concéda Lucas en feuilletant le tas de photos. C'est celle-là, Carmel ?

— Ouais, acquiesça Sherrill. C'est dingue comme le contexte peut faire la différence. Je ne l'aurais jamais reconnue sous cet accoutrement. »

Sherrill et Black prirent une voiture de leur côté, Lucas une autre.

Jan Davis vint leur ouvrir la porte :

1. En anglais, le nombre 10 se dit *ten*, et la lettre X se prononce *ex*. Si on le décompose, le mot *Tennex* peut donc se comprendre « 10 X », comme le nom des deux cercles concentriques au milieu d'une cible de tir… *(N.d.T.)*

« J'espère qu'on va pouvoir faire ça sans que ce soit traumatisant, dit-elle d'une voix tendue.

— Il n'y a aucune raison pour que ça soit traumatisant, répondit Lucas. Si elle ne peut désigner aucune des photos, c'est fini.

— Et si elle peut ? Si le tueur en entend parler ?

— Le tueur n'en entendra jamais parler, affirma Lucas. On fera une déposition sur vidéo et on gardera son nom secret jusqu'au procès. À ce moment-là, ça voudra dire qu'on a quelqu'un en prison sous l'inculpation d'homicide, et personne ne pourra plus venir vous chercher.

— Toute cette histoire me fout une trouille bleue », avoua Jan Davis en se frottant les bras comme pour se réchauffer.

Heather était dans sa chambre, en train de jouer avec ses petites voitures.

« Tu sais ce qu'il te manque ? demanda Sherrill. Il te manque un tracteur. Et peut-être une moissonneuse-batteuse pour accrocher derrière.

— J'avais un tracteur, répondit Heather, mais je l'ai perdu. » Elle réfléchit un instant en fronçant les sourcils. « Il était bien, le tracteur, mais vous savez ce qui me manque vraiment ?

— Non, quoi ?

— Quand on a acheté le tracteur, on avait aussi acheté une moissonneuse-batteuse pour aller avec, mais j'avais rien pour mettre le maïs. J'aurais besoin d'un camion-silo.

— Ouais… c'est vrai. » Sherrill n'arrivait plus à suivre. « Viens, on va jeter un œil à ces photos et ensuite tu pourras revenir jouer.

— Maman m'a dit que vous pourriez m'emmener faire un tour dans une voiture de police.

— Ça, faut demander à tonton Lucas, il pourra peut-être t'arranger ça.

— C'est pas mon tonton, fit observer la fillette.

— Mais je peux quand même t'arranger ça, confirma Lucas. Viens regarder les photos. »

Elle les fixa avec attention, une par une, et, quand elle eut fini, elle dit simplement :

« Nan.

— Nan ? »

Elle se retourna vers sa mère.

« Ça ressemble pas.

— Si ça ressemble pas, ça ressemble pas, déclara Jan Davis, c'est tout.

— Tu es sûre qu'aucune ne ressemble ? insista Lucas.

— Ben, elles ressemblent toutes un peu, mais pas vraiment.

— Si c'est ce que tu dis, on te croit », conclut Black.

Ils se levèrent tous.

« Est-ce que je peux quand même faire un tour dans la voiture de police ? »

« Et merde ! s'exclama Sherrill, une fois sur le trottoir.

— Ouais, merde, répondit Black. Même si je n'avais pas trop envie de foutre une gamine à la barre avec Carmel Loan dans le box des accusés, prête à la bouffer toute crue.

— Au point où j'en suis, marmonna Lucas, n'importe quoi ferait l'affaire. Un chimpanzé ferait l'affaire, s'il était capable de la montrer sur la photo.

— Qu'est-ce que tu vas faire, maintenant ? demanda Sherrill.

— Rentrer chez moi. Boire une bière. Réfléchir. Pleurer. Dormir. »

12

Le lendemain matin, Lucas arriva à son bureau un peu après dix heures – ce qui était plutôt matinal pour lui – ferma sa porte, tapa une note qu'il intitula « Confidentiel », dans laquelle il retranscrivit son entretien avec Hale Allen, et la porta en main propre à Rose Marie Roux, directrice de la police.

« C'était comment, votre voyage ? lui demanda Lucas.

— Un congrès à Las Vegas en plein été… Il faisait tellement chaud que j'avais peur de mettre un pied dehors.

— C'est de la chaleur sèche, pourtant.

— Oui, comme dans un four. Et en plus, je me suis tellement ennuyée que j'ai failli recommencer à fumer. Vous avez quelque chose pour moi ? »

Lucas lui tendit la note qu'il venait de taper. Elle la lut et s'exclama :

« Bon sang, Lucas, qu'est-ce que c'est que cette histoire, encore ? Ça ne vous arrive jamais de tomber sur des cas plus simples ?

— Si, ça m'arrive. C'est juste que je ne viens pas vous déranger avec. Et pour ce coup-ci, je veux que personne ne soit au courant, à part vous, moi, Sherrill et Black, peut-être un juge. Rangez ça dans un dossier et oubliez-le jusqu'à ce qu'on en ait besoin.

— Je vous couvre, quoi.

— Vous couvrez tout le monde. Il me faut ses factures de téléphone des derniers mois, et ça, je pourrai toujours m'en servir pour justifier une citation à comparaître.

— Demandez à Ross Benton, suggéra Rose Marie. Il vous fournira une citation et il la bouclera. Ça lui ferait tellement plaisir de voir Carmel derrière les barreaux ! Elle n'arrête pas de le provoquer au tribunal. Il avait des problèmes avec certaines décisions dans l'affaire Prolle, elle l'a traité de clown et c'est passé dans le *Star Tribune*.

— D'accord, je lui en ferai une copie.

— J'espère que vous savez où vous mettez les pieds. Parce que je suis trop vieille et trop fatiguée pour me faire clouer au pilori par Carmel Loan. »

Lucas parla au juge Benton et obtint une citation à comparaître.

« Tenez-moi au courant des évolutions, lança Benton avec une lueur de malice dans les yeux.

— Sans doute pas grand-chose, répondit Lucas. Et, je vous en supplie, pas un mot à quiconque.

— Ne vous inquiétez pas. Si c'est un coup d'épée dans l'eau et qu'elle en entend parler, je n'ai plus qu'à me tirer une balle dans la tête. »

Le document en main, Lucas se rendit à la compagnie de téléphone et le présenta au vice-président en insistant sur le besoin de confidentialité et les peines encourues en cas de fuite. Le vice-président se montra compréhensif et emmena Lucas au centre technique, où l'on pouvait imprimer les informations. Lucas lui demanda de noter la date et de signer le document.

« J'espère que ça ne va pas m'attirer d'ennuis, dit le vice-président.

— On essaye juste de mettre la main sur un tireur d'élite de la mafia.

— Très drôle », ironisa le type en apposant sa signature.

De retour à son bureau, Lucas réfléchit aux différents avantages et inconvénients de demander une faveur au FBI. Son estomac se mit à gargouiller et il alla acheter un sandwich à la cafétéria. Il le mangea en lisant le journal, puis regagna son bureau et sortit d'un tiroir la carte de visite de Mallard.

Le problème avec le FBI, c'était qu'une fois qu'ils s'embarquaient sur une affaire, ils avaient tendance à devenir un peu trop enthousiastes : mitraillettes à visée laser, hélicoptères, profils psychologiques par ordinateur… L'autre problème, c'est qu'ils avaient aussi tendance à être sous-expérimentés. Un type qui sort de l'université, qui entre directement au FBI et qui passe ensuite vingt ans à travailler comme agent a à peu près autant d'expérience quant aux vrais criminels qu'un flic de base au bout d'un an de terrain. Du coup, on se retrouve en face de types un peu grisonnants, la quarantaine bien tassée – c'est-à-dire de l'âge de

Lucas – et on se dit « ouais, pas mal », mais en fait on s'aperçoit qu'en tant que flics, ils ne valent pas trois clous.

D'un autre côté, le peu d'expérience qu'ils ont, c'est souvent sur de très grosses affaires qu'ils l'ont acquise…

Après quelques minutes d'hésitation supplémentaires, il se souvint de l'attitude de Mallard la fois où il l'avait rencontré : c'était l'un des agents les plus brillants du FBI.

Mallard décrocha le combiné dès la première sonnerie :

« Oui ?

— J'ai une intuition, expliqua Lucas après s'être présenté.

— Je serais ravi de l'entendre, répondit Mallard. Nos gars de Minneapolis éprouvent une étrange fascination à votre égard. Ou peut-être que c'est de la peur, je ne sais pas.

— Dites-leur merci de ma part la prochaine fois que vous les verrez.

— Je n'ai pas dit qu'ils vous aimaient, rectifia Mallard. Alors, cette intuition ?

— Nous avons un suspect potentiel. Pas pour le tireur, mais pour le commanditaire. C'est une femme. Et, pour être honnête, je ne vais pas vous révéler son identité, parce que c'est une grosse pointure et que, si je me trompe, elle me réduit en bouillie. Et je serai obligé de chercher un autre boulot, très, très loin d'ici.

— OK pour le préambule. Quelle est votre intuition ?

— Nous avons… euh, obtenu une liste d'appels téléphoniques que notre suspecte a passés autour de la date du meurtre. L'un des destinataires se trouve à Washington, juste à côté de chez vous. Quand j'ai appelé pour vérifier, je suis tombé sur Tennex Messenger Service. Il n'y avait personne. C'est juste un standard. Et en gros, ils m'ont fait comprendre qu'il n'y avait jamais personne sur place. À part ça, hier je discutais avec un ami qui pratique le tir, et il m'a parlé d'un de nos gars qui vient de l'Iowa et qui venait de réussir un score parfait : non seulement toutes les balles étaient dans le dix, mais aussi dans le X.

— Ten-X Messenger Service, murmura Mallard. Ça, c'est ce qu'on appelle de l'intuition.

— Oui, c'est ce que je me suis dit.

— Je pense qu'il y a environ une chance sur vingt pour que ce soit vraiment une piste.

— Je pensais même une sur cinquante, à vrai dire, avoua Lucas… Il faut vraiment y aller mollo sur ce coup-ci. Pas de mitraillette à rayon laser, pas d'hélico.

— Personne n'en saura jamais rien, assura Mallard. À moins qu'on ait envie que ça se sache. Vous avez une ligne directe ? »

Lucas lui donna son numéro et Mallard lui promit de le rappeler le lendemain matin.

Après avoir raccroché, Lucas se laissa aller contre le dossier de sa chaise, les yeux rivés sur son téléphone. Mallard, un des grands pontes du FBI, avait montré une lueur d'excitation. Comme s'il partageait son intuition…

Sherrill entra dans le bureau de Lucas sans frapper, s'assit dans le fauteuil en face de lui sans demander la permission et annonça d'un air morose :

« Le problème, c'est que je suis flic.

— Oui, mais drôlement bien roulée, et avec un gros pistolet.

— Je suis sérieuse, là. C'est en train de me poser un vrai problème. »

Lucas fronça les sourcils en décelant une certaine gravité sur son visage.

« Qu'est-ce qu'il y a ?

— La cartouche que tu m'as donnée... Elle est revenue du labo.

— Ouais, et alors ?

— Ouais. Lucas... Les résultats de l'analyse sont identiques à ceux des meurtres de D'Aquila et Blanca. Mais pas de Barbara Allen, cela dit.

— Hum », fit-il simplement, en s'efforçant de dissimuler un frisson de satisfaction.

Sherrill poursuivit :

« Alors, je fais mon boulot de flic et je te demande : où l'as-tu trouvée ?

— Je pourrais très bien te dire que je l'ai trouvée par terre chez Blanca et qu'ensuite ça m'est sorti de la tête.

— Oui, tu pourrais, mais ce serait un énorme mensonge.

— Ça arrive à tout le monde, même aux meilleurs d'entre nous.

— Pas à toi. Pas à moi non plus, d'ailleurs.

— D'accord, je vais te raconter, puisque tu veux savoir. Si tu en parles à qui que ce soit, je risque de finir ma vie en prison. Mais si tu insistes vraiment...

— Tu veux bien me le dire ?

— Ouais. »

Elle hésita un quart de seconde avant de reprendre :

« OK, je veux savoir. »

Lucas acquiesça.

« Je me suis introduit chez Carmel Loan, j'ai fouillé partout, et j'ai trouvé la cartouche dans une penderie. Il n'y en avait qu'une. J'ai pensé la laisser là et essayer d'obtenir un mandat de perquisition en bonne et due forme pour pouvoir faire semblant de la trouver, et, si l'analyse donnait quelque chose, on aurait eu une preuve solide. Mais je ne voyais pas comment on aurait pu obtenir un mandat. En revanche, je voyais très bien comment Carmel, ou n'importe quel bon avocat, pourrait rejeter une preuve de ce genre. Tu vois, comme par hasard on n'a retrouvé qu'une seule cartouche, dans sa penderie, comme par hasard elle correspond à celles utilisées pour les meurtres, et comme par hasard on est les seuls à les avoir manipulées jusqu'ici... C'est un indice solide, mais pas catégorique.

— Donc, tu l'as prise.

— Oui, et quelques autres trucs avec. Des dossiers dans son ordinateur, des factures de téléphone...

— Il y a un risque pour qu'elle s'en aperçoive ?

— Non, je ne pense pas.

— Putain, Lucas... »

Il se pencha par-dessus son bureau, le visage tendu :

« Écoute, maintenant, on sait qu'elle est mouillée. Grâce à cette cartouche. C'est la meilleure chose qui pouvait nous arriver sur un cas comme celui-ci. On a un énorme soupçon sur quelqu'un. Dorénavant, on peut commencer à essayer de reconstituer le puzzle. On était bloqués, et là on peut de nouveau avancer.

— J'aurais préféré que tu me préviennes avant d'aller chez elle.

— Je ne pouvais pas. C'était mieux que tu ne saches rien. C'est toujours mieux, d'ailleurs. Si on me demande, je dirai que je ne t'ai rien dit, jamais.

— Bon, d'accord… » Elle se leva en soupirant et ajouta : « D'accord. J'ai déjà oublié ce que tu m'as dit.

— Ça m'étonnerait.

— Oh, bon sang, Lucas ! » Elle s'emporta pendant un instant, avant de se reprendre. « Qu'est-ce qu'on fait, maintenant ?

— Je viens d'obtenir une citation à comparaître pour avoir les relevés téléphoniques de Carmel, je suis allé à la compagnie de téléphone et ils me les ont donnés. Je les avais déjà, puisque je les ai trouvés chez elle, mais ça nous donne un support légal.

— Tu as repéré quelque chose d'intéressant ?

— Oui. Un appel bizarre. Peu de temps avant les meurtres de D'Aquila et Blanca. »

Il lui raconta l'histoire de Tennex Messenger Service et l'informa aussi de son coup de fil au FBI.

« Tennex…, commenta-t-elle d'un air ronchon. On dirait un nom de groupe de rock.

— Tu confonds avec les Quicksilver Messenger Service.

— Connais pas », répondit-elle. Elle s'affaissa dans son fauteuil et parcourut rapidement la liste des appels recopiée sur ordinateur. « Il n'y a rien avant le jour où Allen s'est fait dessouder ?

— Non.

— T'as entendu ce que je viens de dire ? J'ai dit *dessouder*. Putain, on se croirait dans une série télé…

— Tu sais ce que je me demande ? reprit-il. Je me demande si Rolando D'Aquila n'était pas son contact avec le tueur. D'après ce que vous avez trouvé sur lui, il a été mouillé dans la mafia, et cette fille, la tueuse… il paraît qu'elle bosse pas mal pour la mafia.

— Et tu sais quoi ? s'exclama Sherrill en se redressant d'un coup. Les contacts de Rolo, ses dealers, la plupart venaient de Saint Louis, ce qui était assez inhabituel. À l'époque, presque tout le trafic passait par Los Angeles ; ça commençait à peine à basculer vers Chicago. Mais Saint Louis n'avait jamais été une plaque tournante, et d'ailleurs ça a cessé de l'être dès que Rolo s'est rangé.

— Et cette tueuse…

— Elle a des contacts dans la pègre de Saint Louis. C'est ce que disent les Feds, en tout cas.

— Voilà une piste, approuva Lucas. On peut sans doute en tirer quelque chose. »

Carmel Loan était à son bureau. Elle sentait encore le poids du corps de Hale Allen sur le sien, la trace de ses pouces enfoncés de chaque côté de sa colonne vertébrale… Elle essayait de lire une déposition, mais elle n'arrivait pas à garder sa concentration et elle éclata brusquement de rire. Hale était une bête de sexe. Une phrase lui revint en mémoire, qu'elle avait sans doute entendue dans un film ; c'était une femme qui disait à un homme : « Ce n'est pas du sexe que les femmes veulent, c'est de l'amour. »

Quelle connerie ! songea-t-elle. Bien sûr que les femmes veulent du sexe ; elles veulent *aussi* de l'amour, c'est tout. Et ça devait être exactement ce qu'elle était en train de vivre. Elle se remémora comment, la nuit précédente, Hale l'avait prise par…

Son téléphone sonna sur sa ligne personnelle. Elle sursauta, se ressaisit, prit une inspiration avant de répondre.

« Carmel », annonça-t-elle simplement.

Peu de gens connaissaient ce numéro-là.

« Vous vous souvenez de moi ? demanda la voix au bout du fil.

— Bien sûr.

— Pourquoi vous ne m'enverriez pas un peu d'argent, alors ?

— Tout ce que vous voulez. Mais avec vingt pour cent d'intérêts.

— Toujours le cœur sur la main, hein ? lança-t-il en riant. Mais je n'emprunte pas, je vends.

— Je ne crois pas que je sois acheteuse en ce moment, mais dites toujours ce que vous avez.

— Avant toute chose, vous devez me promettre de ne rien faire d'ici un ou deux jours. Presque personne n'est au courant, et si vous débarquez ici comme une furie, ils sauront tout de suite que c'est moi votre indic.

— D'accord. De quoi s'agit-il ?

— Lucas Davenport, Tommy Black et Marcy Sherrill ont organisé une petite séance d'identification sur photos pour un témoin visuel dans l'affaire des meurtres de Dinkytown.

— Oui… »

Elle s'efforçait de garder un ton détaché mais elle sentit un frisson glacé la parcourir.

« Et devinez qui il y avait sur une des photos ?

— Euh, je ne sais pas, la Vierge Marie ?

— Presque, mais pas tout à fait. En fait, il y avait une photo de vous dans la série.

— De moi ? »

Elle était choquée, et n'essaya pas de le dissimuler. Le type à l'autre bout du fil était un flic.

« Ouais. Je ne sais pas pourquoi. Peut-être parce qu'ils avaient une photo sous la main, il y avait plein d'autres visages dans la série. Il y avait la fille qui présente la météo sur la 3… Ils voulaient des grandes blondes.

— Oui, peut-être, dit Carmel. Mais ça m'énerve sérieusement.

— J'ai pensé que vous aimeriez savoir.

— Surveillez votre boîte aux lettres.

— Je n'y manquerai pas », répondit-il avec un trémolo de plaisir.

Il y a vraiment des gens, pensa Carmel en raccrochant, que l'idée de l'argent excite. Pas pour ce que l'argent peut acheter, ou pour ce que ça représente, mais simplement pour la sensation pure, douce et légèrement huileuse des billets entre les doigts. Ce flic faisait partie de ces gens-là. C'était une chose qui lui échappait, mais bon, elle n'avait jamais vraiment fait l'effort de comprendre non plus. Elle était contente qu'il existe des gens comme ça, qu'on pouvait facilement soudoyer. Plusieurs fois au cours de sa carrière, des flics lui avaient rendu service.

Après quelques minutes de réflexion, elle sortit dans la rue, marcha jusqu'à la cabine la plus proche, composa le numéro de Rinker et laissa un message sur son répondeur.

13

De bonne heure le lendemain matin – un matin relativement frais, qui promettait un après-midi caniculaire, avec un ciel bleu pâle sans horizon –, Mallard appela Lucas de Washington. Le téléphone sonna cinquante-cinq minutes avant l'heure à laquelle Lucas avait réglé son réveil ; il décrocha dans la cuisine.

« On a des informations sur la piste Tennex, annonça Mallard alors que Lucas bâillait en s'étirant. J'ai aussi une question. Deux questions, en fait.

— Les informations d'abord.

— D'après nos renseignements, Tennex Messenger Service n'existe pas et n'a jamais existé.

— Intéressant…

— C'est aussi ce que je me suis dit. Le numéro de téléphone correspond à des locaux loués pour de courtes périodes. De huit heures du matin à sept heures du soir, il y a une ou deux réceptionnistes à l'accueil. Derrière elles, il y a encore deux ou trois autres opératrices qui contrôlent un tableau avec plein de boutons. Le tableau marche vingt-quatre heures sur vingt-quatre. Les bureaux sont loués à la semaine ou au mois, principalement par des businessmen qui sont là pour faire pression sur le gouvernement. En moyenne, ils sont loués les deux tiers du temps. Chaque bureau a un numéro de téléphone différent, les opératrices répondent par le nom de la personne qui le loue à ce moment-là. Le service de messagerie fonctionne de la même manière : les opératrices répondent au nom de l'abonné de la ligne qui clignote sur le tableau. Tennex n'a que le service messagerie, pas de bureaux.

— Et qui paye les factures ? D'où viennent les chèques ?

— On ne sait pas encore. On veut d'abord mettre la ligne de Tennex sur écoute pendant deux ou trois jours avant de parler aux gérants. Mais voici ma question : est-ce que quelqu'un de chez vous, une femme, a appelé Tennex depuis une cabine dans la soirée d'hier ?

— Non.

— Il y a eu un appel depuis une cabine de Minneapolis. Le seul appel de la journée.

— Ah bon ? À quelle heure ?

— Autour de cinq heures et demie.

— Ah. On était en train de montrer des photos à une petite fille qui a aperçu les tueurs… Vous avez dû voir son nom dans le dossier.

— Oui.

— On lui a montré des photos dont l'une représentait le visage de notre suspecte. Ça n'a rien donné, mais ça ne devait pas être bien longtemps avant cet appel. Et je vais vous dire, cette femme a des contacts à l'intérieur de nos services. À l'intérieur des vôtres aussi, sans doute.

— Personne n'était au courant des photos, chez nous.

— D'accord. S'il y a eu une fuite, ça vient de chez nous. S'il y a eu une fuite… Mais bon sang, je le lui aurais dit moi-même, si j'avais su qu'elle appellerait. Vous avez un enregistrement de sa voix ? »

Il y eut un bref silence, comme si Mallard voulait faire prendre conscience à Lucas de la stupidité de sa question.

« Bien sûr, finit-il par répondre.

— Alors je veux l'entendre. Je connais la suspecte personnellement, je lui ai parlé la semaine dernière. Je peux sans doute la reconnaître.

— Ce qui nous amène à ma deuxième question : qui est-ce ?

— Putain…

— J'ai besoin de connaître son nom. La piste est en train de devenir sérieuse. Tant qu'il ne s'agissait que d'une intuition, c'était une chose. Maintenant, c'en est une autre.

— C'est une avocate très haut placée ici. Sans doute milliardaire. Et je sais qu'elle donne de l'argent à des hommes politiques… des sénateurs, des députés, le gratin, quoi. Si vous faites une connerie, on pourrait nous retrouver tous les deux enterrés dans un coin de forêt.

— Il y aura trois personnes ici qui connaîtront son nom. C'est tout. Si on finit enterrés dans un coin de forêt, les deux autres seront enterrés avec nous, je vous le garantis. »

Après un moment d'hésitation, Lucas lâcha en soupirant :

« D'accord. Elle s'appelle Carmel Loan. Mais je ne peux pas vous dire à quel point ça me rend nerveux de vous le dire.

— Bon. La femme qui a appelé hier s'est présentée sous le nom de Patricia Case.

— Je vais vérifier, mais je n'ai jamais entendu ce nom. »

Lucas prit l'annuaire téléphonique de Saint Paul et tourna les pages jusqu'à Case.

« C'est peut-être un code, suggéra Mallard. Mais c'est quand même un peu tiré par les cheveux.

— Et Tennex Messenger Service, c'est pas tiré par les cheveux ? Vous avez l'adresse de la cabine téléphonique ?

— Oui, une seconde. C'est au... euh... 505, Nicollet Mall.

— 505..., marmonna Lucas en faisant descendre son index le long de la colonne des Case dans l'annuaire. Il n'y a pas de Patricia Case dans l'annuaire de Saint Paul, et je n'ai pas celui de Minneapolis sous la main.

— On a déjà vérifié : aucune Patricia Case. On a aussi appelé au 505, Nicollet Mall. C'est une galerie commerciale. Il y a un grand Neiman Marcus.

— C'est à deux minutes du bureau de Carmel, observa Lucas. Je peux vérifier, mais je pense que c'est même la cabine la plus proche de son bureau.

— Intéressant.

— Je vous en supplie, ne laissez rien filtrer au sujet de Carmel. Pour le moment.

— Rien ne filtrera de notre côté. Je vous le promets.

— Encore une chose, ajouta Lucas. Quand allez-vous faire une descente chez Tennex ? Aller parler aux gérants, je veux dire.

— Pas avant après-demain.

— Appelez-moi la veille. Je suis à trois heures d'avion. J'aimerais venir avec vous.

— Entendu. Rien d'autre ?

— Si, une dernière chose… Une des victimes, Rolando D'Aquila, était autrefois un gros dealer de drogue. Les gens des Stups m'ont expliqué qu'il achetait sa coke à Saint Louis, grâce à ses contacts avec la mafia locale. Pas des Colombiens ni des Mexicains. La vieille garde de la mafia. Et cette tueuse, elle semble aussi avoir des attaches par là-bas.

— Bon sang ! s'exclama Mallard. Il se passe quelque chose de nouveau.

— À savoir ?

— Je commence à avoir de l'espoir. »

Pendant deux jours entiers, il ne se passa plus rien. Carmel ne reçut aucune réponse à son coup de fil. Elle ne se séparait jamais de son téléphone magique, mais Rinker ne la rappelait pas. Y avait-il un problème avec sa messagerie ? Était-elle sur écoute ?

Du côté du FBI, la déception était comparable. Il n'y eut aucun nouvel appel pour Tennex ; rien. Au bout du deuxième jour, Mallard rappela Lucas.

« On y va demain, annonça-t-il. Sauf si on a un contretemps. On veut y aller avant la fin de la semaine.

— Je prends un avion ce soir.

— On peut le prendre à notre charge, si vous voulez, proposa Mallard.

— Non, merci, je vais le faire passer sur mes frais.

— D'accord. Du nouveau de votre côté ?

— J'ai envoyé une fille de mon équipe à Saint Louis, Marcy Sherrill, pour bavarder un peu avec les gars de la pègre locale et essayer de leur tirer les vers du nez. Apparemment, il ne se passe pas grand-chose.

— Si Sherrill est celle dont je me souviens, lors de notre rencontre, je suis sûr qu'elle doit être assez douée pour tirer les vers du nez.

— Ça fait partie de ses nombreux talents, plaisanta Lucas. À demain. »

Lucas appela son agence de voyages, réserva une place en classe affaires sur le vol de neuf heures pour Washington et une chambre à l'hôtel Hay Adams. Il aimait bien le Hay Adams parce que, chaque fois qu'il y avait logé – y compris la première fois –, le portier lui avait dit : « Content de vous revoir, monsieur. »

Il passa ensuite un coup de fil à Donnal O'Brien, au département de la Crim de Washington.

« Salut, l'Irlandais ! lança-t-il en guise d'introduction.

— Bon Dieu ! répondit O'Brien. Des nouvelles de l'Amérique profonde ! Comment tu vas, Lucas ?

— Bien. Je viens à Washington ce soir. J'aimerais te voir demain, si tu as un moment.

— Tu veux que je vienne te chercher à l'aéroport ?

— Je vais arriver tard. » O'Brien avait quatre enfants dont il devait s'occuper seul. « Je prendrai un taxi jusqu'au Hay Adams. J'ai un truc à faire avec les Feds demain matin, et je passe te prendre vers trois heures, quelque chose comme ça.

— Je t'attends à trois heures. On ira boire une bière quelque part.

— À demain, alors. »

Le voyage jusqu'à Washington fut un véritable cauchemar. Aucun ennui mécanique, les conditions de vol étaient parfaites et l'avion arriva à l'heure, mais Lucas avait la phobie des avions – les vrais avions, pas les hélicoptères. Il appréhendait terriblement chaque voyage, restait droit comme un piquet sur son siège depuis le moment où l'appareil commençait à rouler sur la piste jusqu'à l'arrêt final, prêt pour l'impact à tout moment, et il ne se sentait hors de danger que lorsqu'il sortait de l'aéroport.

Alors qu'ils survolaient Washington, ils eurent une magnifique vue sur la ville, mais il l'ignora. Quel intérêt d'admirer le paysage quand on est sur le point de s'écraser en flammes ? Pourtant, comme par miracle, l'avion parvint à se poser et les hôtesses de l'air à dissimuler habilement leur panique en le remerciant avec le sourire d'avoir choisi Northwest Airlines.

Le Hay Adams était fabuleux, comme toujours. Dans l'encadrement de la fenêtre au-dessus du bureau, la Maison-Blanche avait l'air d'une photo en trois dimensions, du genre de celles qu'on trouve dans les aquariums de luxe.

Lucas dormit d'un profond sommeil, satisfait de l'accueil qu'il avait reçu.

Mallard arriva à dix heures du matin dans une Chevrolet bleue suivie par une autre Chevrolet identique avec trois autres agents fédéraux. Lucas attendait dans le hall et, en voyant Mallard descendre de la voiture, il sortit sur le trottoir.

« Pas mal, l'hôtel, commenta Mallard en levant les yeux vers la façade du Hay Adams. Une fois j'ai dormi dans un Holiday Inn où ils avaient des suites. Je n'ai pas pris une suite, mais je suis passé devant la porte.

— Si vous êtes gentils avec moi, je vous autoriserai à rester dans le hall pendant que je dînerai ce soir.

— Quelle générosité ! » Mallard portait un costume bleu et un nœud papillon bleu foncé à petits pois rouges. Il tenait un gobelet en inox rempli de café, dont il but une gorgée en disant à Lucas : « Si vous en voulez un, on peut s'arrêter en chemin.

— Non, merci, ça ira. Pourquoi tout ce monde ?

— Ils sont cinq, là-bas : les deux réceptionnistes, les deux opératrices et le manager. Alors j'ai pensé qu'il fallait qu'on soit cinq, nous aussi.

— Ah bon ? En tout cas, s'ils donnent l'assaut, occupez-vous d'abord du chef, répondit Lucas en s'installant confortablement sur le siège avant. En général, si on arrive à soumettre le chef, le reste suit.

— Vous seriez mort au bout d'une heure, à Washington, rétorqua Mallard. Ici, les chefs sont les derniers dans la débâcle. »

L'agence de location de bureaux se trouvait juste à côté de Dupont Circle, dans un immeuble de granite parfaitement quelconque. Lucas, Mallard et les trois autres agents pénétrèrent dans le bâtiment tel un groupe de rugbymen en goguette – cinq hommes aux cheveux ras, plutôt grands et athlétiques, vêtus de costumes sombres. Si on avait dû les prendre pour quelque chose, on les aurait pris à coup sûr pour les services secrets.

Lucas avait déjà assisté à une intervention du FBI, mais jamais de l'intérieur.

Mallard montra sa carte aux deux réceptionnistes – une fausse rousse et une vraie blonde – en disant :

« Nous sommes du FBI. Nous aimerions parler à Mme Marker. » Pendant que Mallard s'arrêtait devant la réception, deux agents s'étaient détachés du groupe pour passer derrière, dans la salle du standard. Histoire de couvrir le tableau, pensa Lucas.

La réceptionniste blonde avait la quarantaine, une coiffure sophistiquée et des lunettes en plastique bleu avec des strass incrustés dans la monture. En voyant la carte d'identité de Mallard, elle porta une main à sa gorge.

« Euh, oui, balbutia-t-elle. Je ne suis pas sûre qu'elle soit là.

— Elle est là, affirma Mallard. Faites le 0600 et demandez-lui de venir. »

La blonde ne posa aucune autre question ; elle décrocha son téléphone, composa le numéro et dit dans le combiné :

« Il y a des messieurs du FBI qui voudraient vous voir.

— Merci », répondit Mallard.

Louise Marker était une jeune femme un peu trapue avec un seul sourcil : une longue bande de poils châtains qui lui barrait le front d'un œil à l'autre sans interruption. Elle avait une bouche en cul-de-poule maquillée de rouge, et un gros nez mobile. Dans *Alice au pays des merveilles*, elle aurait fait la Reine de Cœur.

Tennex était l'un de leurs clients depuis soixante-douze mois, expliqua-t-elle ; le loyer et les factures téléphoniques étaient réglés par chèque ou mandat postal. Elle conservait tous les reçus des soixante-douze paiements dans un dossier vert. La plupart des chèques et des mandats provenaient de différentes banques dans les villes de Saint Louis, Tulsa et Kansas City. Quatre chèques venaient de Dallas – Fort Worth et trois autres de Denver. Il y en avait également deux de Chicago, deux de Miami, et un de San Francisco, un de La Nouvelle-Orléans et un de New York.

« Comment sait-elle combien elle vous doit ? demanda Lucas. Les factures de téléphone ne sont jamais du même montant. »

Marker haussa les épaules.

« On fait le total et on lui laisse un message sur sa boîte vocale tous les 29 du mois. Quelques jours après, le chèque arrive. C'est tout.

— Et le service de messagerie est fourni directement par la compagnie de téléphone. Donc vous n'avez même pas à vous en occuper ?

— Exactement.

— Mais à quoi ça vous sert d'avoir une réceptionniste, alors ?

— Eh bien, il faut un téléphone pour avoir une boîte vocale. La compagnie de téléphone ne vous donne pas accès à ce service si vous n'avez pas de numéro. Nous, on est le téléphone.

— Mais c'est dingue ! s'exclama un des trois agents. Ils vous payent simplement pour avoir le téléphone, en somme ?

— C'est pas dingue du tout, insista Marker. On ne connaît pas forcément l'histoire de tous nos clients, parce qu'on n'a pas les moyens de faire une enquête à chaque fois, mais pour la plupart on sait qui c'est. Le plus souvent, ce sont des associations commerciales qui ne peuvent pas se payer un bureau à plein temps à Washington mais qui veulent que les gens pensent le contraire. Des gens comme les hommes politiques, par exemple. Donc, si un homme politique appelle ici, une réceptionniste lui répond, on lui dit qu'il n'y a personne pour l'instant et on le transfère sur la messagerie. Ensuite, quelqu'un dans un vrai bureau, je ne sais où, consulte la boîte vocale plusieurs fois par jour, prend les messages et rappelle. Et s'ils doivent se déplacer à Washington, on peut leur louer un bureau et tout l'équipement qui va avec. Nous ne sommes pas les seuls à offrir ce genre de services, d'ailleurs ; on a au moins cinq ou six concurrents… »

Lucas fit un tour dans le bureau et tomba sur la revue d'une compagnie aérienne, qu'il ouvrit à la page des vols intérieurs. Les villes d'où provenaient la majorité des chèques – Kansas City, Saint Louis et Tulsa – formaient un cercle dont Springfield était le centre. D'un autre côté, si la personne qui envoyait les chèques demeurait à Springfield ou dans les environs, et qu'elle postait ses lettres depuis les grandes villes voisines pour éviter de se faire repérer, pourquoi n'allait-elle jamais à Little Rock ? C'était à peine plus loin que le reste, en tout cas à vue d'œil sur cette carte.

Quant aux autres chèques, ils provenaient d'endroits si éparpillés qu'il fallait sans doute en conclure, ou bien que la meurtrière voyageait beaucoup, ou bien qu'elle confiait à d'autres le soin de poster certaines lettres pour elle. À bien y réfléchir, il paraissait d'ailleurs peu probable qu'elle s'adresse à d'autres personnes : c'était courir trop de risques. Elle voyageait, donc.

« … ne lui ai jamais parlé, disait Marker. Je ne savais même pas que c'était une femme. J'ai toujours pensé que c'était un homme.

— Pourquoi ? demanda Mallard.

— Je ne sais pas. Parce qu'elle a une boîte de coursiers, peut-être. C'est plutôt un boulot d'homme, non ? »

Mallard et ses trois agents se lancèrent dans l'interrogatoire approfondi des cinq employées de la compagnie, en les questionnant individuellement. Lucas resta sur le seuil du bureau de Marker pendant un moment et l'observa tandis qu'elle répondait aux questions de Mallard. Son regard allait sans cesse de Mallard à Lucas, et inversement. Au bout de dix minutes, Lucas passa la tête par la porte et lança :

« Merci de m'avoir laissé venir. Je vous téléphone dans l'après-midi.

— Attendez une seconde », dit Mallard.

Une fois dans le hall, loin de toute oreille indiscrète, il lui confia :

« Pas très excitant, non ?

— Il faut que je réfléchisse, répondit Lucas.

— Le problème, c'est qu'on n'a pas la moindre prise, pas la moindre brèche dans laquelle on puisse s'engouffrer. On peut demander à nos agents locaux de retrouver les banques d'où viennent les chèques ; peut-être que quelqu'un se souviendra d'elle.

— Le plus grand nombre de chèques qui émanent de la même banque, c'est six, et à des mois d'intervalle. Je suis sûr qu'elle est allée à des guichets différents à chaque fois, qu'elle a payé en cash…

— Peut-être qu'on peut retrouver les chèques eux-mêmes et prélever des empreintes digitales. On va analyser tous les papiers qu'on a ici. Et quand le prochain chèque arrivera…

— Faites tout ce qui est en votre pouvoir », approuva Lucas.

Il se retourna pour jeter un dernier regard au bâtiment alors qu'il s'en éloignait, et vit Mallard l'observer depuis le pas de la porte. Ce système de boîte vocale était malin ; il était aussi quelque peu bancal.

Donnal O'Brien était un grand Noir baraqué, avec une petite moustache en brosse et quatre enfants à charge. Sa femme était sortie acheter du pain un soir et n'était jamais revenue. « Trop calme pour elle au magasin, sans les enfants », expliquait-il.

Elle vivait désormais à Miami Beach avec un flic retraité de Washington qui répondait au nom de Vérieu. « Les gars des Stups l'appelaient le Véreux. Il a dû toucher un peu plus que la retraite normale, parce que – comme par hasard – il n'a épinglé personne pendant les trois dernières années où il était en service. »

Lucas avait fait la connaissance de O'Brien lors d'un séminaire d'informatique, à l'époque où il se débattait encore avec son logiciel de simulation pour la police. Ils avaient bu quelques bières ensemble, échangé des informations à plusieurs reprises. Alors que O'Brien était encore marié, sa femme et lui avaient passé une semaine de vacances chez Lucas, dans sa maison du Wisconsin.

Assis dans un petit bureau gris en préfabriqué, O'Brien était plongé dans la lecture d'un article du magazine *People* consacré à une golfeuse lesbienne, lorsque Lucas passa la tête par la porte.

« Tu savais que Kitty Veit était lesbienne ? lança O'Brien de but en blanc.

— Je ne sais pas qui est Kitty Veit.

— Elle a fait soixante-trois en finale du tournoi dames le week-end dernier, à Merion, et remporté trois cent vingt mille dollars. C'est la seule femme à avoir réussi un soixante-trois là-bas.

— Tu parles de golf ? »

O'Brien laissa échapper un profond soupir.

« Laisse tomber. Enfin, elle est lesbienne.

— Et, en tant que golfeur qui se respecte, tu trouves que ça enfreint les règles de la bienséance ?

— Non, je me demande juste si j'arriverais à atteindre soixante-trois en me faisant opérer.

— À mon avis, tu passerais plutôt tes journées chez toi à te tripoter les seins.

— Hum… J'avais jamais vu ça comme ça…

— Bon, comment tu vas ? demanda Lucas.

— Je suis crevé. Viens, on va boire un Coca. »

Ils trouvèrent de la place dans un petit bar un peu graisseux meublé de tables en Formica et de banquettes en plastique rouge fendillé. Alors que le serveur se dirigeait vers eux d'un pas traînant, O'Brien lui lança de loin :

« Un grand Coca et un grand Coca light, s'il vous plaît. »

Lucas raconta à son ami qu'il pensait peut-être acheter un club de golf, mais O'Brien ne voulut pas le croire. Cinq minutes plus tard, lorsqu'il finit par le croire, il le supplia de lui offrir une place de gardien de green.

« Je ne l'ai pas encore acheté, répondit Lucas en riant.

— En tout cas, pense à moi, je suis sûr que je serais parfait. Je suis à deux ans de la retraite, si je ne me fais pas descendre par un connard d'ici là. Aller travailler dans le Minnesota ? Le pied ! » Puis il baissa la voix et poursuivit : « Dis-moi, qu'est-ce qui se passe, chez vous ? Vous avez du boulot, non ?

— Ouais. On a eu une série de meurtres à Minneapolis et à Saint Paul... »

Lucas lui résuma la situation, en prenant soin de ne pas mentionner le nom de Carmel Loan, et conclut son récit par l'intervention du FBI à l'agence de location de bureaux.

« Jamais entendu parler de ce truc, marmonna O'Brien. Louise Marker, tu dis ?

— Ouais, comme ça se prononce, M-A-R-K-E-R.

— Quatre morts... J'ai jamais entendu qu'un tueur à gages professionnel se soit laissé embarquer dans un truc pareil. Ça arrive qu'on ait trois ou quatre morts

Maurice Marker, à présent retraité en Floride, avait droit à une petite notice biographique au FBI. Il avait autrefois dirigé dans le New Jersey une chaîne de pressings dans lesquels il employait une douzaine de vendeurs qui avaient tous des gueules particulièrement amochées. Les types n'étaient pas souvent là mais ils gagnaient de bons salaires, sans compter la série d'avantages en nature, dont une mutuelle qui couvrait intégralement leurs frais médicaux et dentaires, une assurance vie et une caisse de retraite.

« Ces gars-là rapportaient des paquets de fric, avec la dope, les putes, le jeu ou je ne sais quoi, ils le refilaient à Maurice qui le faisait passer en caisse, leur reversait un salaire, se prenait une bonne commission au passage, et tout le monde était content, expliqua Mallard. Il avait trente-trois magasins quand il a pris sa retraite. Il les a tous vendus à un autre type, qui a continué à faire la même chose jusqu'à ce qu'il parte.

— Pour aller où ? » demanda Lucas.

Mallard scruta l'écran de son ordinateur.

« À environ six kilomètres à l'est d'Atlantic City.

— Quelque chose sur Louise ?

— Ouaip. Pas forcément la même, bien entendu. Une minute… » Il ouvrit un cahier à spirale qu'il feuilleta jusqu'à une page couverte de pattes de mouches, puis releva les yeux vers l'ordinateur. « Ma parole ! s'exclama-t-il. Même date de naissance. C'est bien la même. »

Lucas pivota sur ses talons et se mit à arpenter la pièce de long en large.

« D'accord. Donc elle a des liens avec le milieu. C'est peut-être une coïncidence, mais probablement pas.

— Non, probablement pas. » Mallard s'était levé et faisait les cent pas avec Lucas. « Bon sang, Davenport, ça me fait bander.

— Vous n'avez pas eu d'autre appel depuis Patricia Case ?

— Non.

— Alors il est possible que ce soit un signal. Un code…

— Il est possible aussi que Tennex ne reçoive qu'un appel par mois… »

Lucas secouait la tête.

« Non, non, non. Vous savez ce que c'est ? Cette boîte de messagerie est une couverture. En tout cas partiellement. C'est pour ça que ce n'est pas juste un téléphone quelque part dans un appartement désert. Sinon, pourquoi se compliquer la vie ?

— Où voulez-vous en venir ?

— Je pense qu'une des femmes qui travaillent là-bas joue le rôle de fusible, quelqu'un que la tueuse peut aller voir pour plus d'informations si nécessaire. L'une de ces femmes doit être une alarme, et on l'a sans doute déclenchée.

— Alors, ça ne peut être que Marker. Il y a dix nanas différentes qui travaillent là-bas, à plein temps ou à mi-temps, et leurs horaires changent en permanence. Aucun moyen de savoir quelle opératrice répond sur quelle ligne. Il faudrait que Marker leur donne des instructions spécifiques à chacune pour le cas où il se passerait quelque chose avec Tennex.

— Très bien. On n'a qu'à la faire boucler, suggéra Lucas.

— Pour quel délit ?

— Rien du tout. On lui fout la trouille, c'est tout.

— C'est, euh… ce n'est pas notre façon de procéder habituelle.

— Je me fous de votre façon de procéder habituelle, rétorqua Lucas. Vous la faites boucler et vous me laissez lui parler.

— Attendez, je passe un coup de fil. »

Louise Marker exigea de voir son avocat, et Mallard lui accorda tout le temps qu'elle voulait pour le faire venir.

« Si on n'a pas fini à sept heures, je vais rater mon avion, prévint Lucas.

— Je vais demander à ma secrétaire de voir s'il n'y a pas un vol plus tard, proposa Mallard. Donnez-moi votre billet. »

L'avocat de Marker, qui arriva deux heures après l'arrestation, était un blond guilleret du nom de Cliff Bell. Il voulait savoir ce qui se passait.

« Votre cliente sert de couverture à une tueuse professionnelle que nous recherchons, expliqua Lucas.

— Je ne pense pas que…, commença Bell, avant que Lucas ne l'interrompe.

— Attendez, attendez. Laissez-moi faire mon petit laïus d'abord. Cette femme, la tueuse, a assassiné près de trente personnes dans plus de douze États différents. La plupart du temps, ça se passe dans ces vilains États du Sud qui pratiquent encore la peine de mort et où l'on a de drôles de façons d'exécuter les gens. En Floride, par exemple, il paraît qu'on a les globes oculaires qui explosent quand on appuie sur le bouton…

— Ce n'est pas nécessaire, intervint Bell.

— Au contraire », affirma Lucas. Il se pencha vers Louise Marker pour ajouter : « C'est exactement ce dont nous sommes en train de parler. La chaise électrique. La chambre à gaz. L'injection mortelle. Quand on aura coincé cette femme, on aura la possibilité de vous faire plonger avec elle. C'est vous qui mettiez en contact les commanditaires des meurtres avec leur exécutrice… et vous le saviez.

— Je ne savais pas que c'était une tueuse ! aboya Marker.

— Ta gueule, Louise », lui ordonna son avocat.

Mais elle continua à parler :

« Je croyais que c'était une magouille politique ou immobilière, bordel !

— Ta gueule, Louise », répéta Bell, avant de demander à Lucas : « Qu'est-ce que vous voulez, exactement ?

— On n'est pas obligés de la faire plonger, expliqua Lucas. On peut, mais on n'est pas obligés. Elle peut rentrer chez elle dans une heure si elle veut. Mais c'est une offre non renouvelable. Pour le moment, si elle nous dit tout ce qu'elle sait sur Tennex, nous sommes prêts à lui accorder le bénéfice du doute : elle savait qu'elle était indirectement complice d'une entreprise criminelle mais elle pensait qu'il s'agissait d'une petite magouille politique, sans plus. Elle ne fera pas de prison pour ça. Si elle n'accepte pas notre offre tout de suite, elle s'expose à de sérieux emmerdements. Le jour où on coince cette fille, on embarque Louise avec.

— Nous avons besoin de rester seuls un moment », annonça l'avocat.

Mallard leur trouva une pièce au calme. Lorsqu'il revint, Lucas se rendit compte qu'il était en nage.

« Je n'ai pas l'habitude de ce genre de méthode, expliqua-t-il. La méthode flic. En général, on a quatre spécialistes et trois avocats pour faire le boulot. Et ils passent au moins deux semaines à préparer leur intervention.

— Parfois, si on fait les trucs à l'instinct, si on laisse parler les gens, on obtient des choses qu'on n'aurait jamais obtenues dans une mise en scène réglée comme du papier à musique.

— Oui, je connais la théorie. Mais d'habitude, on a nos méthodes... »

Bell revint avec Marker un quart d'heure plus tard.

« Nous voulons une lettre signée de M. Mallard détaillant la proposition telle qu'elle nous a été faite par M. Davenport. Ensuite, nous vous fournirons une déposition. »

La rédaction de la lettre leur prit encore une demi-heure ; Bell s'énerva en apprenant que Lucas travaillait pour la police de Minneapolis, mais Mallard réussit à le calmer.

« On vous écoute », annonça Lucas.

Les pieds sur le bureau de Mallard, il avait posé un magnétophone devant lui. Marker et Bell étaient assis en face de lui sur des chaises de bois, tandis que Mallard s'était installé en retrait sur un canapé, les jambes croisées, son éternel gobelet de café à la main.

Le compte, expliqua Marker, avait été ouvert par un homme qui s'appelait – ou en tout cas disait s'appeler – Bob Tennex, bien qu'il eût un accent italien.

« Pourquoi ? s'étonna Lucas. Vous ne l'avez jamais vu ?

— Non. On a tout fait par téléphone.

— Vous ouvrez un nouveau compte sans voir le client ?

— Oui, ça peut arriver de temps en temps. Si on reçoit un chèque et qu'il est approvisionné, on n'y voit pas d'inconvénient… »

Depuis que le compte était ouvert, poursuivit Marker, elle avait parlé plusieurs fois avec un représentant de Tennex : toujours une femme. Comme elle avait une option d'identification du numéro sur ses téléphones, Marker avait remarqué que les appels provenaient de tout le Midwest, et parfois d'ailleurs. Principalement de Kansas City, d'où elle avait reçu au moins quatre ou cinq appels. L'autre nom qui lui venait en tête était Wichita, parce que, même si la femme ne l'avait appelée que deux fois de là-bas, elle était chaque fois en colère à cause de problèmes liés au service de messagerie proposé par la compagnie de téléphone.

« Elle voulait qu'on se retourne contre eux, parce qu'il y avait eu plusieurs coupures.

— Mais ce n'est pas la seule chose qu'elle vous demandait, n'est-ce pas ? Vous aviez d'autres arrangements avec elle. À propos des gens qui voulaient des renseignements sur le service de coursiers, à propos d'une éventuelle descente de police…

— Elle croyait que c'était une petite combine politique sans importance, intervint l'avocat. Il se passe sans arrêt des choses comme ça, ici.

— Quels arrangements ? insista Lucas.

— Ben… Si quelqu'un venait mettre son nez là-dedans, je ne devais rien faire, à part… attendre.

— Attendre quoi ?

— Qu'elle m'appelle, répondit Marker d'une voix à peine audible.

— Il faut que vous parliez plus fort, précisa Mallard.

— Qu'elle m'appelle, répéta Marker.

— Et après ?

— Elle devait m'appeler et me demander : "Est-ce que M. Warren est là ?" Et si personne n'avait rien demandé, s'il n'y avait rien de particulier, je devais répondre : "Vous devez faire erreur, vous êtes chez Marker et Cie." Mais s'il y avait quelque chose, je devais dire : "Non, mais M. White est là. Voulez-vous que je vous le passe ?"

— Combien de fois lui avez-vous passé M. White ? questionna Mallard.

— Deux fois. Il y a trois ou quatre ans, il avait dû se passer quelque chose parce qu'elle m'a appelé tous les jours pendant deux semaines, confia Marker en baissant de nouveau la voix.

— Et merde ! s'exclama Lucas. Et ensuite elle vous a appelée hier ou aujourd'hui, c'est ça ? Cet après-midi ?

— Elle appelle tous les jours depuis une semaine. Et ce matin, environ une heure après votre départ. Avant que vous reveniez me chercher. Elle appelait de Des Moines, d'une cabine, je pense. J'entendais les voitures.

— Et vous lui avez passé M. White ?

— Oui.

— C'est par l'intermédiaire de votre père que vous avez eu ce client ?

— Peut-être. Tennex disait qu'il connaissait papa.

— Où vit votre père, à présent ? demanda Lucas.

— Nulle part. Il est mort d'un cancer du côlon l'année dernière.

— Désolé.

— Les médecins ont dit que c'était à cause de tous les produits de la teinturerie, expliqua Marker. Je mourrai sans doute de ça, moi aussi. »

Il restait encore des détails, mais rien d'important. Ils relâchèrent Marker, et Mallard déposa Lucas au Hay Adams pour qu'il prenne ses bagages avant de le conduire à l'aéroport.

« Vous pensez qu'elle nous a filé entre les doigts ? s'enquit Mallard.

— Ouais. Et je crois que c'est moi qui l'ai alertée en appelant Tennex.

— Qu'est-ce que vous y pouvez ? Vous étiez en train de vérifier une liste de numéros de téléphone, vous ne pouviez pas vous douter.

— Ouais, mais, bon sang, on n'était pas loin.

— Il nous reste quand même pas mal de pistes à explorer : tous les chèques, tous les appels. Au moins, on a de quoi travailler. Je parie qu'on aura un portrait-robot dans une semaine. Je parie également qu'on va réussir à dérouler au moins un fil jusqu'à elle.

— Combien ?

— Quoi ?

— Combien vous pariez ? »

Mallard réfléchit un instant en pinçant les lèvres, puis répondit :

« Dix cents maximum. »

Lucas eut un hochement de tête.

« Ne me faites pas rater mon avion, au moins. »

L'avion qu'avait réservé la secrétaire de Mallard s'avéra être un vol pour Minneapolis… avec une escale à Detroit.

« Ah, non ! Il me faut un vol direct ! s'exclama Lucas à l'enregistrement.

— Il n'y a plus aucun vol direct ce soir, répondit l'hôtesse en pianotant sur son ordinateur. On peut vous mettre sur un vol demain matin.

— Putain, c'est pas vrai… »

Il fit donc escale à Detroit et dut subir deux décollages et deux atterrissages au lieu d'un. Il fut surpris par la douceur de l'atterrissage à Detroit mais se persuada aussitôt que ce serait la seconde moitié du voyage, la partie superflue, qui lui coûterait la vie, si près du but…

Si désemparé qu'il fût, il se rendit compte de deux choses pendant le trajet…

Premièrement, Wichita était une ville assez grande pour retenir l'attention de quelqu'un qui avait l'habitude de parcourir des kilomètres pour passer ses coups de fil ; cependant Marker avait dit que la femme était « en colère » les deux fois où elle avait appelé de Wichita. On pouvait donc en déduire qu'elle habitait non loin de Wichita et que, dans les moments de colère, elle réagissait avec précipitation et téléphonait du plus près de chez elle. Lucas sortit le magazine de la compagnie aérienne, rangé dans la pochette du siège devant lui, et le rouvrit à la page de la carte. Wichita pouvait, tout autant que Springfield, être le lieu de résidence de la tueuse. À garder dans un coin de son cerveau…

Une seconde constatation lui vint à l'esprit alors qu'ils atterrissaient à Minneapolis : il observait par le hublot l'un des lacs dans lesquels il pensait s'écraser incessamment – il se voyait déjà luttant pour s'extraire de la cabine inondée, mais il avait les jambes et les bras cassés et ne parvenait pas à défaire sa ceinture – lorsque le nom de Des Moines lui passa par la tête. Si la tueuse vivait à Springfield ou à Wichita, ou même n'importe où dans la région, et si elle venait à Minneapolis en voiture, elle était obligée de passer par Des Moines.

Et si c'était bien ce qu'elle avait fait, elle devait être déjà arrivée, à l'heure qu'il était.

Quelque part là-dedans, pensa-t-il en contemplant le vaste entrelacs de lumières multicolores qui constituait la mégalopole de Saint Paul-Minneapolis au-dessous de lui.

14

Carmel ne comprenait pas les raisons de ce silence : plusieurs jours s'étaient écoulés depuis qu'elle avait laissé un message à Pamela – si tel était son nom, ce dont Carmel doutait fortement. Quoi qu'il en fût, elle aurait déjà dû la rappeler.

Lui était-il arrivé quelque chose ? Était-ce par Pamela que la police était remontée jusqu'au nom de Carmel ? L'avait-on arrêtée ? Était-elle en train de croupir au fond d'une cellule métallique, à subir les assauts répétés des interrogatoires croisés ? Ou bien sa ligne téléphonique avait-elle été coupée ou, pis, mise sur écoute ? Que se passait-il donc ?

Carmel avait imaginé deux cents fois sa plaidoirie de défense, et les deux cents fois elle s'en tirait avec un non-lieu. Les flics ne détenaient pas assez de preuves ; rien sur quoi bâtir un dossier… sauf si cette petite fille l'avait identifiée.

Son contact chez les flics affirmait que la séance d'identification sur photos n'avait rien donné, mais c'était Davenport qui menait la barque, et il était plus que malin ; il était retors. S'il était convaincu qu'elle était mouillée, il était capable de monter une petite enquête de moralité pour la coincer. Avec seulement l'ombre d'une preuve, une femme pouvait très bien passer le restant de ses jours en prison si le jury désapprouvait son style de vie.

Elle n'aurait pas dû coucher avec Hale, voilà où était le problème. Elle n'aurait pas dû, point à la ligne. Elle aurait dû attendre un peu. Même sans la moindre preuve, si le jury découvrait qu'elle avait couché avec Hale la veille de l'enterrement de sa femme, elle était foutue. Et où était passée Pamela, dans tout ça ?

Carmel était chez elle à essayer de travailler lorsque son téléphone sonna. Elle jeta un coup d'œil à sa montre ; sans doute Hale, mais elle murmura tout haut : « Faites que ce soit Pamela. »

Au bout du fil, Rinker demanda :

« Vous avez le temps d'aller boire un verre ?

— Bien sûr, répondit Carmel le plus naturellement du monde. Où êtes-vous ? J'attendais votre coup de fil.

— Vous vous souvenez de cet endroit où on était allées, le bar où on a vu ce type avec un foulard de cow-boy ? On n'a qu'à retourner là-bas.

— Très bien. Dans une heure ?

— Soyez prudente, il fait nuit dehors. Méfiez-vous du grand méchant loup.

— Je prends mon cran d'arrêt, rétorqua Carmel en riant. À tout à l'heure. »

Le grand méchant loup ? Pamela pensait-elle que Carmel était suivie ? Était-ce cela qu'elle avait voulu lui faire comprendre ? Et l'endroit où elles avaient vu le type avec un foulard de cow-boy en soie rouge n'était pas un bar mais le salon de son hôtel. Était-ce bien là qu'elle voulait la retrouver ?

Avant de sortir, Carmel enfila une grande chemise en soie noire, un pantalon de la même couleur et un petit collier en or. Dix minutes après avoir raccroché, elle était dehors, au volant de sa Volvo. Elle emprunta un chemin compliqué pour sortir du centre-ville, longea le quartier de Kenwood sur une route à une voie et vérifia plusieurs fois son rétroviseur : rien à signaler.

Mais, si ce qu'elle avait lu sur les techniques de filature était vrai, les flics pouvaient la suivre à trois ou quatre voitures différentes, en alternance, parfois devant, parfois derrière. Elle se rangea sur le bas-côté, attendit deux minutes : aucun véhicule en vue. Et s'ils avaient placé un radar sur sa propre voiture et la pistaient à distance ?

Aucun moyen de s'en apercevoir…

Elle commençait à se dire qu'elle était peut-être un peu parano. Elle avait lu des centaines de dossiers criminels au cours de sa carrière, et la surveillance lourde ne démarrait jamais avant que la police ait déjà des certitudes. Avant, ça revenait beaucoup trop cher. Ils pouvaient à la limite se fendre d'une mise sur écoute téléphonique, ou d'une surveillance épisodique, mais pas d'une filature à plusieurs voitures à travers toute la ville.

Elle regarda sa montre : encore une demi-heure avant son rendez-vous avec Pamela. Elle continua en direction du sud, sortant et rentrant à plusieurs reprises sur la I-35, contourna des pâtés de maisons silencieux, guettant tout ce qui pouvait ressembler à une filature, de près ou de loin. Après des dizaines de boucles dans tous les sens, un énorme avion rugit à deux cents mètres au-dessus de sa tête et elle fit demi-tour pour retourner vers le nord d'une seule traite. Elle gara sa voiture dans le parking de l'hôtel, prit un ticket et remonta par l'escalier qui débouchait dans le hall.

Rinker était assise dans un coin du salon. Elle vit Carmel arriver, lui sourit, se leva et se dirigea vers l'ascenseur. Les portes s'ouvraient lorsque Carmel la rejoignit.

« Vous avez compris ce que je vous disais au téléphone ? demanda Rinker alors que l'ascenseur commençait à monter.

— Oui, je crois. Mais je ne suis pas suivie, sauf s'ils ont installé un système électronique, ce qui m'étonnerait fortement. Même s'ils me soupçonnent, il est beaucoup trop tôt dans l'enquête pour mettre en place une surveillance vingt-quatre heures sur vingt-quatre. Ce soir, en tout cas, il n'y avait personne derrière moi.

— J'étais sûre que vous alliez arriver par cet escalier, dit Rinker. C'est ce que j'aurais fait, moi aussi : direct au garage, puis l'escalier. Ils ne peuvent pas vous suivre de trop près, sinon ils se font repérer… et le temps qu'ils arrivent dans le hall, vous avez déjà disparu dans l'une des cinq cents chambres de l'hôtel.

— Ils peuvent très bien fouiller cinq cents chambres, si c'est pour mettre la main sur un tueur professionnel, fit observer Carmel.

— C'est pour ça que je ne touche rien de dur, à part la télécommande, les robinets de la salle de bains et deux ou trois autres trucs du même genre. Je nettoierai tout avant de partir.

— Et votre carte de crédit ?

— Vraie carte, faux nom.

— Qu'est-ce qui se passe, alors ? J'étais inquiète quand j'ai vu que vous ne rappeliez pas. J'ai cru qu'ils vous avaient retrouvée.

— C'est plutôt à vous de me dire ce qui se passe. Pourquoi vous m'avez téléphoné ?

— Ce Davenport, vous vous souvenez ? Le flic. »

Rinker acquiesça.

« Il est retourné voir la petite fille qui nous a vues pour lui montrer des photos. Et j'étais sur une des photos.

— Ah, putain ! Comment ça se fait ?

— Je ne sais pas. J'ai un contact chez les flics, et apparemment personne ne sait ce qui se passe. Mais il paraît que la gosse ne m'a pas reconnue. Ça n'a rien donné.

— Mais quand même, je me demande pourquoi vous étiez sur les photos.

— C'est toute la question », reconnut Carmel.

Rinker avait une chambre au septième étage. Une fois à l'intérieur, elle ouvrit le minibar, en sortit deux canettes de Special Export.

« J'ai des verres, si vous voulez.

— À la canette, ça ira très bien, répondit Carmel en décapsulant la sienne. Je ne pensais vraiment pas que vous alliez revenir jusqu'ici. Je voulais juste vous parler.

— Oui, mais bon, j'ai aussi un petit problème de mon côté. » Rinker s'assit sur le lit tandis que Carmel tirait la chaise de sous le petit bureau. « La veille du jour où vous m'avez appelée, j'ai eu un autre appel, au service de messagerie. Un type qui essayait d'entrer en contact avec Tennex. Mais, quand la standardiste lui a demandé s'il voulait laisser un message, il a dit non. Deux jours plus tard, descente de flics. C'est tout ce que je sais. Les flics ont posé des questions. Je ne vois pas trop comment en savoir plus. »

Carmel réfléchit une minute, puis sortit de son sac un téléphone portable et son carnet d'adresses. Sous le regard attentif de Rinker, elle chercha un numéro et le composa.

« J'appelle mon contact, expliqua-t-elle avant de dire dans le combiné : C'est Carmel. Quoi de neuf ? » Elle écouta un moment en silence avant de reprendre : « Je suis passée voir Davenport plusieurs fois, mais il n'est jamais là… Mmm-mmm… Mmm-mmm. Bon, dans ce cas j'essayerai de passer le voir demain. D'accord. Et je vous envoie une autre enveloppe. Gardez les oreilles et les yeux ouverts ; toute cette histoire commence à me faire un peu peur. J'espère qu'ils ne sont pas en train de monter quelque chose contre moi… Oui… Oui… Mais vous connaissez Davenport… D'accord… On se reparle demain.

— Qu'est-ce qu'il a dit ? demanda Rinker.

— Que Davenport s'était absenté quelques jours et que, d'après les on-dit, il serait parti au QG du FBI, à Washington.

— Merde ! s'exclama Rinker. Mais qu'est-ce qui se passe, bon sang ? Ils sont après vous et après moi en même temps ? Comment est-ce possible ?

— Je vous ai appelée une fois depuis chez moi. L'autre jour, j'ai téléphoné d'une cabine, mais la première fois que j'ai appelé Tennex, à propos de Rolo, c'était depuis chez moi. S'ils épluchent mes factures de téléphone, s'ils vérifient tous les numéros…

— Même… Comment sont-ils tombés sur Tennex ? C'est une boîte de coursiers, putain !

— Peut-être que ça les a intéressés parce qu'ils se sont rendu compte qu'il n'y avait rien derrière. Ou peut-être que c'est un hasard. Qu'est-ce que ça veut dire, Tennex ? Ça a une signification particulière ?

— Non. Quand on parlait de mettre en place ce système, on était dans les cuisines d'un restau à Saint Louis et on cherchait un nom pour la compagnie. J'ai vu ce nom sur une espèce de filtre à air qu'ils avaient là : Tennex. Je trouvais ça pas mal, alors j'ai dit "Pourquoi pas Tennex ?"

— Donc ce n'est pas ça qui les a mis sur la voie.

— Je ne vois pas ce que ça peut être.

— D'accord. Il faut qu'on mène notre petite enquête, alors.

— En restant très prudentes.

— Oui, très. Et… autre chose, hésita Carmel. Puisque visiblement j'ai les flics sur le dos, pourquoi vous ne me descendez pas, tout simplement ? J'aimerais bien qu'on en parle ensemble.

— Ben, c'est-à-dire que je vous considère presque comme une amie, maintenant. C'est vrai, on a fait des choses ensemble, on s'entend bien, on va partir en vacances au Mexique, se taper des mecs… Alors je pourrais très bien vous demander la même chose.

— Je ne sais pas où vous trouver, répondit Carmel. Même si je voulais vous descendre, je ne pourrais pas. Et, de toute façon, je ne veux pas.

— S'il vous faut vraiment une explication, reprit Rinker entre deux gorgées de bière, je peux vous en donner une autre. Il faut que je sache ce qui se passe. Les types pour qui je travaille, si le FBI commence à venir fourrer son nez partout, ou votre copain Davenport, ils n'ont plus qu'à me liquider et ils sont peinards. Ils ont deux ou trois autres personnes comme moi à leur disposition, un jour je sortirai de chez moi, et *boum !* une balle dans la tête. Il faut que je sois au courant. Si le FBI remonte la piste jusqu'à mes patrons, il faut absolument que je le sache et que je prenne mes précautions.

— Vos patrons, c'est… la mafia ? »

Rinker répondit par un haussement d'épaules. On aurait dit une pom-pom girl un peu défraîchie qui rebondissait tout doucement sur un grand lit mou.

« Ouais, peut-être. Si vous voulez absolument leur mettre une étiquette. Ils sont italiens, pour la plupart. Sauf Freddy, qui est irlandais, ou en tout cas son grand-père était irlandais. Et je crois que Dave est polonais, ou quelque chose comme ça, parce que les autres se foutent tout le temps de sa gueule. Vous pouvez appeler ça la mafia, mais en fait, c'est surtout une bande de mecs qui regardent le foot à la télé tous les lundis soir et qui ramassent les trucs tombés des camions. Mais dans le tas, y en a quand même qui sont assez méchants.

— Ah oui ? murmura Carmel en esquissant un sourire. Je pensais que ce serait quand même la classe au-dessus.

— Peut-être plus à l'est, mais pas à Saint Louis.

— Vous allez rester là un moment, alors ?

— Je vais faire des allers-retours, jusqu'à ce qu'on ait compris ce qui se passe. Je vais à Washington demain. Je veux parler à cette nana qui dirige la boîte de messagerie.

— Et s'ils la surveillent ?

— Dans ce cas, je ne lui parlerai pas.

— Je vais essayer de joindre Davenport demain, s'il est rentré. Histoire de voir ce qu'il raconte.

— Faites attention.

— Toujours. »

Rinker donna à Carmel le nom sous lequel elle s'était inscrite à l'hôtel. Puis, alors que Carmel partait, elle lui demanda :

« Dites-moi… ce Davenport, là, vous savez où je peux trouver une photo de lui ? »

Carmel secoua la tête :

« Non. Enfin, il est sûrement passé dans le journal plus d'une fois, mais je ne… attendez… Je crois que j'ai une idée. Il avait une entreprise qui s'appelait Davenport Simulations, à une époque. Un système de simulation informatique pour les flics. Si vous allez voir à la bibliothèque et que vous consultez les magazines économiques locaux, je suis sûre que vous trouverez quelque chose.

— Je peux découper la page au rasoir…

— Ne vous faites pas piquer. Les bibliothécaires peuvent devenir folles quand on découpe leurs magazines. »

15

Assis à son bureau, Lucas essayait désespérément d'avancer dans le rapport de la commission. La lecture de cette prose lisse et bien-pensante était devenue pour lui une sorte d'exercice de relaxation. Les mots coulaient sans heurt et défilaient dans son cerveau sans la moindre signification, comme une suite ininterrompue de syllabes arbitraires qui finissait par se métamorphoser en un bourdonnement cosmique et lui permettait de réfléchir à autre chose.

Il en était à la page quatre-vingt-quatorze lorsque Carmel frappa à sa porte. Il crut que c'était Sloan.

« Ouais, entre », lança-t-il nonchalamment.

Carmel entrouvrit la porte et glissa la tête dans l'encadrement. Surpris, Lucas se redressa d'un coup.

« Excusez-moi, dit-il, je croyais que c'était quelqu'un d'autre.

— Une petite méprise qui n'est rien en comparaison de ce qui vous attend », rétorqua Carmel en refermant la porte derrière elle. Elle posa un poing sur sa hanche et poursuivit : « Mon petit doigt m'a dit que vous aviez glissé ma photo dans une séance d'identification liée au double meurtre de Dinkytown. Cette fille, Blanca, et son petit copain. J'aimerais bien savoir pourquoi.

— On cherchait des photos de grandes blondes, et on a pensé à vous, répondit Lucas d'un ton parfaitement neutre.

— Mon cul ! »

Elle se laissa tomber dans le fauteuil face à Lucas et allongea les jambes sans pourtant avoir l'air de se détendre ; on aurait dit un ressort remonté à bloc et prêt à se déployer d'une seconde à l'autre. « Je veux savoir pourquoi, répéta-t-elle. Vous êtes en train de me tourner autour, et si vous ne me fournissez pas d'explication crédible, on se reverra au tribunal et je demanderai au juge de vous poser la question lui-même.

— Ce serait assez intéressant, rétorqua Lucas. Je me demande pour quel motif vous pourriez bien nous attaquer…

— Écoutez, j'ai les meilleurs avocats des États-Unis qui sont en train de plancher pour moi, et je suis certaine qu'ils peuvent trouver dix bonnes raisons de vous coller un procès au cul. Premièrement, j'ai défendu Rolando D'Aquila et plusieurs de ses complices par le passé, et maintenant vous promenez ma photo partout et vous la montrez aux gens impliqués dans cette affaire de meurtre. Vous n'essayeriez pas de me discréditer en tant qu'avocate, par hasard ? On pourrait le penser.

— D'accord, vous êtes plus maligne que moi, Carmel. Vous voulez la véritable explication ? L'explication, c'est qu'un témoin qui a sans doute vu les tueurs a décrit l'une des deux femmes d'une façon qui vous ressemble beaucoup. De plus, vous avez admis devant plusieurs personnes que vous représentiez Rolando D'Aquila, et enfin vous représentez également un homme qu'on soupçonne d'avoir engagé quelqu'un pour tuer sa femme, meurtre commis par la même personne ou les mêmes personnes qui ont assassiné D'Aquila. Jusqu'à maintenant, vous êtes le seul lien que l'on ait pu établir entre le meurtre de Barbara Allen et les trois autres. C'est pour ça que nous avons montré votre photo à ce témoin, et si ça ne vous plaît pas…

— Quoi ?

— Tant pis pour vous. »

Ils restèrent un moment à se regarder dans le blanc des yeux, après quoi Carmel eut un petit sourire et dit :

« Très bien. Je voulais juste savoir. »

Elle se leva et ajouta :

« Je n'ai absolument rien à voir avec aucun de ces meurtres. J'ai tout retourné dans tous les sens pour essayer de comprendre ce qui s'était passé, mais je n'arrive pas à trouver de scénario plausible.

— Je ne peux pas vous demander quels rapports Hale Allen entretenait avec D'Aquila, parce que vous êtes son avocate…

— Et que ce serait pour moi contraire à l'éthique de vous répondre, si rapports il y avait. Mais laissez-moi vous dire une chose, entre vous, moi et la poignée de porte : il n'y avait absolument aucun rapport entre eux. Ma théorie, c'est que Barbara Allen a été tuée par accident, ou par erreur, parce qu'elle s'est retrouvée prise au milieu d'un règlement de comptes. Une histoire de drogue avec ces Latinos. Ensuite, il y a eu le flic qui s'est ramassé une balle dans le bide et toute cette histoire a pris des proportions pas possibles. Mais ma théorie à moi, c'est que Barbara Allen n'avait rien à voir là-dedans, et ce que vous devriez plutôt faire, c'est vous concentrer sur le type qui s'est enfui du parking. Celui à cause de qui Barbara Allen est morte parce qu'elle l'avait vu, et que le flic n'a pas vu parce qu'il est arrivé trop tard. »

Lucas réfléchit un instant avant de répondre :

« On a déjà envisagé cette hypothèse.

— Et alors ?

— Ça nous inquiète.

— C'est normal que ça vous inquiète, et vous devriez approfondir un peu plus. Et arrêtez de montrer ma photo à tout le monde, OK ?

— Il n'y avait qu'un seul témoin, Carmel. Elle vous a complètement blanchie. Même pas un "peut-être".

— Tant mieux », rétorqua Carmel avant de disparaître.

Lucas se laissa aller contre le dossier de son siège, s'efforçant de lutter contre une brusque montée d'adrénaline. Carmel était un vrai défi. Il se replongea dans le rapport de la commission et le bourdonnement zen reprit, tandis qu'il avait l'esprit libre pour réfléchir à la visite-surprise de Carmel. Si elle n'avait tué personne, se serait-elle déplacée après avoir entendu parler de la séance d'identification ? Absolument. Et si elle était coupable ? Il hésita trois secondes et songea que oui, elle serait venue aussi. Elle était en tout cas très douée pour feindre l'innocence. Lucas n'avait rien appris de nouveau.

Mais la cartouche, alors ? La cartouche de 22 qu'il avait retrouvée chez elle était un fait indéniable. Même s'il ne pouvait s'en servir lors d'un procès, s'il ne pouvait même pas admettre son existence, cette cartouche voulait dire que Carmel était coupable. Coupable de quelque chose, en tout cas. Pour le plaisir du raisonnement, il imagina que la cartouche était utilisable lors d'un procès. Quelle serait sa stratégie de défense contre ça ? Lucas se creusa la cervelle ; elle prétendrait sans doute que cette cartouche appartenait à D'Aquila. Qu'il avait laissé un sac dans sa penderie, ou bien qu'il avait déposé la cartouche exprès, pour une raison ou pour une autre…

D'Aquila. Une autre image surgit dans la tête de Lucas. Il se pencha en avant, laissa son menton tomber sur sa poitrine et ferma les yeux pour se concentrer. Au bout d'une minute, il s'extirpa de son fauteuil et se rendit au bureau de la Crim en trottinant. Ni Sherrill ni Black n'étaient là, mais le dossier D'Aquila se trouvait sur le bureau de Sherrill. Il le feuilleta rapidement, jusqu'aux photos des écorchures que D'Aquila s'était infligées sur le dos de la main avant de mourir. Lucas observa les clichés un long moment, les retourna dans tous les sens et constata qu'il suffisait de détacher certains signes – en se souvenant que D'Aquila, paniqué, torturé, sachant sa mort prochaine, n'était pas aussi bien installé que s'il avait écrit dans un cahier, sans compter qu'il ne voyait pas ce qu'il faisait – pour que ce gribouillis :

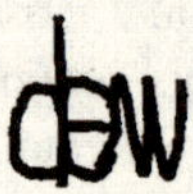

puisse être interprété de la façon suivante :

C l o A N.

À supposer que la première lettre soit un C. Celle d'après pouvait être un l minuscule, un simple trait droit vertical sans la ligne du bas. La lettre suivante était censée être un o, mais il y avait cette barre horizontale, au milieu, qui brouillait les pistes. Si on déplaçait cette barre d'un cran vers la droite, la lettre suivante devenait un A, et la dernière pouvait aisément se comprendre comme un N. C'était aussi simple que ça : C. Loan.

« Sacrée Carmel ! » marmonna-t-il entre ses dents.

La porte s'ouvrit dans son dos et il se retourna pour voir entrer Sherrill.

« On fouille dans mes affaires ?

— Je fouille dans le dossier D'Aquila. Jette un coup d'œil sur ça. »

Sherrill dévisageait Lucas avec insistance.

« La vache, tu m'as l'air sacrément remonté. Qu'est-ce qui se passe ? »

Il lui expliqua son raisonnement. En dix secondes, Sherrill était acquise à sa cause. Mais Black, qui arriva deux minutes après, se montra plus sceptique.

« Le problème, dit-il, c'est que tu peux interpréter ces gribouillis comme tu veux, une fois que tu commences à les décortiquer. J'arrive à voir cinq ou six mots différents.

— D'accord, rétorqua Lucas, mais aucun n'est un mot qui a du sens par rapport à l'enquête, à part celui-ci : C. Loan.

— C'est peut-être juste qu'on n'a pas encore envisagé toutes les interprétations possibles. »

Sloan entra dans le bureau au milieu de la discussion, regarda les photos et secoua la tête.

« À la limite, en étant complètement bourré, je pourrais peut-être me laisser convaincre, mais devant un jury à jeun, ça ne passera jamais.

— C'est un élément parmi d'autres, précisa Lucas. En additionnant plusieurs éléments, on finit par avoir une preuve. »

Black et Sloan se mirent à discuter un peu plus loin, et Sherrill en profita pour glisser discrètement à Lucas :

« Est-il possible qu'on le voie seulement tous les deux parce que nous, on sait déjà ? À cause de la cartouche ?

— Non, répondit Lucas en feuilletant les photos, c'est clair. Ça saute aux yeux, bon sang. »

Rinker atterrit à Washington un samedi après-midi, quinze heures après que Lucas se fut envolé du même aéroport. Elle s'arrêta devant un kiosque à journaux, acheta la meilleure carte de la ville, passa chercher la voiture qu'elle avait réservée et prit une chambre au Holiday Inn. De là, elle appela son bar à Wichita et parla au directeur adjoint, un grand timide du nom d'Art Durell, qui la rassura en lui confirmant que rien n'avait brûlé, que les clients étaient toujours satisfaits, que l'huile de la friteuse était assez chaude et les réfrigérateurs assez froids.

« Quand ce connard de l'inspection de l'hygiène reviendra, je veux un vingt sur vingt, Art, insista

Rinker. On ne sait jamais si leurs rapports ne vont pas finir un jour dans le journal du coin.

— On est l'établissement le plus propre de la ville, Clara, et tout le monde le sait à l'inspection. Arrête de te faire du mouron. Amuse-toi. »

À deux heures, un type avec une tête de rat et de longs cheveux noirs et raides, vêtu d'un jean, d'une veste assortie et de bottes de cow-boy – dans un film, il aurait eu le rôle du paumé de service –, frappa à sa porte. Lorsqu'elle lui ouvrit, il lui tendit un paquet emballé dans du papier kraft.

« De la part de Jim. Le téléphone est sans doute bon jusqu'à dimanche. »

Une fois le type reparti, Rinker déchira le paquet et en sortit un colt Woodsman, un silencieux, une boîte neuve de cartouches calibre 22 et un téléphone portable récemment volé. Le tout lui avait coûté onze cents dollars. Elle vissa le silencieux au bout du pistolet, remplit le magasin, ouvrit la fenêtre et tira un coup à travers le rideau. Le pistolet émit un claquement sourd et se rechargea automatiquement. Elle se pencha pour examiner le rideau et finit par trouver le petit trou découpé par la balle. Tout fonctionnait.

Louise Marker habitait dans une résidence chic à Bethesda, un ensemble de petits immeubles en briques jaunes disposés autour de plusieurs piscines au milieu d'une pelouse verdoyante. Si des employés du gouvernement vivaient là, pensa Rinker, c'étaient au moins des généraux. Il n'y avait cependant aucun uniforme en vue. Environ une centaine de résidents, pour la plupart des femmes de moins de cinquante ans, prenaient le soleil autour des bassins, dans des maillots une pièce très puritains. Pas de Louise Marker parmi elles. Car, si Marker n'avait jamais vu Rinker, Rinker l'avait vue à plusieurs reprises. Elle tenait à savoir à quoi elle ressemblait, justement pour le cas où ce genre d'occasion se présenterait. Traînant nonchalamment parmi les baigneurs, Rinker composa le numéro de Marker sur son portable, et une femme répondit à la troisième sonnerie.

« Allô ?

— Jean ? demanda Rinker.

— Ah non, vous devez faire erreur.

— Ah bon, excusez-moi. »

Pénétrer dans l'immeuble de Marker ne fut pas un problème : Rinker emboîta simplement le pas à deux femmes en maillot de bain qui se dirigeaient vers l'entrée. Elle les suivait d'assez loin pour qu'une des deux femmes ait eu le temps d'introduire sa clé dans la serrure de la seconde porte. Rinker avait son propre trousseau à la main, qu'elle prit soin de faire tinter ostensiblement, mais elle attrapa la porte qu'on lui tenait, fit un signe de tête, remercia et passa son chemin comme si de rien n'était.

Marker habitait au deuxième. Rinker emprunta l'escalier, jeta un coup d'œil sur le palier pour s'assurer qu'il n'y avait personne et composa de nouveau le numéro de Marker tout en se dirigeant vers sa porte. On entendait un peu d'interférences, mais le téléphone devait tout de même sonner à l'autre bout.

De nouveau, la voix de la femme : « Allô ? », avec une légère âpreté cette fois, comme si elle s'attendait encore à une erreur.

« Je voudrais parler à Mme Marker », dit Rinker.

Au même moment, elle sonnait à sa porte.

« Qui est-ce ? demanda Marker dans le combiné.

— C'est Mary, en bas, à la réception... On sonne chez vous, non ?

— Oui, une seconde. »

Rinker l'entendit poser son téléphone. Le couloir était toujours désert, elle sortit le pistolet de sous sa chemise à l'instant où la porte s'entrebâillait. Marker entrouvrit la bouche comme pour poser une question, mais Rinker lui colla son arme sur le front en lui disant de reculer.

En bonne fille de mafieux, Marker murmura : « Oh, non » et recula. Rinker pénétra dans l'appartement et expliqua en chuchotant :

« Je vais devoir parler très doucement : je vais ranger mon pistolet dans ma chemise et on va aller faire un tour dehors. Mais d'abord, terminez votre coup de fil.

— Quoi ?

— Terminez votre coup de fil. »

Marker opina du chef, hébétée, et ramassa le combiné.

« Allô ?

— C'est Mary, dit Rinker dans son téléphone portable. Vous avez laissé vos clés de voiture ici, ce matin. Elles sont à la réception.

— Ah, merci, répondit Marker d'une voix tremblante. D'accord, je descends.

— À tout de suite », conclut Rinker avant de raccrocher. Elle tendit l'index vers Marker, le replia en forme de crochet et recula sur le palier. Marker la suivit comme un automate.

« Vous allez me tuer, dit Marker lorsqu'elles furent toutes les deux dans le couloir, la porte refermée derrière elles. Je devrais crier.

— Si vous criez, je vous tue. Sinon, j'ai de bonnes raisons de ne pas vous tuer. Mais je dois vous poser quelques questions.

— C'était quoi, cette histoire avec le téléphone ?

— Vous êtes peut-être sur écoute.

— Sans doute, répondit Marker, avant d'ajouter : Vous êtes Tennex. »

Rinker acquiesça d'un signe de tête.

« Avancez dans le couloir.

— J'ai fait exactement ce que vous m'avez dit…

— Écoutez, je ne veux pas vous faire de mal, parce que, si je vous touche, ils auront la preuve que Tennex est bien ce qu'ils cherchent. Vous comprenez ? Pour l'instant, ils ne sont pas sûrs à cent pour cent.

— Bon, d'accord.

— Mais je vous tuerai si je suis obligée. Si jamais je me rends compte d'une manière ou d'une autre que vous leur avez parlé de ma visite, qu'ils vous montrent des photos de suspects, je reviendrai vous chercher. Et si je me fais prendre, les gens pour qui je travaille craindront que les flics ne remontent la piste jusqu'à eux, et ils viendront nous chercher toutes les deux. En d'autres termes, si vous parlez de cette visite à qui que ce soit, vous êtes morte. Compris ? »

Marker hocha la tête en avalant sa salive.

« Alors, qui est venu vous voir ? » demanda Rinker.

Marker lui raconta tout, depuis le premier coup de fil pour Tennex qui lui avait paru louche – une voix d'homme, baryton, bien élevé, calme – jusqu'à la descente du FBI.

« Ce n'était pas un flic ? Le type qui a téléphoné ?

— Un flic de haut niveau, alors. »

Elle lui parla du FBI, de Mallard, de l'interrogatoire dans son bureau.

« Est-ce qu'un des types s'appelait Lucas Davenport ?

— Je ne crois pas, mais ils ne se sont pas tous présentés. Il y en avait un qui faisait un peu bande à part. Un grand type, dur. Il n'avait pas l'air d'être du FBI, il avait un très beau costume. Ça ne faisait pas du tout fonctionnaire. Il avait plutôt une tête de truand. »

Rinker sortit de sa poche la page qu'elle avait arrachée dans *BizWiz*, un magazine d'informatique de Minneapolis.

« C'est lui ? »

Marker prit la photo, l'examina une seconde et répondit :

« C'est lui, oui. Il est mieux en vrai, cela dit.

— Vous avez entendu sa voix ? Est-ce que ça pourrait être le type qui a téléphoné la première fois ?

— Ouais..., hésita Marker. Vous savez... C'est possible, ouais. Mais bon, vous savez... »

Après quelques questions supplémentaires, Rinker déclara :

« Je tiens juste à insister sur ce point ; j'ai fait très attention en venant ici, j'ai envisagé toutes les possibilités : que votre téléphone soit sur écoute, et même qu'ils aient planqué des micros chez vous. Pour que personne ne sache jamais que je suis venue vous voir. Si jamais quelqu'un l'apprend un jour, vous êtes morte. »

Marker eut une série de hochements de tête accélérés.

« D'accord, d'accord, très bien. D'accord.

— J'ai appris quelque chose de très utile dans le boulot que je faisais avant, quand j'étais jeune. J'ai appris à oublier. Il suffit de se dire : "D'accord, ça n'a jamais existé, je l'ai juste rêvé." Très vite, tout ce qui vous arrive devient comme un rêve, et vous commencez à oublier.

— Je vous ai oubliée, assura Marker avec véhémence. Je le jure devant Dieu, je vous ai déjà oubliée. »

Avant de quitter la ville, Rinker s'arrêta dans une banque où elle loua un coffre-fort. Elle régla un an d'avance, essuya son pistolet et le déposa dans le coffre. La prochaine fois qu'elle passerait dans le coin en voiture, elle le récupérerait.

Depuis l'aéroport, Rinker appela Carmel sur son téléphone magique. Carmel répondit dès la deuxième sonnerie.

« Oui ?

— Vous savez, ce type qu'on a vu à la télé ?

— Oui.

— Il était là. C'est sûr.

— Merde. Je me demande comment il a su.

— J'en sais rien. J'arrive ce soir à dix heures et quart.

— Je viens vous chercher. Je pense qu'on est à l'abri pour l'instant, mais il faudra qu'on en parle quand vous serez là. »

Dans l'avion, les yeux protégés par un masque de soie noire, Rinker somnola et, entre des bribes de sommeil, elle pensa à Carmel. Elle aurait pu résoudre une bonne partie de ses problèmes en l'éliminant purement et simplement. Mais cela posait d'autres problèmes. Carmel n'était pas idiote, elle avait peut-être déjà pris ses précautions, laissé une note quelque part avec tout ce qu'elle savait sur Rinker. Une note qu'on ne retrouverait qu'après sa mort. Autre problème : ce fameux Davenport était maintenant aussi près d'elle que de Carmel. Comment en était-il arrivé là ? En savait-il encore plus ? Était-il déjà parvenu jusqu'à Wichita ? Carmel était une source d'informations sur Davenport, ce qui pouvait s'avérer fort utile…

Il existait enfin une dernière raison de ne pas tuer Carmel : Rinker l'aimait beaucoup. Comme une sœur, peut-être – et Rinker n'avait jamais eu ça. Elle sourit en se remémorant l'invitation de Carmel pour le Mexique. Elle comptait sérieusement y aller, désormais, et si elles se sortaient de tout ça, elles partiraient dès que possible. Un ou deux strings dans la valise, une épilation maillot-aisselles, des cocktails avec de petites ombrelles chinoises en papier et des tonnes d'ananas frais, et pourquoi pas deux ou trois Mexicains…

Quant à Davenport, Rinker avait lu l'article de *BizWiz*, il avait l'air plutôt futé. Et assez redoutable : c'était un fonceur, en tout cas. Il ressemblait à ces types de la mafia qu'elle connaissait et qui dirigeaient des laveries automatiques ou des compagnies de ramassage d'ordures… un businessman avec un flingue dans la poche.

Certes, elle en avait déjà refroidi trois ou quatre de la même espèce. Même les génies étaient mortels…

De son côté, à Minneapolis, assise devant la télévision, son coupé, Carmel passait en revue les différentes options qui lui restait. Peut-être que, si l'occasion se présentait, elle devrait tuer Pamela. Ce serait logique, du point de vue d'une défense bien construite. Il n'y avait qu'un témoin contre elle, et si Pamela disparaissait, Davenport pourrait toujours s'accrocher pour la faire couler.

Elle laissa échapper un soupir, se leva, traîna dans la cuisine, se servit un verre de jus d'orange. Ce serait vraiment regrettable de devoir en arriver à tuer Pamela, parce qu'elle l'aimait bien. Peut-être même qu'elle pouvait devenir une amie… la première véritable amie dans la vie de Carmel.

Elle but une gorgée de jus d'orange et retourna jusqu'au canapé en passant devant sa magnifique collection de photos noir et blanc sans même les regarder. Si elle envisageait la possibilité de tuer Pamela, il était probable que Pamela se livrait au même calcul de son côté. Et peut-être qu'elle aussi était réticente à cette idée, en partie pour les mêmes raisons.

En tout cas, si la situation devait évoluer et qu'il devenait impératif de se débarrasser de Pamela, elle aurait intérêt à agir vite et bien. Parce qu'elle n'aurait sûrement qu'une chance. Elle jeta un coup d'œil à sa montre : l'heure d'aller à l'aéroport.

Rinker déposa son sac sur la banquette arrière de la Volvo et Carmel lui annonça :

« Je vois trois possibilités.

— À savoir ?

— Premièrement, on ne fait rien. Je me suis assise devant un bloc-notes ce soir et j'ai envisagé le pire scénario. Je ne vois pas comment ils pourraient réunir assez d'indices contre nous pour nous arrêter l'une ou l'autre. Et même si c'est le cas, je ne vois pas comment ils pourront démontrer notre culpabilité à un jury, à moins que vous n'ayez laissé des empreintes digitales partout ou fait tomber votre portefeuille quelque part, un truc comme ça.

— Non, non, rien de tout ça. Quelles sont les deux autres options ?

— Notre problème numéro un, c'est Davenport. Oubliez le FBI, oubliez tous les autres flics qui sont sur le coup. Si on se débarrasse de Davenport, personne ne saura jamais qui on est. D'un autre côté, se débarrasser de lui est plus que risqué, c'est carrément périlleux. Non seulement il est violent, mais il a de la chance. Une fois, il a pris une balle dans la gorge et il aurait dû y rester, sauf qu'il y avait justement un chirurgien qui passait par là avec son canif et qui lui a fait une trachéotomie ; il a pu tenir jusqu'à l'hôpital.

— Vous plaisantez ?

— Pas du tout.

— Ah, putain, c'est la pire chose que vous m'ayez dite sur lui : qu'il a de la chance !

— La troisième possibilité, c'est d'organiser une petite mise en scène, une petite reconstitution rétrospective, qui rendrait tous ces meurtres cohérents. C'est la théorie de l'alternative, qui permet parfois de renverser à son avantage un procès qui a l'air joué d'avance. Il suffit de fournir au jury une histoire qui tient mieux debout – ou du moins qui en a l'air – que la thèse officielle… Si on trouve le scénario parfait, et même si Davenport sait qu'il y a quelque chose qui cloche, ils n'arriveront jamais à nous faire plonger.

— Qu'est-ce que vous conseillez, entre les trois ? demanda Rinker.

— La numéro un : on ne fait rien. On attend. Je pense qu'il ne se passera plus rien, maintenant. On sait que les flics surveillent le service de messagerie à Washington, donc on ne s'en sert plus. J'aimerais beaucoup pouvoir consulter leurs dossiers sur cette affaire, mais ce n'est pas possible, à moins qu'ils essayent quelque chose contre Hale.

— D'accord. On attend. »

Elles roulèrent en silence pendant un moment, puis Rinker reprit :

« Et s'ils ont placé des micros dans votre voiture ?

— Non, ils ne sont pas futés à ce point. C'est la voiture de ma mère. D'ailleurs, elle s'en sert quand je n'en ai pas besoin et qu'elle doit transporter quelque chose, des plantes par exemple. J'ai souvent besoin d'une voiture anonyme, surtout quand je suis sur une affaire délicate. Parfois, il vaut mieux que je ne me fasse pas trop remarquer.

— Vos parents sont divorcés ?

— Non, mon père s'est suicidé. Il était stomatologue, il passait ses journées à dévitaliser des dents. Un jour, il en a eu marre, il s'est allongé sur son fauteuil après en avoir terminé avec un patient, il a écrit une lettre et il s'est collé un masque d'oxyde nitreux sur le visage.

— La vache…

— Ouaip. Une bonne façon de mourir, sans doute, mais ça a dû lui demander un minimum d'organisation préalable. Quand je voudrai mourir, je n'ai pas envie de devoir y penser. Je veux juste que ça arrive comme ça.

— Moi, je ne veux pas mourir. Pas tout de suite, en tout cas.

— Et vous, vos parents ?

— Mon père est parti quand j'étais encore bébé. Et mon cher beau-père avait pris l'habitude de me violer une ou deux fois par semaine jusqu'à ce que ce soit moi qui parte.

— Votre beau-père, il est toujours dans les parages ?

— Non, répondit Rinker en se tournant vers la fenêtre. Il est parti un jour, personne ne l'a plus jamais revu.

— Comme votre père, alors ?

— Pas tout à fait, non. »

16

Sherrill revint de Saint Louis avec des valises sous les yeux.

« T'as pas dormi, ou quoi ? s'enquit Lucas en s'efforçant de garder un ton détaché.

— J'ai été obligée de coucher avec tous les mafieux du coin, ça m'a tenue éveillée toutes les nuits.

— Eh ! s'indigna Lucas, vexé.

— Eh ! toi-même… C'est toi qui as posé la question.

— Je voulais juste…

— Laisse tomber. D'ailleurs, c'est vrai que je n'ai pas fermé l'œil. Chaque nuit, je me tournais et me retournais dans mon lit, les couvertures étaient trop lourdes, l'oreiller trop gros, et ça sentait mauvais dans la chambre. Et en plus, je pensais à nous.

— Ah bon ?

— J'essayais de ne pas y penser, mais je ne pouvais pas m'en empêcher. Je me suis demandé si j'avais fait le bon choix, si je ne devais pas plutôt te coincer entre quatre murs et te faire l'amour comme une bête, juste encore une fois. Ou peut-être encore deux ou trois fois, mais c'est tout. Comme pour se dire au revoir, quoi.

— J'ai l'impression qu'on a déjà fait ça, non ?

— Ouais, c'est vrai. De toute façon, c'était pas vraiment le sexe qui posait problème entre nous.

— Nan, de ce côté-là ça marchait plutôt bien. De mon point de vue, en tout cas.

— C'était quoi, le problème, alors ?

— Je pense que tu es d'un naturel plutôt positif, et moi plutôt négatif…

— Ouais.

— C'est aussi la conclusion à laquelle tu es arrivée ?

— Je suis arrivée à la conclusion que je ferais mieux de me trouver un nouveau mec, et toi une nouvelle nana, comme ça on n'en parlerait plus.

— J'ai la flemme de chercher, répondit Lucas. Vas-y, toi.

— Ouais, minauda Sherrill en jouant avec un doigt sur ses lèvres. Peut-être. »

« On est dans une impasse, reprit Lucas. Les Feds ont toujours Tennex sur écoute, mais personne n'appelle.

— Ils n'ont pas mis Carmel sur écoute ?

— Peut-être. Ils disent que non, en tout cas pour le moment, mais ils peuvent très bien mentir.

— Le FBI ? Mentir ?

— Ouais, bon, ça va… Et toi, t'as quelque chose ?

— J'ai une vingtaine de noms.

— Des noms, encore des noms…

— Ouais, mais s'il y a un gars qui traîne avec la mafia de Saint Louis et qui est le commanditaire de ces meurtres, son nom est presque à coup sûr sur la liste.

— Et donc ?

— J'y arrive. Tu sais, quand vous regardiez d'où provenaient les différents chèques pour payer la boîte de messagerie ? Vous vous êtes dit que la personne qui les envoyait devait venir du sud-ouest du Missouri, ou de l'est du Kansas ou de je ne sais plus où.

— Nord de l'Arkansas ou de l'Oklahoma.

— Bon, eh ben si on étudiait un peu le profil de chacun de ces mecs, qui sont d'ailleurs tous un peu du même genre, ultrabourges, à porter des mocassins sans chaussettes et à rouler en Cadillac… et si on se rendait compte qu'il y en a un qui téléphone souvent dans une ferme paumée au fin fond de l'Oklahoma, par exemple… »

Lucas la regarda sans rien dire un instant et finit par admettre :

« Pas mal.

— Ça te plaît ?

— Première idée décente depuis une semaine. » Il ouvrit le tiroir de son bureau et en sortit la carte de Mallard. « Et en plus, on aurait à traiter avec les bureaucrates des compagnies de téléphone. C'est le rêve de Mallard. »

L'idée plut aussi à Mallard : il mit aussitôt trois agents sur le coup, et rappela Lucas le lendemain en milieu d'après-midi.

« Vous avez déjà entendu parler d'Allen Kent ? lança-t-il avec ce que Lucas prit pour une légère excitation dans la voix.

— Non…

— C'est un Italien… Enfin, son père s'appelait Kent, rien de spécial, mais la famille de sa mère avait des liens étroits avec les familles les plus haut placées dans la mafia de Saint Louis et de Chicago, à l'époque où Sam Giancana était le roi du monde.

— Et où est-ce qu'il téléphone ?

— Un peu partout, parce qu'il distribue de l'alcool à tout le monde. Il téléphone dans tous les petits bars pourris du Midwest. Mais il a aussi une carte téléphonique qu'il utilise quand il est en déplacement, et on a étudié tous les coups de fil qu'il a passés avec depuis dix ans. Et vous savez quoi ?

— En fait, il s'appelle Lee Harvey Oswald et il retient JFK en otage dans une grotte.

— Non. Mais vous savez qu'il y a tous ces meurtres liés à la mafia et qu'on attribue à cette femme… Eh bien, à chaque fois, Kent passait des coups de fil depuis la ville de Wichita, Kansas, entre vingt-quatre et trente jours avant la date du meurtre. Et il passait deux jours là-bas, à chaque fois, sans exception. On peut donc penser qu'il va à Wichita pour rencontrer la tueuse, lui expliquer sa mission, lui fournir toutes les informations nécessaires. Ensuite, elle a besoin d'un peu de temps pour effectuer une reconnaissance, puisqu'on sait qu'elle est très prudente et qu'elle observe sa cible pendant un bon moment avant de passer à l'acte. Peut-être même qu'il lui faut du temps pour se repérer dans chaque nouvelle ville…

sans compter le trajet, surtout si elle se déplace en voiture.

— Vous pensez qu'elle est de Wichita ? interrogea Lucas.

— On pense que c'est une possibilité. On pense même peut-être avoir un nom.

— Ah bon ? Allez-y.

— John Lopez. »

Lucas réfléchit un moment.

« John ? demanda-t-il finalement.

— Oui. Un homme déguisé en femme, ce qui semble tout à fait logique, quand on y pense. Une femme tireur d'élite pour la mafia ? Allons donc ! Impossible ! On a trouvé ce type dans notre base de données : il est portoricain, un mètre soixante-cinq, soixante kilos, il peut très bien se faire passer pour une femme. Et c'est un beau salopard, par-dessus le marché. Voilà quelques années, il y avait un énorme trafic de cocaïne ; elle entrait aux États-Unis par la côte sud de Porto Rico et était ensuite acheminée sur le continent par avion, parce qu'il n'y a pas de douane sur les vols en provenance de Porto Rico, vu que ce sont des vols intérieurs. Lopez faisait partie des passeurs. Il assurait le transport jusqu'à Chicago, et il repartait avec l'argent. Quand on l'a pincé, il a balancé tous ses contacts à Porto Rico en échange de son immunité et de sa protection, mais il a juré qu'il ne savait pas pour qui il travaillait à Chicago. Maintenant, on pense que c'était sûrement la mafia et que c'est là qu'il a rencontré Allen Kent.

— Comment il s'est retrouvé à Wichita ?

— On l'a planqué là pour le protéger après ses aveux. Je prie le ciel pour que ce ne soit pas ça, mais on a peut-être protégé sans le savoir le plus gros tueur à gages des États-Unis. »

Lucas ne pouvait s'empêcher d'être un peu déçu : c'était le FBI qui allait réussir le coup.

« Vous allez là-bas ?

— Absolument. J'emmène toute mon équipe. Il paraît que Lopez tient un magasin de fleurs là-bas ; comme si un ancien mafieux allait se mettre à vendre des fleurs ! »

Mallard eut un petit rire nerveux et Lucas regarda le combiné d'un œil perplexe : Mallard montrait un peu trop d'empressement à son goût.

« Ça vous ennuie si je viens voir ? demanda Lucas.

— Pas du tout. Je pars cet après-midi, je quitte le bureau dans cinq minutes. On a réservé des chambres au Holiday Inn… le Holiday Inn East, plus exactement. On a un mandat pour le foutre sur écoute, et on enregistre tous ses coups de fil. Bon, il faut vraiment que j'y aille.

— D'accord. Je vous retrouve là-bas, sans doute dès ce soir si rien ne me retient ici. Je vais venir en voiture.

— En avion, vous en avez pour deux ou trois heures maximum.

— Ouais, mais je préfère conduire. »

Lucas avait toujours conduit des Porsche. C'était une voiture qui lui convenait pour des trajets de cent à deux cents kilomètres, mais elle n'était pas faite pour les longues distances. Après plus de mille bornes, il aurait le dos cassé et la tête comme une citrouille. De toute façon, sa Porsche était en panne.

« Écoutez, expliqua-t-il à son garagiste, je sais que vous allez encore me faire payer les yeux de la tête pour la réparation, alors j'aimerais bien que vous me prêtiez quelque chose de décent en attendant. Je sais très bien que vous avez cette BMW en dispo, parce que l'autre jour j'ai vu Larry la montrer à un type… Ouais, ouais, en tout cas je ne prends pas la Volkswagen Passat. Voici ce que je vous propose : je paye au kilomètre. Je vous donne quinze cents du kilomètre et je m'occupe de l'essence. Je vais à Wichita, qui est à environ mille bornes d'ici, ce qui fait deux mille aller-retour. Ça vous fait trois cents dollars pour trois ou quatre jours, et j'arrête de vous casser les couilles avec le retard sur la Porsche… Allez, bordel ! Comment ça, cinquante cents ? Même le gouvernement ne paye pas cinquante cents le kilomètre, et c'est censé inclure les frais d'essence… »

Il réussit à obtenir la BMW, une longue voiture noire, quatre portes, avec un tableau de bord qui ressemblait à un cockpit de F-16, des sièges en cuir gris, un lecteur de CD et quatre-vingt-dix-huit mille kilomètres au compteur, le tout pour vingt-cinq cents le kilomètre. Il avait parcouru à peine trois kilomètres quand son pied gauche appuya par mégarde sur le levier qui permettait d'ouvrir le capot depuis l'intérieur. Il ne se rendit d'abord compte de rien, mais le capot commença à vibrer. Craignant qu'il ne se relève d'un coup, il fit une embardée sur la droite, s'arrêta sur le bas-côté et se pencha par la vitre pour le refermer. Cinq minutes plus tard, son pied toucha de nouveau le levier et il dut se ranger encore une fois sur la bande d'arrêt d'urgence. Cette fois, il prit son téléphone portable pour appeler son garagiste, qui lui répondit :

« C'est parce que vous appuyez sur le levier avec votre pied. Vous n'avez qu'à faire attention. »

Lucas repéra en effet le levier et marmonna :

« Très bien placé, vraiment. » Au bout de cinquante kilomètres, un voyant jaune qui disait « moteur » s'alluma sur le tableau de bord, et Lucas s'arrêta une fois de plus, de peur de couler une bielle. Il rappela son garagiste, qui lui expliqua que c'était peut-être un problème de pot d'échappement.

« Ne vous inquiétez pas, ajouta-t-il, ce n'est rien.

— Sur n'importe quelle bagnole, "moteur" veut dire que vous venez de perdre toute votre huile sur la route, observa Lucas.

— Oui, mais ce n'est pas n'importe quelle bagnole. Sur celle-là, si vous perdez toute votre huile sur la route, il y aura écrit "STOP !" en grosses lettres rouges.

— Donc, ce voyant va rester allumé pendant tout le trajet ?

— Exactement, mon vieux. Vous la vouliez, vous l'avez eue.

— Et il y a aussi comme un sifflement…

— Le pare-brise n'est pas tout à fait scellé, on doit essayer de le réparer à votre retour.

— Je commence à me dire que vous m'avez refilé un vrai tas de boue, grommela Lucas.

— Qu'est-ce que vous espériez, après quatre-vingt-dix-huit mille bornes ? Je vous l'avais dit, vous auriez dû prendre la Volkswagen… »

Néanmoins, la voiture était confortable, et en tout cas elle avait de l'allure. Il parcourut les mille kilomètres jusqu'à Wichita en neuf heures, via Des

Moines et Kansas City, s'arrêtant seulement pour prendre de l'essence et s'acheter à manger dans un Taco Bell. Il trouva une chambre dans un Best Western et téléphona au bureau de Mallard à Washington, où la secrétaire de nuit lui répondit qu'elle allait transmettre le message à son patron. Mallard rappela cinq minutes plus tard.

« Nous sommes dans un restau du centre-ville qui s'appelle Joseph. Attendez, je vais vous lire le menu… »

Lucas commanda un steak saignant avec une pomme de terre au four et un Coca light. Il arriva chez Joseph un quart d'heure après, au moment même où le serveur apportait les plats. Mallard était attablé en compagnie d'une femme grisonnante qu'il lui présenta sous le nom de Malone. Elle devait avoir à peu près son âge, pensa Lucas, quelque part dans les eaux troubles de la quarantaine.

« Malone est notre expert juridique, expliqua Mallard en attaquant son steak. Elle s'occupe des écoutes, des mandats, tout ça, et c'est elle qui discute avec le juge quand il faut.

— Vous faites partie du FBI ? » demanda Lucas.

Malone venait d'enfourner un petit bout de viande dans sa bouche et, en guise de réponse, elle écarta légèrement le pan de sa veste pour découvrir la crosse de son pistolet.

« Sympas, les accessoires, commenta Lucas dans une tentative de séduction quasi automatique.

— J'adore me faire draguer par les flics, répondit Malone. Ça m'excite.

— Vous voulez bien arrêter votre petit numéro ? intervint Mallard. Je déteste voir les vieux se tourner autour.

— C'est quoi, son problème ? demanda Lucas à Malone.

— Récemment divorcé, indiqua-t-elle en désignant Mallard d'un hochement de tête. Mais il l'aime encore.

— Désolé, murmura Lucas.

— C'est pas vrai, de toute façon, protesta Mallard. J'ai tourné la page. » L'espace d'une seconde, pourtant, il eut l'air tellement malheureux que Lucas eut presque envie de lui donner une petite tape dans le dos en lui disant : « Ça va aller, va. » Mais Lucas ne le pensait pas vraiment, et Mallard ne le croirait pas non plus. « Et d'ailleurs, ajouta Mallard, je ne suis pas le seul dans ce cas-là.

— Si vous voulez parler de moi, rétorqua Malone, vous avez choisi la mauvaise personne. Je n'en aime plus aucun.

— Aucun ? s'étonna Lucas.

— Quatre fois mariée, précisa Mallard en pointant sa fourchette en direction de sa collègue.

— La vache ! s'exclama Lucas. Avec des types du FBI ?

— S'il n'y avait pas eu le deuxième, je serais directrice adjointe, à l'heure qu'il est.

— Qu'est-ce qu'il faisait, le deuxième ?

— Acteur.

— Mauvais acteur, ajouta Mallard.

— Non, c'était un bon acteur, c'est juste qu'il ne pouvait pas s'empêcher de tourner des scènes de nu. Le pire, c'est quand il a donné une interview au

Washington Post, à poil, et qu'il a raconté qu'il était marié à un agent du FBI.

— Pas génial, pour le plan de carrière, observa Mallard. On était encore tous en train de faire nos débuts.

— Et vous avez une idée, pour le numéro cinq ? s'enquit Lucas.

— Pas encore, répondit Malone, mais je cherche.

— Bon, abrégea Mallard, voilà comment ça se passe : on a neuf gars sur place, et on surveille Lopez vingt-quatre heures sur vingt-quatre. Il a trois lignes de téléphone, qui sont toutes sur écoute, et on a déjà repéré deux ou trois appels suspects ; des gens qui parlent d'autres choses que de fleurs, quoi. Pas assez pour le faire plonger, mais c'est clair qu'il se passe quelque chose.

— Je pourrais les écouter, vos enregistrements ?

— Bien sûr. J'ai un montage sur une cassette que vous pouvez même écouter ce soir. Et demain on vous amènera sur place.

— Parfait. Mais je ne veux pas qu'il me voie, surtout s'il est déjà allé à Minneapolis. Je suis passé à la télé régionale plusieurs fois au sujet de cette affaire… Il m'a peut-être aperçu.

— Vous êtes une star, alors ? ironisa Malone. Un héros local !

— S'il vous plaît, les enfants ! s'écria Mallard. Malone ! »

Mallard s'étendit sur le lit de sa chambre d'hôtel tandis que Lucas s'asseyait dans un fauteuil et que

Malone s'adossait à la commode. Ils écoutèrent les voix sur l'enregistrement :

« Je pensais faire un saut aujourd'hui... Ça sert pas à grand-chose... Ah bon ? Alors, quand ça, à ton avis ?... Demain dernier délai, sauf s'il s'est passé quelque chose en route, mais je n'ai rien entendu... Je te passe un coup de fil, si tu veux... Très bien, j'aurai quelque chose... »

« Trafic de drogue, commenta Lucas.

— C'est ce que j'ai dit, déclara Malone, mais ça ne leur a pas plu.

— On ne peut pas savoir si c'est de la drogue ou autre chose, fit observer Mallard, sur la défensive.

— J'en mets ma main à couper, insista Lucas. Je peux même vous dire quel genre de drogue.

— Héroïne ? devina Malone.

— Exactement.

— C'est peut-être la filière de Chicago, suggéra Mallard.

— En tout cas je ne vois pas un caïd de la mafia faire confiance à un junkie pour exécuter des contrats.

— Ce n'est peut-être pas un junkie.

— D'après ce qu'on vient d'entendre, expliqua Lucas, c'est de la vente au détail, par petites quantités. Et si c'est un petit dealer, il y a toutes les chances pour que ce soit aussi un junkie.

— D'un autre côté, peut-être pas, puisqu'il attend une livraison qui a l'air de venir de loin, remarqua Malone. On dirait qu'il achète en gros. »

Lucas haussa les épaules.

« Peut-être... Mais c'est un peu bizarre pour un type qui est censé être un tireur d'élite paranoïaque. Je peux imaginer qu'un tueur à gages achète de la cocaïne ou même du speed par l'intermédiaire d'un contact hyper-sécurisé, mais je ne le vois pas vendre lui-même. Ça veut dire qu'il a affaire à tout un tas de petits branleurs qui seraient prêts à vendre leur mère pour un shoot. »

Lorsqu'ils en eurent terminé avec la cassette, ils restèrent muets jusqu'au moment où Mallard finit par briser le silence :

« Y a un match des Yankees sur le câble.

— Il faut que j'aille me dégourdir les jambes, rétorqua Lucas. J'ai passé la journée dans la bagnole.

— Vous allez où ? demanda Malone.

— Peut-être boire un verre quelque part, si j'arrive à trouver un bar ouvert.

— Ouais, pourquoi pas ? approuva Malone. Mais j'aimerais bien me changer d'abord. »

Mallard laissa échapper un profond soupir.

« D'accord, dit-il, c'est sûrement mieux que de se planter devant la télé. »

Malone lui jeta un coup d'œil dans lequel on pouvait lire un éclair de réprobation, qui s'évapora aussitôt.

« D'accord, conclut-elle, on n'a qu'à se retrouver ici dans une demi-heure. »

Lucas revint dans la chambre de Mallard quelques minutes avant Malone, qui réapparut vêtue d'un pantalon et d'une veste noirs sur un chemisier ultra-fin. Sous son chemisier, Lucas remarqua qu'elle portait un soutien-gorge à broderies noires ; et sous le pan gauche de sa veste, il parvenait à distinguer la bosse de son semi-automatique. En sortant, alors qu'il s'écartait pour lui tenir la porte, il perçut une bouffée d'une senteur exotique très sophistiquée ; quelque chose de frais et piquant.

Malone monta devant, Mallard à l'arrière. Après avoir contemplé tous les voyants du tableau de bord, elle demanda :

« Comment se fait-il qu'un simple flic de province roule dans une bagnole comme ça, alors que nous on a des Taurus ?

— Parce que nous luttons contre la corruption gouvernementale à tous les échelons, répondit Mallard.

— Et je vous ferai remarquer que Minneapolis est plus grand que Washington », ajouta Lucas.

Malone émit un sifflement moqueur, et Mallard leur ordonna d'arrêter leur cirque. En chemin, Lucas repéra une voiture de flics garée à un carrefour, et il vint se ranger devant.

« Qu'est ce que vous faites ? lui demanda Mallard.

— Une petite enquête », répondit Lucas.

Il sortit de la voiture avec son portefeuille à la main et, lorsque le flic assis au volant descendit sa vitre, Lucas lui montra sa carte d'immatriculation en disant :

« Salut, les gars, je suis de Minneapolis, on est là avec des amis et on cherche un bar pour aller boire un coup. Vous connaissez quelque chose ? »

Le flic prit la carte de Lucas, l'examina quelques instants avant de la passer à son collègue en marmonnant :

« Directeur adjoint, t'as vu ? » Il rendit la carte à Lucas et se tourna vers son acolyte : « Y a pas tellement d'endroits sympas, dans le coin… Qu'est-ce que t'en dis ? Le Rink, peut-être.

— À mon avis, c'est ce qu'on peut trouver de mieux, répondit l'autre. C'est tout droit, au deuxième feu à droite, encore tout droit pendant cinq ou six cents mètres et vous y êtes.

— Super, répondit Lucas en se redressant. On vous paye une tournée, si vous voulez nous rejoindre quand vous aurez fini.

— Merci, mais on fait la nuit, répondit le premier flic. Je peux vous poser une question ? C'est combien, le salaire de base pour un flic, à Minneapolis ? »

Ils discutèrent quelques minutes de leurs salaires respectifs, des vacances et des congés maladie, puis Lucas retourna jusqu'à la BMW, s'installa au volant, appuya par mégarde sur le levier du capot, ressortit pour le refermer, remonta dans la voiture et démarra enfin.

Rinker se tenait derrière le bar, en train d'étudier le rouleau de la caisse enregistreuse, lorsque Lucas pénétra dans l'établissement. Sa surprise fut si vive qu'elle ne montra aucune émotion, comme si elle venait de prendre un coup de massue sur la tête. Lorsqu'elle recouvra ses esprits, au bout de quelques secondes, elle remarqua qu'il était accompagné d'une femme aux allures d'avocate, et d'un type au cou large et au visage pincé, genre prof de fac ou peut-être moniteur de catch.

Elle détourna la tête et passa dans l'arrière-salle, d'où elle pouvait les voir à travers une glace sans tain.

« Y a un problème ? lui demanda l'un des garçons de cuisine en percevant la tension sur son visage.

— Le type qui vient d'entrer, j'ai cru que c'était un de mes ex, d'il y a longtemps.

— Quel type ?

— Finis le congèle, dit-elle.

— C'était juste une question comme ça. »

Après avoir observé Lucas pendant dix minutes, Rinker en conclut qu'il n'était pas spécialement intéressé par elle : s'il était venu l'arrêter – et pour quelle autre raison aurait-il atterri dans ce bar ? –, il ne semblait pas la chercher. Visiblement, il essayait de faire du gringue à l'avocate, à qui ça n'avait pas l'air de déplaire.

Rinker se demanda ce qu'il adviendrait si elle apparaissait brusquement dans la salle. Bondirait-il de sa chaise pour lui passer les menottes ? Y avait-il d'autres flics en train d'encercler le bar, ou bien en position dehors ? S'il était là pour le boulot, pourquoi venait-il boire des bières en draguant une nana ? Était-il si malin que ça ?

Elle s'éloigna de la vitre et traversa hâtivement la cuisine en direction du petit escalier qui montait jusqu'à son bureau. La pièce avait été rajoutée après, en prenant sur les combles ; le toit était en pente et il n'y avait de fenêtres que d'un côté. Elle regarda au-dehors et ne remarqua rien d'anormal : personne dans la rue, aucune voiture suspecte garée à proximité.

Mais de toute façon, songea-t-elle, ça ne se passait jamais comme ça. S'ils étaient venus la chercher, ils attendraient sans doute de pouvoir la coincer dans une rue, toute seule, ou bien alors chez elle. Ils ne prendraient pas le risque de déclencher une fusillade dans un bar plein à craquer.

Rinker avait un grand canapé au fond de son bureau, sur lequel elle faisait parfois la sieste. Elle s'y allongea, ferma les yeux et essaya de se concentrer. Une seule réponse lui venait à l'esprit : quelqu'un l'avait balancée. Quelqu'un qui savait où elle habitait. Elle avait dit à Carmel qu'elle suivait des cours à l'université de Wichita State, donc Carmel savait où elle vivait, mais elle ne connaissait ni son nom, ni l'existence du bar. Si Carmel l'avait balancée, cela signifiait que les flics étaient au courant de toute l'histoire et qu'ils avaient dû venir en force.

Il fallait qu'elle appelle Carmel. Mais pas du bar.

Pour l'instant, elle pouvait aussi bien retourner en bas et continuer à parler aux gens comme si de rien n'était. S'ils avaient l'intention de la coincer, elle était foutue, de toute manière. Et si ce n'était pas le cas, il existait peut-être un moyen d'apprendre quelque chose.

Le Rink comprenait deux grandes salles, une où les gens buvaient en discutant, l'autre où ils buvaient en dansant. La piste de danse était un parquet en érable ciré que Rinker avait récupéré dans un club de karaté en faillite, et c'était sans doute la meilleure de tout Wichita. Tout autour étaient disposées des banquettes capitonnées en moleskine. Davenport et ses amis étaient arrivés au moment où l'orchestre – il y avait de la musique *live* le week-end – marquait une pause. Les musiciens reprenaient place pour le troisième et dernier set lorsque Clara réapparut en salle.

Elle fit le tour de toutes les tables près de la piste afin de saluer les clients qu'elle connaissait personnellement ou qu'elle voyait souvent au bar, pour la plupart des employés de bureau de moins de quarante ans ; l'orchestre jouait du rock léger et de la musique country. Elle offrit une bière à un type qui avait réchappé à un accident de voiture l'après-midi même, et à un couple qui faisait là sa première sortie publique depuis la naissance du bébé. Elle écouta quelqu'un lui raconter une blague :

« C'est l'histoire d'un type qui entre dans un bar, et le barman lui dit : "Dis donc, je ne m'attendais pas à te voir aujourd'hui, après hier soir… t'étais vraiment rétamé." Et le type répond : "Ouais, j'étais tellement rétamé que, quand je suis rentré chez moi, j'ai regardé dans l'armoire à pharmacie. J'ai vu que j'avais une grande boîte avec mille cachets d'aspirine, et j'ai décidé de me suicider en les avalant tous." Le barman lui demande : "Et alors, qu'est-ce qui s'est passé ? – Ben rien, après deux aspirines, je me sentais déjà beaucoup mieux." »

Rinker se força à rire et chercha Davenport du regard entre les têtes des danseurs qui commençaient à revenir sur la piste pendant que l'orchestre entamait un morceau de country. Il était assis à une table dans l'autre salle ; elle pouvait distinguer son visage à travers les volutes de fumée. Il n'avait pas l'air de lui prêter attention, ni à personne d'autre dans le bar, d'ailleurs. Il était assez séduisant, avec un côté dur, les tempes à peine grisonnantes. Elle se dirigea lentement vers lui.

Lucas continuait à faire son petit numéro de charme à Malone, tandis que Mallard essayait désespérément de ramener la conversation sur le terrain professionnel. Malone n'avait pas du tout envie de parler boulot mais, quand Lucas lui proposa d'aller danser, elle répondit :

« Ah non, je ne danse pas là-dessus.

— C'est un principe philosophique ? rétorqua Lucas.

— Non, c'est juste que je ne sais pas danser sur du rock ou de la country. Je n'ai jamais appris. Je connais le fox-trot, la valse, ce genre de trucs… vous voyez.

— Vous faites trop attention à votre image. » Lucas était sur le point de se lever pour aller danser quand une femme s'arrêta devant leur table et lança à la cantonade : « Tout va comme vous voulez ?

— Ça va », répondit Lucas en levant les yeux vers elle. Ce n'était pas une serveuse. « Vous êtes qui ? demanda-t-il.

— Clara, la propriétaire. Je vérifie si tout le monde est content.

— Sympa, votre bar. Vous devriez en ouvrir un à Minneapolis.

— Vous êtes de Minneapolis ?

— Moi, oui. Eux, ils viennent de la côte est.

— Bienvenue à Wichita, alors. »

Rinker commença à s'éloigner, mais Malone, qui avait peut-être bu un peu plus qu'à l'accoutumée, lui demanda :

« Votre orchestre ne joue pas des valses, par hasard ?

— Non, répondit Rinker avec un grand sourire, je ne pense pas. Pourquoi, vous vouliez danser la valse ?

— C'est lui qui a envie de danser, dit Malone en désignant Lucas d'un hochement de menton. Et moi, je ne sais pas danser le rock. Jamais appris.

— Dommage, vous devriez », rétorqua Rinker. Elle jeta un coup d'œil en direction du comptoir et ajouta, en parlant à Lucas : « Je n'ai plus rien à faire pour le moment, et j'adore danser le rock. Ça vous dit ? »

Ils dansaient seulement depuis dix secondes et Lucas se rendait déjà compte qu'il ne faisait pas le poids.

« Vous êtes danseuse, devina-t-il. Professionnelle.

— J'étais, répondit Rinker en riant. En quelque sorte.

— Allez-y plus doucement, j'ai l'air ridicule. En plus, je suis beaucoup plus vieux que vous.

— Vous vous débrouillez très bien, pour un gars de Minneapolis. »

Lucas laissa échapper un rire sonore et la fit tournoyer de plus belle. Elle était jolie, pensa-t-il, l'une de ces blondes malignes et coriaces qui ont l'air d'avoir roulé leur bosse, de bien aimer s'amuser mais de savoir en même temps manier les chiffres comme des experts-comptables. Peut-être qu'elle était expert-comptable.

« Vous êtes expert-comptable ? interrogea-t-il.

— Expert-comptable ? » Ils étaient obligés de crier pour s'entendre par-dessus la musique. « Qu'est-ce qui vous fait croire ça ?

— J'en sais rien. J'étais juste en train de m'inventer une histoire dans la tête.

— Comment ça, une histoire ? Vous êtes journaliste ?

— Non, je suis flic. Juste de passage. Je me suis arrêté pour voir des amis.

— Vous ne faites pas flic du tout. Vous faites plutôt… acteur de cinéma, ou quelque chose comme ça.

— Attention, je suis très sensible à la flatterie. »

Elle rit en penchant la tête en arrière, et ils continuèrent à danser.

Tard dans la nuit, une heure après la fermeture du bar, Rinker prit sa voiture et roula jusqu'à Kansas City. Elle ne dérogerait pas à sa règle : jamais un seul coup de fil professionnel depuis Wichita. Elle arriva en ville aux premières heures du jour, entra dans une station-service et commença à insérer des pièces dans la cabine téléphonique. Lorsqu'elle atteignit un crédit suffisant, elle composa le numéro de Carmel, qui, la voix encore tout ensommeillée, répondit à la deuxième sonnerie ; elle devait dormir avec son portable sur la table de chevet.

« On a un nouveau problème, annonça Rinker de but en blanc.

— Comment ça ?

— Je viens de passer une soirée fort sympathique à danser avec notre cher ami commun…

— Qui ça ?

— Lucas Davenport. Ici même, sur mes terres.

— C'est pas vrai ! » Carmel se mit à se ronger le pouce ; elle entendait ses propres dents grincer dans le combiné. « Il a eu des infos, c'est sûr. Mais je n'en sais pas assez sur vous ou vos amis pour comprendre d'où ça peut venir…

— C'est plus compliqué que ça, coupa Rinker. Il n'avait pas la moindre idée de qui j'étais. Pourtant, il doit bien avoir une raison pour être venu jusqu'ici. Parce que, entre nous, combien y a-t-il de chances pour que ce soit une coïncidence ? Zéro, je dirais. Moins que zéro, même.

— À mon avis aussi.

— Il ne savait pas qui j'étais, répéta Rinker. Je me disais que vous pourriez peut-être en savoir plus par votre contact dans la police.

— Ça m'étonnerait. Ce type ne me donne que des infos qu'il juge inoffensives et qui vont filtrer un jour ou l'autre. Il ne me dira jamais rien s'il pense que ça peut nuire à quelqu'un d'une manière ou d'une autre.

— Peut-être qu'on peut lui mettre un peu la pression.

— Écoutez, la seule chose qu'il m'ait dite, c'est que mon nom n'arrête pas de revenir sur le tapis. Même lui commence à se méfier de moi, je crois. Il pense que Davenport a trouvé quelque chose, et je pense que ça a à voir avec cette gamine.

— Mais bon sang ! Même si la gosse lui a dit quelque chose… Ah, merde !

— Quoi ?

— Je viens de penser à une chose : si par hasard la gamine a retenu le numéro d'immatriculation de la voiture que j'avais louée… Je vous ai expliqué que j'utilise des fausses cartes de crédit et des faux permis ? Je vous en ai parlé ?

— Oui. Vous vous en servez régulièrement pour qu'elles soient toujours valides.

— J'approvisionne mes comptes depuis Wichita. Je suis très prudente, mais je fais des retraits ici pour payer les factures des cartes.

— Vous croyez que c'est possible ?

— Je ne vois pas comment la gosse aurait pu voir la plaque d'immatriculation. Il faisait nuit, elle était rentrée dans l'appartement quand on est sorties, et on était garées tout au bout de la rue.

— Peut-être que ce n'est pas la gosse. Peut-être… Vous vous souvenez qu'il y avait un type à vélo ?

— Mais pourquoi aurait-il relevé notre numéro d'immatriculation ?

— Je ne sais pas. En tout cas, ça pourrait expliquer certaines choses. Vous pouvez revenir ?

— Ouais. Je suis à Kansas City. Je serai à Minneapolis demain.

— Apportez vos… vos outils. Il faudra peut-être qu'on aille parler à des gens. Et puis je vais réfléchir à tout ça. J'aurai sûrement d'autres idées le temps que vous arriviez. »

17

Lucas resta à Wichita deux jours de suite, le temps d'observer Lopez et d'écouter les enregistrements du FBI. Plus ça allait, plus il était convaincu que Lopez était un petit dealer qui arrondissait ses fins de mois en se faisant un peu d'argent de poche. Et cet argent de poche, selon Lucas, passait directement dans sa seringue.

Une femme du nom de Nancy Holme, qui figurait sur la déclaration d'impôts de Lopez en tant qu'employée du magasin, faisait en réalité tout le boulot : elle arrivait de très bonne heure le matin pour recevoir les commandes de fleurs et restait tard le soir à travailler sur l'ordinateur. Lopez débarquait toujours à moitié endormi, s'octroyait une sieste à l'heure du déjeuner et repartait toujours aussi vaseux. Les Feds n'arrivaient pas à savoir si Holme était dans le coup ou non. Elle ne prenait jamais les livraisons de dope. Lucas suggéra qu'on voie en elle le tueur potentiel. Après quelques vérifications, il apparut que c'était impossible.

La veille de son départ, Lucas retourna au Rink avec Malone et Mallard. La femme avec qui il avait dansé, la patronne, était absente, à ce qu'on lui dit.

« Elle part en voyage d'affaires plusieurs fois dans l'année, et vous êtes justement tombé au mauvais moment, lui expliqua une serveuse. Dommage, elle vous aimait bien.

— Quelle tragédie ! s'exclama Malone quand la serveuse fut partie avec leur commande. Une fois de plus, Davenport laisse un cœur brisé dans une petite ville du Midwest. »

Rinker se trouvait à Minneapolis. Carmel la rejoignit à son hôtel et, sur les recommandations de Rinker, elle monta trois étages trop haut avec l'ascenseur et redescendit par l'escalier jusqu'au bon niveau. Quand elle ouvrit à Carmel, Rinker portait une perruque brune.

« J'ai l'air de quoi ? demanda-t-elle en refermant la porte. D'une Mexicaine ?

— Vous avez la peau bien trop blanche. Une Italienne, à la limite.

— Je reprends la rousse, alors. »

Carmel avait cogité :

« Je ne sais pas comment, mais ils sont sur votre piste. Et je ne sais pas non plus comment, mais ils tournent aussi autour de moi. J'ai réfléchi à votre histoire de voiture et à la possibilité qu'ils vous aient retrouvée comme ça, mais ça paraît assez peu probable. Ça suppose qu'ils aient eu de la chance deux fois de suite : d'abord tomber sur Tennex, ensuite sur le numéro d'immatriculation. Je n'y crois pas. Ce que je me demande, c'est s'ils ont pu établir un lien avec vos amis de Saint Louis. Est-ce qu'ils ont fait parler quelqu'un ?

— Il n'y a qu'un seul type à Saint Louis qui sache exactement qui je suis et ce que je fais, plus peut-être deux autres qui s'en doutent, deux frères qui tiennent un bar là-bas. Les deux frères ne savent absolument rien à votre sujet. Le seul qui pourrait… Lui, il connaît votre nom. C'est le type que Rolo a appelé.

— Mon contact dans la police dit qu'un autre enquêteur, une femme du nom de Sherrill, est parti quelques jours à Saint Louis la semaine dernière. Il semblerait qu'elle soit allée là-bas pour parler aux gens du milieu.

— Je ne vois pas pourquoi ce type m'aurait balancée, répliqua Rinker après quelques instants de réflexion. Le fait de me connaître lui confère énormément de pouvoir. Vous savez, c'est le type qui connaît le doigt de Dieu, comme vous disiez l'autre jour. Le type qui peut vous arranger le coup. Si je plonge, il plonge avec moi. »

Carmel se mit à faire les cent pas dans la chambre d'hôtel. Elle se regarda au passage dans le miroir de la commode, se retourna et reprit :

« Je vais vous dire une chose que j'ai apprise au cours de ma carrière d'avocate : tout le monde balance. Tout le monde. Vous avez entendu parler de cette nouvelle prison dans les Rocheuses ?

— Non…

— Ce sont des cellules en béton qui doivent faire environ la moitié de cette chambre, avec un lit en béton, un évier en inox et des toilettes en béton aussi. Pas de barreaux aux fenêtres, juste une porte en acier et une vitre en verre incassable qui donne sur un morceau de ciel. On ne voit même pas le soleil. Il y a une télé noir et blanc vissée dans un coin. C'est tout. Vous passez vingt-deux à vingt-trois heures par jour là-dedans, et vous êtes sur écoute en permanence. J'ai eu plusieurs clients qui ont essayé de se suicider, là-bas, et aucun n'a réussi. Enfin, il y en a quand même un qui y est arrivé quand ils l'ont transféré à l'hôpital après sa deuxième tentative. Il avait essayé de se tuer en se jetant la tête la première contre le mur de sa cellule. Il s'est fendu le crâne. Il a fini par réussir à l'hôpital, c'était sa troisième tentative. Il préférait ça plutôt que de retourner là-bas. Vous comprenez ce que je vous raconte ?

— Je ne suis pas sûre.

— Ce que je veux dire, c'est que la torture existe bel et bien aux États-Unis. C'est juste que ça passe par autre chose que la douleur physique. Ça passe par l'isolement, des années et des années de solitude. Ils ont très bien pu emmener votre ami là-bas, lui faire visiter la prison, le laisser discuter avec quelques détenus, et à la fin il vous a balancée.

— Il ne m'a pas balancée. Sinon, ils me seraient tombés dessus sans hésiter. Et ce n'est pas du tout ce qui s'est passé. Je vous jure, Davenport n'avait pas la moindre idée de qui j'étais, pas plus que les deux autres flics. On a dansé ensemble, bon sang, vous vous rendez compte ?

— Ce n'était pas la meilleure chose à faire, d'ailleurs.

— J'avais besoin de savoir s'ils étaient là pour moi. C'était insupportable. Pour vous dire la vérité…

— Quoi ?

— Et si c'était écrit quelque part qu'il doive me retrouver ? C'est ça qui me fait peur. J'ai peut-être ce type qui me tourne autour tout simplement parce que mon heure est venue.

— Bon sang, Pam, vous devriez aller prendre deux aspirines, ou vous allonger un moment. Parce que, croyez-moi, ce n'est pas du tout de ça qu'il s'agit. »

Rinker soupira et laissa retomber ses épaules. Carmel arrivait à la rassurer. Elle avait l'air tellement sûre d'elle !

« Bon, d'accord », murmura-t-elle.

« On n'a toujours pas répondu à la question : qu'est-ce qu'on fait ? poursuivit Carmel. Davenport sait quelque chose. Il a des informations. Qu'est-ce qu'ils ont bien pu lui dire, chez Tennex, qui aurait pu le conduire à Wichita ? Et pourquoi il me cherche comme ça ?

— Je ne sais pas comment il a atterri à Wichita. Je suis une maniaque de la prudence.

— Et votre ami de la mafia ? Même s'il ne vous a pas balancée consciemment, y a-t-il quelque chose qui aurait pu les mettre sur la voie de Wichita ? »

Rinker réfléchit une minute.

« Il ne m'a jamais appelée là-bas. Il se déplace toujours en personne pour me donner les messages. Mais il passe sa vie au téléphone. S'ils ont un moyen de repérer la provenance des appels qu'il passe pendant qu'il est là-bas… Je n'en sais rien. Ça paraît bancal. Il voyage tout le temps. Pourquoi est-ce qu'ils se seraient focalisés sur Wichita ?

— Ils ont des tas de moyens de faire des recoupements. C'est statistique. Je suis sûre que c'est quelque chose comme ça, surtout si vous dites que Davenport ne savait pas qui vous étiez.

— Il ne le savait pas. J'en suis certaine. »

Elles tournèrent et retournèrent le problème dans tous les sens, et Carmel finit par dire :

« Vous savez, on arrive au moment crucial, là. Si Davenport est en train de remonter la piste, ça peut le mener jusqu'à vous, ou jusqu'à moi, ou bien nulle part. C'est difficile de savoir ce qu'il faut faire. Je dirais cinquante-cinquante entre rester tranquilles ou bien passer à l'acte.

— Quel acte ?

— Une des solutions, c'est de retourner voir la gosse et sa mère. Histoire de savoir ce qu'elles ont raconté aux flics. Comme ça on saura ce qu'il en est de ce côté-là.

— Et si c'est un piège ?

— Je ne pense pas. Je ne crois pas qu'aucun flic prendrait le risque de mettre un gosse en danger, surtout quand il s'agit d'un tueur à gages. Remarquez, s'il y a bien un flic qui en est capable, c'est Davenport, mais même lui, je ne pense pas qu'il ferait ça.

— Vous voulez dire qu'après leur avoir parlé, on les tue ? La gosse et sa mère ? »

Carmel haussa les épaules :

« S'il le faut.

— Alors il faut qu'on trouve une autre solution, parce que moi, je ne tue pas cette gamine. J'y ai pensé. »

Pour la première fois depuis qu'elles se connaissaient de visu, Carmel reconnut le ton menaçant dans la voix de Rinker, celui qu'elle avait déjà perçu au téléphone quand les problèmes avaient commencé.

« D'accord. Mais si vous pensez vraiment que vous êtes le doigt de Dieu, je ne vois pas où est le problème.

— Je ne veux pas tuer cette gamine, c'est tout. Dieu ou pas Dieu.

— On peut trouver un moyen de ne pas les tuer. Sauf si on est vraiment obligées. Cette femme de Washington, Marker, vous ne l'avez pas tuée, par exemple. On peut trouver une autre méthode.

— Vous disiez que de retourner voir la gosse était la première solution. Quelles sont les autres ?

— On peut essayer de faire en sorte qu'il leur soit impossible de nous inculper même s'ils comprennent qui on est.

— Comment ça ?

— Je n'ai pas arrêté d'y penser depuis que vous avez téléphoné. C'est ce que j'appelle le plan B. »

Il fallut un bon moment à Carmel pour expliquer le plan B. À la fin, si Rinker n'était pas tout à fait convaincue, elle resta en tout cas bouche bée d'admiration.

Lucas rentra à Minneapolis le lendemain en fin d'après-midi. Il déposa la BMW au garage, récupéra sa Porsche avec un soupir de soulagement et se dirigea vers le centre-ville. Il avait prévenu Sherrill et Black de son retour, et tous deux l'attendaient au bureau de la Crim.

« Alors ? demanda Sherrill. Pas terrible ? »

Lucas secoua la tête.

« C'est pas lui. Ce type est un dealer à la petite semaine.

— Les Feds pensent toujours que c'est lui ?

— Mallard estime qu'il y a encore une chance. En revanche, sa collègue, qui s'appelle Malone, était plutôt d'avis de rentrer à Washington et de tout reprendre de zéro.

— Bon sang ! marmonna Black. Et tu as entendu parler du tireur fou ?

— Quel tireur fou ?

— Une voiture a reçu des tirs de mitraillette, hier soir pendant l'heure de pointe. Une seule voiture, un pare-brise, pas de blessés. On n'a pas retrouvé le tireur et on a pensé que c'était peut-être un accident. Mais cet après-midi, un peu après trois heures, le type a recommencé. Deux voitures touchées, une femme blessée au cou, elle est à l'hôpital. Un gars qui se trouvait là par hasard a enfoncé une boulette de papier journal dans le trou qu'avait fait la balle, c'est sans doute ce qui lui a sauvé la vie. Mais les médias sont comme des fous, surtout les radios, les stations que les gens écoutent en voiture. Tu comprends, c'est leur public qui est visé.

— Donc, tout le monde est dehors ?

— Ben, tu sais, Sloan bosse sur l'affaire Hmong et Swanson enquête toujours sur le procès Parker. Alors il y a des rumeurs comme quoi ils vont nous retirer l'affaire Allen. Ils disent pour quelques jours seulement, mais tu sais ce que ça signifie…

— Je vais aller parler à Rose Marie, répondit Lucas. Mais la vraie question, c'est : qu'est-ce qu'on peut faire ? Qu'est-ce qu'on n'a pas encore essayé ? »

Ils se regardèrent tous en silence, et Sherrill soupira :

« On attendait justement que tu nous le dises.

— Qu'est-ce que vous faites, ce soir ? demanda Lucas.

— Rien de spécial.

— Pourquoi est-ce que vous ne traîneriez pas autour de chez Carmel, pour voir ce qu'elle fabrique ?

— Si on commence à la prendre en filature, il va nous falloir plus de deux personnes, observa Black. Et on va avoir du mal à trouver des renforts, à cause de cette histoire de tireur fou et tout ça.

— D'accord, on ne fait pas une filature vingt-quatre-vingt-quatre. On jette un œil, c'est tout. Peut-être qu'on aura de la chance.

— Ah, putain ! s'exclama Sherrill. Je veux bien le faire, mais j'ai comme l'impression que c'est de l'enculage de mouches. »

Rinker emporta une perruque avec elle. Elle voulait avoir les cheveux longs, cette fois. Elle portait un jean, des baskets, des gants de cuisine en caoutchouc, deux pistolets sous une veste noire et un bas enfoncé sur la tête.

Carmel avait mis une robe moulante à paillettes rouge pétard, des chaussures assorties et un rouge à lèvres écarlate.

« Comment ça me va ? demanda-t-elle.

— Vous êtes splendide, répondit Rinker avec une note d'admiration dans la voix. Si seulement je pouvais être gaulée comme ça…

— Vous êtes très belle.

— Non, je ne suis pas belle. Je suis mignonne. Je serais parfaite dans la version ado de *Play Boy*, la Miss Gais-Nichons de Duke University.

— Est-ce que Miss Gais-Nichons se trimballe avec douze colts Woodsman ?

— Non, je ne pense pas. Moi, j'en ai deux, ils ont été volés il y a quatorze ans dans une boutique de Butte, dans le Montana, et ils n'ont pas vu la lumière du jour depuis. Tout va bien. »

Carmel approuva d'un hochement de tête.

« Tout va bien. » Elle jeta un dernier coup d'œil à son reflet dans le miroir en pied, pivota et annonça d'un ton solennel : « Quand je vais rentrer avec mon homme ce soir, on va baiser comme des malades. Comme des malades.

— Bonne chance, rétorqua Rinker. Moi aussi, j'aimerais bien avoir… une histoire avec quelqu'un. Ça fait longtemps.

— C'est dur de rencontrer des hommes à Wichita ? s'informa Carmel tout en attachant sa deuxième boucle d'oreille.

— C'est dur pour moi, en tout cas. Vous savez, une nana qui gère un bar… Je ne vous avais pas dit ça, hein ? Quel genre de types vous croyez que je vais attirer ? » Elle répondit elle-même à sa question : « Ils ont tous cinq grammes de whisky en permanence dans le sang.

— Dommage que vous ne puissiez pas draguer Davenport.

— Oui, lui, ce serait une possibilité, reconnut Rinker. Il est pas mal, dans le genre gros macho.

— Gros macho, vous l'avez dit.

— Oui, j'ai vu. J'ai senti. Mais en même temps… la façon qu'il avait de me toucher, de me faire bouger… C'est pas qu'il me pelotait, mais il est, je ne sais pas… très… tactile.

— S'il vous voit ici, on est foutues !

— Pas comme à Wichita. J'ai pensé le draguer un peu, mais je me suis dit que ce serait un peu poussé, quand même. Enfin bref, j'espère ne jamais le revoir de ma vie entière. »

Elle prit l'un des deux pistolets, enfonça un chargeur dans le magasin, actionna la sécurité et le glissa dans sa ceinture, sous sa veste. Puis elle regarda Carmel.

« Vous êtes prête ? »

18

Black annula son rendez-vous galant et grimpa à l'arrière de la Mazda de Sherrill avec une pizza aux pepperoni et un sachet de nachos au fromage.

« C'est vraiment dégueulasse, fit remarquer Sherrill. Si je mangeais le quart de ce que tu t'enfiles, ça irait directement dans mes cuisses.

— Tu n'as qu'à pas manger comme moi. Concentre-toi sur des choses plus importantes. Les fleurs, les petits enfants, je ne sais pas…

— J'ai un peu de mal à me concentrer. Surtout à l'heure où mon futur mari est sur le point de…

— … tremper son morceau de bacon dans Carmel Loan.

— T'es vraiment crade. Et de toute façon, ce qu'il a dans le pantalon, ça m'étonnerait que ça ressemble à du bacon.

— Tu dis ça par rapport aux rayures ou à l'épaisseur ? »

Elle pouffa de rire.

« Bon sang, j'adore parler cul avec toi. C'est tellement un humour de bidasse, de… »

Elle n'arrivait pas à trouver le mot juste. Derrière les portes vitrées de l'immeuble de Carmel, ils pouvaient voir Hale Allen de dos tandis qu'il inscrivait son nom dans le registre de la réception. Puis une petite rousse sortit de l'ascenseur et traversa le hall.

« Tiens, commenta Sherrill, voilà… Ah, non. »

La rousse passa devant Allen en lui adressant à peine un coup d'œil, sortit dans la rue, regarda à droite et à gauche, plongea les mains dans les poches de son manteau noir et s'éloigna à grands pas. À l'intérieur, Allen se dirigeait vers les ascenseurs.

Juste à ce moment, une voiture de police vint se ranger derrière eux et alluma son gyrophare.

« Et merde ! s'exclama Sherrill en regardant dans son rétroviseur.

— Jetez vos clés de voiture par la fenêtre ! vociféra le haut-parleur de la voiture de flics. Tout de suite. »

Au lieu de quoi Sherrill sortit sa carte d'immatriculation. Au bout d'une minute, le gyrophare s'éteignit et le conducteur de la voiture de police s'approcha avec une torche à la main. Sherrill ouvrit sa portière, posa les deux pieds par terre, regarda le flic et lui demanda :

« Qu'est-ce que vous foutez, bordel ?

— Qu'est-ce que vous foutez, vous ? rétorqua le flic.

— Je fais une planque, répondit Sherrill. Ou plutôt, je faisais une planque. Maintenant je fais un show télévisé. »

Des badauds s'étaient arrêtés pour regarder.

« Ah merde, je suis désolé. » Le flic considéra une seconde l'attroupement qui s'était formé et leva les bras en signe de résignation. « Vous auriez dû prévenir, au lieu de faire ça en douce. C'est le gardien de l'immeuble qui a téléphoné. Il dit que vous êtes là depuis des heures. »

Sherrill apercevait en effet le gardien qui les observait par les portes du hall.

« Très bien, dit-elle. Maintenant je vais devoir faire le tour du pâté de maisons et revenir me garer. Et cette fois je vous aurai prévenu. Alors ne venez pas me faire chier, ou je vous jure que je vous bute. »

Le flic se pencha vers la vitre arrière et lança :

« Salut, Tom.

— Salut. Tu veux des nachos ?

— Non. Je les digère mal. Vous allez faire le tour ?

— Ouais.

— Bon. Faites attention. »

Sherrill démarra et ils s'éloignèrent. Black riait tout seul sur la banquette arrière.

« Bon sang, j'adore ce boulot », ironisa Sherrill.

Deux minutes plus tard, ils étaient de nouveau en poste. Black était toujours à l'arrière, plongé dans son sachet de nachos.

« Et toi, tu vas comment ? demanda-t-il au bout d'un moment, la bouche pleine. Depuis ton histoire avec Davenport ?

— Il me manque, répondit-elle. Drôlement.

— C'est un con. Enfin, dans son genre.

— Il me manque quand même. Et en plus, même si je suis d'accord pour dire que c'est un con, c'est pas un con comme tu t'imagines.

— Si, si, je crois que je vois très bien.

— C'est pas parce que tu es pédé que tu peux comprendre ces choses-là. T'es quand même un mec. »

Black réfléchit un instant à cette remarque et entreprit de formuler une réponse dans sa tête tout en continuant à engloutir ses nachos un par un. Les réponses bien formulées étaient un enjeu crucial pendant les planques. On pouvait parfois rester des heures dans la bagnole, et il ne fallait ni venir trop vite à bout des sujets de conversation, ni froisser son interlocuteur trop tôt.

« Je vais t'expliquer ma théorie sur les pédés par rapport aux mâles hétéros », commença-t-il.

Il se lança dans un exposé alambiqué à l'issue duquel Sherrill rétorqua :

« Je n'aurais jamais pu imaginer ça toute seule.

— T'es pas homo.

— Non, c'est pas ça. C'est juste que je n'aurais jamais pu imaginer un tas de conneries pareil. »

Black enfourna les trois derniers nachos dans sa bouche et se radossa contre la banquette pour réfléchir à sa prochaine réplique. Mais, avant qu'il ait trouvé la bonne formulation, Sherrill lui lança :

« Tiens, les voilà. Oh, la vache, vise-moi cette robe ! »

Black jeta un œil par la vitre arrière. Allen et Carmel sortaient de l'immeuble. Allen portait une veste sombre – sans doute du cachemire –, un pantalon ocre très habillé et des mocassins. Quant à Carmel, elle était vêtue d'une robe rouge insolemment décolletée et moulante.

« Jolie robe, commenta Black.

— Jolie ? Un peu vulgaire, tu ne trouves pas ? On dirait que ses seins vont sortir d'une minute à l'autre.

— Je ne sais pas, je trouve que la couleur est toujours sympa, dans le vêtement. Et que l'on montre un peu de peau ne me choque pas en cette saison.

— Oh, s'il te plaît, ne me fais pas ton petit numéro du pédé de service. Regarde-la. On dirait un panneau publicitaire.

— C'est vrai qu'elle fait un peu racoleur, concéda Black.

— Ah, merci ! Bien trop triviale pour le charmant Hale.

— Et elle n'a pas tes seins !

— Tu trouves ?

— Marcy, tu dois avoir la troisième plus belle paire de seins de Minneapolis. Davenport dit la sixième et, bien sûr, il est mieux placé que moi pour en parler, mais Sloan dit carrément la deuxième plus belle… Je ne sais pas s'il a les qualifications nécessaires pour avoir un avis sur la question…

— Non, absolument pas, et tais-toi, on s'en va.

— Attends, je ramasse mon Coca par terre… Et merde ! »

Rinker n'assista pas à la scène avec l'intervention de la police ; elle avait déjà tourné le coin de la rue et se dirigeait vers son hôtel pour prendre sa voiture. Elle se sentait un peu tendue. Il se pouvait qu'elle ait à tuer deux personnes ce soir-là, la mère et la fille. Elle allait peut-être être obligée d'en arriver là. Et ça ne lui plaisait pas. Elles n'avaient rien fait de mal ; elles n'avaient commis aucune erreur, ne s'étaient pas mêlées d'une histoire qui ne les regardait pas. Ça lui rappelait ce phénomène dont on parlait beaucoup dans le milieu quelques années auparavant : des « champignons » qui surgissaient au mauvais moment, en pleine fusillade. Cette mère et cette fille étaient comme deux champignons, et Rinker voyait son travail comme celui d'un chirurgien plutôt que d'un conducteur de rouleau compresseur.

Il fallait que ça se passe bien.

Carmel et Hale Allen entrèrent dans un club qui s'appelait le Swan, où se produisait une chanteuse blonde à la voix mielleuse accompagnée d'un orchestre de douze musiciens. Ils dansèrent. Des danses à l'ancienne, joue contre joue, la main dans le milieu du dos. Carmel arrivait à toucher le lobe de l'oreille de Hale du bout de sa langue, ce qu'elle ne cessait de faire et qui avait sur lui un profond effet. Au bout du troisième morceau, il marmonna :

« Viens, on s'en va.

— Non, répondit-elle de sa voix la plus suave. Sois un peu patient. »

Sherrill et Black les observaient depuis une table au balcon. Carmel et Allen ondulaient sur la piste de danse en s'arrêtant de temps en temps pour parler avec des amis ; amis dont Sherrill trouvait qu'ils avaient tous un insupportable côté affecté. Elle en fit part à Black.

« Je crois que c'est ce qu'on leur apprend dans les écoles de droit, répondit-il.

— C'est pas vrai, je connais des avocats très sympas.

— Ah, parce que maintenant on parle sérieusement ?

— Non, c'était juste une remarque comme ça. Il y a toute une catégorie de gens qui ont toujours l'air de poser. Tu vois ? Regarde ce type avec le manteau blanc, et la femme avec qui il est. Des poseurs.

— Ils passent trop de temps à se regarder le nombril pour être de vrais professionnels. Les professionnels, les acteurs par exemple, arrivent à avoir l'air parfaits et naturels en même temps. Ces gens-là essayent d'avoir l'air parfaits, mais en fait on voit qu'ils jouent un rôle.

— Encore deux minutes de ce baratin et je vais vomir. »

Rinker fit un tour dans le quartier des Davis et ne remarqua rien d'anormal. Bien entendu, s'il s'agissait d'un piège, les flics pouvaient très bien être postés dans un appartement en face, ou bien en haut des escaliers, et elle ne se rendrait compte de rien jusqu'à ce qu'ils sortent de leur planque.

Mais elle n'avait pas cette impression ; il n'y avait pas dans l'air ce sentiment de danger imminent, comme dans les films quand quelqu'un se cache quelque part. Et elle était sûre que c'était aussi comme ça dans la réalité, qu'il existait une sensation d'immobilité étrange au moment où l'on est caché chez des gens, qu'ils rentrent comme si de rien n'était et qu'ils *sentent*. Elle ne sentait rien de tel.

Rinker était passée dans une boutique prendre deux cartons FedEx qu'elle avait scotchés ensemble. Elle gara sa voiture à deux cents mètres de chez les Davis

– elle avait vu de la lumière derrière les volets, donc elles étaient chez elles – et se dirigea vers l'immeuble avec son colis sous le bras. Un type promenait son chien sur le trottoir d'en face sans lui prêter la moindre attention.

Rinker arriva devant la maison, monta les marches du perron, entra dans le hall et s'arrêta net. Elle distinguait le son d'une radio à l'étage, mais rien au rez-de-chaussée, dans l'appartement des Davis. Elle se rapprocha de la porte et tendit l'oreille : une voix, une voix de femme. Elle jeta un coup d'œil autour d'elle, sortit le pistolet de sa ceinture et le coinça sous son bras gauche, puis frappa un coup sec.

La voix s'interrompit et elle entendit des pas. La porte s'entrouvrit mais resta bloquée par une chaîne. La femme demanda par l'entrebâillement :

« Oui ?

— On a reçu un FedEx pour vous. Enfin, c'est les garçons qui l'ont pris, mais ils ont oublié de vous le descendre, alors voilà, expliqua Rinker d'une voix guillerette.

— Ah, merci, répondit la femme sans hésitation. Une seconde. »

Elle referma la porte pour défaire la chaîne. Rinker posa le carton par terre et enfila le bas Nylon sur son visage en le déroulant comme un préservatif.

Quand la femme rouvrit la porte, elle se retrouva avec le pistolet pointé contre son front.

« Reculez, ou je tire », murmura Rinker.

Frappée de stupeur, Jan Davis porta une main à son visage, les yeux écarquillés, et recula comme on le lui demandait.

« Je vous en supplie, ne nous faites pas de mal. »

D'un coup de pied, Rinker propulsa le carton dans la pièce avant de refermer la porte.

« Si un flic débarque, je vide mon chargeur et on est tous morts. Est-ce que les flics surveillent l'appartement ? »

Davis secoua la tête sans rien pouvoir dire, et une voix de petite fille appela depuis la chambre :

« Maman ? C'est qui ?

— Viens là, répondit Rinker en orientant le canon de son arme vers la chambre à coucher.

— Vous êtes la…

— Oui. Je n'ai jamais tué un gamin de ma vie et j'espère ne pas avoir besoin d'en arriver là. Mais il faut qu'elle vienne avec nous. Je vais vous poser quelques questions à toutes les deux, ensuite je vais vous dire quelque chose – si vous avez bien répondu aux questions – et puis je m'en irai.

— Vous allez nous tuer…

— Maman ?

— Si j'avais l'intention de vous tuer, je ne porterais pas de masque. Allez, viens ici maintenant. »

Jan resta paralysée quelques secondes et finit par dire :

« Heather, chérie ? Viens là, ma puce. »

Une minute plus tard, la fillette apparut sur le seuil de la porte. Elle était en culotte et en T-shirt et traînait un singe en peluche derrière elle.

« Maman ?

— Viens là, chérie. » Jan Davis recula en direction de sa fille et lui attrapa la main sans quitter Rinker du regard. La gamine dévisageait Rinker et lui demanda sans détour :

« C'est vrai que vous avez tué Marta ? »

Elle avait les yeux aussi écarquillés que sa mère.

« Chut », lui répondit celle-ci.

Rinker enchaîna :

« Voilà ma première question : qu'avez-vous dit à la police au sujet des gens que vous aviez vus dans le hall ? »

Jan jeta un coup d'œil à sa fille avant de s'adresser à Rinker :

« Ils avaient des photos. On ne leur a rien dit, parce que Heather n'avait rien vu. Elle n'est même pas arrivée à faire un dessin.

— Est-ce que la police a parlé aux voisins du dessus ?

— Ils ont été voir tous les habitants de l'immeuble, mais personne n'avait rien vu. Tout le monde en a parlé, mais personne ne vous avait vue, ni l'autre personne. Personne n'avait vu…

— Personne ?

— Non. »

Jan Davis secoua la tête, et Rinker sut aussitôt qu'elle était sincère. Elle se tourna vers la fillette :

« Et toi, petite, qu'est-ce que tu as fait ? »

La gamine lui raconta comment elle était allée au poste de police, comment elle avait essayé de faire un dessin, mais qu'elle n'y arrivait pas parce qu'elle ne se souvenait plus. On lui avait montré des photos qu'elle n'avait pas reconnues. Tout en parlant, elle se tenait droite comme un I, les pieds joints, tel un soldat au garde-à-vous. Et Rinker comprit brusquement que l'enfant savait très bien ce qui se passait. Qu'elle parlait pour sauver sa vie. Rinker se ressaisit soudain et dit à Jan Davis :

« Renvoyez-la dans sa chambre.

— Vas-y, ma puce.

— Toi aussi, tu viens, maman, répondit la fillette en tirant sur la main de sa mère.

— Il faut d'abord que je discute avec la dame », lui expliqua Jan Davis, la peur sur le visage.

Heather devina son émotion aussi bien que Rinker.

« Ne t'inquiète pas, petite, je ne vais faire de mal à personne. Il faut juste qu'on discute entre grandes personnes.

— J'ai déjà entendu des discussions de grandes personnes », rétorqua l'enfant.

Rinker la contempla un moment. D'accord, elle avait déjà entendu des discussions d'adultes. Elle reprit donc, en s'adressant à la mère :

« Vous ne dites à personne que je suis revenue. Parce que vous pourriez sans doute leur donner un peu plus d'informations à mon sujet : ma taille, ma voix. Je ne pourrais pas tolérer ça. Si vous faites ça, si vous dites à quiconque que vous m'avez vue, je reviens et je vous tue. Et s'ils me tuent avant, un de mes associés viendra vous tuer à ma place, parce qu'ils voudront faire un exemple. Et je peux vous dire qu'ils n'auront aucune pitié : les gens comme vous, ils s'en battent les couilles. Compris ? »

La vulgarité de sa dernière phrase plana encore quelques secondes dans le silence et conféra une certaine autorité au discours de Rinker ; l'autorité de l'assassin. La mère hocha timidement la tête.

« On ne dira rien. Je vous promets, on ne dira jamais rien.

— Allez vous asseoir sur le canapé, reprit Rinker, et ne vous levez pas avant cinq minutes, même si vous en crevez d'envie. Je vais sortir de l'immeuble, et je ne veux pas que vous voyiez ma voiture. »

Jan Davis hocha de nouveau la tête, tira sa fille vers le canapé et elles s'assirent toutes les deux.

Rinker recula jusqu'à la porte, s'arrêta, leva son pistolet en l'air et tira un coup. Un cadre se décrocha du mur ; une photo de Jan quand elle était jeune, avec deux autres femmes. La balle avait dessiné un petit trou net dans la vitre, pile dans l'œil de Jan Davis sur la photo.

« Silence total », murmura Rinker.

Et elle disparut.

Elle sortit de l'appartement, descendit les marches du perron, remonta la rue jusqu'à sa voiture. Et souffla un grand coup.

« Allez, on rentre, suggéra Black. Ils vont passer la nuit ici.

— Le meilleur moment pour décrocher quelque chose, c'est cinq heures du matin, répondit Sherrill en réprimant un bâillement.

— Ouais, mais si c'est ça qu'on veut, il faut les foutre sous surveillance vingt-quatre heures sur vingt-quatre. On ne peut pas assurer vingt-quatre heures d'affilée à deux. Je m'ennuie à mourir, j'ai la tête comme une citrouille et mon caleçon me rentre dans le cul parce que j'ai passé la soirée assis.

— Va faire un tour.

— Je vais me faire agresser.

— Pas dans ce quartier.

— Par les vigiles, pardi ! T'as vu ces mecs ? Tu trouves ça normal qu'on leur donne des flingues ?

— Bon, d'accord, soupira Sherrill en mettant le contact. Il y a sûrement une autre solution. Je n'arrive pas à croire qu'on a passé huit heures dans cette bagnole sans trouver une seule idée décente.

— Il n'y a plus rien à faire. Si c'est Carmel qui a fait le coup – et je ne dis pas que c'est mon opinion –, elle va s'en tirer. »

Jan Davis ne réussit pas à fermer l'œil de la nuit entière. Elle avait une furieuse envie d'aller se réfugier chez ses parents dans le Missouri, mais elle savait qu'elle n'était plus la bienvenue depuis son divorce. Ses parents avaient toujours aimé Howard plus que leur propre fille, pensait-elle avec un terrible sentiment de solitude et d'abandon. En plus, elle avait vu au cinéma la série des *Parrain*, et elle connaissait les méthodes de ces gens… la mafia. S'enfuir ne servirait à rien : ils vous retrouvaient toujours. Elle décida donc de continuer sa vie normalement.

Heather était allée au centre aéré tout l'été, prenant ainsi une bonne avance sur son entrée en CP. En dépit de tout, Jan Davis avait espéré qu'un miracle aurait lieu et qu'en se réveillant le lendemain matin sa fille aurait oublié ce qui s'était passé la veille. Mais ce n'était pas le cas : la fillette avait l'air d'avoir aussi mal dormi que sa mère.

« Je vais à l'école ? demanda-t-elle, anxieuse.

— Oui, lui répondit Jan. On va oublier ce qui s'est passé hier soir. C'est comme un mauvais rêve. »

Elle s'efforçait d'adopter un ton enjoué, mais ça ne marchait pas.

« Elle va revenir nous faire du mal ?

— Non, non, non. Il ne va rien se passer du tout. On n'a qu'à faire comme s'il n'était rien arrivé, comme si personne n'était venu.

— Mais y a la dame qui est venue. »

Jan avait envie de la secouer, de hurler, de lui faire comprendre la gravité du danger qui les menaçait, mais elle ne savait pas comment s'y prendre.

« Écoute, Heather, cette dame était très, très méchante. Vraiment très méchante. Il faut qu'on fasse comme si elle n'était jamais venue ; comme si c'était juste un mauvais rêve. Tu te souviens, quand tu avais rêvé que Mme Gartin te poursuivait ? Il faut oublier, comme on a oublié Mme Gartin.

— Je n'ai pas oublié ce rêve, rétorqua Heather avec solennité. Je t'ai dit que je l'avais oublié, mais en fait c'était pas vrai.

— En tout cas, tu ne fais plus ce rêve.

— Non… »

Elle attaqua son bol de corn-flakes.

Et avant que Heather ne ramène la conversation sur la « dame », Jan enchaîna :

« Je dois voir ton père cet après-midi. »

La petite fille releva la tête.

« Il va venir à la maison ?

— Pas aujourd'hui, je ne crois pas. On doit discuter. Mais je lui dirai que ça te ferait plaisir s'il venait te voir.

— D'accord. Et tu crois qu'il va venir ? »

Et la discussion prit cette tournure-là. Sur le chemin de l'école, Jan Davis regardait sans cesse autour d'elle pour vérifier si aucune voiture ne les suivait, si aucune femme rousse ne se promenait dans les parages, mais elle n'aperçut personne qui lui ressemblait. Heather ne fit plus aucune allusion à la méchante dame jusqu'à ce qu'elles arrivent à l'école.

L'établissement de Mme Gartin accueillait les enfants de trois à six ans et leur enseignait l'alphabet, les nombres, les couleurs, la musique, et la prononciation pour les plus grands. Mme Gartin et ses deux collègues faisaient le maximum pour empêcher les garçons de se battre entre eux et de martyriser les filles, qu'elles encourageaient à avoir un comportement de groupe.

Au fond du préau – Mme Gartin ne le remarquait même plus, c'était juste un élément du décor –, se tenait la silhouette en carton, grandeur nature, du Gentil Policier, gracieusement offerte par Logan's Rendering Co. Le téléphone du Gentil Policier figurait au bas de l'affiche. Il était venu rendre visite à l'école et avait expliqué aux élèves qu'il fallait faire attention aux gens méchants et que les policiers étaient là pour aider les enfants. Il leur avait laissé sa silhouette en cadeau.

Heather voyait sa photo tous les jours. Ce jour-là, elle prit son courage à deux mains et alla dans le bureau de Mme Roman, alors que le reste de la classe suivait la maîtresse pour sortir en récréation. Elle avait téléphoné à sa mère plusieurs fois, et elle savait qu'il fallait faire le 9 pour obtenir la ligne. Elle appela donc le Gentil Policier.

Le Gentil Policier – Dick Ennis de son vrai nom – avait un peu tendance à forcer sur la bouteille – mais il ne se définissait pas comme un alcoolique parce que « les alcooliques, disait-il, c'est ceux qui vont aux réunions » – et, par conséquent, il arrivait en retard au travail un jour sur deux ; ce dont, à vrai dire, personne ne lui tenait rigueur. Mais la plupart du temps, quand il était à jeun, il faisait un assez bon Gentil Policier. Tout d'abord, il aimait les enfants, il en avait lui-même plusieurs, de deux femmes différentes. Ensuite, c'était plutôt un bon flic. Bref, ce jour-là, il venait d'arriver au bureau et il se dirigeait vers la machine à café lorsque le téléphone sonna. Il s'assit dans son fauteuil et décrocha.

« C'est le Gentil Policier ? demanda Heather.

— Oui, qu'est-ce que je peux faire pour toi ? »

Il se dit que la gamine au bout du fil devait avoir cinq ans à tout casser.

« Il y a une dame très méchante qui est venue chez moi et qui nous a fait peur, à maman et à moi.

— Ah bon ? Et tu es qui, toi ? Comment tu t'appelles ?

— Je m'appelle Heather Davis. Mon numéro de téléphone est le… »

Futée, songea Ennis tout en notant le numéro qu'elle lui dictait.

« D'accord, Heather, et comment cette méchante dame vous a fait peur ?

— Elle avait un pistolet et un masque sur la figure et elle a dit que si on en parlait à quelqu'un elle allait revenir pour nous tuer. Et elle a tiré dans la photo de maman. Et maintenant, maman elle a peur d'en parler. »

Ennis se redressa, les sourcils froncés.

« Quand est-ce que ça s'est passé ?

— Hier soir, quand il faisait nuit.

— Et personne n'a appelé la police ?

— Non. Il y a des policiers qui sont venus nous voir, mais ils sont partis. Et ensuite cette dame est venue pour nous dire de ne plus jamais parler à des policiers. Jamais, jamais.

— Il y a des policiers qui sont venus vous voir ? Tu te rappelles qui c'était ?

— Il y avait un monsieur et une dame.

— Et tu te souviens de leurs noms ? Ou de l'un des deux ?

— Oui.

— Tu peux me le dire, s'il te plaît ? »

Il avait appris la patience auprès de ses propres enfants.

« Il y en avait un qui s'appelait M. Davenport, et l'autre Mlle Sherrill.

— Oh, mon Dieu », murmura le Gentil Policier.

19

Sherrill dormait encore lorsque Lucas téléphona.

« On a peut-être une piste », déclara-t-il.

Elle décela une certaine gravité dans sa voix, et elle distingua des bruits de rue derrière lui : il appelait depuis un portable. Elle s'assit dans son lit en se frottant les yeux.

« Qu'est-ce qui se passe ?

— La gamine a appelé. Heather Davis... Elle a téléphoné au Gentil Policier. Tu sais, ce type, là... je ne sais plus comment il s'appelle...

— Ennis.

— Ouais. Elle a dit que la tueuse était venue chez elles hier soir et qu'elle avait interdit à sa mère de nous parler. Elle leur a dit que, si elles nous parlaient, elle reviendrait les tuer toutes les deux. »

Sherrill bondit de son lit et se dirigea vers les toilettes en traînant derrière elle cinq mètres de câble téléphonique.

« C'était à quelle heure ?

— Neuf heures, ou juste après. À la tombée de la nuit.

— Alors ce n'était pas Carmel, affirma Sherrill. On l'a vue sortir de chez elle vers huit heures et demie, ensuite on l'a suivie jusqu'au Swan et on l'a regardée danser toute la nuit.

— C'est vrai ? Vous l'avez suivie ?

— Ouais. Tom et moi. Tu as l'air étonné ? »

Elle souleva le couvercle des toilettes et s'assit sur la cuvette.

« Je n'étais pas sûr que vous alliez vraiment le faire, vu la discussion d'hier soir. Ça paraissait un peu aléatoire de… »

Sherrill n'écouta pas le reste de la phrase, subitement absorbée par une image qui lui revenait en mémoire.

« Marcy ? demanda Lucas. T'es toujours là ?

— Lucas… Bon sang ! Je crois qu'on a peut-être vu la tueuse. Hier soir. Quand elle est sortie de chez Carmel.

— Quoi ? »

Il n'en croyait pas ses oreilles.

« Je te jure. »

Elle lui parla de la petite rousse qui était sortie au moment où Hale Allen arrivait. Dans son souvenir, elle revoyait la femme passer devant Hale avec un coup d'œil méprisant, puis sortir dans la rue et regarder à droite et à gauche avant de s'éloigner.

« Tu crois que tu pourrais la reconnaître ? »

Elle réfléchit un instant.

« Je ne pense pas. Je ne faisais pas vraiment attention à elle. D'ailleurs, on n'est pas du tout sûrs que ce soit elle… Mais quand même, c'était une femme petite, plutôt robuste, un peu comme une gymnaste ;

exactement ce qu'a décrit Baily. Et elle avait de longs cheveux roux.

— C'est elle. Je te parie cent dollars que c'est elle. Il faut déployer une surveillance tout autour de l'immeuble. Et il faut absolument mettre le téléphone de Carmel sur écoute. Trouver quelqu'un qui nous signera un mandat.

— Tu es où, là ? Chez Davis ?

— Non, je suis dans la voiture, je vais à l'école de la petite. Elle est toujours là-bas. J'y serai dans cinq minutes.

— Je m'habille et je te rejoins. »

L'indic, le contact de Carmel, lui téléphona à la minute même où Lucas et Sherrill raccrochaient.

« Vous êtes blanchie, annonça-t-il sans même prendre la peine de se présenter.

— Qu'est-ce qui s'est passé ?

— Je ne sais pas exactement mais, d'après la rumeur, la gamine a appelé les flics pour leur dire que la tueuse était revenue chez elles hier soir et que sa mère avait peur d'en parler. Et, toujours d'après la rumeur, vous étiez suivie par les flics et ils savent que ça ne peut pas être vous parce que vous étiez en train de danser dans un club. Je vais vous dire un truc : Davenport est sorti d'ici en courant comme un dératé. Comme un dératé.

— Bon sang. J'étais suivie ? »

Elle avait reçu un choc. Elle ne s'en était pas aperçue. Pourtant, elle avait toujours pensé qu'elle s'en rendrait compte. C'était peut-être à cause de la présence de Hale…

« Ils vous surveillaient vraiment de près, je crois. Mais finalement c'est une bonne chose, parce que maintenant vous êtes blanchie.

— Pourquoi vous ne m'avez pas appelée avant ? Quand vous avez su qu'ils me collaient une filature ? »

Après un bref silence, le flic répondit :

« Vous savez bien que je ne peux pas faire ça. »

Carmel lui promit un nouveau versement, raccrocha et appela immédiatement Rinker.

« Et c'est la gamine qui a prévenu les flics, conclut-elle en achevant de lui répéter ce que son contact venait de lui apprendre.

— La vache ! Je n'aurais jamais imaginé ça. C'est une môme.

— Mais ça a marché, rétorqua Carmel, tout excitée. Nous, on sait maintenant qu'elles n'ont rien raconté à la police, et même si les flics réussissent à faire parler la mère cette fois-ci, qu'est-ce qu'elle peut leur dire ? En revanche, ils savent que ça ne peut pas être moi. Ils viennent de foutre en l'air toute l'enquête d'un seul coup. Il ne vous reste plus qu'à disparaître, et on est tranquilles.

— Il était temps ! soupira Rinker.

— Cela dit, reprit Carmel d'un ton pensif, on ne sait toujours pas pourquoi ils me tournaient autour depuis le début.

— Laissez tomber. Moi, en tout cas, je me tire. Si je pars maintenant, je peux arriver à Kansas City avant l'heure de pointe.

— Non, ne partez pas encore. Restez ici un ou deux jours de plus. S'ils me surveillent, vous ne pouvez pas venir chez moi, mais… C'est mieux si vous restez un peu.

— Vous croyez ?

— Oui. Au moins jusqu'à demain, pour voir ce qui se passe. Pour voir si on n'a pas besoin de faire quelque chose. Si cette gosse et sa mère ferment leur gueule, ou si elles leur donnent des infos.

— D'accord », accepta Rinker à contrecœur. Elle avait hâte de quitter Minneapolis. « Une nuit de plus, c'est tout. »

Lucas arriva à l'école quelques minutes après dix heures. Il trouva une place un peu plus loin dans la rue, se gara et fit quelques pas sous les érables. Une légère brise d'été s'était levée, et un massif de mimosas lui faisait de l'œil depuis le jardin de l'établissement. Derrière le jardin, et derrière une clôture en bois, il apercevait la cour de récréation, avec un bac à sable et un petit toboggan.

Mme Gartin était une femme assez enrobée, vêtue d'une robe à fleurs, avec un petit menton et des rides au coin des lèvres. Elle parut étonnée de le voir.

« Quoi ? Heather vous a téléphoné ?

— Oui. Il est très important que je puisse lui parler tout de suite.

— Il faudrait que je prévienne sa mère…

— Sa mère est peut-être en danger, et c'est pour ça que je voudrais lui parler tout de suite. » Tout en conservant un sourire poli, Lucas lui faisait son numéro de flic pour l'impressionner. « Pourriez-vous me conduire jusqu'à elle ?

— Eh bien, c'est-à-dire que… » Elle remua des papiers sur son bureau, se racla la gorge et finit par dire : « Elle est en bas, dans la classe de Mme Roman. »

Assise devant Lucas dans le bureau de Mme Roman, Heather lui raconta toute l'histoire. Lucas lui fit tout répéter deux fois et, quand ils eurent fini, il ne faisait plus aucun doute pour lui qu'elle lui disait la vérité. Sherrill arriva juste avant la fin du deuxième récit, et Jan Davis deux minutes plus tard. Elle était affolée.

« Qu'est-ce que vous faites ? hurla-t-elle. Qu'est-ce que vous faites à ma fille ? Vous n'avez aucun droit de parler à ma fille !

— Nous en avons parfaitement le droit », répondit Lucas le plus doucement du monde.

Mais Jan Davis ne décoléra pas, attrapa sa fille par le bras, et elle serait sortie de la pièce si Sherrill n'avait bloqué la porte.

« Vous ne pouvez pas partir », expliqua-t-elle.

Heather se mit à sangloter et bredouilla :

« Je leur ai seulement dit que…

— Je vais appeler un avocat ! menaça Jan Davis.

— Vous pouvez appeler qui vous voulez, rétorqua Lucas, mais ça nous faciliterait la vie à tous, y compris à vous, si on pouvait parler calmement deux minutes.

— Elle va nous tuer, elle a dit qu'elle allait nous tuer…

— Elle ne fera de mal à personne, promit Lucas.

— Vous n'étiez pas là ! aboya Jan Davis. Elle a dit qu'elle reviendrait nous tuer, et elle était sérieuse. Vous ne m'impressionnez pas du tout avec votre petit numéro, alors qu'elle…

— On vous mettra à l'abri.

— Elle fait partie de la mafia ! s'égosilla Jan. Ils vous retrouvent toujours.

— Écoutez, reprit Sherrill, calmez-vous. De toute façon, c'est trop tard maintenant. Il faut qu'on vous pose quelques questions, et ensuite on va tout organiser pour que vous soyez en sécurité.

— C'est impossible. »

La colère l'emportait toujours sur la peur, mais on sentait la peur affleurer.

« Non, ce n'est pas du tout impossible. Nous avons des experts pour ce genre de choses, expliqua Sherrill. Vous savez pourquoi on n'entend jamais parler de flics qui se font descendre par la mafia ? Parce qu'ils ont peur de nous tuer, c'est aussi simple que ça. »

Lorsque Jan Davis se fut enfin calmée – après une scène assez pénible pour Mme Gartin, qui débarqua au mauvais moment avec une boîte de biscuits –, ils réussirent à lui faire raconter la visite de Rinker. Heather resta tout le temps sur les genoux de sa mère, qui ne put retenir le début d'un sourire lorsqu'on lui expliqua comment sa fille avait appelé le Gentil Policier.

Il en sortit au moins une information importante :

« Je voyais le bout de ses cheveux, et j'aurais pu jurer que c'était une perruque. Ça faisait faux. Et puis j'ai aussi vu ses mains, et son visage la première fois que j'ai ouvert la porte, et elle n'avait pas du tout une peau de rousse.

— Mais vous ne pourriez pas décrire son visage ?

— Non. Vous savez, elle avait le colis dans les mains, c'est ça que je regardais.

— Vous avez encore le colis ?

— Non, je… je l'ai jeté. Il doit être dans la poubelle de l'immeuble. C'est un paquet FedEx.

— Elle portait des gants ?

— Ah oui, ça je m'en souviens. Des gants en caoutchouc jetables, comme chez le dentiste. Oui, oui. »

Les gants l'avaient impressionnée ; la marque d'un tueur professionnel.

À la fin de l'entretien, Lucas déclara :

« Je ne pense pas qu'on puisse vous demander de témoigner. Vos informations nous aident beaucoup, mais ce n'est pas un élément qu'on peut utiliser pour un procès.

— De toute façon, je ne témoignerai pas, rétorqua Jan Davis. Pas question.

— Parlons un peu de ce que vous comptez faire maintenant », enchaîna Sherrill.

Ce qu'elle comptait faire, c'était comme si de rien n'était, comme s'il ne s'était rien passé.

« Est-ce qu'elle peut être au courant ? demanda-t-elle. Savoir qu'on vous a parlé ?

— Ben…, répondit Lucas d'un ton hésitant. Il y a parfois des fuites dans la police. Vous ne pourriez pas partir quelque part pour quelques semaines, ou un mois ?

— J'ai un petit boulot à la fac. Il faut bien manger.

— Nous pouvons remédier à ça, proposa Lucas. Je peux sûrement négocier des congés payés avec votre employeur, et sinon on pourra toujours trouver de l'argent quelque part pour compenser ce que vous perdrez. Vous avez de la famille quelque part ?

— Je ne veux pas aller là-bas. Vous savez quoi ? Si c'est possible… J'ai un ordinateur portable, et je pourrais travailler sur ma thèse si on pouvait partir dans un endroit tranquille, juste Heather et moi. Quand j'étais encore avec Howard, on partait quelquefois sur le lac, dans des petites maisons qu'on louait, c'était très sympa…

— D'accord, on va faire ça », promit Lucas. Puis il se tourna vers Sherrill : « Appelle Bretano à la brigade des mœurs, demande-lui de nous arranger ça. » À Davis : « On va vous mettre en relation avec Alice Bretano. Elle travaille avec des femmes et des enfants battus, elle sait comment les cacher, trouver de l'argent, etc. Elle va s'occuper de tout.

— Vous êtes sûr qu'ils ne nous retrouveront pas ? insista Jan Davis d'un air sceptique.

— Ils ne se fatigueront même pas à essayer, assura Lucas. Je vous le garantis. »

Comme elle ne semblait toujours pas convaincue, il poursuivit :

« Laissez-moi vous expliquer un peu comment fonctionne la mafia. C'est une bande de types qui s'en prennent aux gens pour leur argent, ils font du trafic de drogue, de prostitution, ils pratiquent le prêt usuraire, tout ça. Mais c'est rien d'autre qu'une bande de types. Ils n'ont pas de services secrets, ils ne se serrent pas les coudes entre eux, comme ils le disent… C'est juste… » Son regard se posa sur Heather, qui le dévisageait avec de grands yeux. « … une bande de cons. Néanmoins, je ne veux pas vous mentir : cette femme, celle que vous avez vue hier soir, il y a effectivement de bonnes raisons d'en avoir peur. Mais on va la coincer. Et on ne lui laissera aucune chance de vous faire du mal. Si elle ne vous a pas fait de mal hier soir, je vous promets qu'elle ne vous en fera jamais. »

Sherrill contacta Bretano aux Mœurs, lui exposa le problème, et Bretano répondit qu'elle pouvait s'en occuper ; elle serait à l'école dans dix minutes.

Pendant qu'ils l'attendaient dehors, appuyés contre le capot de la Porsche, Sherrill demanda à Lucas :

« Et maintenant ?

— On a appris deux choses avec certitude : on sait qu'elle est rousse, ou en tout cas qu'elle porte une perruque rousse, et que c'est une petite femme sportive, ce qui signifie que c'est sans doute elle que tu as vue hier soir. Maintenant on passe la vitesse supérieure. On surveille l'immeuble de Carmel vingt-quatre heures sur vingt-quatre et, si on la voit dedans, on la coince. Je parle de la tueuse.

— Sous quel prétexte ?

— N'importe quoi. Une connerie quelconque. Insulte à représentant de l'ordre, voie de fait, n'importe quoi. Mais je veux qu'on l'arrête et qu'on ait son identité. Je veux savoir où elle habite, je veux des photos d'elle qu'on puisse placarder dans le pays entier si elle s'échappe. Ça veut dire qu'à partir de maintenant tu vas camper en bas de chez Carmel. On peut essayer de voir si on te trouve une planque, un appartement ou des bureaux vides, d'où tu pourrais observer.

— Je suis écartée de l'enquête ?

— Un petit peu… mais si on chope cette nana rapidement, ce sera toi qui feras le coup.

— Et toi, qu'est-ce que tu vas faire ?

— D'abord, je vais réunir une équipe et on va aller frapper à toutes les portes dans un périmètre de deux cents mètres autour de chez Davis. Il y a toujours des gens dehors, le soir, par là-bas. On dénichera bien quelqu'un qui aura aperçu cette femme. »

Lucas envoya une demi-douzaine de flics en uniforme patrouiller dans le quartier. Il détestait faire ça lui-même, et en plus il n'était pas très doué. Ceux qui savaient s'y prendre étaient de jeunes types au visage bonhomme, le genre qui donne une grande tape dans le dos à des inconnus, ou bien des femmes avec qui on avait d'emblée envie de faire un brin de causette. Des gens qui attiraient la sympathie.

Lucas et Bretano avaient ramené Davis et Heather chez elles, et ils les attendirent pendant qu'elles faisaient leurs valises. En partant, Jan Davis remit les clés de l'appartement à Lucas.

« Vous pouvez utiliser les toilettes et le téléphone si vous en avez besoin. Je reprendrai les clés à mon retour. »

La présence de la police lui avait quelque peu redonné confiance, mais elle avait quand même hâte de quitter la ville.

Lucas se servit de l'appartement comme QG temporaire, tandis que son équipe sillonnait le quartier, passant et repassant dans les maisons, attendant que les gens soient rentrés du travail, faisant la part entre le vrai et le faux. Un peu après trois heures, un flic du nom de Lane rentra dans l'appartement, un Pepsi à la main, et s'affala sur une chaise de la cuisine. Assis à la table, Lucas raccrochait juste le téléphone.

« Quoi ? » demanda-t-il.

Lane se laissa aller contre le dossier de son siège et aspira une gorgée de Pepsi.

« Ça fait plus d'un an maintenant que je me démène pour passer en civil, et y a pas moyen.

— Je croyais vous avoir déjà vu en civil…

— Ouais, c'était quand les gars des Stups cherchaient des nouvelles têtes. Au bout de quelques semaines, ma tête n'était plus nouvelle et je me suis retrouvé dans une patrouille. Il faut que vous m'aidiez, putain, j'en ai ras le bol de faire du terrain.

— Je ne vous connais pas très bien, vous savez. Je ne sais pas trop ce que vous pourriez nous apporter…

— C'est moi qui ai retrouvé le 380 dans l'affaire McDonald l'automne dernier, vous vous souvenez ? Bon, d'accord, c'était aussi une histoire de chance, mais j'ai du pot, qu'est-ce que vous voulez que je vous dise ? J'ai eu de la chance, et on a décroché le pompon.

— Ouais, je me souviens, acquiesça Lucas. Et la chance est un atout crucial dans ce métier.

— Je sais. Mais on n'arrête pas de me dire que je suis très efficace sur le terrain, tout ça. Qu'ils ne veulent pas me voir partir, quitter la patrouille. Sauf que moi, je ne veux plus faire de terrain, et ils vont me perdre de toute façon s'ils ne me proposent rien d'autre, parce que j'irai bosser ailleurs.

— C'est le seul endroit de l'État où il y a du boulot. Mais bon, ajouta-t-il pour s'en débarrasser, je peux demander, si vous voulez. »

Lane eut un grand sourire.

« En fait je ne suis pas venu ici pour faire mon petit discours, mais je me suis dit : autant essayer, surtout avec ce que je vais vous annoncer maintenant. »

Lucas plissa le front.

« Ah bon ?

— Ouais. J'étais un peu plus loin, au 1414, où habite une certaine Mme Rann, Gloria Rann. Elle est rentrée chez elle aux alentours de neuf heures et quart, hier soir. Elle le sait parce qu'elle a pris le bus au croisement de University et Cretin Street en sortant du boulot à neuf heures, que ça lui prend dix minutes de trajet et qu'elle s'est dépêchée pour ne pas rater le début de son émission à la demie. Elle a juste eu le temps de sortir les poubelles avant que l'émission commence. Et là, elle a vu une petite femme monter dans une voiture verte garée juste devant chez elle. Elle n'a pas distingué son visage mais elle a pensé que ça devait être une étudiante parce qu'elle avait l'air sportive et qu'il y a plein d'étudiants dans le quartier. Et… elle avait les cheveux longs. »

Lucas se pencha en avant.

« Oui, ça pourrait coller.

— En tout cas, ça correspond à la description que vous nous avez donnée. Bref, j'ai demandé à Mme Rann si elle avait déjà vu cette voiture dans les parages, et elle me répond : « Non, elle n'était pas du coin. » Alors je lui demande comment elle le sait, et elle m'explique que, quand elle est allée de l'arrêt de bus jusqu'à chez elle, il faisait encore un peu jour, et elle a bien regardé la voiture puisqu'elle était garée pile devant sa maison. »

Il s'interrompit pour accentuer son effet dramatique, et Lucas le pressa :

« Et alors ?

— La bagnole avait un autocollant Avis sur le pare-brise arrière. C'était une voiture de location.

— Bordel de merde ! » s'exclama Lucas.

Il emmena Lane avec lui à l'aéroport, alla chercher le directeur du stand Avis, qui se trouvait dehors sur le parking, et le fit revenir dans le bureau. Le directeur n'exigea aucun mandat, et dit simplement :

« Je peux vous imprimer une liste. Mais je vais vous dire, ça va être quatre-vingt à quatre-vingt-dix pour cent d'hommes. Doit pas y avoir plus de dix ou quinze femmes.

— Voiture verte de taille moyenne, une femme plutôt robuste, petite, indiqua Lane. Peut-être rousse. »

Le directeur était en train de taper sur le clavier de son ordinateur, mais il s'arrêta et se tourna vers Lane en fronçant les sourcils.

« Une petite rousse, vous dites ? Assez, euh… bien foutue ?

— C'est ce qu'on croit savoir, confirma Lucas.

— Et ça ne peut pas être une Dodge beige, plutôt que verte ? Parce qu'une femme exactement comme ça vient de nous rendre une Dodge beige il y a quinze minutes, pas plus. Elle doit encore être dans l'aéroport.

— Où est-ce que je peux trouver le responsable de la sécurité ? » demanda aussitôt Lucas.

Un jeune homme un peu grassouillet du nom de Herter avait réceptionné la voiture et se souvenait bien de la femme en question. Lucas et Lane passèrent deux heures à arpenter l'aéroport en compagnie de Herter et du directeur, dans l'espoir de repérer Rinker. En vain. Beaucoup de petites femmes, dont quelques rousses, mais pas la bonne.

La fiche de retour de la voiture indiquait que la Dodge avait été rendue, sans dommages et avec le réservoir plein, vingt minutes avant que Lucas et Lane se présentent au comptoir Avis. Herter affirmait que la femme s'était dirigée vers le terminal principal et ne portait qu'un petit sac, comme pour un week-end. Aucune caméra de sécurité n'avait pu enregistrer son visage, du moins sur le chemin du terminal.

« Elle est peut-être encore en ville, suggéra Lucas à Lane et à Black, qui était venu les aider. Le FBI pense qu'elle ne se déplace qu'en voiture. Ce serait assez logique qu'elle dépose sa voiture personnelle au parking de l'aéroport, où il y a des milliers d'allées et venues tous les jours, et qu'ensuite elle en loue une autre pour se déplacer en ville. Comme ça, s'il y a le moindre problème, elle peut toujours abandonner la voiture sans laisser de traces.

— On devrait avoir plus d'infos dans quelques minutes, annonça Black. Les flics du Nebraska sont en train de vérifier l'adresse.

— Si c'est elle, ils ne trouveront rien. Mais voilà ce qu'on peut faire : il faut contacter le centre d'autorisation de Master Card, et là-bas ils pourront nous dire tout de suite si elle continue à faire des paiements avec sa carte… Vous pensez que vous pourriez vous occuper de ça ? demanda-t-il à Lane.

— Ouais.

— Alors allez-y ; et enlevez votre uniforme avant de parler aux gens.

— D'accord. »

Il partit en courant.

« Les gars du labo doivent avoir fini les relevés dans la voiture, maintenant, dit Black.

— Si c'est elle, il n'y aura rien du tout. »

Le gars du labo déclara :

« Je ne parierais pas cher sur ces empreintes. On a des empreintes côté passager et à l'arrière, mais rien sur le volant, la poignée extérieure, la poignée intérieure, les boutons de l'autoradio, le siège conducteur… tout a été nettoyé. Nettoyé consciencieusement, par quelqu'un qui s'y connaît.

— Bon sang », marmonna Lucas.

Cinq minutes plus tard, un policier de Lincoln, dans le Nebraska, appela pour annoncer :

« Il y a bien une rue de ce nom-là, et l'adresse existe ; il y a même une femme qui s'appelle comme ça, mais elle a quarante-huit ans, neuf furets qu'elle ne quitte jamais, les cheveux bruns, et je dirais qu'elle doit peser dans les cent vingt kilos. Elle dit qu'elle n'est jamais allée à Minneapolis et qu'elle n'a jamais loué de voiture, elle a une carte Visa, une Sears, mais pas de Master Card.

— La tueuse n'est plus à l'aéroport, affirma Lucas dès que Black eut raccroché avec le Nebraska. Elle est peut-être encore en ville, ou bien sur la route, mais on perd notre temps ici.

— Sauf que maintenant, on a un bon portrait-robot. On a deux types qui l'ont vue de près, il n'y a pas longtemps. Dans une heure, on a un portrait.

— C'est vrai », reconnut Lucas. Il rapprocha son pouce et son index. « Mais, bon sang, on était à ça. À ça.

— Et maintenant ?

— Maintenant on placarde sa photo partout dans la ville. Si elle est encore là, on réussira peut-être à la faire flipper. »

20

Carmel appela Rinker à l'hôtel et lui dit sans préambule :

« Partez immédiatement. Y a votre photo à la télé.

— Quoi ? »

Son cœur se mit à battre la chamade. Rinker jeta un regard affolé autour d'elle, cherchant ses vêtements, ainsi que les endroits où elle avait pu laisser des empreintes, prête à déguerpir aussitôt.

« Davenport a réussi à obtenir un portrait-robot de vous, et c'est à la télé. Ils vont le remontrer sur la 3 dans une minute.

— Attendez. »

Rinker attrapa la télécommande et alluma la 3. La speakerine, une petite brune à la mine grave qui aurait pu être une ancienne Miss Amérique, expliquait :

« … une voiture de location Avis à l'aéroport. Deux employés de chez Avis, dont l'identité est gardée secrète, ont pu fournir à la police un portrait-robot, que nous vous montrons ici. Si vous avez aperçu cette femme… »

Rinker observa la photo un moment puis déclara à Carmel : « Ça ne me ressemble pas du tout.

— Peut-être que, pour vous, ça ne vous ressemble pas, mais pour moi, si. C'est une esquisse, quoi. Ils vont la faire circuler dans tous les hôtels, partout, en demandant s'il n'y a pas quelqu'un qui correspond, même vaguement, à la description.

— D'accord, je pars dans un quart d'heure.

— Allez dans l'Iowa, suggéra Carmel. À Des Moines. Ils ne reçoivent pas les chaînes locales, là-bas, et vous pouvez revenir ici en trois heures si besoin est. Appelez-moi sur mon portable en arrivant, pour me donner un numéro où je peux vous joindre.

— Qu'est-ce qu'on va faire ?

— Il faut passer au plan B. Ils se rapprochent, maintenant. Je ne sais pas comment ils se débrouillent, mais ils remontent la piste.

— Oh, bon sang, vous croyez que vous allez pouvoir vous en sortir ?

— Je peux m'en sortir, affirma Carmel. Maintenant, filez.

— J'y vais. »

Deux policiers, Swanson et Franklin, reçurent un appel d'un groom du Regency White et se déplacèrent en personne pour montrer le portrait-robot au directeur de l'hôtel, qui l'examina en secouant la tête.

« Non, je ne connais pas cette dame, mais je ne vois passer qu'une très petite partie de nos clients.

— Est-ce qu'il y a un moyen de savoir combien de femmes seules résident à l'hôtel en ce moment ?

s'enquit Franklin. On pourrait ensuite parler aux femmes de ménage.

— La plupart sont déjà parties », répondit le directeur. À part sa petite moustache, songea Franklin, il ressemblait beaucoup au Pee Wee des *Aventures de Pee Wee*. « Je peux vous mettre en contact avec les gens du service d'étage et les grooms. »

Avec l'aide des réceptionnistes, ils réduisirent le choix à quatre femmes : deux qui correspondaient plus ou moins au portrait-robot, et deux autres dont personne ne se souvenait. Le groom, que tout le monde appelait Louis, ne savait pas dans quelle chambre résidait la femme dont il parlait, mais il jurait qu'elle ressemblait comme deux gouttes d'eau à la photo.

« C'est elle, j'en suis sûr », déclara-t-il à Swanson, lequel appela Lucas pour lui annoncer qu'ils tenaient peut-être une piste.

« Attendez-moi », ordonna Lucas.

Ce faisant, ils interrogèrent le personnel du restaurant : deux employés pensaient l'avoir vue mais n'en auraient pas mis leur main à couper. La photo n'était pas très claire, on ne voyait pas très bien…

Lucas arriva en trombe et gara sa Porsche juste devant l'hôtel en déclarant au portier :

« Si un flic débarque, dites-lui que c'est la voiture du commissaire Davenport.

— D'accord, monsieur le commissaire », répondit le portier en lui faisant un salut militaire.

On se serait cru à New York.

Franklin retrouva Davenport dans le hall et lui annonça :

« On va monter dans les étages.

— Vous avez d'autres témoins ?

— Un ou deux, mais ils disent qu'ils ne savent pas trop, qu'on ne voit pas assez bien sur la photo.

— Peut-être, mais c'est tout ce qu'on a », rétorqua Lucas.

Il étudia la photo quelques instants, avec la même étrange impression de déjà-vu qu'il avait ressentie la première fois. Sans doute parce qu'elle avait un physique typique. On aurait dit une caricature de pom-pom girl : mignonne, plantureuse, athlétique. Il connaissait une centaine de filles exactement comme ça. À vrai dire, il y en avait déjà une bonne vingtaine rien que dans la police. À commencer par Sherrill, si l'on exceptait la chevelure brune…

« Michelle Jones, murmura le directeur à Lucas en tapant à la porte de la première chambre.

— Une seconde », répondit une voix de femme.

Les trois flics reculèrent d'un pas et le directeur les considéra d'un œil perplexe. Puis il comprit que cette femme était peut-être armée, et il recula lui aussi. La porte s'entrebâilla, et Michelle Jones passa la tête par l'ouverture : elle était noire.

« Désolé, on a dû se tromper de chambre, dit Swanson. Simple vérification. »

Ils frappèrent à la porte d'à côté : pas de réponse. Lucas adressa un signe de tête au directeur, qui sortit son passe-partout, ouvrit et se rangea aussitôt sur le côté. Swanson poussa la porte et entra le premier.

« La vache, s'exclama Franklin, on dirait que quelqu'un a été torturé, là-dedans ! »

On voyait des vêtements éparpillés dans toute la pièce et sur le lit ; deux paires de collants mouillés pendaient à une porte et un pull en laine était étalé par terre, séchant sur une serviette de bain. Deux valises gisaient grandes ouvertes, comme si elles avaient été pillées par un cambrioleur.

« Non, répondit Swanson, on dirait juste que ma femme est passée par là. C'est une chambre de nana, c'est tout. »

Le directeur risqua un œil par-dessus l'épaule protectrice de Franklin.

« Je crois que ce monsieur a raison, dit-il. Les femmes seules, vous savez... Et si vous saviez ce qu'on retrouve dans les toilettes ! Les femmes y jettent n'importe quoi ! Une fois, on a eu une cliente dont le chien est mort, et elle a essayé de s'en débarrasser en tirant la chasse.

— Un petit chien ? s'enquit Franklin.

— Ben oui. Personne n'essayerait de faire passer un berger allemand par les toilettes. »

La troisième chambre était également vide, mais vraiment vide, cette fois. Aucun signe d'une présence quelconque, à part les couvertures froissées sur le lit.

« Vous êtes sûr que cette chambre est occupée ? demanda Lucas.

— Ça, oui, affirma le directeur avec une mine dépitée. Elle a décampé. Je connais le genre. Elle est partie sans payer.

— Alors c'est elle, dit Lucas. Faites venir les types du labo pour relever les empreintes.

— Quatre cents dollars ! pesta le directeur.

— Ouais, bon, ne touchez à rien », grommela Franklin.

Franklin et Swanson allèrent frapper à la dernière porte sur la liste, tandis que Lucas restait dans la chambre désertée. Quelques instants plus tard, Franklin revint en disant :

« Venez voir un peu cette nana. »

Celle-ci ressemblait aussi au portrait-robot : une pom-pom girl, cheveux blonds, yeux bleus, bien roulée, bon tour de poitrine. Une fois de plus, Lucas eut cette impression de déjà-vu.

« On se connaît ? questionna-t-il.

— Non, répondit la femme avec un mélange de colère et de peur. Qui êtes-vous ?

— Je suis le directeur adjoint de la police. Où habitez-vous ?

— À Seattle. »

Lucas repéra une alliance à son doigt.

« Vous êtes mariée ?

— Oui, et j'aimerais bien savoir…

— Qu'est-ce que vous faites ici ? reprit-il. Vous êtes là pour affaires ?

— Mais qu'est-ce qui se passe ? s'impatienta-t-elle alors que la peur cédait de plus en plus le pas à la colère.

— Répondez-moi, insista Lucas. Vous êtes en voyage d'affaires ?

— Oui, je suis venue pour le congrès des odontos au Radisson.

— C'est quoi, les odontos ? » demanda Franklin.

Franklin était un grand type noir très baraqué, vêtu d'un imperméable jaune, et son visage dessinait comme une lune sombre et menaçante dans l'encadrement de la porte.

« Les odontologistes. Je suis dentiste.

— Merci », répondit Lucas. Il se tourna vers Franklin en secouant la tête avant de s'adresser de nouveau à la femme : « Nous avons un petit problème, que l'inspecteur Franklin va vous exposer… »

Plus loin dans le couloir, Swanson glissa à Lucas :
« Laboureurs de mâchoires.

— Pardon ?

— Des laboureurs de mâchoires. C'est comme ça que les dentistes appellent les odontologistes.

— Ah bon ? Enfin une information précieuse, je te remercie. »

Lucas retourna dans la chambre vide pour attendre l'équipe du labo. Il ne désirait obtenir qu'un seul renseignement : les robinets de la salle de bains avaient-ils été essuyés avec un chiffon ? Parce que, si c'était le cas, ils se trouvaient dans la bonne chambre, mais trop tard.

Franklin retourna dans la deuxième chambre, celle qui était sens dessus dessous. Lorsque les deux types du labo arrivèrent enfin, Lucas leur posa directement la question qui l'intéressait. L'un d'entre eux pénétra dans la salle de bains, observa un instant les garnitures en porcelaine des robinets, sortit de sa mallette ce qui ressemblait à un flacon de parfum et vaporisa une poudre métallique sur les robinets. Puis il pencha la tête sur le lavabo pour regarder de plus près. En se redressant, il annonça :

« Nickel. Pas une seule trace.

— Bon sang, j'en étais sûr », marmonna Lucas.

Franklin réapparut :

« La dame est rentrée, celle de la chambre en bordel. Elle a cinquante ans, et un chien. Un petit chien. Je lui ai proposé de s'en débarrasser dans les toilettes, mais elle n'a pas voulu.

— Très bien, répondit Lucas avant de s'adresser aux deux types du labo. Elle a sans doute nettoyé partout avant de partir, mais je veux que vous passiez *tout* en revue. On recherche le plus petit indice.

— Regardez ça », lança le deuxième type.

Il sortait de la salle de bains avec un bout de savon à la main.

« Qu'est-ce qu'il y a ? demanda Lucas.

— Je crois qu'elle a oublié de nettoyer le savon. »

« Elle a oublié de nettoyer quoi ? s'exclama Mallard.

— Le savon, expliqua Lucas. Un bout de savon.

— On ne peut pas laisser d'empreintes sur du savon, rétorqua Mallard. Du savon mouillé ?

— On peut laisser des empreintes dans un cas : si le savon vous échappe dans la baignoire et que vous ne le ramassez pas tout de suite, qu'ensuite vous sortez de la douche, vous vous séchez, vous vous souvenez du savon, vous le ramassez et vous le remettez dans sa coupelle, alors vous pouvez laisser des empreintes. En tout cas, c'est notre hypothèse. Il y a un coin du savon qui est tout aplati, comme s'il était tombé par terre. Le plus difficile, ça a été de le rapporter au labo sans abîmer les empreintes. Un vrai cauchemar !

— Et comment vous faites, maintenant ?

— On l'a mis au frigo.

— Vous l'avez mis où ? »

Lucas frôlait l'exaspération.

« La ligne est perturbée, ou quoi ? Parce que moi, je vous entends très bien.

— Pourquoi vous l'avez mis au frigo, bon sang ? »

Il commençait à devenir lourdingue, pour un type qui avait l'air d'un prof d'économie.

« On s'est dit que si on arrivait à le faire durcir suffisamment, on pourrait le vaporiser et relever les empreintes normalement. Parce qu'on les voit très bien à l'œil nu ; le problème, c'est qu'on a la trouille de les abîmer.

— Ah, putain ! Je vais appeler les types du labo ici, et leur demander de se mettre en contact avec votre équipe. On pourra peut-être vous donner un coup de main.

— Vous avez vu le portrait-robot ?

— Ouais. On le compare avec tous les précédents suspects, tous les gens qui étaient impliqués de près ou de loin dans les affaires antérieures.

— Et le mec de Wichita ? Il continue à dealer de la dope ?

— Un petit con. On le surveille toujours, Malone est encore sur place avec son équipe, mais elle me casse les couilles pour que je la fasse rentrer. Et si vous êtes sûr que le suspect se trouvait à Minneapolis, comme on sait par ailleurs que Lopez n'y était pas, je vais effectivement lui dire de revenir.

— Oui, elle était là. La tueuse était là.

— Alors je dis à Malone de remballer. Mais je n'arrive toujours pas à croire que c'est une femme. En tout cas, je vais refiler le dossier Lopez au département de protection des témoins et leur dire deux mots à son sujet, parce qu'on en a assez sur lui pour l'envoyer finir sa vie en taule.

— Cela dit, ce n'est pas parce que Lopez n'a rien donné que la piste de Wichita tombe à l'eau.

— Je sais, et si vous avez des suggestions je serai ravi de mettre Malone sur le coup. De toute façon, elle va avoir besoin d'un ou deux jours pour se retourner avant de rentrer.

— Non, pour l'instant je ne vois rien. Mais à part ça, dites à vos gars de nous appeler le plus vite possible. Je suis terrorisé à l'idée de ce qui va se passer quand on va sortir ce savon du bac à légumes.

— Du quoi ?

— Du bac à légumes, vous savez, le compartiment, en bas du frigo, où on met la salade, les radis…

— Je ne veux pas savoir. Je vous assure, je préfère ne pas savoir. »

Un certain Manuel vint chercher Lucas dans les bureaux de la brigade criminelle, où il était en pleine conversation avec Sloan, et lui annonça solennellement :

« On va essayer de prendre les empreintes.

— Ah. »

Lucas et Sloan se levèrent tous les deux et descendirent ensemble au labo. Quatre personnes étaient agglutinées autour d'un jeune hippie aux cheveux longs et à l'oreille percée. Il devait avoir environ seize ans et tenait à deux mains un appareil Nikon F 5 équipé d'un objectif bizarroïde. Le bout de savon était posé sur un couvercle de Tupperware, sur le bureau.

« Qu'est-ce qui se passe ? demanda Lucas en considérant le hippie d'un œil suspect.

— Ne me touchez pas, répondit le jeune homme. Si quoi que ce soit tombe sur le savon, un postillon ou autre, c'est foutu. »

Il visait le savon avec son objectif, qu'il approchait jusqu'à vingt centimètres de sa cible.

« C'est mon fils, murmura l'un des flics, un dénommé Harry. Excellent photographe. Ce qu'il a au bout de son objectif, c'est un flash circulaire. En le pointant directement vers les empreintes et en allumant seulement la moitié de l'anneau, il crée du relief et…

— Taisez-vous », coupa le gamin.

Tout le monde obéit. Lucas était sur le point de prendre la parole pour lui demander s'il était sûr de ce qu'il faisait lorsque le flash partit. Et aussitôt un autre. Le jeune photographe prit vingt-quatre clichés en l'espace de cinq minutes, tantôt avec le flash, tantôt sans, et, pour finir, avec une lumière réfléchie par une feuille d'aluminium. Quand il eut terminé, il se retourna vers Lucas et déclara :

« Je les voyais assez bien, ces empreintes. Un peu baveuses, mais bien réelles.

— Et tu penses que tu les as eues ?

— Si je les ai vues, c'est que je les ai eues. Je vais porter le film dans un labo qui développe les diapos en une heure, vers Rosedale. Ce serait bien si vous pouviez les appeler et leur demander de me faire passer en urgence.

— Tu as fait des diapos ?

— Ouais, la résolution est bien meilleure quand je les scanne… » Lucas dut paraître étonné, car le gosse ajouta : « J'ai pensé que vous voudriez un fichier numérique. Comme ça on peut directement l'e-mailer au FBI et ils peuvent tout de suite lancer les recherches. »

Lucas se retourna vers Sloan :

« Trouve-moi une bagnole pour accompagner ce gosse à Rosedale. Gyrophare et sirène. Dis aux gens du labo de commencer à développer le film dès qu'il arrivera. On le veut immédiatement. » Puis il s'adressa au gamin : « On va te payer comme consultant extérieur. Je donnerai le formulaire à ton père. Enfin, si les photos sont réussies… »

Le jeune homme partit avec Sloan. Harriet Ashler, la spécialiste du département des empreintes digitales, déclara :

« OK, au frigo pour une minute, histoire de raffermir le tout. »

Elle remit le bout de savon au réfrigérateur, et ils restèrent tous plantés devant la porte pendant trois longues minutes. C'était un petit frigo de bureau marron, avec deux sacs en papier kraft et une pomme défraîchie sur une étagère, plus une bouteille de jus pomme-cerise dans la porte. Ashler ressortit le savon et en tâta un coin vierge.

« Bien dur comme il faut. On essaye. »

La technique sur laquelle ils s'étaient mis d'accord avec le FBI consistait à pulvériser une légère poudre de carbone sur les empreintes, en essayant ensuite de récupérer la poudre en douceur sur un morceau de sparadrap. Ashler vaporisa un peu de carbone sur la plus petite et la moins lisible des empreintes, puis s'accroupit devant le morceau de savon.

« Sparadrap. »

Quelqu'un lui tendit le rouleau. Elle en découpa un morceau avec lequel elle forma une boucle, puis l'approcha tout doucement du savon. Après l'avoir laissé reposer quelques secondes sur les particules de carbone, elle le retira d'un coup sec.

« Merde », marmonna-t-elle en examinant le sparadrap.

Elle se munit d'une loupe et regarda de nouveau.

« Alors ?

— Rien, répondit-elle. J'ai juste réussi à arracher des petits flocons de savon… J'ai complètement foiré.

— D'accord, intervint Lucas. On arrête tout, on le remet au frigo et on rappelle les Feds. On devrait peut-être s'entraîner sur un autre savon avec nos propres empreintes avant de réessayer. »

Ashler approuva :

« Oui, ce serait mieux. Mais je croyais que c'était pressé.

— Peut-être pas, si la géniale technique du gosse a marché. »

Et la géniale technique du gosse avait marché. Sloan avait tenu à l'accompagner en personne jusqu'au magasin, parce qu'il adorait rouler comme un fou avec le gyrophare et la sirène à fond, de sorte qu'ils furent de retour moins d'une heure après.

« Il y en a quatre qui sont pas mal, déclara le gamin. Si M. Sloan veut bien me ramener chez moi, je pourrai les scanner et on pourra les envoyer direct au FBI. »

Lucas étudiait les diapos en les tenant en l'air devant une lampe fluorescente. Elles n'étaient pas fantastiques, mais il avait déjà vu pire. Et, en tout cas, on y voyait nettement plus clair qu'à l'œil nu.

« Harry, lança-t-il au père de l'adolescent, ton fils est un sacré génie. »

Rinker arriva à Des Moines un peu après cinq heures de l'après-midi, prit une chambre dans un Holiday Inn et appela aussitôt Carmel sur son portable.

« Encore une mauvaise nouvelle, lui annonça Carmel. Mon contact me dit qu'ils ont vos empreintes digitales.

— Mais j'ai tout nettoyé, rétorqua Rinker, avec pourtant une pointe de doute dans la voix.

— Apparemment, ils ont trouvé des empreintes sur un morceau de savon qu'ils ont récupéré dans une chambre au Regency White. L'équipe de Davenport.

— Un morceau de savon ?

— Ouais. Ils envoient les empreintes au FBI.

— Je vous rappelle », déclara Rinker.

Elle se souvenait en effet d'avoir ramassé le savon dans la baignoire. Elle n'avait pas pensé à le nettoyer. Elle raccrocha avant que Carmel ait eu le temps de protester, puis resta un moment assise sur le lit, immobile, s'efforçant de garder son sang-froid. Malgré sa grande maîtrise, une larme roula sur sa joue. Enfoiré de Davenport. Rinker prit trois profondes inspirations, expira longuement et composa un autre numéro de téléphone.

« C'est Rinker, dit-elle lorsque l'homme répondit. Je suis obligée de décrocher. »

Après un long silence, l'homme demanda :

« Tu es sûre ?

— C'est l'affaire de Minneapolis. Les flics sont venus au Rink, même s'ils ne savaient pas qui j'étais. Mais ça veut dire qu'ils rôdent autour de Wichita. Ils ont un portrait-robot de moi, pas très ressemblant, mais quand même. Et maintenant je pense qu'ils ont peut-être mes empreintes digitales.

— Comment c'est possible ? »

Incrédulité dans la voix.

« Tu ne me croirais pas. Mais dis à Tête-de-Bois de se pointer à Wichita avec le fric. Je vais vider mon compte là-bas, me rabattre sur une nouvelle identité que j'ai gardée comme issue de secours et détruire toutes les autres. Je lui laisserai les papiers. Il peut reprendre le bar et trouver un nouveau gérant ; cela dit, il y aura mes empreintes partout. Il faudrait qu'il essaye de tout nettoyer, mais ça m'étonnerait qu'il arrive à tout avoir.

— Et ton appartement ?

— Je vais tâcher d'y faire un saut en vitesse pour récupérer mes affaires. Je vérifierai d'abord s'il n'y a personne.

— Je ne pensais pas que les flics avaient tes empreintes.

— Ils ne les ont pas. Je n'ai jamais laissé d'empreintes nulle part. Ça, c'est la bonne nouvelle. Mais ils se rapprochent trop, et un jour ou l'autre, ils vont finir par rassembler les morceaux du puzzle. Je ne peux pas prendre ce risque.

— D'accord. Mais, putain, Clara…

— Ouais, ouais, ouais. Je te rappelle quand je peux.

— T'es où, là ?

— À Minneapolis. Je vais partir d'ici une heure ou deux, j'ai un peu de ménage à faire. Mais si je roule toute la nuit, je peux être à Wichita à l'ouverture de la banque. »

Aussitôt après avoir raccroché, elle rappela Carmel.

« Je disparais, annonça-t-elle. Dans vingt-quatre heures, je ne serai plus qu'une lubie de votre imagination.

— Vous voulez dire que… vous abandonnez le bar ?

— Tout. J'abandonne ma vie. Mais écoutez-moi : vous pensez toujours qu'il faut passer au plan B ?

— Ben… s'ils vous retrouvent, ou s'ils continuent à me tourner autour… au moins ça nous mettrait à l'abri.

— D'accord. Je dois filer à Wichita. Je reviens demain soir, sans doute. »

Rinker passa un coup de fil à l'aéroport avant d'appeler un taxi. Elle laissa sa voiture et ses valises à l'hôtel, mais emporta ses flingues. Le taxi la déposa au terminal de Shack Direct Air, où un pilote nonchalant, qui avait l'air bien trop jeune pour savoir conduire un avion, l'attendait dans un canapé en lisant le *Wall Street Journal*.

« Vous êtes mademoiselle Maxwell ?

— Oui.

— Vous deviez me remettre de l'argent. »

Elle sortit deux mille dollars de son sac à main et les lui tendit.

« On est partis », dit-il.

Elle arriva à Wichita quelques minutes avant minuit, prit un taxi jusqu'au Rink et salua le barman d'un « Salut, Johnny ».

« Tu es rentrée ?

— Ouais, mais je dois filer. À demain.

— Un rendez-vous galant ?

— En quelque sorte, oui. Je prends le van, tu n'as pas besoin de t'en occuper.

— D'accord. »

Dans l'arrière-salle, elle récupéra une douzaine de cartons vides et les clés de la camionnette, une grande Dodge spacieuse. En chemin, elle s'arrêta dans une épicerie pour acheter un paquet de sacs-poubelle qu'elle monta dans l'appartement avec les cartons. Elle habitait au deuxième étage, et il lui fallut trois voyages pour transporter, quatre par quatre, tous les cartons, qu'elle empila dans la cuisine. Après le dernier voyage, elle referma la porte derrière elle et se mit à emballer ses affaires.

Rinker essayait de ne penser à rien ; juste les cartons. Elle emballa notamment un lapin en chiffon que sa mère lui avait fabriqué lorsqu'il lui restait encore une lueur d'humanité, avant que son beau-père ne l'éteigne complètement à force de la rouer de coups. Elle avait reçu ce jouet en cadeau de Noël quand elle avait six ans ; c'était le plus ancien objet qu'elle possédait. Elle emballa aussi les photos prises avec ses copines danseuses dans deux ou trois bars autour de Saint Louis, avec les gens de l'entrepôt d'alcool où elle travaillait après ses strip-teases. Elle emballa le premier billet de deux dollars que le bar avait encaissé (ils avaient gardé le premier billet de deux dollars parce qu'ils avaient oublié de garder le premier dollar).

Elle remplissait carton après carton. Elle avait vécu six ans dans cet appartement, et c'était devenu presque sa vraie maison, elle y avait entassé beaucoup d'affaires. Tout en préparant les cartons, elle fredonnait machinalement. Comme un gros bourdon en colère.

« Enfoiré de Davenport, répétait-elle. Enfoiré de Davenport. »

Lorsqu'elle eut emballé tout ce qui lui était cher, y compris ses cahiers et ses livres de fac, elle se rendit compte qu'elle ne pouvait justement pas emballer tout ce qui lui était cher. Elle ne pouvait pas emballer les murs. Elle s'assit sur son lit et lissa les draps du plat de la main, se releva pour passer une dernière fois en revue le contenu de la commode, où même ses vieux sous-vêtements en coton défraîchis lui semblaient brusquement importants…

« Enfoiré de Davenport… »

Cette fois, elle pleura vraiment. Sans retenue, sans pouvoir s'arrêter.

Dix minutes plus tard, les yeux rougis, elle se mettait à récurer tout l'appartement au white spirit.

Aux environs de trois heures et demie du matin, elle avait terminé. Si les flics passaient chaque centimètre carré à la loupe, ils arriveraient peut-être à trouver une ou deux empreintes, mais il leur faudrait des semaines. Rinker descendit le dernier carton dans la camionnette, qu'elle alla garer un peu plus loin dans la rue avant de revenir dans l'appartement. Elle habitait tout au bout du couloir ; lorsqu'elle avait emménagé, elle avait procédé à une petite modification : elle avait acheté une alarme sans fil qui réagissait au mouvement et qu'elle avait placée juste au-dessus de la fenêtre du couloir. Quand elle se déclenchait, l'alarme activait une sonnerie ou un voyant clignotant sur une petite console posée sur la table de nuit. Elle choisit la position clignotant, orienta la console vers elle, posa ses deux pistolets par terre, au pied du lit, et se laissa glisser dans un sommeil agité.

Rinker ne pensait pas que le type de Saint Louis lui ferait du mal. Elle avait confiance en lui. Mais pas à cent pour cent quand même. Elle lui avait dit qu'elle espérait arriver à Wichita pour l'ouverture des banques. S'il voulait s'en prendre à elle – sans doute en faisant appel à l'un de ses gros bras qui traînaient toujours dans les parages –, le gars l'attendrait sûrement chez elle à son retour de la banque.

En venant de Saint Louis, même par avion, il ne pouvait arriver qu'après elle à Wichita, au moins quelques heures plus tard. Il fallait d'abord trouver quelqu'un, réserver un avion, à moins qu'il ne vienne en voiture… Dans tous les cas, si elle devait avoir de la visite, elle n'attendait personne avant six heures du matin au plus tôt.

Mais le type fut meilleur que ça : il arriva sur le coup de cinq heures.

Elle eut l'impression de se réveiller une seconde avant que l'alarme se déclenche. En tout cas, elle ouvrit les yeux, vit le voyant clignoter et s'assit d'un seul coup dans son lit. Elle éteignit l'alarme et regarda son réveil : 5 h 05. Elle se leva, ramassa ses deux pistolets, les arma et se dirigea vers la cuisine à pas de loup, pieds nus, en prenant bien soin de ne rien effleurer, de ne provoquer aucune vibration, parfaitement silencieuse. Elle avait gardé ses gants de caoutchouc aux mains. Ils étaient blancs et, dans l'obscurité, elle les distinguait mieux que ses propres bras, comme deux poings sans corps flottant dans l'espace.

La personne derrière la porte sembla hésiter un instant. Rinker traversa la petite entrée et se glissa dans une penderie aux portes coulissantes. Le panneau de gauche était à demi ouvert, elle se tapit au fond mais elle voyait encore par l'ouverture. L'homme frappa à la porte en l'appelant doucement par son nom :

« Clara ? Clara ? »

Encore un coup léger, puis le bruit d'une clé dans la serrure.

Il avait la clé, ce qui signifiait que le type de Saint Louis l'avait fait refaire. Quelle idiote ! Elle laissait traîner ses clés n'importe où. Les clés de sa vie. Y avait-il d'autres failles auxquelles elle n'avait pas songé ? Elle décida de ne pas s'inquiéter de ça pour l'instant et de se concentrer sur ses deux pistolets.

La porte s'ouvrit ; elle aperçut d'abord une silhouette sombre, puis l'homme pénétra dans l'appartement. Elle se trouvait à moins de cinquante centimètres de lui, et il avança suffisamment pour qu'elle puisse voir qu'il avait quelque chose dans la main droite ; d'après la façon dont il le tenait, ça ne pouvait être qu'une arme. Elle pointa son pistolet vers lui, prête à tirer, lorsque le type chuchota, dans un souffle à peine audible :

« Doucement… »

Elle crut d'abord qu'il s'adressait à elle et faillit lui répondre, mais elle entendit alors quelque chose bouger derrière lui : ils étaient deux.

Le premier s'engagea dans le couloir en direction de la chambre à coucher, tandis que l'autre traversait le salon vers la chambre d'amis ; Rinker s'en servait de salle de télé ou de bureau. Après une longue minute de silence, le premier revint et alla rejoindre son complice, qui au même moment sortait lui aussi de la pièce.

« Pas encore là, dit-il à voix basse.

— Alors on attend que Tête-de-Bois nous appelle, répondit le premier.

— Dans le noir ?

— Ben oui, au cas où elle rentrerait.

— J'suis claqué, moi. J'prends le canapé. »

Il s'allongea sur le canapé, tandis que l'autre s'installait dans un fauteuil et s'allumait une cigarette. Rinker n'aimait pas que l'on fume chez elle.

« Et si elle sent la fumée ? lui lança son collègue.

— Oh, merde ! » s'exclama le fumeur en lâchant sa cigarette sur le parquet avant de l'écraser du bout du pied.

Rinker avait poncé et ciré le sol elle-même. La négligence du type faillit la faire sortir de ses gonds, mais elle se retint.

« Tu l'as déjà vue, cette nana ?

— Une fois, je crois. Joli petit cul.

— Le patron avait l'air d'en avoir un peu peur. Tu as vu comment il disait ? “Il faut l'avoir du premier coup, ne lui laissez pas de seconde chance.”

— Alors là, c'est pas une gonzesse qui va me faire peur. D'ailleurs, si c'est bien celle que je pense, je me la taperais bien d'abord.

— N'y pense même pas. Si le patron a l'air de flipper, vaut mieux pas faire les cons avec.

— Ouais, ouais, je sais.

— Maintenant, la ferme, je vais essayer de dormir un peu.

— Si t'es réveillé par des coups de feu, ça voudra dire qu'elle est rentrée. »

Cinq minutes plus tard, Rinker entendit un premier ronflement hésitant en provenance du type allongé sur le canapé. Quant à celui sur le fauteuil, autant qu'elle pouvait s'en rendre compte, il paraissait ne pas bouger. Elle attendit encore cinq minutes ; le type du canapé se mit à ronfler plus fort, de façon plus régulière ; puis, brusquement, l'autre se leva, alluma une deuxième cigarette et se dirigea vers elle. Elle se rétracta dans l'ombre de la penderie. Au moment où il passait devant elle, quasiment à portée de bras, elle fit un pas sur le côté, puis un autre, pour sortir du placard, le pistolet en avant, comme dans une chorégraphie d'aïkido. Il ne l'entendit pas, ne vit rien et ne soupçonna même pas sa présence. Elle lui tira deux coups rapprochés dans la nuque et s'avança aussitôt vers le canapé sur la pointe des pieds. Alors que le premier homme s'effondrait à terre, le deuxième laissa échapper un grognement. Il allait sans doute se réveiller, mais Rinker lui tira deux balles dans le front.

Lumière.

Elle alluma. Le type par terre saignait pas mal, mais heureusement c'était un sol en lino, facile à nettoyer. L'autre ne saignait pas tellement, à peine deux petites bulles de sang au-dessus du sourcil : les balles n'étaient pas ressorties.

Il fallait agir vite. Dehors, le ciel semblait déjà s'éclaircir, l'aube pointait. Elle courut à la cuisine, prit un gros rouleau de Scotch et en colla un bout sur les plaies de ses deux victimes, afin d'arrêter le saignement et de limiter les dégâts. La fenêtre du fond, qui donnait sur la décharge municipale, ne pouvait s'ouvrir qu'à moitié – on faisait coulisser vers le haut la vitre du bas – mais ce serait sans doute suffisant. Elle attrapa à bras-le-corps le type sur le canapé, le traîna jusqu'à la fenêtre, le souleva péniblement sur le rebord, jeta un dernier regard dehors pour vérifier s'il n'y avait personne et le poussa par-dessus bord. Il atterrit sur le goudron avec un bruit sourd.

Le second individu, celui allongé par terre, était plus petit, et donc plus facile à transporter. Elle le passa par la fenêtre à son tour, et l'impact, atténué par le corps du premier, fut plus étouffé.

Une fois les deux types en bas, elle fonça à la camionnette, le plus discrètement possible, recula jusqu'à la décharge et hissa les deux corps à l'arrière.

Elle était fatiguée. Le plus gros des deux devait peser dans les quatre-vingt-quinze, voire cent kilos. C'était beaucoup de boulot. Rinker resta un moment assise dans la camionette avant de démarrer, histoire de reprendre son souffle. Dix minutes après, elle était déjà en pleine campagne. Encore cinq minutes et elle roulait sur un chemin de terre le long d'un ruisseau. Elle se souvenait d'un endroit qu'elle avait découvert lors d'une randonnée, plus tôt dans l'année ; elle savait qu'il y avait un champ de maïs non clôturé, accessible depuis la route.

Le jour se levait alors qu'elle traînait les deux cadavres dans le champ et s'enfonçait entre les rangées de maïs. Avec un peu de chance, on ne les retrouverait pas avant le mois d'octobre, au moment de la moisson. Avant de partir, elle prit leurs portefeuilles, l'argent qu'ils avaient dans les poches – un peu plus de mille dollars au total – et leurs permis de conduire. Sur le chemin du retour, elle se débarrassa du contenu des deux portefeuilles en les vidant peu à peu par la fenêtre, semant un document tous les deux cents mètres environ. Une fois arrivée en ville, elle s'arrêta devant une poubelle pour y jeter les portefeuilles vides.

Et voilà.

Retour à l'appartement. Il était un peu plus de six heures du matin, il lui restait donc un peu moins de trois heures avant l'ouverture des banques. Elle allait les passer à faire le ménage. Le moindre cintre, la moindre canette de Coca, toutes les boîtes de conserve et les bouteilles dans le frigo et les placards de la cuisine. À la fin, elle rédigea deux lettres. La première était destinée à son propriétaire :

Désolée de te faire ça, Larry, de disparaître sans laisser de traces, mais tu peux garder la caution, et je suis sûre que tu arriveras à relouer l'appartement sans trop de difficultés. J'ai de gros problèmes personnels avec mon ex – s'il me retrouve, il me tue – et je suis obligée de partir. Je te laisse les meubles et tout le reste comme dédommagement. Excuse-moi encore. Bonne route. Clara.

Le propriétaire était un type tellement cupide qu'il aurait sûrement tôt fait de louer l'appartement après avoir constaté son départ. Comme ça, ce serait un souci de moins concernant les empreintes digitales.

Elle écrivit ensuite une deuxième lettre et la glissa dans une enveloppe qu'elle adressa à son contact de Saint Louis, avec la mention « Personnel ».

La banque fut une affaire de cinq minutes, dans un isoloir. Une fois qu'elle eut mis ses cent quatre-vingt mille dollars en liquide dans un sac en papier, elle passa le reste du temps à astiquer l'isoloir pour effacer les empreintes. Elle récupéra aussi une chemise cartonnée qui contenait tous les documents au nom qu'elle allait désormais utiliser – une nouvelle identité de rechange : cartes de crédit, permis de conduire, passeport et immatriculation de sa voiture.

Plus un acte notarié qui entérinait la vente du Rink à James Larimore – Tête-de-Bois – pour une somme de cent soixante-quinze mille dollars, un bon prix lorsque, six ans auparavant, elle avait acheté le bar avant de le revendre à Larimore deux mois plus tard. C'était une opération purement formelle, même si la vente avait été signée devant notaire : tant que Tête-de-Bois n'avait pas le contrat en main, Rinker restait propriétaire. Maintenant, il allait en prendre possession, et il faisait une affaire.

Tête-de-Bois l'attendait au bar, dans l'arrière-salle. Il avait une tête de la taille d'un ballon de basket, mais un peu carrée, des traits plutôt fins et des petits yeux secs un peu trop rapprochés. Il avait apporté une mallette.

« Voilà comment on va procéder, expliqua Rinker. Tu vas aller faire un tour dehors, parce que je ne veux pas que tu voies. Ensuite, je vais prendre une bouteille de white spirit et nettoyer tout le bureau consciencieusement. Je sortirai des dossiers tout ce dont tu peux avoir besoin et on fera des photocopies. Il ne devrait pas y avoir plus de cinquante ou soixante pages. Je ne veux laisser aucune empreinte derrière moi.

— Quand est-ce que tu veux que je revienne ?

— Laisse-moi une heure. Ce serait bien que tu puisses rester à lire le journal au café d'en face. Comme ça je sais où te trouver si j'ai besoin de toi.

— D'accord.

— Tu sais que tu fais vraiment une affaire. Et, tiens, tu peux aussi relire ça en buvant ton café. » Elle lui tendit le contrat. « Le bar doit valoir au moins quatre cent mille dollars, maintenant. Tu peux même peut-être en tirer quatre cent cinquante.

— Ouais, mais on prend un risque, grommela-t-il. On te couvre.

— Tu diminueras le risque d'autant si tu continues à faire le ménage quand je serai partie. Quand les flics vont se pointer – s'ils se pointent –, tu as intérêt à leur faire gober que tu n'as rien à voir avec moi. J'ai laissé une lettre à mon proprio en expliquant que j'avais des problèmes avec mon ex, tu n'auras qu'à leur dire la même chose.

— C'est un peu faible.

— Peut-être, mais c'est tout ce que j'ai à te proposer. C'est toujours mieux que rien. De toute manière, les flics vont sûrement penser que je suis en train de pourrir quelque part dans un champ de maïs. »

Tête-de-Bois détourna les yeux. Elle savait qu'il était au courant pour la visite des deux types chez elle.

« Très bien, conclut-il. Je reviens dans une heure. »

Le scénario qui se déroula au bar fut à peu près le même que la veille dans l'appartement, en accéléré : elle nettoya tout, photocopia les documents importants en prenant soin de ne les toucher qu'avec des gants en caoutchouc, fourra tout ce qu'elle ne voulait pas dans de grands sacs poubelle et pleura un petit peu. Quand Tête-de-Bois revint, elle était prête à partir.

« Au fait, dit-elle, tu peux donner ça au Patron ? C'est personnel. »

Elle lui remit l'enveloppe scellée, ramassa la mallette et jeta un dernier regard autour d'elle.

« Tu retournes chez toi ? demanda-t-il.

— Ouais. Il faut que je nettoie là-bas aussi. Mais qui sait ? Peut-être que les flics n'arriveront jamais jusque-là. »

Elle regarda sa montre : presque dix heures. Le pilote l'attendait jusqu'à midi. Il lui restait du temps.

« C'est de l'argent propre, déclara Tête-de-Bois en guise d'adieu. Amuse-toi bien. »

Elle le regarda droit dans les yeux.

« Tu sais ce que je fais, dans la vie ?

— Je crois que j'ai une petite idée.

— Alors tu vas me croire quand je te dirai que, si cet argent n'est pas propre, je te retrouverai. »

Et elle partit.

Tête-de-Bois sortit de l'arrière-salle pour la regarder grimper dans sa camionnette et démarrer. Aussitôt, il décrocha le téléphone, appela un numéro à Los Angeles et fut transféré automatiquement à Saint Louis.

« Ouais ?

— C'est moi. Elle est en route pour chez elle.

— Très bien. Tu lui as donné l'argent ?

— Oui. Elle dit que s'il n'est pas propre, elle me retrouvera.

— D'ici cinq minutes, tu n'auras plus aucun souci à te faire.

— Il est propre, de toute façon. Au fait, elle m'a aussi donné une enveloppe pour vous.

— Qu'est-ce qu'il y a dedans ?

— Je ne sais pas. » Il l'approcha de la lumière pour regarder en transparence. « Elle est fermée, et il y a écrit "Personnel".

— Ouvre-moi cette enveloppe, putain ! »

Tête-de-Bois s'exécuta, sortit la lettre et deux permis de conduire. Les deux noms ne lui disaient rien.

« Il y a un mot qui indique : "C'est bon pour cette fois. Mais essayez encore une fois et je viendrai vous rendre visite." Et il y a aussi deux permis de conduire au nom de…

— Je sais à quel nom, tu n'as pas besoin de me le dire ! »

Après un long silence, Tête-de-Bois s'enquit :

« Vous êtes encore là ?

— Ouais. » Encore un silence, puis : « Écoute, tu es sûr que cet argent était propre ?

— Oui, répondit Tête-de-Bois en hochant la tête. Il est propre. Il vient de la politique.

— Tant mieux, lui rétorqua son interlocuteur d'une voix un peu vacillante. Tant mieux, putain. »

21

Rinker conduisit la camionnette remplie de sacs poubelle jusqu'à une décharge publique, vida tous les sacs, nettoya le van de fond en comble et l'abandonna sur le parking de l'aéroport. La mine endormie, le pilote l'attendait dans la salle d'embarquement en feuilletant un vieux numéro de *Fortune*. Lorsqu'il la vit, il se leva pour l'aider à transporter ses trois énormes valises jusqu'à l'avion. Ils atterrirent à Des Moines en milieu d'après-midi.

« Je peux vous déposer quelque part ? lui proposa-t-il une fois au sol.

— Oui, merci, c'est gentil. Je vais au Holiday Inn. »

Il lui fit un brin de cour sur le trajet, et elle le repoussa gentiment. Aussitôt qu'il l'eut déposée à l'hôtel, elle rendit sa chambre, récupéra sa voiture et se mit en quête d'une boutique qui vendait des perruques.

« Ma mère fait une chimiothérapie et elle commence à perdre ses cheveux. Je voudrais lui acheter une perruque, expliqua-t-elle à la vendeuse.

— Oh, je suis vraiment désolée pour votre maman, répondit la jeune femme en posant une main sur le bras de Rinker. Mais ce serait mieux si elle pouvait venir la choisir elle-même, pour l'essayer.

— Elle ne peut vraiment pas se déplacer. Mais on se ressemble beaucoup, à part qu'elle a la tête un tout petit peu plus large, peut-être. On a mesuré, elle doit faire à peine un centimètre de plus que moi de tour de tête, et aussi, elle a encore pas mal de cheveux, même s'ils ont commencé à tomber. Alors elle voudrait quelque chose d'assez long pour que ça puisse cacher les cheveux qui lui restent. Elle espère ne pas tout perdre.

— Elle a une préférence, pour la couleur ?

— Oui, on en a discuté et elle veut sa couleur naturelle, c'est-à-dire gris. Ça n'a pas besoin d'être une perruque de très bonne qualité, c'est juste pour faire les trajets entre la maison et l'hôpital. Et, si elle perd tous ses cheveux, on pourra toujours revenir en acheter une autre.

— Je vais vous montrer notre gamme "brillance d'automne"... »

Rinker choisit une perruque « brillance d'automne », remercia la gentille vendeuse et enchaîna directement avec un salon de coiffure. Une heure plus tard, les cheveux rasés, munie de lunettes à monture en écaille, elle remonta dans sa voiture et prit la I-35 en direction de Minneapolis.

Mallard appela Lucas dans l'après-midi pour lui faire part de la mauvaise nouvelle : la recherche sur les empreintes n'avait rien donné jusque-là.

« On va essayer de modifier les données dans l'ordinateur, mais ça s'annonce plutôt mal. Pour être honnête, je serais prêt à parier qu'elle n'a jamais été fichée.

— Bon sang ! marmonna Lucas. On passe tout près à chaque fois. Je vous jure, on n'a pas dû la rater de plus d'une demi-heure, à l'aéroport. Peut-être même un quart d'heure.

— Mais on se rapproche. On en sait plus sur elle qu'on n'aurait jamais espéré. Ce n'est plus qu'une question de temps. »

Tard dans la soirée, Hale Allen était assis au bord de son lit, nu, les cheveux mouillés et encore ébouriffés après des ébats passionnés et la douche qui s'en était suivie. Il était en train d'examiner ses orteils à la lumière de la lampe de chevet, armé d'un coupe-ongles. Il fredonnait et, chaque fois qu'il donnait un coup de coupe-ongles, Carmel tressaillait et Hale faisait un commentaire à haute voix, comme s'il parlait tout seul. « Ah, je l'ai eu, celui-là », disait-il alors qu'un bout d'ongle tombait sur le magazine qu'il avait disposé exprès à cet usage.

Carmel essaya de se boucher les oreilles, mais ça ne servait à rien. Elle était à deux doigts de se lever lorsque son portable se mit à sonner dans son sac. Elle rampa jusqu'au bout du lit, tendit la main pour atteindre son sac, en sortit le téléphone, se rallongea et décrocha.

« Je suis rentrée, annonça Rinker.

— Où ça ? » demanda Carmel.

Allen lui jeta un regard interrogateur, et elle lui murmura :

« Désolée, le boulot. »

Avec un grand sourire, il se pencha vers elle et lui écarta les jambes. Elle le laissa faire.

« Un hôtel près de l'aéroport.

— Dangereux », rétorqua Carmel.

Allen plongea la tête entre ses cuisses.

« J'ai changé de look, expliqua Rinker. Ça va. La question, c'est : est-ce qu'on adopte le plan B ?

— J'y ai pensé, répondit Carmel en passant une main dans les cheveux d'Allen. Pour vous, ça ne ferait pas une grande différence, mais moi ça me tirerait d'affaire. Pour de bon.

— C'est bien pour moi aussi, alors. Le problème, c'est : comment puis-je faire ça toute seule ? Je ne connais pas tous les détails de…

— Vous ne ferez pas ça toute seule, coupa Carmel en tirant un peu sur l'oreille d'Allen pour le diriger un peu plus vers la gauche. Je vais vous aider.

— Vous pouvez sortir ?

— Ouais, mais là je suis un peu occupée, je ne peux pas vraiment vous expliquer… Appelez-moi demain matin vers dix heures.

— Vous n'êtes pas toute seule ?

— C'est ça.

— Hale Allen ?

— Exactement.

— Bon, à demain alors. »

Carmel dit à Hale :

« Viens par là, toi.

— Mais j'aime bien, par ici, ça sent le pain chaud. »

Elle lui donna une petite tape sur la tempe et il s'exclama :

« Aïe ! Pourquoi tu fais ça ?

— Pas très romantique, comme métaphore.

— Je plaisantais. »

Il porta une main à son oreille ; elle l'avait peut-être frappé un peu plus fort qu'elle n'aurait dû.

« D'accord, dit-elle en souriant. Excuse-moi. Viens ici, que je te console... »

Sherrill était seule dans sa voiture, à deux cents mètres de chez Hale Allen. Sa radio émit un bip et elle décrocha :

« Ouais ?

— La lumière vient de s'allumer dans le salon.

— Dieu merci. Allen n'est peut-être pas tout à fait mort, alors. »

Le type à l'autre bout du fil gloussa.

« On va la suivre jusqu'à chez elle, si tu veux faire partie du cortège.

— Je serai à quatre cents mètres derrière vous. »

Elle raccrocha la radio, prit son téléphone portable et composa de tête le numéro de Lucas.

« Je ne te réveille pas ? demanda-t-elle sans prendre la peine de se présenter.

— Non.

— Je pense que Carmel va rentrer chez elle. C'est parfaitement obscène.

— Et il n'y a rien à en tirer, hein ? Pas un signe ?

— Rien de rien. Bon sang, Lucas, peut-être qu'on a raté notre chance.

— Je sais, mais il faut quand même continuer un peu.

— Je commence à me sentir seule.

— Moi aussi. Mais je ne vais pas t'inviter chez moi.

— De toute façon, je ne viendrais pas.

— Tant mieux. »

Après une pause, Sherrill reprit :

« Ouais, sûrement. À demain. »

Dix minutes plus tard, Carmel sortit de la maison et se hâta vers sa voiture. Un peu trop, d'ailleurs, pour une belle nuit d'été pareille, comme si elle baissait la tête. Bien sûr, tout ce que faisait Carmel était toujours un peu théâtral… Elle ne pouvait pas savoir qu'elle était surveillée.

Le lendemain fut une mauvaise journée : après avoir appelé Mallard, qui n'avait rien de nouveau à lui apprendre – pas plus que l'équipe chargée de la surveillance de Carmel –, Lucas finit par s'énerver contre tout le monde.

Carmel eut Rinker au téléphone à deux reprises.

« Rendez-vous à dix heures et quart », dit-elle.

Elle rentra chez elle à six heures du soir, comme tous les jours ; à six heures et demie, elle appela Hale Allen pour le prévenir qu'elle devait travailler sur le dossier Al-Balah.

« Il faut que je retourne au bureau. Jenkins a décrété que les flics pouvaient utiliser la roue de secours comme pièce à conviction, et je vais essayer de faire appel.

— Bon, d'accord », répondit Allen. Elle crut déceler une pointe de soulagement dans sa voix. « On se voit quand ? demanda-t-il. Jeudi ?

— On peut déjeuner ensemble demain midi… De toute façon, je t'appelle ce soir.

— D'accord, à tout à l'heure. »

Carmel ôta son tailleur pour passer un jean, un chemisier blanc à manches courtes, des tennis et une veste rouge légère. Elle fourra également un sweat-shirt noir dans sa mallette. C'était peut-être le mois de juillet, mais c'était aussi le Minnesota. Bien qu'elle n'eût pas faim, elle se fit chauffer un plat surgelé et emporta la barquette de poulet près de la fenêtre pour la manger en contemplant la vue. Si les flics la surveillaient depuis l'un des immeubles voisins, ils devaient la voir.

Quand elle eut terminé, elle jeta la barquette vide à la poubelle, retourna dans son bureau, débrancha le petit répondeur de sa ligne personnelle et le rangea dans sa mallette avec le sweat-shirt. Un peu après sept heures, elle prit l'ascenseur et sortit dans la rue, sa mallette à la main, en se forçant à regarder par terre. Elle n'était pas sûre à cent pour cent que les flics étaient là, mais presque ; et elle devait faire des efforts démesurés pour ne pas relever la tête et essayer de les repérer. Elle se rendit tranquillement à son cabinet, pénétra dans l'immeuble, inscrivit son nom dans le registre de la réception et monta à son étage.

Les locaux étaient déserts, et seuls les points lumineux des issues de secours brillaient dans l'obscurité. Elle alluma la lumière dans la bibliothèque et dans son bureau, mit son ordinateur en marche et se plongea dans ses dossiers. Jenkins, le juge qui s'occupait du procès sur lequel elle travaillait, avait en effet décrété que la police pouvait examiner la roue de secours de Rashid Al-Balah et, hélas, il y avait du sang dessus. La seule bonne nouvelle, c'était que les flics avaient eu la voiture et la roue entre les mains pendant presque un mois avant de remarquer le sang, et qu'ils l'avaient souvent conduite pour des reconstitutions – y compris une fois devant un club de strip-tease. Carmel comptait donc leur objecter que les traces de sang pouvaient appartenir à n'importe qui, vu le manque de fiabilité bien connu des tests ADN. Et même s'il s'agissait du sang de Trick Bentoin, on pouvait imaginer qu'il s'était coupé avant de disparaître et que…

Elle se prit rapidement au jeu des hypothèses, sans cesser de faire des allées et venues entre son bureau et la bibliothèque. Elle sursauta lorsque le gardien lui lança :

« Bonjour, madame Loan.

— Oh, bon sang, Phil, vous avez failli me causer une crise cardiaque.

— Je fais ma ronde. Vous allez rester tard, ce soir ? »

Elle sentait déjà son haleine alcoolisée. Phil n'était plus tout jeune, mais il tenait encore très bien l'alcool.

« Sans doute, répondit-elle. J'ai une journée difficile, demain.

— Bon, ben, bon courage alors », dit-il en rebroussant chemin vers la sortie.

Elle entendit la porte se refermer et regarda sa montre : vingt minutes. C'était le moment de passer à l'action.

Elle sortit le répondeur de sa mallette et alla le brancher sur la prise téléphonique de la bibliothèque. De retour dans son bureau, elle enfila le sweat-shirt noir, laissa l'ordinateur en marche et alluma la chaîne. Le lecteur de CD pouvait jouer trois disques en rotation, et il ne s'arrêterait que lorsqu'elle reviendrait l'éteindre. Elle laissa aussi sa veste rouge sur le dossier de sa chaise.

Fin prête.

Le sous-sol de l'immeuble abritait un parking de cinq niveaux. Carmel sortit de son bureau, vérifia en un clin d'œil que le gardien n'était plus dans les parages, se hâta jusqu'à la porte de la cage d'escalier au bout du couloir et descendit sept étages à pied. Les flics surveillaient peut-être l'entrée et la sortie du parking, mais pas chaque niveau. Bien sûr, si c'était le cas, elle était battue…

C'était quand même un pari raisonnable. Elle passa la tête par la porte du quatrième sous-sol, ne remarqua personne. Elle voyait bien une voiture garée plus loin, une Pontiac rouge, mais elle l'avait déjà aperçue à cet endroit. Pas un flic. Elle jeta de nouveau un coup d'œil à sa montre : encore une minute. Elle attendit en tendant l'oreille, mais seul le silence résonnait dans les couloirs de béton, et elle rouvrit la porte, plus franchement cette fois.

C'était l'unique moment où elle allait être exposée : elle traversa le parking à grandes enjambées et s'engagea dans la rampe de sortie en colimaçon. Elle entendit une voiture approcher ; ce devait être Pam. Elle s'arrêta pour écouter, reconnut le bruit du moteur et continua à marcher. Lorsque la voiture apparut au détour d'un virage, Carmel découvrit une vieille femme grisonnante au volant et eut un mouvement de recul. Mais la conductrice lui fit un signe de la main en lui disant :

« Montez.

— C'est vous ? » demanda Carmel, éberluée.

La voiture marqua l'arrêt deux secondes. Carmel ouvrit la portière arrière et se jeta sur la banquette en la tirant délicatement derrière elle pour la refermer sans la claquer.

« Cachez-vous sous la couverture », dit Rinker.

Carmel, recroquevillée par terre, tira la couverture sur elle. L'entrée et la sortie du parking ne s'effectuaient pas du même côté et, même à cette heure tardive, il y avait toujours quelques allées et venues. Avec un peu de chance, les flics qui surveillaient l'entrée – s'il y en avait – n'annonçaient pas tous les véhicules qui passaient ; et les flics à la sortie ne remarqueraient pas que cette vieille dame aux cheveux gris, dans une voiture japonaise, ressortait une minute après être entrée.

Carmel entendit Rinker baisser sa vitre, elle entendit le caissier murmurer quelque chose et, peu après, elles étaient à l'air libre.

« Vous pouvez vous relever, déclara Rinker au bout d'une minute. Mais restez couchée sur la banquette. Je vais faire quelques tours de pâtés de maisons pour voir si on a quelqu'un derrière.

— Si c'est le cas, on n'a plus qu'à essayer de les semer, rétorqua joyeusement Carmel.

— Ouais, mais bon, restez quand même couchée deux minutes. »

Rinker ne connaissait rien aux techniques destinées à se débarrasser d'un poursuivant, mais elle avait vu suffisamment de séries télé pour savoir qu'il pouvait y avoir des voitures à la fois devant, à côté et derrière. Elle prit d'abord le pont de Washington Avenue pour éliminer dans un premier temps les éventuelles voitures à sa hauteur, puis une petite rue en sens interdit pour les véhicules de devant, et enfin elle s'engouffra dans une contre-allée le long d'une rangée d'entrepôts en vérifiant dans son rétroviseur si personne ne la suivait. Elle ne vit rien et se dit qu'elle ne pouvait pas faire mieux.

« Je ne peux pas faire mieux, annonça-t-elle à Carmel.

— Non, je crois que c'est le maximum. Arrêtez-vous deux secondes, je vais passer devant. »

Max Butry était issu d'une lignée de flics au sang chaud ; son père était comme ça, et il lui avait transmis le flambeau en lui collant raclée sur raclée depuis son plus jeune âge.

« Dans la rue, lui répétait son père pour essayer de lui endurcir le caractère, tu ne fais pas long feu si tu te caches derrière tes mains. Imagine un métèque avec un couteau. Qu'est-ce qu'il fait ? Il te coupe les mains aussi sec. Faut te battre, mon vieux. »

Et son père le rouait de coups pour lui montrer comment on fout un gars par terre en deux minutes sans lui laisser aucune chance, couteau ou pas couteau.

Butry avait conservé la même attitude lors de ses patrouilles en civil. Celle de ce soir-là le conduisit à la gare routière. Un guichetier avait appelé pour dire que deux types fumaient du shit dans les chiottes et que la fumée devenait si épaisse que personne ne pouvait plus aller pisser. Mais le temps que Butry arrive sur place, les fumeurs s'étaient envolés. Furieux de s'être déplacé pour rien, il fit demi-tour et ressortit du terminal en pestant.

Dehors, trois jeunes s'entraînaient à faire des figures sur leurs skateboards. Il n'y avait rien d'illégal à ça, mais Butry considérait le skateboard comme un des symptômes du déclin de la civilisation américaine, alors que lui, au nom de l'insigne qu'il avait dans la poche, en représentait un des piliers. « Tu dois apprendre à te faire respecter, lui disait son père. Enfin, pas toi personnellement, mais ton uniforme. S'ils ne respectent pas l'uniforme, c'est la ruine de ce pays. Regarde ce qui se passe à Chicago avec les Nègres. Il y a des endroits à Chicago où tu ne peux même plus te montrer en uniforme parce que sinon les Nègres te découpent comme une dinde de Noël. Et tu sais comment ça a commencé ? Ça a commencé quand un premier Nègre a manqué de respect devant l'uniforme et qu'on lui a rien dit pour ça. Et à partir de là, le mot s'est répandu, et tout est parti en couille. Tu piges ? »

Les Nègres, les skaters, les transsexuels, les petits branleurs pleins de fric, tous pareils. Des gens sans respect. Butry fit un détour pour s'approcher de l'endroit où les skaters s'entraînaient. L'un d'entre eux, celui qui avait l'air le plus dur – seize ans environ, un pantalon dix fois trop grand pour lui, le portefeuille au bout d'une chaîne, un tatouage au stylo sur l'avant-bras –, repéra Butry et le considéra avec une attitude qui manquait totalement de respect.

« Hé, p'tits cons ! lança Butry. Virez-moi vos skateboards d'ici. C'est un terminal de bus, pas une aire de jeux.

— Va te faire foutre, connard », rétorqua le plus vieux de la bande.

Butry sortit son insigne d'une main et son pistolet de l'autre, ce qui lui aurait valu un licenciement immédiat pour faute grave si quelqu'un avait assisté à la scène.

« Je suis flic, pauvre con. Tu vois cet insigne ? Alors vous vous asseyez tous par terre avec les mains sur la tête. Tout de suite. »

Le plus jeune des trois, qui devait avoir quatorze ans, était d'une maigreur à faire peur, comme s'il n'avait pas bouffé correctement depuis des mois ; il avait le visage creusé et le regard vide, on aurait dit l'incarnation de la faim.

« Va te faire enculer, gros pédé, lança-t-il en remontant son T-shirt sur son ventre pour dévoiler une demi-douzaine de piercings autour de son nombril. Regarde. Tu veux me buter ? Vas-y, connard, bute-moi. »

Butry était rapide, en tout cas plus rapide que ce gosse qui devait être sérieusement affaibli par son état physique. Sa main partit toute seule et s'abattit avec une force considérable sur la tempe du gamin, qui tomba à la renverse.

« À terre ! hurla Butry. À terre, j'ai dit ! »

Au dernier moment, il se rendit compte qu'il était en train de péter les plombs, mais il était déjà trop tard. L'adolescent s'était relevé, et il pointait maintenant sous le nez de Butry le canon d'un vieux Derringer à deux coups. Les magazines spécialisés disaient qu'à plus de deux mètres, on était sûr de rater sa cible avec un truc aussi pourri. Mais le flingue était à vingt centimètres du visage de Butry et, lorsque le gosse appuya sur la détente, la balle lui traversa l'arête du nez pile entre les deux yeux et ressortit par l'arrière de son crâne.

Son père avait dû oublier de lui dire qu'on ne déconne pas avec des gens qui n'ont rien à perdre.

Les trois skaters restèrent paralysés un instant après la déflagration, frappés de stupeur devant le corps affalé sur le béton. Puis le plus vieux dit : « On dégage » dans un murmure rauque, paniqué. Ils ramassèrent leurs planches de skate et se mirent à courir dans la rue entre les bagnoles comme une meute de terriers affamés.

Sherrill et Black étaient confortablement installés dans leur voiture, et Sherrill papotait avec Lucas sur son portable.

« J'ai l'impression d'être dans une chanson de country, disait-elle. *Je vais pas bien et ça me va mal…* »

Leur radio grésilla et Black prit l'appel.

« Une seconde », dit Sherrill à Lucas en tendant l'oreille.

Et le factionnaire se mit à hurler quelque chose au sujet d'un flic blessé par balle à la gare routière, trois hommes en fuite, à tous les véhicules, à tous les véhicules, on recherche trois jeunes, peut-être avec des planches de skate, aperçus en direction de Loring Park…

« On a un appel, un flic s'est fait tirer dessus, on y va », annonça Sherrill dans son téléphone. Puis, à Black, qui était au volant : « Allez, allez, on y va. »

Mais Black avait déjà démarré.

« Écoutez, Pam..., commença Carmel.

— Clara, coupa Rinker. Mon vrai nom, c'est Clara Rinker.

— Clara ? » Carmel réfléchit un instant. « J'aime bien. Clara. C'est mieux que Pam.

— Bref, vous disiez ?

— Vous voyez les choses du mauvais côté. Les gens ont toujours eu le droit de tuer en cas de légitime défense et, ma chère, c'est exactement ce que nous sommes en train de faire. Nous essayons de nous défendre ; c'est Davenport qui nous a mises dans cette situation, et nous n'avons pas vraiment le choix. Donc, voilà ce que je dis : je ne comprends pas que vous puissiez tuer pour de l'argent sans que ça vous pose le moindre problème, alors que ça vous en pose un de tuer pour votre propre défense.

— Je crois que c'est parce que c'est des gens que je connais, ou dont j'ai entendu parler, en tout cas. Ce ne sont pas des salopards qui méritent leur sort. Juste des gens qui se sont trouvés là par hasard.

— Non, non, non, pas par hasard. Ce sont des personnages essentiels pour nous. On pourrait très bien ne pas les tuer, mais ce serait prendre un risque énorme en contrepartie. Si vous voulez, voici ce que je vous propose : c'est moi qui les tuerai.

— Ce n'est pas le problème, de savoir qui appuie sur la détente, si de toute façon on est deux à avoir tout organisé. »

Elles ne se disputaient pas vraiment, elles exploraient, songea Carmel. Rinker – Clara – éprouvait quelques scrupules, ce qui n'était pas le cas de Carmel. Elles exploraient ensemble les contrées brumeuses de l'éthique du meurtre…

« C'est là, la maison en briques avec les volets blancs, dit Carmel en la désignant du doigt alors qu'elles passaient en voiture devant chez Louise Clark. Il faut qu'on prenne une décision maintenant. Je ne veux pas que vous veniez si… si d'une certaine manière vous n'y croyez pas, si vous ne pensez pas que ce qu'on fait est nécessaire. Que nous n'agissons pas sur un coup de tête, mais par nécessité.

— Ce n'est pas que je m'y oppose pour une raison claire et bien définie, répondit Rinker. Je dis juste que j'appréhende les choses un peu différemment cette fois. À vrai dire, je suis même un peu inquiète de l'effet que ça va avoir sur vous.

— Ne vous en faites pas pour ça. » Carmel gara la voiture le long du trottoir et coupa le moteur. « Alors, c'est oui ou c'est non ?

— C'est oui. »

En arrivant à l'hôpital, Lucas repéra Sherrill au milieu d'un groupe de flics sur le trottoir, devant l'entrée des urgences. Lorsqu'elle vit la Porsche approcher, elle se détacha du groupe et se dirigea droit vers lui dans la lumière des phares.

« Il est mort, annonça-t-elle au moment où Lucas descendait de voiture.

— Bon sang ! J'étais sûr que ça allait finir par arriver, répondit-il à voix basse. Butry était un salopard, pas très intelligent. Mauvaise combinaison, en général.

— Ouais… un flic, quoi.

— Ouais. On a des infos sur les meurtriers ?

— Disparus. Un employé a raconté qu'il y avait trois gamins en train de faire du skate devant la gare et qu'ils ont peut-être vu quelque chose, mais ils sont partis juste après la fusillade. On cherche, mais on ne trouve pas.

— Et Carmel ?

— Elle est enfermée dans son bureau. Je vais y retourner dès que je serai sûre qu'il n'y a plus rien à faire ici.

— Ça sert plus à grand-chose, de toute façon. Il est tard. Et pour Butry ? Il avait de la famille ?

— On n'a trouvé personne pour le moment. Ses parents sont morts, pas de frères et sœurs, à ce qu'on sait. Jamais marié… La vache, si ça se trouve, y a vraiment personne.

— Il doit bien y avoir quelqu'un.

— J'espère. Parce que s'il n'y a personne… ce serait la chose la plus triste que j'aie jamais entendue. »

22

Carmel et Rinker se tenaient chacune d'un côté de la porte d'entrée, un annuaire de téléphone à la main, penchées vers les fenêtres pour essayer d'apercevoir quelque chose derrière les rideaux. La pièce était plongée dans l'obscurité, tout semblait immobile. Personne. Aussi stupide que cela puisse paraître, c'était une éventualité à laquelle elles n'avaient pas pensé. Le plan B tombait à l'eau.

« Pourtant, elle ne devrait pas être loin, murmura Carmel. J'ai appelé son bureau cet après-midi, et c'est elle qui a décroché.

— Elle est peut-être allée dîner chez sa mère, ou quelque chose comme ça », suggéra Rinker.

Elles étaient toutes deux un peu décontenancées ; elles retournèrent lentement jusqu'à la voiture, les annuaires sous le bras.

« Dîner, répéta Carmel en s'arrêtant net. Ouais, je parie qu'elle est sortie dîner… Venez.

— Où ça ? demanda Rinker.

— Chez Hale.

— Mais je croyais qu'on devait d'abord s'occuper de Louise Clark ? Si on ne l'a pas trouvée, ça ne sert à rien de…

— Je suis sûre qu'elle est chez Hale. Je vous parie ce que vous voulez.

— Chez Hale ?

— Ouais, chez Hale. »

En arrivant devant chez Hale Allen, Carmel ralentit l'allure. La fenêtre de derrière, celle de la chambre, était à peine éclairée d'une lueur vacillante.

« Elle est là. Il a allumé sa bougie…

— Quel enculé ! s'exclama Rinker. Vous étiez censés vous marier, non ? Et il couche encore avec son ex ?

— En cachette. On ne peut pas dire qu'il soit inactif, sur le plan sexuel en tout cas… »

Carmel fit le tour du pâté de maisons et se gara à cinquante mètres de celle de Hale, à un endroit d'où on pouvait voir la fenêtre de derrière. Elle décrocha son téléphone de voiture, composa un numéro et, à la deuxième sonnerie, une lumière s'alluma dans la chambre. Une seconde plus tard, Hale Allen répondit.

« Je crois que j'ai bientôt fini, mon ange, susurra Carmel. Je dois repasser chez moi une minute, et après j'arrive.

— Peut-être que je devrais plutôt venir chez toi…

— Non, non, je suis déjà dans la voiture. À tout de suite. »

Et elle raccrocha.

Cinq minutes plus tard, Louise Clark fut éjectée de la maison comme une graine de pastèque mouillée. Elle courut sur le trottoir et grimpa dans sa Toyota Corolla argent.

« Ça me fout vraiment les boules, dit Carmel. Vraiment…

— Je n'arrive pas à le croire, renchérit Rinker. C'est la trahison totale. Vous, vous êtes assez forte pour l'encaisser, mais une autre femme ? Ça peut complètement détruire quelqu'un, un truc comme ça. »

Dix minutes après, elles étaient revenues chez Louise Clark, avec les annuaires. Clark venait de rentrer chez elle et les lumières s'allumaient une à une dans la maison.

« Laissez-moi passer la première, murmura Rinker en attrapant Carmel par le bras. Parce que si elle vous voit… »

Devant la porte, Carmel resta donc en retrait tandis que Rinker prenait une grande inspiration, cachait son arme derrière son dos et frappait trois petits coups énergiques. Elles entendirent Clark revenir dans l'entrée.

« Qui est-ce ? demanda-t-elle d'une voix légèrement inquiète.

— Clara Rinker, j'habite en face. Je crois qu'il y a un début d'incendie chez vous.

— Un incendie ?

— C'est sans doute pas grand-chose, mais il y a de la fumée dans votre jardin. »

La porte s'entrouvrit avec un peu d'hésitation ; pas de chaîne de sécurité. Rinker posa une main contre le panneau de bois et le poussa violemment pour l'ouvrir entièrement. Elle tendit son flingue à bout de bras et entra dans l'appartement en bousculant Louise Clark, qui les regarda, stupéfaite, la bouche ouverte.

« Carmel, cria-t-elle, qu'est-ce que vous faites ? Carmel...

— Tu baises mon mec, répondit Carmel, qui avait suivi Rinker à l'intérieur. Et je veux que ça s'arrête. »

Elle attrapa Clark par la manche et l'attira vers une pièce au fond, tandis que Rinker la tenait toujours en joue.

« Carmel, Carmel..., balbutia Louise.

— Tu baises mon mec, putain. »

Au bout du couloir s'ouvrait la salle de bains, et une autre porte donnait sur la droite. Carmel alluma la lumière : la chambre à coucher.

« Allonge-toi sur le lit, et ferme-la, dit Carmel. Tu la fermes, compris ?

— Vous allez me tuer, gémit Clark en se laissant tomber sur le matelas. C'est vous qui avez tué les autres.

— Ne sois pas ridicule, on veut juste te dire deux mots au sujet de Hale. Mettre les choses au point une bonne fois pour toutes. »

Elles la firent allonger sur le dos, bien comme il faut, la tête sur l'oreiller. Puis Carmel passa de l'autre côté du lit et lui dit :

« Regarde-moi. »

Au moment où Louise tournait la tête pour lui obéir, Rinker, qui s'était agenouillée par terre à sa hauteur, approcha le pistolet de sa tempe et tira.

La balle lui transperça le crâne et continua sa course jusqu'au mur d'en face. Un cône de sang apparut sur l'oreiller, qui semblait désigner la tête de Clark comme une flèche écarlate. La cartouche vide atterrit près de son oreille. Le pistolet était un adorable petit 38 de dame, équipé d'un silencieux non moins adorable. Comme Rinker l'avait expliqué à Carmel, un 22 ne tuait pas toujours du premier coup, même à bout portant, et un second coup aurait paru louche pour un suicide…

« Parfait, conclut Carmel en contemplant le corps. On imagine très bien comment ça a pu se passer. Le reste du scénario est sans doute un peu superflu, vu qu'ils étaient vraiment en train de baiser, mais on ne sait jamais. »

Le plus difficile fut de déshabiller Clark sans rien tacher. Elle avait fait pipi dans sa culotte, et elles furent obligées de la lui laisser. Puis elles trouvèrent un négligé rose dans une commode, le lui enfilèrent et la replacèrent sur le lit.

« Ah, merde, on a oublié les poils, se souvint Carmel.

— Ouaip. »

Pendant que Rinker soulevait la nuisette de Clark, Carmel glissa une main dans sa culotte, tira d'un coup sec et en retira une demi-douzaine de poils pubiens qu'elle enveloppa soigneusement dans une feuille de papier.

« La coke, indiqua Rinker. Et le flingue.

— Ouais. »

Carmel conservait une petite quantité de cocaïne chez elle, plus quelques grammes supplémentaires qu'elle s'était procurés pendant la semaine. Elle avait tout mis dans un petit flacon à médicament qu'elle déposa dans le tiroir de la table de nuit. Rinker sortit un des calibres 22 de sa ceinture et le cacha dans la penderie, à l'intérieur d'une bottine de cuir.

« C'est tout ? demanda Rinker.

— Oui, je crois, répondit Carmel. À part les nitrites.

— D'accord. Apportez les annuaires ici. »

Elle plaça le pistolet dans la main de Clark, le dirigea vers les annuaires et appuya sur la détente. La balle frappa le premier tome avec un bruit sourd et rebondit sur la couverture sans pénétrer le papier.

« Allez, ramassez les annuaires et on y va », déclara Rinker en récupérant la cartouche vide par terre.

Dix minutes plus tard, elles étaient retournées chez Allen.

« On ne peut plus reculer, maintenant, prévint Rinker. Si on ne va pas jusqu'au bout, ça n'a plus aucun sens.

— Je n'ai pas l'intention de reculer, affirma Carmel.

— Je me disais que peut-être… sur le moment…

— C'est vrai, mais il y a des priorités dans la vie. C'est une des premières choses qu'on nous apprend en fac de droit : choisir ses priorités. Et puis, de toute façon, il commençait à m'énerver avant même cette histoire avec Louise Clark. Ça vous est déjà arrivé de vous retrouver au lit avec un mec qui se triture les ongles des pieds sous la couverture ?

— Non… Mais sincèrement, ça ne me paraît pas si grave que ça.

— Sauf si vous devez plaider le lendemain à dix heures, que vous êtes sous pression et que vous avez vraiment besoin de dormir. Et lui, il est là, à côté, à se triturer les pieds en cachette… Et vous attendez qu'il ait terminé… Je vous jure !

— Comment voulez-vous procéder ?

— Je vais le faire. Il n'y a aucune mise en scène particulière, cette fois. J'y vais, c'est tout.

— Bon, je vais faire le tour du pâté de maisons, en attendant. Mais dépêchez-vous. »

Carmel descendit de voiture et fit quelques pas jusqu'à la maison. Il lui ouvrit la porte, en peignoir, avec un grand sourire.

« Tu as fini, murmura-t-il. C'est super.

— Je dois passer un coup de fil », annonça-t-elle de but en blanc. Elle composa le numéro de son bureau, où elle avait branché le répondeur, posa le combiné sur la table. « Viens là », lui dit-elle ensuite en se dirigeant vers la chambre.

« Quoi ? » demanda-t-il en considérant d'un air hébété le téléphone décroché. Il la suivit sans discuter, à six ou sept pas derrière elle. Lorsqu'elle arriva devant la porte de la chambre, elle ralentit pour se laisser rattraper, et se retourna d'un bloc avec le pistolet à la main. Il n'eut même pas le temps d'avoir peur. Elle appuya sur la détente, et aussitôt Hale Allen se mit à s'affaisser, comme au ralenti. Carmel tira trois coups de plus pendant qu'il tombait, puis enjamba son corps, pointa le canon de son arme vers son front et tira encore deux balles : *pack ! pack !* Et une dernière dans le cœur : *pack !*

« Bon sang, Hale, murmura-t-elle en retournant dans la chambre. Tu as été mon seul amour. »

Une photo d'elle la regardait en souriant depuis la table de nuit tandis qu'elle dépliait la feuille de papier qui contenait les poils pubiens de Clark et les dispersait sur les draps. En ressortant, elle raccrocha le téléphone et contempla un instant le corps sans vie de Hale.

« Espèce de salaud, grommela-t-elle. Coucher avec cette sale petite pute dans mon dos… »

Elle lui envoya un coup de pied dans la poitrine, puis un autre au visage et un dans le bras. Prenant une grande inspiration, elle se dirigea ensuite vers la porte, d'un pas déterminé.

Dehors, Rinker arrivait après son premier tour. Carmel s'avança sur le trottoir et Rinker se rangea.

« C'était rapide, commenta-t-elle alors que Carmel montait dans la voiture.

— Pas la peine de traîner, rétorqua Carmel. Allez, on y va.

— Vous lui avez dit au revoir ?

— Non, rien du tout. J'ai fait le truc avec le téléphone, ensuite je l'ai fait avancer vers moi et je lui ai tiré une balle dans la tête.

— Bon. » Rinker resta silencieuse un moment avant d'ajouter : « Vous savez quoi ?

— Quoi ?

— On fait une bonne équipe, toutes les deux. Si je vous avais rencontrée il y a dix ans, je suis sûre qu'on aurait pu s'arranger pour que toutes mes missions aboutissent à faire accuser quelqu'un d'autre à ma place.

— Il n'est pas trop tard, répondit Carmel. Quand vous serez réinstallée quelque part, que vous aurez de nouveaux papiers, que vous vous serez reposée un peu… revenez me voir, on pourra discuter.

— Ça ne vous dérange pas, ce boulot ? Vraiment ?

— À vrai dire, je trouve ça plutôt amusant. Ça change, vous voyez. C'est autre chose que de bosser derrière un bureau. À la télé, on vous montre des avocats qui courent partout dans le palais de justice, mais quatre-vingt-dix pour cent de mon boulot, c'est d'être assise devant un ordinateur. Ça, c'est comme un peu d'exercice de temps en temps. Ça fait du bien. »

De retour chez Clark, Rinker ouvrit soigneusement le chargeur du pistolet, y glissa une cartouche supplémentaire qu'elle manipula avec du papier-toilette pour éviter d'y laisser des empreintes, puis replaça les cartouches dans l'ordre où elles étaient sorties. Elles laissèrent le pistolet sur le lit, près de la main de Clark mais tourné vers l'extérieur.

« J'ai vu un suicide une fois, expliqua Carmel. Un de mes clients. Le flingue était comme ça.

— Ça va, alors, répondit Rinker en jetant un dernier regard autour d'elle. On a fini. »

Une fois dehors sur le trottoir, Carmel leva les yeux vers le ciel et dit :

« Vous allez me manquer. Vous pensez que vous pourrez trouver le *New York Times*, là où vous allez ?

— Oui, bien sûr.

— Très bien, alors écoutez : j'enverrai un message pour Pamela Stone dans la rubrique des petites annonces du *New York Times* la semaine d'avant Halloween. Quelque chose du genre : "Pamela : Hilton de Zihuatanejo, 24 au 30 novembre", ou un truc comme ça. Ce sera l'endroit où je partirai en vacances, si vous vous sentez en sécurité et que vous voulez toujours aller au Mexique.

— D'accord, je surveillerai.

— Vous avez encore besoin du pistolet ?

— Non, sans doute pas. Il m'en reste un ou deux en stock.

— Vous pourriez me le laisser, dans ce cas ?

— Si vous voulez, mais c'est un peu risqué. Si on le trouve chez vous…

— Je vais le cacher. Au cas où il y aurait du nouveau…

— D'accord. » Alors qu'elles retournaient vers la voiture, Rinker sortit le deuxième flingue de sa ceinture, ouvrit le chargeur, vérifia les cartouches à l'intérieur, le referma et le tendit à Carmel. « Tenez. Faites attention.

— Ne vous inquiétez pas. Vous partez tout de suite ?

— Oui, il faut que j'y aille. Dans une semaine, j'aurai quitté le pays. Mais je dois d'abord passer par quelques étapes. J'ai laissé de l'argent dans des coffres un peu partout. »

Dans le parking du bureau de Carmel, elles se serrèrent la main, comme deux bonnes amies qui venaient de faire un sacré bout de chemin ensemble.

« Si je ne vous revois pas, je me souviendrai de vous, dit Carmel.

— On se verra au Mexique pour Halloween, répondit Rinker. Et n'oubliez pas d'écouter votre répondeur et d'effacer la bande si on entend quelque chose dessus.

— J'y pense. »

Carmel remonta à son bureau, débrancha le répondeur dans la bibliothèque et écouta le message qu'elle avait laissé en appelant de chez Allen. On entendait vaguement quelque chose, mais elle doutait que ce soit reconnaissable. Cependant, elle ne voulait prendre aucun risque : elle remplaça la bande par une cassette vierge, déroula l'ancienne et la brûla. La combustion dégagea une odeur un peu âcre et elle dut ouvrir une fenêtre pour aérer.

Elle repéra trois ou quatre voitures garées dans sa rue, dont au moins deux étaient remplies de flics.

Avec le coup de fil et les flics tout autour, elle avait un alibi d'enfer pour prouver qu'elle n'avait pas quitté son bureau ce soir-là. Il ne lui restait plus qu'à attendre un peu, se calmer et rentrer chez elle.

Et peut-être pleurer un bon coup. Même si, finalement, elle n'avait pas tellement envie de pleurer ; elle était plus excitée que triste.

Bon sang, c'était vraiment quelque chose d'incroyable.

Il était là, juste devant elle, et *pack ! pack ! pack !* Vivant, et puis mort. Incroyable.

23

Le corps de Hale Allen fut découvert par sa secrétaire, Alice Miller, qui avait d'abord appelé Carmel pour savoir si elle l'avait vu.

« Non, je ne l'ai pas vu », répondit Carmel. Elle sentit un frisson de plaisir lui chatouiller la nuque : la partie touchait à sa fin. « Pas depuis avant-hier, en tout cas. Je suis restée travailler tard, hier soir. Mais je lui ai parlé au téléphone. Vers onze heures, environ.

— Je ne sais pas quoi faire, lui confia la secrétaire. Il a manqué une mise en liquidation ce matin, et les gens sont furieux. S'il n'arrive pas d'ici vingt minutes, il va en manquer une deuxième. Ça ne lui ressemble pas.

— Vous avez essayé son portable ? Il ne s'en sépare jamais.

— Ça sonne dans le vide.

— Ah bon ? Peut-être qu'on devrait appeler un voisin, suggéra Carmel. Sinon je pourrais y aller, mais je n'ai pas la clé et j'ai un rendez-vous au tribunal.

— Moi, j'ai la clé. Il a toujours un double dans son bureau. Je peux faire un saut…

— Vous ne pensez pas qu'il est arrivé quelque chose, quand même ? demanda Carmel en se forçant à prendre un ton inquiet. Je suis sûre qu'il a simplement perdu la notion du temps. Il parlait d'aller s'acheter un nouveau manteau…

— Il était censé arriver à neuf heures. Ça fait beaucoup, quand même.

— Maintenant vous me faites peur. Tenez-moi au courant, d'accord ? »

En raccrochant, Alice Miller se rendit compte qu'elle venait d'avoir la conversation la plus agréable qu'elle ait jamais eue avec Carmel Loan, qui d'habitude avait tendance à traiter les secrétaires comme des débiles profondes. Elle se rappela que Hale Allen était effectivement connu pour avoir un effet apaisant sur les femmes…

Lorsque Allen ne réapparut pas pour son rendez-vous suivant, elle s'excusa de sa part et expliqua aux clients qu'elle était très inquiète parce qu'elle n'avait reçu aucune nouvelle de lui. Elle décida d'aller chez lui pour voir ce qui se passait. Sur la route, elle se sentit gagnée par un sentiment d'anxiété croissant. Une fois là-bas, elle passa un dernier coup de fil au bureau pour vérifier s'il n'était pas arrivé entretemps. Ce n'était pas le cas.

Miller sortit de sa voiture et marqua une légère hésitation avant de s'engager dans l'allée, en se remémorant ce qui était arrivé à Barbara Allen. La maison avait l'air occupée, mais silencieuse : une mauvaise vibration. Elle s'immobilisa brusquement.

« Oh, mon Dieu », murmura-t-elle en se signant.

La porte d'entrée était entrouverte.

« Hale ! cria-t-elle depuis le seuil. C'est Alice… Hale ? »

Aucune réponse. Elle pénétra dans la maison, et une cellule atavique tout au fond de son cerveau, une cellule dont elle ignorait l'existence jusque-là, se réveilla soudain et reconnut l'odeur du sang humain. Ou, du moins, elle sut d'instinct ce que c'était. Elle serra son sac à main contre sa poitrine, avança de quelques pas, se pencha sur le côté pour regarder dans le couloir…

Et vit le crâne éclaté de Hale Allen.

Elle avait peut-être crié. Plus tard, elle n'arriverait pas à s'en souvenir. En tout cas, elle fit aussitôt demi-tour, se précipita vers la porte, toujours agrippée à son sac, se retourna juste avant de sortir pour s'assurer que le fantôme de Hale Allen ne la poursuivait pas et fonça droit dans le chambranle.

Sous le choc, elle faillit tomber à la renverse. Elle lâcha son sac, abasourdie, tendit la main pour trouver la poignée et passa le bras à travers la vitre de la porte. Cette fois elle cria, un long gémissement de douleur, et, serrant son bras ensanglanté dans sa main, elle réussit enfin à sortir de la maison en courant sans savoir où elle allait. Un homme promenait son chien sur le trottoir, et elle se précipita vers lui, le bras en sang.

« Au secours ! hurla-t-elle. Au secours, aidez-moi ! »

Les flics qui débarquèrent sur les lieux crurent d'abord qu'Alice Miller était mêlée au meurtre, vu ses blessures au bras. Mais le policier qui arriva ensuite prit le temps de faire un petit tour de la maison et remarqua à la fois le sang coagulé sur le sol et le sang frais sur le chambranle. Il écouta le récit d'Alice, qui s'était assise dans l'herbe près de la voiture de police, et finit par dire :

« Prévenez Davenport. Et emmenez cette dame à l'hôpital. »

Sherrill et Black arrivèrent chez Hale Allen cinq minutes avant Lucas. Black contempla le cadavre et murmura :

« C'est hallucinant, putain ! Il est troué de partout.

— Le pauvre ! » balbutia Sherrill, la lèvre tremblante.

Black lui donna de petites tapes réconfortantes dans le dos.

« Pendant combien de temps Carmel est-elle restée sans surveillance, hier soir ? lui demanda-t-il. Tu n'y es pas retournée, n'est-ce pas ?

— Non, c'est John Hosta qui a pris la relève. Elle est ressortie à une heure du matin et elle est rentrée directement chez elle.

— Cette fois, c'est un peu différent des autres meurtres, fit remarquer Black en examinant les points d'impact. Déjà, ce n'est pas un 22. C'est un plus gros calibre. Pas énorme, mais plus gros. Et la personne qui l'a descendu s'est acharnée sur lui.

— Crime passionnel, hasarda Sherrill.

— Bon sang, si on n'avait pas surveillé Carmel, elle se serait retrouvée en première ligne, avec ça.

— Je ne sais pas, répondit Sherrill. Pour te dire la vérité, ils avaient l'air encore assez amoureux. Je ne crois pas qu'ils en étaient au point de se tirer dessus.

— Peut-être qu'il a essayé de la plaquer, peut-être que... »

Un policier les appela depuis le pas de la porte :

« Davenport est arrivé.

— D'accord, fit Sherrill. On va causer. »

Lucas était dans une rage noire : il aurait dû y penser. Il aurait dû comprendre que Hale Allen était en danger. Avait-il découvert quelque chose ? Carmel s'était-elle confiée à lui sur l'oreiller ? Lui avait-elle laissé entendre quelque chose qui permettait de l'accuser du meurtre de Barbara ?

Sherrill le suivit dans la maison en l'observant attentivement.

« Du calme, lui dit-elle. Tu vas faire une crise cardiaque, si tu continues.

— Je ne vais pas faire de crise cardiaque, grogna Lucas.

— Tu dois avoir la tension à vingt. Je te connais, tu te souviens ?

— Oh, lâche-moi, d'accord ? Et parle-moi plutôt de Carmel.

— Elle est restée un moment sans surveillance, hier soir. Un peu plus d'une heure.

— Ce serait quand même une drôle de coïncidence, rétorqua Lucas.

— Ce serait même plus que ça. Il faudrait qu'elle ait quitté son bureau exactement au même moment que nous, qu'elle soit venue ici, qu'ils se soient disputés, qu'elle l'ait tué sans qu'aucun des voisins entende les coups de feu… Ça ne tient pas debout.

— C'est peut-être l'autre qui a fait le coup. La tueuse.

— Regarde les impacts, répondit Sherrill. C'est le boulot de quelqu'un qui s'est sacrément défoulé, pas d'un professionnel impassible.

— Mais regarde les deux trous dans le front… Ça, c'est du travail de pro ! C'est ridicule ! Je n'arrive même pas à le croire. Et la femme qui a découvert le corps, elle est passée où ?

— Alice Miller ? Elle est en train de se faire recoudre le bras. Quand elle a vu le corps, elle s'est enfuie et elle a foncé dans la porte. Elle a passé le bras à travers la vitre.

— Elle n'est pas…

— Non. Elle est venue le chercher, parce qu'il avait raté deux rendez-vous importants à la suite et qu'elle n'arrivait pas à le joindre par téléphone. Et en plus, même si elle est dans le coup, tu as déjà vu quelqu'un se taillader le bras par souci de crédibilité ?

— Crédi-quoi ? »

Les yeux de Lucas se posèrent sur elle, et elle perçut une sorte d'ironie moqueuse dans son regard.

« Oh, ta gueule, répliqua-t-elle. Moi aussi, je connais des mots compliqués. »

Lucas retrouva une mine plus sérieuse et annonça :

« Il faut que je parle à Carmel. »

Un flic en uniforme passa la tête par la porte :

« Mme Miller a téléphoné depuis l'hôpital. Elle veut parler à un responsable.

— C'est pour toi », indiqua Lucas à Sherrill.

Sherrill acquiesça d'un signe et sortit prendre l'appel. Quelqu'un criait quelque chose à quelqu'un d'autre devant la porte : l'équipe du labo arrivait. Lucas alla aussitôt trouver le chef et lui dit :

« On est déjà trois cents à être entrés là-dedans, mais personne n'est allé plus loin que son pied. Je veux le moindre bout de fil, cheveu, résidu, la moindre empreinte ; n'importe quoi, tout ce que vous pourrez trouver.

— Mauvaises nouvelles ?

— Très mauvaises. Les médias vont nous assassiner. »

Sherrill revint en courant.

« Vous vous souvenez qu'Allen avait une copine, Louise Clark, avec qui il avait une petite aventure avant la mort de sa femme ? Et avant qu'il commence à fréquenter Carmel ?

— Ouais, et alors ?

— Miller nous appelait pour nous dire que Louise Clark n'est pas venue au bureau non plus, ce matin. Et d'après ce que Miller sait, elle n'a pas téléphoné pour prévenir qu'elle serait absente. Miller ne travaille pas directement avec elle, mais elle a juste entendu dire qu'elle n'était pas là, et elle n'avait pas fait le lien avec Allen jusqu'à…

— D'accord, coupa Lucas. Trouve-moi son adresse, on y va. Putain, mais qu'est-ce qui se passe, bon sang ? Qu'est-ce qui se passe ? »

Louise Clark était le cliché même du meurtre déguisé en suicide : allongée sur le lit dans son joli déshabillé rose, le pistolet juste à côté de la main, sur l'oreiller. L'arme était équipée d'un silencieux.

Lucas apporta une chaise de la cuisine dans la chambre, la tourna à l'envers et s'assit au bout du lit, les coudes sur le dossier, le menton entre les mains. Il contempla longuement le corps étendu devant lui. Un flic entra dans la pièce, le vit et se retourna vers Sherrill, qui haussa les épaules. Le flic posa un index sur sa tempe, le tourna comme une vrille et ressortit de la chambre.

Après deux minutes d'immobilité, Lucas murmura : « C'est parfait.

— De quoi tu parles ?

— Quelque part dans la maison, on va retrouver une arme, ou bien des cartouches, ou un truc qui va la mêler aux meurtres précédents. La seule chose qui n'ira pas, c'est qu'on va faire des prélèvements et qu'on ne trouvera pas de sperme. D'habitude, il y a des traces de sperme, et là il n'y en aura pas parce qu'elles n'ont pas pu faire ça. Et on va demander au médecin légiste d'examiner Allen, et il n'aura pas eu de relations sexuelles pendant les dernières vingt-quatre heures, parce qu'elles n'ont pas pu faire ça non plus.

— Quand tu dis "elles", tu veux dire…

— Carmel et la tueuse. »

Sherrill le considéra un moment sans rien dire, puis fit demi-tour et sortit de la pièce, avant de revenir aussitôt.

« Lucas, dit-elle. Je pourrais sans problème te démontrer par A plus B que Louise Clark est la tueuse.

Elle couchait avec Hale Allen, c'était une petite secrétaire de base, et si elle se débarrassait de sa légitime et qu'elle épousait Allen, elle passait du statut de pauvre et célibataire à celui de riche et mariée. Elle avait le motif… et elle a l'arme du crime.

— Et où veux-tu qu'une pauvre secrétaire dans son genre se procure un silencieux comme ça ? rétorqua Lucas avec véhémence. Au marché noir, ça coûte au moins mille dollars, un truc pareil. Et qui a fait le bricolage pour l'adapter sur le canon, hein ? Vous avez trouvé un atelier de métallurgie dans la cave ?

— Non, mais, Lucas… Imagine que ce soit elle la tueuse, et que ce soit comme ça qu'elle ait connu Carmel. Peut-être que Carmel est son avocate.

— Et Carmel se met à coucher avec Allen en sachant que la femme à qui elle l'a piqué est une tueuse professionnelle ? C'est ça ! Non, non, tout ceci est un coup monté. Et c'est pour ça qu'il n'y aura pas de sperme et qu'on va trouver un flingue quelque part. Quand tu dis que tu pourrais me démontrer par A plus B que Louise Clark est l'assassin, tu as parfaitement raison. Tu pourrais. Et une avocate expérimentée comme Carmel le pourrait encore mieux. Elle pourrait convaincre tout un jury. Alors, vouloir faire accuser quelqu'un d'autre de ces meurtres, c'est parfaitement inutile, puisqu'on a un coupable tout désigné.

— Qu'est-ce qu'on fait, alors ?

— Toi, je ne sais pas, répondit Lucas en se levant, mais moi je vais à la campagne. Tu peux très bien t'occuper de ça toute seule. »

Lucas arriva dans sa maison de campagne un peu après cinq heures de l'après-midi, en n'empruntant quasiment que des petites routes pour éviter les contrôles de la police du Wisconsin, la plus grande bande de fouineurs de la région. En chemin, l'image du cadavre de Louise Clark flottait dans son esprit.

Puis, juste avant de tourner sur le petit sentier qui menait chez lui, il aperçut l'un de ses voisins, Roland Marks, perché sur un tracteur orange au bord de la route. Le tracteur était muni d'une énorme benne à un bout et d'une pelleteuse à l'autre. Lucas s'arrêta et descendit de voiture, et Marks se mit au point mort.

« Qu'est-ce que tu fous ? » demanda Lucas en faisant le tour de l'engin. Le souvenir de Louise Clark commençait à se dissiper.

« Je vais me faire un chemin pour la motoneige, derrière. »

Marks possédait vingt hectares de broussailles et de marécages de l'autre côté de la route. Il appelait ça sa réserve de chasse.

« Tu ne sais pas conduire un tracteur, lui rétorqua Lucas. T'es un putain de golden boy !

— Ah ouais ? Regarde un peu ! »

Marks fit descendre la pelleteuse dans le fossé qui longeait la route, toucha une manette, mit le frein, fit pivoter son fauteuil, abaissa les supports hydrauliques des deux côtés du tracteur et hissa le bac. En deux secondes, il avait enlevé presque un mètre cube de terre au fond du fossé.

« Ça t'a coûté combien, cette petite plaisanterie ? lui demanda Lucas, impressionné malgré lui.

— Environ dix-sept mille, d'occase. Y a quatre cents heures de boulot dessus.

— Bon sang, tu te mets à parler comme un garagiste !

— Qu'est-ce que tu fais, ce soir ?

— Je sors le bateau.

— Pourquoi tu ne passes pas à la maison ? Je te donnerai ta première leçon de tracteur. »

Il reversa soigneusement la terre dans le trou d'où il l'avait extraite, mais seule la moitié tomba du bac.

« Ah ouais ? ironisa Lucas. À quelle heure ?

— Dans une demi-heure ?

— Une demi-heure, d'accord. »

Lucas mit en marche la pompe et le chauffe-eau, prit sa canne à pêche, marcha jusqu'à la digue et lança une mouche dans un coin peu profond parsemé de nénuphars. La mouche glissa sur la surface entre les feuilles et les roseaux avant de revenir sur la rive. Il la lança une deuxième fois, puis une troisième, et finit par attraper une perche. Il la ramena jusqu'à lui, la décrocha de l'hameçon et la rejeta dans le lac. Un gros poisson de trente centimètres. Mais il n'aimait pas les perches.

Il continua de pêcher pendant une vingtaine de minutes, attrapa trois petites perches qu'il remit toutes à l'eau, et commença à sentir la tension se relâcher dans ses muscles. Louise Clark n'était plus qu'un lointain souvenir. Après la dernière prise, il remonta jusqu'à chez lui, sortit quatre bières bien fraîches du réfrigérateur, les mit dans un sac en plastique et sortit. À peine avait-il posé le pied dehors, que le téléphone sonna à l'intérieur.

Il s'arrêta, réfléchit une seconde et finit par rentrer en secouant la tête.

« Oui ?

— C'est Sherrill. Je suis avec le médecin légiste. Ils sont en train d'autopsier Louise Clark.

— Et alors ?

— Alors, elle a eu des relations sexuelles peu de temps avant sa mort. Le sperme n'était pas encore dissipé, et ils ont pu faire un bon prélèvement. Mais pour tout te dire, je ne vois qu'un seul endroit d'où il puisse provenir…

— Putain ! Je n'arrive pas à le croire ! s'exclama Lucas, choqué. Et Allen ?

— Ils n'ont pas encore commencé avec lui, mais je te tiens au courant. Si tu veux être tenu au courant, bien entendu.

— Mais oui, évidemment.

— D'accord. Et il y a encore autre chose : on a trouvé le flingue, comme tu avais dit. C'est un colt 22 avec un silencieux. Planqué dans une bottine, dans la penderie. On a aussi trouvé environ deux cents dollars de cocaïne dans la table de nuit, ce qui nous fait un lien avec Rolo. Les gars du labo ont repéré des poils pubiens dans le lit d'Allen. En fait, il y en a de trois origines différentes : la plupart sont ceux d'Allen, mais il y en a aussi des blonds, qui pourraient venir de Carmel, et une troisième sorte, un peu plus foncés. On n'a pas encore les résultats des analyses, mais je suis sûre que c'est ceux de Clark. Je le sais.

— D'accord. Rappelle-moi quand ils en seront à Allen. Continue à mettre la pression sur le médecin légiste, ne le laisse rien repousser à demain. Il nous faut le maximum d'éléments ce soir.

— Tu vas pêcher ?

— Non, j'étais sur le pas de la porte. Mon voisin a un tracteur, il va m'apprendre à labourer.

— À propos de labours…

— Oui ?

— Tu ne m'avais pas dit que l'agent Malone était une femme. Et, qui plus est, une femme avec une voix sexy et qui veut danser avec toi.

— Ça ne me paraissait pas essentiel, rétorqua Lucas. Nous avons une relation purement professionnelle.

— Elle veut que tu la rappelles à Wichita. J'ai son numéro. »

Malone décrocha dès la première sonnerie.

« Bonjour, Lucas Davenport, dit-elle. Il paraît que vous êtes parti cueillir des champignons.

— Pêcher, rectifia Lucas.

— Je voulais vous prévenir que je viens à Minneapolis avec mon équipe et que Mallard va nous rejoindre depuis Washington. Nous sommes très intéressés par cette Louise Clark. Extrêmement intéressés.

— Il y a quelque chose qui cloche dans toute cette histoire. Sherrill vous a parlé du sperme ?

— Non, elle ne m'a rien dit. »

Lucas lui résuma sa conversation avec Sherrill, et Malone conclut :

« Si ça se vérifie, si l'ADN correspond bien, c'est réglé.

— J'ai un pressentiment bizarre, répondit Lucas. Il y a quelque chose qui cloche. Louise Clark ne pouvait pas être une tueuse professionnelle, à moins qu'elle ait fait ça pour le plaisir, parce qu'elle n'avait pas un sou en banque.

— Elle a peut-être caché de l'argent quelque part.

— Ça ne tient pas debout. Elle tue des gens, mais elle cache tout son fric ? Chez elle, on dirait un motel de troisième catégorie. Elle a une télé qui ne doit pas valoir plus de deux cents dollars à l'état neuf. Et tout laisse à penser que c'était une simple secrétaire qui devait ramer pour joindre les deux bouts.

— D'accord. En tout cas, j'arrive demain. Peut-être que, quand vous serez rentré, vous pourriez m'emmener danser le fox-trot quelque part… Quelque part où vous n'allez pas passer la soirée à flirter avec la serveuse, cette fois. »

Lucas se rendit finalement chez ses voisins avec son sac de bières. Lucy Marks était en train de tailler la tête de ses tournesols fatigués pendant que son mari manœuvrait le tracteur pour sortir d'un hangar. Le hangar montrait des éclats de bois sur le montant de la porte, signes d'un impact récent.

« Roland m'a dit qu'il allait t'apprendre à conduire le tracteur, lança-t-elle. Je suis bien contente d'avoir acheté un flacon de mercurochrome.

— Salut ! répondit Lucas.

— Lucas, je t'en supplie, dis-lui de faire attention. J'ai peur qu'il ait un accident. On dirait un gosse avec son nouveau jouet.

— Ça va aller, ne t'en fais pas.

— Ce ne seraient pas des bières que tu as dans ton sac ?

— Deux ou trois, avoua Lucas d'un air coupable.

— Bon, je prends les bières, et toi tu vas voir le tracteur. Quand vous reviendrez, on pourra se faire griller des petites perches et boire les bières avec.

— C'est que… »

Mais elle lui jeta un regard menaçant et il lui tendit son sachet, docile.

Manœuvrer un tracteur était… différent. La conduite ne posait pas de problème particulier, mais c'était pour manipuler la manette qui dirigeait la pelleteuse qu'il fallait un peu de pratique.

« Tu vas voir, avant ce soir je t'aurai appris à beurrer ta tartine avec ce truc, lança Marks d'un ton enjoué. Je me suis dit qu'avec un peu d'entraînement je pourrais dégager les routes de toute la région quand l'hiver viendrait.

— Mais bon sang, Roland, tu gagnes quoi ? Un demi-million par an, quelque chose comme ça ? Et tu as besoin de dégager les routes pour te faire deux cents dollars de plus par mois ? »

Après que Lucas se fut entraîné un moment, Marks lui montra l'endroit où il comptait cacher la clé dans le hangar.

« Même si je ne suis pas là, lui dit-il, n'hésite pas à t'en servir.

— Je pourrais peut-être t'aider à dégager quelques mètres, suggéra Lucas, à qui l'expérience n'avait pas déplu.

— Super. » Puis, alors qu'ils revenaient vers la maison, Marks lui demanda : « Alors, tu t'en tapes beaucoup, en ce moment ?

— Des heures sup ? Non, plus tellement…

— Mais non, des pépées. Des nanas, quoi. Parce qu'on dirait que…

— Ouais, je sais. À vrai dire, je viens de recevoir un coup de fil d'une nana du FBI, la quarantaine, très jolie, qui vient à Minneapolis et qui veut que je l'emmène danser le fox-trot.

— Le fox-trot ? Mon cul ! Si j'étais toi, je lui apprendrais plutôt la cabriole, si tu vois ce que je veux dire. » Marks avait la langue bien pendue, mais c'était l'homme le plus fidèle au monde. En arrivant dans le jardin, il lança à sa femme, qui était occupée à nettoyer le gril du barbecue : « Hé, Lucy, tu sais quoi ? Lucas va se taper un agent du FBI !

— Une femme, j'espère, répondit Lucy.

— Elle veut qu'il l'emmène danser le fox-trot. Elle lui a téléphoné.

— Ça a l'air plutôt bien parti, alors. Comment tu l'as rencontrée ?

— J'étais à Wichita, on s'est retrouvés dans un bar, et comme elle ne danse pas le rock, j'ai dansé avec la patronne… »

Il s'interrompit, les yeux dans le vague, et, au bout de quelques secondes, Lucy lui demanda :

« Hou, hou, Lucas, tu es toujours là ?

— Excusez-moi, dit-il, mais je dois partir. Désolé. »

Il s'éloigna en courant, abandonnant les Marks devant leur barbecue, ahuris. Une fois chez lui, il retrouva le numéro que Sherrill lui avait donné pour rappeler Malone et le composa. Un homme décrocha en disant :

« John Shaw.

— Je voudrais parler à Malone, annonça Lucas.

— Elle vient de partir. Je pourrai peut-être la rattraper.

— Rattrapez-la. Vite. »

Il entendit le combiné de son interlocuteur atterrir bruyamment sur un bureau et s'agrippa à son téléphone, les yeux fermés, se frottant nerveusement le front. Se pouvait-il qu'il ait vu juste ?

Deux minutes plus tard, Malone ramassa le combiné et dit :

« Malone à l'appareil.

— C'est Lucas. Vous avez eu le portrait-robot de la tueuse ?

— Oui. Plutôt réussi.

— Fermez les yeux, et repensez à cette femme avec qui j'ai dansé, dans ce club, à Wichita, je ne me souviens plus du nom… Le Rink.

— J'ai les yeux fermés et… hum. Ça doit être une coïncidence.

— Je sais que je suis plutôt pas mal conservé pour mon âge, mais honnêtement, Malone, il n'y a plus tellement de nanas de trente ans qui me font du rentre-dedans. Et celle-là… J'avais l'impression que je l'intéressais plus que la normale, et peut-être pas pour le sexe. Je ne savais pas pourquoi…

— Ou peut-être que vous, vous croyiez que c'était pour le sexe…

— Oui, peut-être, enfin peu importe. Mais en tout cas, après avoir parlé avec les gens qui l'ont vue à l'aéroport, et en regardant le portrait-robot, j'ai eu un sentiment de déjà-vu sur lequel je n'arrivais pas bien à mettre le doigt. Et maintenant je sais d'où ça vient. Si ce n'est pas elle, c'est sa sœur jumelle. Et si elle est venue à Minneapolis, elle a très bien pu me voir à la télé. Alors imaginez quand elle m'a vu entrer dans son bar à Wichita et m'asseoir tranquillement pour commander un cheeseburger et une bière…

— D'accord, finit par concéder Malone. Ça m'a l'air un peu tiré par les cheveux, mais donnez-moi deux ou trois heures, je vais vérifier. Vous serez toujours dans votre maison de campagne ?

— Je n'en sais rien », répondit Lucas. Par la fenêtre, il pouvait voir le lac, lisse comme de l'huile, immobile, une soirée parfaite en perspective. Et en plus, il venait d'arriver. « Je crois quand même que je vais rentrer en ville. Je vous dis, je pense que c'est elle, la tueuse. »

Il roulait sur la I-35, bien au-delà de la limitation de vitesse, et se trouvait encore assez loin de Minneapolis, lorsque la sonnerie de son téléphone retentit. Il décrocha, entendit les deux premiers mots et perdit le signal. Trois minutes plus tard, le portable sonna de nouveau et il répondit : c'était la voix de Sherrill, entrecoupée mais audible.

« Ta copine du FBI a rappelé ; elle était dans tous ses états. La fille avec qui tu as dansé a disparu. Elle a vidé son appartement, quitté son boulot au bar…

— Je croyais qu'elle était propriétaire ?

— C'est ce que tout le monde croyait aussi, mais en fait elle était juste gérante. Le type à qui ça appartient s'appelle James Larimore, plus connu sous le nom de Tête-de-Bois. Et lui, il est carrément dans le milieu. Mais alors, jusqu'au cou. Et tu sais où ?

— Saint Louis.

— Ouaip. » La ligne téléphonique devenait meilleure, à présent. « Donc, ta copine du FBI a pété les plombs, elle a fait venir une équipe du labo dans l'appartement, et tu sais quoi ?

— Y a pas d'empreintes.

— Astiqué du sol au plafond.

— On la tient, putain. On la tient. Comment elle s'appelle ?

— Clara Rinker.

— Rinker. J'emmerde ces connards du FBI, Marcy. On les a carrément doublés sur ce coup-là.

— Ouais, ouais… Tu veux savoir comment Tête-de-Bois a gagné son surnom ?

— Vas-y, raconte. »

L'adrénaline montait ; il voulait tout savoir.

« Un jour, il était dans un bar où une fusillade a éclaté. Il s'est pris un ricochet dans la tête, et la balle est restée fichée dans son crâne, au milieu du front, juste au-dessus du nez. Elle a fait un trou, elle est rentrée dedans, mais seulement à moitié. On dit que tout le monde rigolait tellement que la fusillade s'est arrêtée. Même Tête-de-Bois rigolait.

C'est un dur, quoi.

— Superdur. Et on va avoir du mal à lui tirer les vers du nez. Il dit qu'il ne sait pas de quoi on parle. »

24

Malone vint le chercher à l'aéroport. « Vous êtes tout vert, dit-elle en l'accueillant. Atterrissage difficile ?

— Non, non, ça allait », marmonna Lucas.

Il se retourna pour contempler l'avion par la vitre du terminal, et Malone lut dans ses pensées.

« Ne me dites pas que vous faites partie de ces gens qui… Vous avez peur en avion ?

— Disons que ce n'est pas mon moyen de transport préféré », répondit Lucas en s'éloignant.

Elle le rattrapa et il lui demanda :

« Vous avez trouvé quoi, au bar ? Des empreintes, des photos ? Il faut qu'on puisse publier une photo maintenant.

— Statistiquement, l'avion est environ cinquante fois plus sûr que la voiture, indiqua Malone. Je pensais que tout le monde le savait. Et en plus, la plupart des gens sont distraits au volant, parce qu'ils tombent dans la routine, ils ne font plus attention, alors que les pilotes sont entraînés pour…

— Bon, bon, ça va. Je n'aime pas prendre l'avion parce que j'ai du mal à laisser le contrôle à quelqu'un d'autre, parce que, inconsciemment, j'ai une image de moi ultramacho, ça vous va ? Vous êtes contente ? Maintenant, parlez-moi de Rinker.

— On n'a pas trouvé de photo. Et il n'y a pas de quoi vous mettre sur la défensive comme ça.

— Il doit bien y avoir une photo quelque part… »

Malone renonça. « Il n'y a aucune photo dans l'appartement, et aucune dans le bar. Alors, soit elle n'en avait pas, soit elle les a emportées. On a interrogé des gens qui étaient plus ou moins ses amis…

— Comment ça, plus ou moins ?

— Elle n'avait pas tellement de vrais amis. Elle était chaleureuse, mais pas amicale. Aucune des personnes qui travaillent au bar n'a jamais été chez elle.

— Une solitaire, quoi.

— Psychologiquement, en tout cas.

— Permis de conduire ?

— On a vérifié : elle portait une perruque rousse et des lunettes grandes comme des soucoupes, et elle avait la tête penchée vers le bas… Ce que je veux vous dire, c'est que le portrait-robot que vous avez établi est ce qu'on a de mieux pour l'instant. L'université avait aussi une copie de sa carte d'étudiante, mais c'est encore pire que sur son permis. Elle était prudente. Ce qu'on essaye de faire, en revanche, c'est d'affiner le portrait-robot. D'ici ce soir, ça sera aussi bon qu'une photo. »

Ils sortirent de l'aéroport dans l'air déjà chaud du Kansas ; le soleil était encore bas sur l'horizon au moment de l'atterrissage, et Lucas pensait qu'il ferait un peu plus frais. Malone le conduisit jusqu'à une Ford garée dans un endroit où le stationnement était interdit, avec un flic local qui faisait le pied de grue.

« Merci, Ted », lui lança Malone.

Le flic hocha la tête et lui décocha son plus beau sourire. Cette fois, il lui avait gardé sa voiture ; la semaine suivante, ce serait peut-être sa vie qu'il sauverait, dans une fusillade quelque part au milieu des plaines brûlantes du Kansas.

Mais bon, peut-être pas.

« Et il y a autre chose, reprit Malone en démarrant.

— Oh, oh…

— Les types du labo ont trouvé des taches de sang frais sur le sol de son appartement. Un gars qui habite un peu plus bas dans la rue et qui s'était levé tôt pour aller pêcher…

— Dans le Kansas ?

— Oui, j'en sais rien, ils doivent bien avoir des rivières. Bref, il se lève et il aperçoit deux types entrer dans l'immeuble de Rinker. Il s'est dit qu'ils avaient l'air bizarres, dans le genre joueurs de handball. Des armoires à glace, tous les deux en costard. Mais comme ils avaient la clé, il a pensé que c'étaient sans doute des habitants de l'immeuble qui rentraient chez eux après une nuit en boîte. Du coup, il est parti pêcher et il n'y a plus repensé jusqu'à ce qu'un de nos gars aille toquer à toutes les portes du voisinage.

— Deux types en costard au beau milieu de la nuit ? s'étonna Lucas.

— Au lever du jour.

— Et du sang par terre.

— Il n'y a aucun appartement dans l'immeuble occupé par deux hommes, et on n'arrive pas à trouver deux hommes qui soient rentrés tard ce soir-là. Ce n'est pas un très grand immeuble. Dix-huit appartements en tout. On a interrogé tout le monde.

— Il n'y a pas eu de bruit ?

— Non. Elle avait une alarme dans le couloir, qui ne se voyait pas du tout si on ne savait pas qu'elle était là. Si elle était chez elle, elle a dû être prévenue de leur arrivée. Bien entendu, peut-être qu'elle les attendait. Il n'y a aucun signe de lutte.

— Elle les a tués, alors ?

— C'est une possibilité, répondit Malone, en dehors du fait que les corps ne sont pas dans l'appartement, ce qui veut dire qu'elle a dû transporter deux armoires à glace dans l'escalier pour pouvoir se débarrasser d'eux. En revanche, si c'est eux qui l'ont tuée… deux types costauds peuvent facilement faire disparaître une petite femme. S'il était assez grand, l'un d'eux a même pu la planquer sous son manteau et ressortir de l'immeuble avec le cadavre sous le bras, comme si de rien n'était.

— Ils portaient des manteaux ?

— Le pêcheur dit que non, mais enfin, vous voyez où je veux en venir. Ils ont pu se débarrasser d'elle bien plus facilement qu'elle n'a pu se débarrasser d'eux.

— Ou bien ils sont partis tous les trois ensemble, observa Lucas. Peut-être qu'ils étaient venus l'aider. Peut-être qu'elle s'est coupée en faisant ses cartons.

— Pour l'instant, c'est ma théorie, déclara Malone. Bien que l'autre hypothèse soit assez attrayante. Si on arrive à choper cette nana… Il y a une bonne demi-douzaine d'États où on applique encore la peine de mort. La seule chose qui leur manque, c'est le coupable. Si on décide de la livrer à l'un ou l'autre de ces États pour la faire passer en jugement, tôt ou tard elle est sûre de finir sur la chaise électrique ou dans une chambre à gaz. Avec ce genre de moyens de pression, on peut réussir à la faire parler sans problème. Et je suis sûre qu'elle aurait des tas de choses intéressantes à nous raconter sur la mafia de Saint Louis.

— Et c'est ça qui vous intéresse.

— Bien sûr. Si on coince ce type, le Patron, celui de qui elle reçoit sans doute ses ordres… lui, il sait tout. Et si elle acceptait de le balancer, on pourrait le menacer des mêmes choses, chaise électrique, chambre à gaz et tutti quanti. Et alors là, si lui il parle, dans deux ans, Saint Louis est plus clean que, je ne sais pas… Seattle.

— À Seattle, ils ont Microsoft.

— D'accord, concéda-t-elle en esquissant un sourire. Que Minneapolis, alors.

— Merci.

— Mais bon, les types du milieu à Saint Louis savent ça aussi bien que nous, et ce ne serait pas absurde de penser qu'ils lui ont envoyé deux tueurs pour résoudre le problème.

— Elle est peut-être plus intelligente qu'eux, rétorqua Lucas. J'ai l'impression qu'elle est très, très maligne. On sait que le Patron peut envoyer des types pour faire le ménage, le Patron sait qu'il peut envoyer des types pour faire le ménage, et elle le sait aussi. Donc, si tout le monde le sait, est-ce qu'ils le font quand même ?

— Je n'en sais rien. Mais il y a une chose que je sais, et qui est assez sensationnelle.

— Ah oui ?

— Vous êtes le seul homme de ma connaissance qui ait littéralement dansé avec le diable. »

Lucas repéra la fenêtre à la seconde où il pénétra dans l'appartement.

Il possédait certes un avantage sur Malone et les autres agents du FBI qui étaient présents : en arrivant sur place, ils étaient surtout à la recherche de Rinker et ne connaissaient pas l'existence des taches de sang par terre. Un des experts du FBI lui fit faire le tour de l'appartement, et il finit par demander :

« Vous avez inspecté le rebord extérieur de cette fenêtre ? »

L'agent considéra la fenêtre et, comprenant aussitôt où Lucas voulait en venir, il répondit : « Non, pas encore », comme si c'était prévu au programme.

« Vous croyez que je peux l'ouvrir ?

— Je vais plutôt demander à un de mes gars de le faire.

— À quoi pensez-vous ? demanda Malone à Lucas.

— Je pense que faire sortir n'importe quel corps de cet appartement en passant par l'escalier relève de la pure folie, mais que de le balancer par la fenêtre, s'il fait nuit… » Il se pencha pour regarder au-dehors. « Il atterrit pile derrière la décharge, et ensuite il suffit de venir le récupérer avec une voiture. »

Un des techniciens s'approcha, contempla la fenêtre d'un air sceptique et dit :

« Laissez-moi faire. »

Lucas recula. Le type déverrouilla la fenêtre et souleva facilement le panneau du bas. La moustiquaire était en place, mais un peu branlante. Le technicien avait du mal à la manœuvrer, avec ses gants de chirurgien.

« Attendez », murmura-t-il.

Il sortit un petit canif de sa poche et le glissa entre le bord de la moustiquaire et l'encadrement de la fenêtre pour faire levier. Une fois la moustiquaire délogée de son rail, il put facilement l'attraper et la poser par terre contre le mur.

« Tiens, tiens, marmonna le technicien en se penchant au-dehors pour examiner de plus près le rebord en briques.

— Quoi ? demanda Malone, avec un coup d'œil en biais à Lucas.

— Vous voyez une explication pour qu'une brique porte du tweed ? »

Une équipe de spécialistes venue exprès de Washington était en train d'interroger Tête-de-Bois. Lucas et Malone assistèrent à l'interrogatoire pendant quelques minutes avant de partir. Si eux n'y arrivaient pas, Lucas n'était pas assez futé pour leur donner des conseils : ils passaient au crible tous les aspects de la vie de Tête-de-Bois, et ils étaient vraiment efficaces.

« J'aurais bien suggéré qu'on aille manger un morceau au Rink, dit Malone, mais j'ai peur que quelqu'un ne crache dans mon hamburger.

— On n'a qu'à aller ailleurs. Ensuite je vais louer une voiture pour rentrer.

— C'est vrai ? Vous préférez conduire plutôt que de prendre l'avion ?

— Exactement.

— On a une voiture qui part pour Minneapolis cet après-midi, deux types de l'équipe du labo qui vont réexaminer les dossiers des deux derniers meurtres. Vous pourriez partir avec eux. Je crois qu'ils veulent se mettre en route vers trois heures et faire le trajet d'une seule traite.

— Ça me va. »

Ils s'arrêtèrent dans un petit restaurant du centre et s'assirent à une table bancale. Lucas se pencha pour observer les pieds de la table et dit à Malone :

« Vous voyez ce levier en bas du pied ? Il y a un levier qui dépasse…

— Ouais.

— Poussez-le vers moi, avec votre pied.

— Pour quoi faire ?

— Pour caler la table. »

Malone poussa le levier du bout du pied, et la table cessa de branler.

« Où avez-vous appris ça ? demanda-t-elle.

— J'étais scrvcusc, dans ma jcuncssc. Avant mon opération. »

Tout en avalant un sandwich au fromage et un café, Malone informa Lucas de tout ce que le FBI avait découvert sur Clara Rinker : désormais, ils connaissaient sa biographie depuis sa plus tendre enfance, même s'ils n'avaient toujours pas réussi à mettre la main sur une photo.

« Elle a eu quelques petits ennuis avec la justice à l'adolescence, mais rien de bien méchant. On n'a jamais relevé ses empreintes, ni pris de photo à l'identité judiciaire. Elle était fugueuse, et elle avait sans doute de bonnes raisons de l'être. On pense qu'elle a probablement été violée à plusieurs reprises par son beau-père, qui d'ailleurs a disparu depuis. Et peut-être aussi par un de ses frères.

— Qui a disparu lui aussi ?

— Non, non, il est toujours dans les parages, mais il ne parle pas beaucoup d'elle. Il prétend ne pas s'en souvenir.

— Eh ben, ça nous aide !

— En même temps, le profil est assez cohérent : je pense que c'est une sociopathe, mais pas une psychopathe. Elle n'a jamais montré un grand enthousiasme pour son travail, elle le faisait sérieusement, sans plus. Elle a dû passer un examen pour entrer à l'université de Wichita State, et elle s'en est plutôt bien tirée : assez bonne en expression écrite, un peu moins en maths. Elle a eu un total de 705 points, ce qui est plutôt exceptionnel si on considère qu'elle s'est enfuie de chez elle quand elle était en troisième.

— Je savais qu'elle était intelligente. Elle a plié bagage si rapidement et si proprement que je suis prêt à parier qu'elle connaît un endroit où se cacher. Et ça risque d'être assez difficile de la retrouver, surtout avec ces photos merdiques qu'on a pour le moment. Mais dites-moi, il me semble avoir entendu qu'il faut fournir une photo pour l'examen d'entrée à la fac, justement.

— Je ne sais pas, répondit Malone, mais je peux vérifier.

— Si c'est bien du sang qu'on a retrouvé sur le sol derrière la décharge, et s'il provient de deux personnes différentes, ça veut dire qu'elle est toujours en vie. Sinon, je ne sais pas. C'est dur de penser qu'elle est peut-être morte, envolée pour toujours.

— Oui, enfin il y a pire, comme dénouement. Au moins on est sûrs que le carnage va s'arrêter jusqu'à ce qu'ils trouvent quelqu'un pour la remplacer. Mais je comprends ce que vous voulez dire ; ça vous ferait plaisir de la coincer.

— Elle parle des langues étrangères ? s'enquit Lucas.

— L'espagnol. Elle est en quatrième année, à la fac, et elle a eu A à tous ses examens. Un de nos gars est allé parler à son prof, qui dit que si elle passe la frontière et qu'elle s'installe au Mexique elle sera complètement bilingue en six mois. Il dit qu'elle a déjà un bon niveau, et qu'elle a l'oreille pour l'accent.

— À vrai dire, ça ne me surprendrait pas qu'elle soit déjà là-bas. Bon sang, on l'a ratée de quelques minutes cinq fois de suite.

— Et la femme de Minneapolis ? demanda Malone. Carmel Loan ? »

Elle mangeait son sandwich par petits morceaux minuscules, s'arrêtant toutes les deux ou trois bouchées pour s'essuyer les lèvres du coin de sa serviette. On aurait dit un professeur d'histoire, le sex-appeal en plus. Peut-être cela pouvait-il d'ailleurs expliquer pourquoi chacun de ses quatre mariages s'était soldé par un divorce. Ses maris la voyaient peut-être comme une gentille et discrète enseignante et se retrouvaient en fait face à un animal ; à moins que ce ne soit l'inverse.

« Il faut que je m'allonge un peu pour repenser à Carmel, dit Lucas. Je pourrai peut-être somnoler à l'arrière de la voiture, tout à l'heure. Mais je voudrais vous poser une question : avec ce que l'on a maintenant, est-ce que vous êtes sûre de pouvoir démontrer la culpabilité de Rinker ? »

Malone réfléchit en levant les yeux au ciel. Au bout d'un moment, toujours sans rien dire, elle se gratta la nuque et s'agita sur sa chaise. Puis elle finit par répondre :

« On pourrait sans doute la coincer, oui. Tôt ou tard, après des années de procédure, on finirait par la coincer.

— Mais ce n'est pas dans la poche.

— Pas tout à fait. On va sûrement finir par trouver des empreintes quelque part. Quelque chose qu'elle aura oublié. Mais, même si on les compare aux empreintes que vous avez relevées sur le savon, on ne fera que prouver qu'elle était à Minneapolis à ce moment-là. On a une montagne de preuves, mais aucun lien direct. Cela dit, je pense que les preuves finiraient par l'accuser, avec le bon jury.

— Ça signifie que les mêmes preuves pourraient aussi bien désigner quelqu'un d'autre. Il n'est pas impossible que Clara Rinker soit la mauvaise personne, alors.

— Si, c'est assez improbable.

— Mais…

— … pas impossible, concéda-t-elle.

— Vous avez un avocat dans l'équipe, n'est-ce pas ? Je veux dire : à part vous.

— Plusieurs, même.

— Est-ce qu'il serait possible d'en envoyer un à Minneapolis – le meilleur du lot – avec tout le dossier

Rinker, de le mettre en contact avec un procureur et d'essayer de monter un dossier contre Louise Clark ? Pour prouver que c'est elle la tueuse. Parce que finalement, on a retrouvé l'arme, on a tout un tas d'indices qui prouvent qu'elle a commis au moins l'un des meurtres de la série… J'aimerais bien savoir si on arriverait à rassembler des preuves pour les autres meurtres aussi. »

Malone semblait déconcertée :

« Mais vous avez dit que c'était un coup monté. Pourquoi voulez-vous l'accuser, maintenant ?

— Parce que, entre vous et moi, je sais que Carmel Loan est mêlée à ces crimes. Je ne sais pas très bien comment, peut-être juste une histoire de cul… ou peut-être pas. Peut-être que c'était pour l'argent, ou simplement pour le plaisir. Mais elle est mouillée jusqu'au cou, je vous le garantis. Et je peux facilement rattacher Carmel à Clark. Si j'arrive à prouver que Clark est la tueuse, et à la relier à Carmel, je pourrai peut-être convaincre un jury de l'envoyer à l'ombre.

— Oh, là ! là ! je ne sais pas… Ça ne me paraît pas très moral, objecta Malone.

— Je ne suis pas avocat, putain. Je suis flic. Alors la morale, c'est pas mon problème. Vous pourriez nous envoyer un de vos avocats ? On pourra toujours discuter des détails – et de la morale – plus tard. »

Elle le contemplait fixement par-dessus la table.

« Je ne suis pas sûre d'avoir envie de connaître les détails.

— Mais vous allez envoyer quelqu'un ?

— Peut-être. »

Elle avait une toute petite miette de pain au coin

de la bouche, et Lucas ramassa sa serviette pour la lui enlever.

« Vous aviez une miette », dit-il.

Elle haussa les épaules et le regarda dans les yeux.

« C'est l'histoire de ma vie, ça… »

25

Sherrill était d'accord avec Malone :

« C'est la chose la plus tordue que j'aie jamais entendue.

— Et les triplés Tracy avec l'histoire de la gourde ? protesta Black. Tu disais que c'était ça, la chose la plus tordue que tu aies jamais entendue. Et que rien n'atteindrait jamais ce niveau-là. »

Sherrill répondit à Black sans quitter Lucas des yeux :

« D'accord, c'est la deuxième chose la plus tordue que j'aie jamais entendue. Les triplés Tracy restent en premier, mais seulement à cause du nain. Sans le nain, ils seraient passés deuxièmes après ça. »

Lucas n'avait pas envie de plaisanter.

« Ce n'est pas tordu. Vous commencez à m'énerver.

— Lucas, bon sang ! s'exclama Sherrill, comment veux-tu accuser une femme innocente, et morte qui plus est, de quelque chose qu'elle n'a pas fait ?

— Ça ne devrait pas être trop compliqué. On le fait bien régulièrement avec des gens innocents et vivants ! Alors je ne vois pas en quoi c'est plus difficile de le faire avec quelqu'un de mort. Elle, en tout cas, ça ne la dérangera pas. Et au moins on pourra coincer Carmel.

— La vache, je sais vraiment pas, murmura Black. Ce n'est pas un jeu, quand même…

— Je sais, dit Lucas. Mais peut-être que ça débloquera quelque chose. Alors voilà ce que je veux : je veux que tout le monde travaille sur les liens entre Louise Clark et Carmel. Elles ont à peu près le même âge. Est-ce qu'elles ont déjà été dans la même école ? Fréquenté les mêmes endroits ? Je suis sûr qu'elles se connaissaient, il ne reste plus qu'à montrer qu'elles étaient amies. Et puis il faut aussi réfléchir à quelques idées pour resserrer l'étau autour de Clark, qu'on puisse la traîner devant un tribunal…

— Si elle était encore vivante, compléta Black.

— Ouais. Si elle était vivante. Mais ça ne marchera pas si Carmel n'en entend pas parler. Ce qu'on veut, c'est la faire réagir. »

Une demi-douzaine d'enquêteurs étaient réunis dans le bureau de Lucas : Sherrill, Black, Sloan, un type des Stups, deux des Mœurs. Lucas voulait des gens avec qui il avait déjà travaillé, et en qui il avait confiance.

« On sait qu'elle a des contacts dans nos services, poursuivit-il, alors ayez la langue bien pendue. Faites circuler la rumeur : la Crim est en train d'établir des liens entre Carmel Loan et Louise Clark, et donc d'associer Carmel aux meurtres.

— Pourquoi tu n'appelles pas tes copains de la 3 ? suggéra Black.

— Je préférerais que ce soient eux qui viennent me poser des questions, répondit Lucas. Je ne veux pas que ce soit trop gros non plus. Les rumeurs, c'est toujours mieux que les faits établis. D'ailleurs, si la presse en entend parler, je nierai sans doute en bloc.

— Tu refuses tout commentaire, ajouta Sherrill. Ça, ça les fait toujours bander. »

Carmel fut au courant presque instantanément.

« Ils font quoi ?

— Ils cherchent à établir des liens entre vous et Louise Clark et, s'ils y arrivent, vous risquez d'avoir des problèmes.

— Mais je n'ai rien fait !

— Oui, enfin bon. Écoutez, les choses commencent à se corser un peu, par ici. Je vais me mettre en veilleuse pendant quelque temps, d'accord ?

— Vous voulez dire : "Ne m'appelez plus."

— Je ne veux pas faire le salaud, mais c'est le branle-bas de combat. Ils ont une équipe de six personnes qui travaille dessus. Davenport a dit à quelqu'un que vous seriez derrière les barreaux avant la fin de la semaine.

— C'est absurde.

— J'ai pensé que vous aimeriez le savoir... Donc j'arrête, d'accord ? Pour cette fois-ci, c'est gratuit. C'est un cadeau bonus.

— J'en ai rien à foutre de votre cadeau bonus ! » explosa Carmel.

Black mit la main sur une invitation au bal de Halloween des avocats, organisé par des membres de plusieurs cabinets de la ville. La photo des quatre femmes qui avaient préparé l'événement, dont Carmel, figurait au dos du programme, et le nom de Louise Clark apparaissait parmi la liste des bénévoles qui s'étaient proposés pour donner un coup de main.

« Voici ce que tu devrais faire, conseilla Lucas à Black après avoir vu la photo. Tu vas contacter les trois autres bonnes femmes et leur demander de te parler des relations entre Carmel et Clark. Si elles ont collaboré étroitement, ce genre de choses.

— À mon avis, Clark était un simple larbin. Elle a dû faire des photocopies, point barre.

— Peut-être, mais demande quand même. Il y en aura bien une dans le tas pour appeler Carmel et la mettre au courant. »

Sherrill revint avec une piste très sérieuse, qui surprit tout le monde : sur la facture détaillée de Louise Clark apparaissaient deux appels vers la ligne personnelle de Carmel, celle qui était sur liste rouge, dans la semaine précédant la mort de Clark. Les deux coups de fil avaient été passés tard le soir.

« Je ne vois pas pour quelle raison elles auraient eu besoin de se parler… ou en tout cas pourquoi Clark aurait appelé Carmel. Mais c'est un lien très clair, dit Sherrill.

— C'est presque suffisant en soi, répondit Lucas. Tu sais quoi ? Je voudrais que tu ailles voir Carmel et que tu lui en parles face à face. Dis-lui que ça fait partie de l'enquête sur la mort de Clark et qu'on veut juste qu'elle réponde à une question, rien de très grave. »

Carmel était aussi écarlate que sa magnifique écharpe en soie rouge sang.

« Elle ne m'a jamais appelée ! hurlait-elle. Elle ne m'a jamais appelée !

— Madame Loan, quelqu'un a appelé chez vous depuis chez elle. Ce n'est pas une invention, c'est la liste que nous a fournie la compagnie de téléphone. Je vous ai apporté une photocopie pour vous montrer. » Assise en face de Carmel, Sherrill déplia une feuille de papier qu'elle posa sur le bureau. « Vous pouvez appeler la compagnie de téléphone vous-même, si vous ne me croyez pas. »

Carmel s'empara du document d'un geste brusque et étudia les deux lignes soulignées. Elle secoua la tête avec colère.

« Non. C'est… » Mais elle s'interrompit soudain, pensive. « Vous savez ce que c'est ? Ce salopard me téléphonait de chez elle. Il dormait chez moi trois nuits par semaine, et le reste du temps il était fourré chez elle. »

Sherrill semblait sceptique.

« Bon…, dit-elle en se levant. Puisque vous le dites.

— C'est ça », affirma Carmel avec véhémence, en lui agitant la photocopie sous le nez.

L'anecdote n'amusa pas du tout Lucas, qui tripotait un bouton de sa veste.

« Je commence presque à avoir pitié d'elle, dit-il. Presque.

— Et moi, je te demande où tu veux en venir avec tout ça », rétorqua Sherrill.

Ils étaient tout seuls dans le bureau de Lucas. La lumière jaune d'un réverbère pénétrait par la fenêtre, une dernière lueur de soleil illuminait le ciel. Un soir d'été parfait, un soir pour aller se promener au bord des lacs, songea Sherrill.

« Tu es la seule personne qui connaisse l'existence de la cartouche que j'ai trouvée dans la penderie de Carmel, expliqua Lucas.

— À moins que tu ne l'aies dit à quelqu'un d'autre.

— Non, c'est entre toi et moi. » Il poussa la machine à écrire dans le coin de son bureau, se renversa contre le dossier de son fauteuil et posa les pieds sur la table. « Il a bien dû se passer quelque chose pour que cette cartouche ait atterri là. Quelqu'un a fait tomber une boîte de cartouches, quelqu'un a sorti une cartouche d'un chargeur et ne l'a pas ramassée, ou bien quelqu'un était au contraire en train de remplir son chargeur... Si Carmel me voit trouver une cartouche au même endroit, et si ça se passe dans les circonstances adéquates, je pense qu'elle essayera de venir la récupérer. Soit elle, soit la tueuse.

— Tu veux dire : n'importe quelle cartouche ?

— Oui. N'importe quelle cartouche de 22. Ce qui s'est passé pour que cette cartouche se retrouve dans la penderie, Carmel le sait. Donc, si elle me voit trouver une cartouche à cet endroit, elle saura qu'elle est foutue. Surtout si elle entend aussi parler des écorchures sur la main de Rolo, et de tous les autres indices convergents.

— Et qu'est-ce qu'elle fera ?

— Imagine que je trouve la cartouche un vendredi soir. Imagine que tout le monde soit déjà parti, sauf moi, et que je tombe sur la cartouche par hasard, alors que je fais un dernier tour. Je sais où j'ai trouvé l'original, donc je m'arrangerai pour trouver celle-ci exactement au même endroit. Je la lui montre, et elle prétend que c'est moi qui l'ai posée là, ou un truc comme ça. Je lui réponds que les seules cartouches que j'aie en ma possession sont usagées, et que si on constate que l'analyse de cette cartouche coïncide avec celles des meurtres, elle est foutue. Et ensuite je lui dis que je sais qu'elle est mouillée, grâce aux messages téléphoniques, ou n'importe quoi.

— Et… ?

— Et je dis : “On vous tiendra au courant lundi matin.” Je mets la cartouche dans un sachet en plastique et je pars. Je rentre chez moi. Je conduis lentement, pour lui laisser une chance de me rattraper. On tend un filet autour de la maison, et je traîne un peu chez moi, bien tranquillement.

— Tu crois qu'elle viendrait chercher la cartouche ? demanda Sherrill en fronçant les sourcils.

— Si elle sait que c'est compromettant, oui. Et elle le sait sûrement. Surtout si on lui laisse tout le week-end pour ruminer.

— Bon sang, tout ça sent quand même l'incitation au meurtre…

— Écoute, toi et moi savons qu'elle est impliquée. Si elle s'en prend à moi, elle est cuite. Parce que, quand tu essayes de piéger quelqu'un et que sa réponse est de te descendre… Je veux dire que tu ne peux pas espérer te sortir d'affaire en répondant à une incitation au meurtre par une tentative de meurtre, justement. D'ailleurs, on peut se servir de ça comme argument par rapport au reste de l'équipe : leur dire qu'on essaye juste d'attirer le tueur dans un piège, mais qu'on n'utilisera jamais la fausse cartouche pour un procès. Comme ça, on ne peut plus être taxés d'incitation au meurtre.

— Mais on ne leur dit pas qu'il y a eu une vraie cartouche ?

— Non, déclara Lucas.

— C'est là que ça devient délicat.

— Hum. Ce serait bien qu'on arrive à trouver autre chose pour relier Carmel à Clark…

— Bon, écoute, puisqu'on invente la cartouche et toute la relation entre Carmel et Clark, on peut bien inventer des liens fictifs, pendant qu'on y est. Par exemple, suppose qu'on sache où Carmel part en vacances et qu'on répande le bruit que Clark est partie au même endroit au même moment. Carmel n'a aucun moyen de vérifier si c'est vrai ou pas.

— En tout cas, j'espère que tout ça lui parviendra. J'espère que son contact dans le département fonctionne toujours.

— Il faut qu'on écrive un scénario, suggéra Sherrill. Et quand on aura obtenu le mandat pour fouiller son appartement, on pourra semer quelques petites remarques par-ci, par-là. Toi, tu peux dire quelque chose, ensuite moi, Sloan… »

Lucas acquiesça et regarda sa montre.

« Bonne idée. Réfléchis à des trucs, et je vais en faire autant de mon côté. Mais pour l'instant, je dois aller à la commission, on a un débat sur les minorités non classables, ce soir. »

Il abattit la paume de sa main sur le rapport, posé sur son bureau. Il en était à la page quatre cent trente.

« Non classables ? Qu'est-ce que ça veut dire ?

— Ben, tu sais, les minorités qui n'entrent dans aucune catégorie raciale, sexuelle, d'âge, de handicap, religieuse ou ethnique.

— La vache ! Pourtant, j'aurais cru que ça couvrait tout.

— Oh non ! Il y avait dans le Wisconsin le cas d'un homme blanc d'une trentaine d'années, de l'Église épiscopalienne, pas handicapé, hétérosexuel, d'origine anglaise…

— L'Américain de base, quoi.

— Il ne pissait même pas dans sa douche. Bref, il appartenait à un groupe de protection des animaux, et ses collègues le torturaient en lui montrant des photos de saucisses et de côtelettes de porc sur son lieu de travail, et ils parlaient devant lui d'aller bouffer des cheeseburgers chez McDonald's. Il a touché sept cent cinquante mille dollars de la ville de Madison pour terrorisme émotionnel.

— Ben oui, mais Madison…

— Ça s'explique en grande partie, bien sûr. Mais apparemment, il faut qu'on ait une position là-dessus. Histoire de couvrir aussi les minorités éthiques non religieuses. » Puis il ferma les yeux, se frotta les paupières du bout de l'index et reprit : « Putain, qu'est-ce que je viens de dire, là ? »

Carmel sentait la rage monter en elle. Elle savait ce que les flics étaient en train de faire : ils essayaient de monter un dossier contre elle « juste au cas où », en espérant réunir des preuves assez solides pour convaincre un jury de l'envoyer en prison, *au cas où* ce serait elle la tueuse.

Sans qu'elle sache très bien pourquoi, Davenport s'était mis en tête qu'elle était coupable. Et elle devait admettre qu'en voulant éliminer toutes les possibilités pour qu'on établisse un lien entre Rinker et elle, elle n'avait pas pensé qu'elle impliquerait par hasard quelqu'un d'autre à qui elle pouvait effectivement être reliée. Or, à présent, il n'existait plus aucun moyen d'expliquer que Clark n'était pas la tueuse. C'était trop tard…

Carmel avait plaidé quarante-quatre affaires de meurtre dans sa carrière, sur lesquelles elle en avait remporté vingt et une, ce qui était considéré comme une excellente moyenne, dans la mesure où la plupart des cas concernaient un type qu'on avait retrouvé à côté du corps de sa femme avec un pistolet dans la main et qui, quand les flics lui avaient demandé pourquoi il avait fait ça, avait répondu : « Elle me cassait les couilles, vous comprenez ? »

Trois des procès qu'elle avait perdus continuaient à la hanter parce que, selon elle, elle aurait dû les gagner. Les entretiens ultérieurs avec les jurés l'avaient amenée à penser qu'elle avait perdu uniquement parce que les jurés avaient eu envie de croire la police : ils n'avaient aucune preuve, mais ils avaient voté coupable parce que les flics le leur avaient vivement suggéré.

Et la même chose pouvait très bien lui arriver…

Enfoiré de Davenport.

Pis, la rumeur commençait à se répandre. Peut-être qu'elle était en train de devenir folle, ou bien paranoïaque, mais elle avait la ferme impression de le voir dans les yeux de ses collègues. Toutes ces questions non formulées : « C'est vrai que c'est toi ? Tu es complice ? C'est toi qui as percé les trous dans les genoux de Rolando D'Aquila ? »

Au cours d'une conversation avec une amie de Carmel, Sherrill réussit à apprendre que cette dernière était allée à Zihuatanejo en novembre de l'année précédente.

« Rappelle-le-moi, dit Lucas. Quand on sera en train de fouiller son appartement, on lui apprendra que Clark était là-bas en même temps, et on la fera flipper avec ça.

— D'accord.

— Tu as autre chose ?

— Pas vraiment. C'est plutôt maigre. Clark a pris un cours d'expression juridique à la fac en même temps que Carmel faisait ses études de droit…

— Donc elles étaient à la fac ensemble.

— Pas exactement.

— Pour le dossier, ça ira très bien. Continue à chercher. »

John McCallum, le directeur adjoint du cabinet juridique où travaillait Carmel, alla la voir dans son bureau et lui demanda :

« Qu'est-ce qui se passe, Carmel ? J'ai entendu dire que la police parlait de toi comme étant impliquée dans toutes ces affaires de meurtre.

— C'est des conneries, John », rétorqua Carmel aussi sec. Mais elle sentit le rouge lui monter aux joues et elle eut brusquement envie de se jeter sur lui pour l'étrangler. « Les flics essayent de me mettre la pression, je ne sais pas pourquoi.

— Eh bien, arrange-toi pour que ça s'arrête.

— J'y compte bien.

— Tu sais que le cabinet te soutiendra toujours.

— Mon œil ! Vous me lâcheriez comme des malpropres, si vous pouviez. Mais bien entendu, une fois que j'aurais établi mon innocence, je me ferais un plaisir de vous attaquer pour avoir nui à ma carrière. Peut-être que tu t'en sortirais avec une paire de chaussures et ta plus vieille bagnole, mais c'est tout.

— Je rêve, ou c'est une menace ?

— Excuse-moi si je n'ai pas été assez claire : *c'est* une menace. Si le cabinet ne me soutient pas sur ce coup-là, je te traînerai en justice personnellement, et par les couilles s'il le faut.

— Je ne veux pas entendre tes insultes, dit McCallum en s'apprêtant à partir.

— Tu n'es pas obligé d'écouter, mais tu ferais mieux d'y penser, lança Carmel d'une voix glaciale. Parce que je suis sérieuse, John. Tu m'as vue travailler. Alors tu sais qu'il vaut mieux ne pas m'emmerder. »

Sherrill rédigea une note dans laquelle elle résuma tous les liens qu'elle avait trouvés, réels ou inventés, entre Carmel et Clark. Puis elle déposa le document sur le bureau de Lucas.

« Tu crois que ça suffit pour avoir un mandat ? »

Après avoir parcouru la liste, Lucas acquiesça :

« Il nous faut aussi une photo des écorchures sur la main de Rolo et les factures de téléphone.

— Son bureau ou son domicile ?

— Les deux. Mais son bureau d'abord. Mettez son appartement sous scellés, pour qu'elle ne puisse rien subtiliser, et coincez-la à son bureau. Il nous faudrait une douzaine de gars, pour que ça soit vraiment voyant et que ça l'emmerde. On va fouiller tous ses dossiers, et on aura aussi un expert informatique pour copier les fichiers de son ordinateur. Il faudra qu'on ait un mandat pour obtenir les listings téléphoniques de tout le cabinet.

— Ça risque peut-être de nous causer des problèmes juridiques, non ?

— Ouais, on verra, répondit Lucas. Allons demander au bureau du procureur ce qu'il nous faut pour justifier le mandat.

— Quand ?

— Tu n'as qu'à rédiger le mandat tout de suite, et on l'apporte chez le procureur, histoire qu'ils sachent ce qui se trame.

— Et s'ils ont l'air réticents ?

— On les emmerde. En plus, ça ne leur déplaît pas de nous voir nous planter de temps en temps, du moment qu'on en prend toute la responsabilité, ce qui est le cas.

— Quand est-ce qu'on perquisitionne, alors ?

— Demain. Vendredi. »

Sherrill considéra un instant la note qu'elle venait de rédiger.

« Bon sang, ça promet… »

26

À midi le vendredi, toute la paperasse était en règle. Lucas emmena Sherrill, Sloan et Franklin déjeuner en laissant comme consigne au reste de la troupe de les retrouver dans son bureau à trois heures. Sherrill, Sloan et Franklin étaient au courant de la perquisition qui se préparait, ainsi que Black, qui était parti à Saint Paul chercher des photos des écorchures de Rolando D'Aquila.

« Pourquoi on n'y va pas tout de suite ? » demanda Sherrill alors qu'ils s'installaient au Gray Kitten.

Une serveuse passa devant leur table en coup de vent, déposa quatre menus sur la toile cirée à carreaux rouges et continua sa course.

« Parce que je préfère qu'on y aille en fin d'après-midi, répondit Lucas après le passage éclair de la serveuse. Je veux que les gens soient déjà en train de rentrer chez eux, que ce soit plus compliqué pour elle d'interrompre le processus. Et peut-être aussi qu'elle sera un peu fatiguée. Elle est partie travailler à quelle heure, ce matin ? Sept heures ? »

Un flic dont c'était le jour de repos entra par hasard. Il portait un short sur lequel on pouvait voir des taches d'herbe et un T-shirt avec le dessin d'un élan. Il sourit en apercevant Sherrill.

« Salut, Marcy.

— Salut, Tobe. Tu n'as pas l'air très frais. »

Il regarda son short, opina du chef et dit :

« J'ai joué au foot.

— Ah bon, d'accord », répliqua Sherrill avant de détourner la tête vers Franklin.

Au bout d'un moment, Tobe finit par dire :

« Bon, ben à plus tard alors », et il s'en alla.

Lucas jeta un coup d'œil à Sherrill, qui affichait un sourire satisfait.

« Elle est arrivée au bureau à sept heures, reprit Franklin, qui travaillait avec l'équipe de surveillance. La première lumière chez elle s'est allumée à six heures moins le quart.

— Donc, on débarque à son bureau sur le coup de trois heures et, au même moment, on met quelqu'un devant chez elle, expliqua Lucas. On reste à son bureau jusqu'à environ cinq heures, et ensuite on conduit tout le monde dans son appartement. Je veux qu'on fouille tout de fond en comble, aussi bien à son bureau que chez elle. Les fichiers des ordinateurs, les factures de téléphone, les relevés de banque, les numéros de ses coffres à la banque, tout.

— Il nous faudra un autre mandat si on veut perquisitionner ses coffres à la banque, précisa Sloan.

— Oui, mais d'ici là, c'est-à-dire d'ici lundi, ou bien on en aura fini avec elle, ou bien on sera sérieusement dans la merde. Cela dit, on devrait essayer d'avoir ce mandat, de toute façon. Si jamais on trouve quelque chose dans un coffre, ça mettra encore un peu plus de pression sur elle.

— Et tu crois vraiment qu'elle va s'en prendre à toi ? » demanda Franklin.

Il ignorait que Lucas avait ramassé une cartouche chez elle, mais savait qu'il comptait en apporter une et faire semblant de la trouver là-bas.

Lucas haussa les épaules.

« En tout cas, dit-il, je pense qu'elle essayera de faire quelque chose. Si on s'y prend bien, elle devrait se sentir complètement acculée, et la seule manière de s'en sortir, ce serait de récupérer cette cartouche. »

La serveuse revint et ils passèrent commande. Quand elle s'éloigna, Franklin demanda :

« Est-ce que l'un d'entre vous a déjà participé à une opération de ce genre, où tout se passe exactement comme c'était prévu ? »

Après quelques secondes de réflexion, Lucas secoua la tête, et Sherrill répondit :

« Non, jamais. »

À trois heures, l'équipe de surveillance suivit Carmel jusqu'à son bureau. Lucas envoya deux hommes faire le guet devant son domicile.

« Personne ne franchit le seuil de cet appartement sans mon autorisation, indiqua-t-il. Et s'il y a déjà des gens sur place quand vous arrivez là-bas, vous ne les laissez pas partir avant que je les aie vus. »

Puis ils sortirent du poste de police et marchèrent jusqu'au bureau de Carmel, trois rues plus loin. Deux autres flics les rejoignirent en camionnette, pour pouvoir transporter les éventuels objets saisis lors de la fouille.

Carmel se trouvait dans le bureau d'un collègue lorsque Lucas présenta le mandat de perquisition à la secrétaire et commença à faire entrer ses hommes dans le bureau de l'avocate. Des confrères apparurent aussitôt dans le couloir, et l'un d'entre eux leur cria :

« Hé ! qu'est-ce que vous foutez, bande de salopards ?

— Une perquisition, répliqua Sherrill aussi sec.

— Vous avez un mandat ?

— Nous l'avons montré.

— Bande de connards ! » s'exclama le type.

L'un de ses confrères commença à les huer et, cinq secondes après, la pièce retentissait d'exclamations et de sifflements. Quelques instants plus tard, Carmel se fraya un chemin dans l'attroupement et se retrouva nez à nez avec Sherrill.

« Dégagez-moi de là ! aboya-t-elle.

— Je vous laisse entrer, mais vous ne devez rien toucher, ni vous interposer d'une manière ou d'une autre, répondit Sherrill. Sinon, je vous fous dehors.

— Ah ouais ? »

Carmel s'avança tout près d'elle, jusqu'à la toucher.

« Ouais, affirma Sherrill sans bouger d'un pouce. Et si vous me touchez, je vous colle une beigne et je vous traîne en justice pour agression envers les forces de l'ordre. »

Carmel vacilla.

« C'est ça. Mon cul !

— On verra quand vous serez en train de récupérer vos dents au fond de votre gorge. » Sherrill attendit encore une minute avant de faire un pas de côté pour la laisser passer. « Vous ne touchez à rien », prévint-elle.

Carmel pénétra enfin dans le bureau, tandis que certains de ses confrères l'encourageaient depuis le couloir en scandant :

« Allez, Carmel ! Allez, Carmel ! »

Elle repéra aussitôt Lucas, qui, les mains dans les poches, regardait un technicien insérer une disquette dans son ordinateur.

« Qu'est-ce que vous foutez ? grommela-t-elle.

— On fouille votre bureau à la recherche de toute information ou de tout objet concernant votre implication dans le meurtre de Hale Allen et des autres. Et quand on en aura terminé ici, on ira voir chez vous.

— Chez moi ? répéta-t-elle en portant une main à sa gorge.

— Chez vous. Pour le moment, votre appartement a été mis sous scellés. Vous pouvez demander à être présente au moment où nous y entrerons, si vous le souhaitez. »

Après un long moment de silence perplexe, elle dit :

« Vous êtes cinglés.

— Non, mais en revanche, j'ai bien peur que *vous* ne soyez cinglée. Nous avons bien compris votre petit manège avec Louise Clark.

— Je n'ai rien à voir avec Louise Clark. Rien du tout. Vous pouvez demander à…

— Vous êtes allées à Zihuatanejo ensemble par hasard, peut-être ?

— Quoi ? Je ne l'ai jamais vue à Zihuatanejo ! Vous croyez que je pars en vacances avec une… une secrétaire ? J'y suis allée toute seule. »

Lucas la toisa de la tête aux pieds, avant de répondre en détournant le regard d'un air méprisant :

« C'est ça... »

Un des flics trouva le nom de Louise Clark dans le Rolodex de Carmel, détacha la page et la plaça dans un sachet en plastique. Un autre trouva un gros dossier sur le procès D'Aquila et l'emporta aussi. Dans le couloir, les avocats s'étaient mis à crier : « Salauds ! Salauds ! Salauds ! », et l'un des associés principaux vint essayer de les faire taire. Ils ne se turent pas. Au contraire, ils redoublèrent d'invectives et le type esquissa un petit sourire, haussa les épaules et retourna dans son bureau. Deux minutes plus tard, un autre groupe d'avocats arriva d'un autre cabinet, dans le même immeuble, et se joignit à la protestation.

Carmel s'égosillait pour se faire entendre par-dessus le chahut :

« Vous pensez que j'ai tué Hale ? On allait se marier. J'étais ici la nuit où il a été tué. Regardez dans les relevés de téléphone, connard, vous verrez qu'il m'a appelée ici et qu'on a parlé pendant dix minutes... Hé, connard, je te parle ! »

Dehors, les avocats se mirent à entonner :

« Connard ! Connard ! Connard ! »

Sherrill commençait à s'impatienter, mais Lucas lui posa une main sur l'épaule en rigolant.

« Je ne m'étais pas autant amusé depuis la fois où on a cassé la gueule à ce petit con d'Oxford.

— Qu'est-ce qui te fait rire, connard ? » hurla Carmel.

Et Lucas laissa échapper un long rire sonore. Dans le couloir, les avocats s'époumonaient et tapaient des poings contre la baie vitrée du bureau de Carmel, tandis que Lucas n'en finissait plus de rire.

À cinq heures, Lucas déplaça toute l'équipe en direction de l'appartement de Carmel, à l'exception de trois assistants qui restèrent au bureau pour terminer le travail. Elle les suivit dans sa Jaguar rouge, qui avait également été fouillée dans le parking. Lucas et quatre autres flics étaient dans l'ascenseur lorsque celui-ci s'arrêta au niveau où Carmel avait garé sa voiture.

Elle entra dans la cabine avec un homme qu'elle avait présenté plus tôt comme Dane Carlton, son avocat personnel. Lucas le connaissait de vue. Un grand type mince aux cheveux grisonnants, avec un regard bleu glacé derrière ses lunettes à monture dorée. Il portait ce jour-là un costume bleu marine avec une chemise blanche et une cravate bordeaux.

« Allez vous faire foutre », lança Carmel à Lucas.

Lucas soupira ostensiblement et se tourna vers Carlton.

« Vous devriez dire à votre cliente de surveiller son langage.

— Je suis son avocat, pas sa maman, répondit sèchement Carlton.

— Et il va vous faire bouffer vos couilles quand on en aura terminé avec ça, précisa Carmel.

— C'est vrai ? » demanda Lucas en regardant le type.

Avec un hochement de tête imperceptible, Carlton répondit simplement : « Oui. »

Lorsque Carmel et son avocat sortirent de l'ascenseur à son étage, Sherrill les regarda s'éloigner et chuchota à l'oreille de Lucas :

« J'ai l'impression qu'il en serait capable.

— Je le connais, répondit Lucas. Il en est capable. »

L'équipe de fouille procédait avec méthode et précision ; ils cherchaient des armes, des cartouches, des dossiers, des notes, des lettres... tout ce qui pouvait établir un lien entre Carmel et l'une ou l'autre des victimes. Ils tombèrent sur une série de petits mots et d'e-mails adressés à Hale Allen, la plupart pour lui fixer des rendez-vous.

Franklin, qui portait des gants en caoutchouc blancs, en montra un à Lucas.

« "Si tu me trompes, je te tue" », lut-il à haute voix.

Carlton jeta un regard en coin à Carmel, qui roula des yeux. Mais elle était en colère, et de plus en plus, pensa Lucas. Il lui balança l'histoire des écorchures sur la main de Rolo dès qu'il en eut l'opportunité, c'est-à-dire quand Carmel se remit à protester.

« Vous abîmez mes vêtements, bordel ! s'écria-t-elle. Ces vêtements valent plus d'argent que la ville ne pourra jamais m'en rembourser... Dane, on va demander des indemnités pour ça, ils sont en train de m'esquinter ce tailleur.

— Bien sûr, Carmel, répondit-il avant de se tourner vers Lucas. Commissaire Davenport, vous ne voulez pas arrêter cette comédie ? Il n'y a aucune preuve que Carmel ait quoi que ce soit à voir avec ces meurtres. Vous essayez de faire de l'intimidation, et nous finirons par savoir pourquoi. Ça ressemble fort à une entreprise de diffamation contre l'un des plus prestigieux pénalistes de la région. Vous avez perdu un procès contre elle ? Que va-t-on trouver dans votre passé qui…

— Je n'ai rien contre Carmel personnellement, rétorqua Lucas d'une voix glaciale. À vrai dire, je l'ai toujours admirée. C'est une bonne avocate. Mais j'ai cessé de l'admirer le jour où Rolando D'Aquila s'est servi de ses propres ongles pour graver le nom de Carmel sur le dos de sa main pendant qu'il était torturé.

— C'est l'une des choses les plus ahurissantes que j'aie jamais entendues, murmura Carlton avec l'ombre d'un sourire.

— Vous serez encore plus ahuri quand vous verrez les égratignures. Ou plutôt les plaies. Ça a dû être presque aussi douloureux que les trous de perceuse dans les genoux. Et il n'a pas gravé que les initiales. Il a gravé son nom complet : C. Loan. Des lettres de presque un centimètre sur le dos de sa main… »

Carlton jeta un coup d'œil à Carmel, qui s'était figée sur place en entendant le nom de D'Aquila.

« Je ne vous crois pas, finit par dire Carlton.

— Nous avons encore le corps de D'Aquila dans une chambre froide à Saint Paul, ainsi que des prélèvements du sang qui a coulé sur ses mains et ses bras lorsqu'il s'est fait ça. Vous pouvez aller voir par vous-mêmes. Je suis sûr que vous viendrez avec votre médecin légiste pour examiner le corps. »

Carmel commença à objecter quelque chose, mais Carlton la fit taire d'un geste et s'adressa à Lucas sur un ton un peu plus chaleureux. Lucas savait ce qu'il était en train de faire : essayer d'obtenir plus d'informations, pour pouvoir nourrir sa défense le jour d'un éventuel procès.

« Nous contesterons, bien entendu. Parce que je ne sais pas ce que M. D'Aquila s'est gravé sur la main, mais ce n'est pas le nom de Carmel.

— Comment pouvez-vous en être sûr avant même d'avoir vu ? s'étonna Lucas.

— C'est simple : parce que ça ne peut pas être le nom de Carmel.

— Très bien, acquiesça Lucas. Si c'est votre théorie.

— C'est notre théorie, et nous nous y tiendrons. »

La fouille se poursuivait. Sloan, l'un des flics les plus réservés de la Crim, mentionna au passage devant Carmel qu'ils étaient au courant de ses relations avec Clark à la fac de droit. Lucas, sur le seuil de la chambre où Sloan et Carmel discutaient, entendit celle-ci riposter :

« C'était une vulgaire secrétaire, nom de Dieu ! »

Et Sloan lui répondit :

« Allons, Carmel, nous savons très bien qu'elle était dans le même cours d'expression juridique que vous.

— Si c'est vrai, je l'ignorais.

— Allez, allez. Ça fait un bail que vous la connaissez. Vous avez même organisé le bal de Halloween ensemble, c'est écrit sur le programme.

— Bon sang, mais vous… »

Elle ne termina pas sa phrase. Elle commençait à avoir peur, à présent. La colère l'emportait toujours, mais la peur pointait son nez à la surface.

À six heures, alors que Carlton regardait sa montre toutes les deux minutes, l'équipe commença à se disperser. Des types du labo étaient venus prélever des échantillons dans le lit de Carmel et celui de la chambre d'amis, tout en relevant les empreintes dans la chambre d'amis. Ils finissaient de remballer leurs affaires quand Sloan annonça à Lucas qu'il rentrait chez lui. Puis deux autres policiers s'en allèrent, et Carlton demanda à Lucas :

« J'imagine que vous avez fini pour aujourd'hui. Vous n'avez pas d'autre mandat ?

— Non, non, on a presque fini. Je vais faire un dernier tour avant de partir. »

Carlton alla trouver Carmel et lui dit :

« Je dois présider une réunion du barreau à sept heures. Tu vas t'en sortir toute seule ?

— Oui, oui. C'est fini, de toute façon. »

À voix basse, Sherrill demanda à Lucas :

« Tu as mis la cartouche ?

— Ouais. Va-t'en dès que Carlton sera parti.

— Je serai en face avec Sloan. Franklin et Del sont en route vers chez toi. »

Carlton partit, et Sherrill consulta sa montre.

« Tu veux que je reste ? demanda-t-elle à Lucas. Je suis un peu pressée, ce soir.

— Tu peux y aller, lui répondit-il. Je vais rester dire au revoir à Carmel et vérifier si on a tout emporté.

— Bon débarras ! lança Carmel alors que Sherrill s'en allait. Allez tous vous faire foutre ! »

Sherrill lui montra son majeur par-dessus l'épaule sans prendre la peine de se retourner. Carmel écarquilla les yeux et s'élança derrière Sherrill mais Lucas s'interposa entre elles.

« Ho ! Ho ! » cria-t-il. Puis il s'adressa à Sherrill, avec un clin d'œil complice : « Tu te calmes, OK ?

— Ouais, c'est ça… »

Elle partit pour de bon, et Lucas se retrouva seul avec Carmel dans son appartement de rêve.

27

« Vous avez un micro sur vous ? » demanda Carmel.

Ils se tenaient tous deux dans le salon, et la porte du palier était restée ouverte.

« Non, pourquoi ? Je devrais ? »

Lucas fit un pas en avant pour fermer le battant.

« De toute manière, je m'en fous. Je vais vous faire plonger, Davenport, je le jure devant Dieu. J'y consacrerai ma vie s'il le faut, mais je vais vous faire plonger.

— Il va vous falloir beaucoup d'acharnement, si vous passez vos trente prochaines années en prison. »

Elle s'empourpra :

« Je ne ferai même pas vingt-quatre heures de prison, croyez-moi. Vous, en revanche, c'est possible, quand on en aura fini avec cette histoire. Vous n'avez rien contre moi.

— Ils sont déjà en train d'étudier la question au tribunal. Certains pensent qu'on a assez de preuves, d'autres non. Ça va être serré. »

Tout en parlant, il faisait le tour du salon. Il jeta un coup d'œil dans la chambre d'amis, puis continua jusqu'à la chambre, Carmel sur ses talons.

« Qu'est-ce que vous voulez encore ? aboya Carmel.

— J'effectue juste un dernier tour pour vérifier si personne n'a rien oublié. » La cartouche était posée entre deux chaussures, dans la penderie. « Je vais vous dire une chose, Carmel. Entre vous et moi, et je me fiche pas mal que *vous* portiez un micro ou non. Je sais que vous êtes impliquée dans ces meurtres. Je le sais. Vous étiez impliquée dans le premier de la série, celui de Barbara Allen, et je pense que vous avez fait cela parce que vous vouliez Hale pour vous seule. Vous couchiez déjà avec lui avant même que le corps de sa femme ait eu le temps de refroidir.

— Qu'est-ce que vous en savez ?

— Je le sais. C'est Hale qui me l'a dit.

— Hale ? s'exclama-t-elle en portant une main à sa gorge.

— Ouais. Nous avons eu une longue discussion à votre sujet. Je sais tout sur vous, vos préférences sexuelles, ce dont vous aimez parler en baisant. Et vous savez quoi ? Hale avait une trouille bleue de vous. Il n'avait pas le courage de vous repousser, mais il a eu le courage de venir me parler, et j'ai tout enregistré. Quand il me racontait que vous détestiez Barbara, que vous trouviez qu'elle l'empêchait de vivre et qu'il avait de la chance d'en être enfin débarrassé. »

Lucas avait inventé la dernière partie, mais il était sûr que c'était la vérité.

« Quel salopard ! murmura-t-elle.

— Non, il était juste un peu bébête, c'est tout. Il travaillait dur, il aimait les femmes, il n'avait pas grand-chose dans le ciboulot. Pas tellement de couilles non plus. Mais il essayait juste de mener sa vie tranquillement, quoi. Pour Louise Clark, il se sentait coupable, mais beaucoup d'hommes qui aiment leur femme ont des maîtresses. Et Louise était époustouflante au pieu. Il n'arrêtait pas de me parler d'elle. Il disait qu'elle pouvait sucer une batte de base-ball jusqu'à l'érosion, je me souviens de son expression. Et il disait que vous, comparée à elle, vous étiez comme l'armée romaine, la grosse machine de guerre, quoi.

— Il n'a jamais dit ça », protesta Carmel. Mais les larmes coulaient sur ses joues, et elle s'en voulait terriblement. Aussi, elle cria encore plus fort : « Hale n'a jamais dit ça.

— Oh si, il l'a dit, et je pense que vous le savez, parce qu'il n'y a que la vérité qui blesse. » C'était une sensation bizarre de se retrouver dans cette chambre à coucher ultrasophistiquée et féminine, les mains dans les poches, face à cette femme en pleurs ; il se sentait cruel. Et il insista : « Il disait que vous étiez comme un robot, comme un soldat en marche, quelque chose d'oppressant. Mais il avait peur de vous quitter parce qu'il… parce qu'il avait peur. Parce qu'il pensait que vous aviez peut-être tué sa femme.

— C'est Louise Clark qui l'a tuée… avant de le tuer lui.

— Allez, allez…, rétorqua Lucas. Louise Clark n'avait rien à craindre. Ils allaient se marier, dès qu'il aurait réussi à se débarrasser de vous. Et, pour vous dire la vérité, Louise Clark était un bon parti pour lui. Assez futée, même si ce n'était pas le génie du siècle.

Sympathique. Et une bombe au lit. Sans compter que, d'après tout ce que ses amis nous ont dit d'elle, Louise Clark n'avait jamais touché à une arme à feu de sa vie, jusqu'au jour où on l'a retrouvée morte dans cette ridicule mise en scène de suicide.

— Allez vous faire foutre, Davenport, dit Carmel en croisant les bras. Sortez de chez moi.

— Oui, j'y vais. Je vais juste… Qu'est-ce que c'est que ça ? »

Il n'était pas très bon acteur, ça sonnait un peu faux : le froncement de sourcils, la surprise feinte. Mais Carmel était fatiguée.

« Quoi ? demanda-t-elle d'un air perplexe.

— Ça, là. » Il passa devant elle, ouvrit en grand la porte coulissante de la penderie pour mieux voir. « Bon sang ! »

Il attrapa Carmel par le bras et l'attira vers le salon. « Venez là, dit-il.

— Lâchez-moi, répondit-elle en essayant de se dégager.

— Je veux simplement que vous veniez avec moi dans le salon. » Une fois dans le salon, il cria à la cantonade : « Hé ! Y a quelqu'un ? Hou, hou… Et merde ! »

Carmel fit un pas en arrière, en direction de la chambre, et Lucas lui cria : « Non ! » Il y avait une telle autorité dans sa voix qu'elle s'arrêta net. Il regarda autour de lui, passa derrière le bar, trouva un rouleau de Cellophane dans la cuisine et l'emporta dans la chambre. Elle le suivit. Il s'agenouilla devant la penderie, poussa la chaussure et ramassa la cartouche entre le pouce et l'index à travers la Cellophane.

« C'est une cartouche de 22, murmura-t-il en se tournant vers elle. Une putain de 22.

— C'est vous qui l'avez mise là.

— Mon cul. Vous savez très bien que je ne l'ai pas mise là. Et vous savez quoi ? Je parie qu'il y a vos empreintes dessus. Et je parie aussi qu'elles coïncideront avec les autres quand on va faire les analyses balistiques. Non ? Qu'est-ce qui s'est passé ? Vous avez fait tomber votre boîte de 22 dans la penderie ? Vous avez ouvert votre chargeur par mégarde ? Comment cette cartouche a-t-elle atterri dans votre armoire, Carmel ? »

Elle avait l'impression que Davenport s'éloignait d'elle. Dans la réalité, il était presque collé à elle, mais la tension était tellement forte qu'elle avait la sensation qu'il rétrécissait, jusqu'à devenir un tout petit bonhomme, comme si elle le voyait à travers un judas. Son cerveau s'arrêta ; elle ne pouvait plus supporter tout ça. Elle lui dit quelque chose sans savoir quoi et sortit de la chambre comme un automate. Il lui répondit, tendit la main pour essayer de la rattraper, mais elle écarta violemment son bras.

Elle criait, à présent, mais seule une minuscule partie de son cerveau, coupée du reste, semblait contrôler ses actes. Elle traversa le salon d'une seule traite, ramassa un trousseau de clés de voiture sur le guéridon de l'entrée et sortit dans le couloir en laissant la porte ouverte derrière elle. Davenport la regardait en lui hurlant quelque chose d'incompréhensible…

Le couloir, l'ascenseur, le bouton, le parking, la Volvo bleue, le coffre, le sac de sport, le pistolet.

Car c'était là qu'elle avait caché l'arme que Rinker lui avait laissée : dans la voiture de sa mère, à son nom. Personne ne pouvait s'en douter. Personne n'aurait pu croire que Carmel roulait dans une voiture qui lui ressemblait si peu, qui était si peu son style.

Elle revint jusqu'à la porte du parking, propulsée par la rage, remonta dans l'ascenseur qui n'avait pas bougé, le poids rassurant du pistolet dans la main.

Lucas la regarda sortir de la chambre en pensant : « Waouh ! » Il la suivit, avec la cartouche. Il voulait lui dire qu'il la prenait avec lui, il fallait qu'elle le voie mettre la cartouche dans sa poche. Mais il y avait quelque chose d'étrange dans sa façon de marcher, raide comme un robot, et il craignit brusquement qu'elle n'ait eu une sorte d'attaque.

« Carmel ! lança-t-il. Carmel, vous allez bien ? »

Elle disparut alors dans le couloir. Il resta un moment immobile sur le seuil de la chambre, perplexe, pensant qu'elle allait revenir. Il finit par sortir son portable de sa poche, composa le numéro de Sherrill et dit :

« C'est moi. Je crois que Carmel a pété un plomb. Elle vient de sortir de l'appartement, elle est bizarre.

— Tu veux qu'on remonte ?

— Non, je vais… Oui, peut-être que c'est mieux. Revenez. Trouvez une raison quelconque pour revenir. Je vais voir ce qu'elle fabrique. »

Lucas traversa le salon et sortit à son tour sur le palier : Carmel avait disparu. Ou par l'escalier, ou par l'ascenseur. Lucas s'approcha de l'ascenseur et appuya sur le bouton. Il hésita un moment à aller jeter un coup d'œil dans la cage d'escalier, puis se souvint que la porte de l'appartement était restée ouverte et y retourna en courant. Il s'assura qu'elle pouvait s'ouvrir de l'extérieur si elle n'était pas fermée à clé et, juste à cet instant, le signal de l'ascenseur retentit. Lucas se retourna et s'avança vers les portes.

« Carmel ? »

Elle sortit de l'ascenseur. Lucas ne vit pas immédiatement ce qu'elle avait à la main, ou bien il ne le reconnut pas dans le contexte, mais ensuite…

Carmel tira un premier coup au moment même où Lucas identifiait le pistolet. Elle put lire l'étonnement sur son visage. Il eut un léger mouvement de recul avant de s'accroupir au sol. Elle ressentait une étrange pulsion meurtrière. Elle pointa de nouveau le canon dans sa direction et tira plusieurs coups.

Lucas sentit une première balle lui érafler le cou, et il s'aplatit au sol avant de plonger en direction de l'appartement. Une autre balle lui traversa l'épaule. De retour dans le salon, il se mit à rouler sur la moquette alors que les balles ricochaient dans tous les sens autour de lui, comme une armée de frelons. Alors qu'il tentait péniblement de se relever et de s'orienter, il sentit sa joue s'embraser, puis une autre balle le toucha à la cuisse, il réussit à sortir son arme et repéra Carmel sur le pas de la porte…

Il tira une seule fois et Carmel eut l'impression qu'on venait de lui assener un coup avec une batte de base-ball. La balle avait arraché tout un morceau de chair juste au-dessous de sa cage thoracique, et elle recula en titubant sous le choc. Touchée. Salement. Hôpital. Elle avait encore ses clés de voiture dans la main gauche, elle pivota sur elle-même et s'avança en direction de l'ascenseur. Les portes se refermaient à peine. Elle abattit son poing sur le bouton, les portes se rouvrirent, elle se retourna, vit Lucas sortir de l'appartement et tira encore un coup avant de s'écrouler dans la cabine.

Lucas appuya aussitôt sur la détente, mais les portes de l'ascenseur le gênaient ; une balle ricocha sur le panneau de droite, alors que l'autre avait peut-être réussi à passer entre les deux... Il rampa laborieusement jusqu'à l'ascenseur et appuya sur le bouton.

« C'est un flingue ! cria Sherrill à Sloan, dans l'entrée de l'immeuble, en sortant instinctivement son arme. C'est un bruit de flingue, putain !

— Attends l'ascenseur, lui répondit Sloan. Il descend. Moi, je prends l'escalier.

— Trop long, rétorqua Sherrill alors que Sloan s'élançait déjà.

— Il faut l'intercepter, il faut bloquer le parking.

— Fais gaffe ! lui lança-t-elle.

— Appelle du renfort. »

Sherrill sortit son téléphone portable et appuya sur une touche qui la relia aussitôt au central. Elle se mit à débiter les informations tout en surveillant le cadran lumineux de l'ascenseur : il venait de s'arrêter au cinquième. Sherrill courut jusqu'à la cage d'escalier et cria :

« L'ascenseur s'est arrêté au cinquième, surveille l'entrée du parking !

— C'est bon », répondit Sloan.

Le deuxième ascenseur montait à son tour et Sherrill, sans réfléchir, appuya sur le bouton d'appel. Le premier, celui qui s'était immobilisé au cinquième, se mit à redescendre, alors que l'autre continuait inexorablement son ascension jusqu'au vingt-septième étage. Elle retourna dans la cage d'escalier et indiqua :

« L'ascenseur est au vingt-septième ! »

À cet instant, le second ascenseur arriva au rez-de-chaussée avec une petite sonnerie.

« Bloquez cet ascenseur ! hurla-t-elle au gardien, terrorisé. Vous pouvez le bloquer ? Bloquez-le au rez-de-chaussée ! »

Le type s'élança vers la cabine alors que les portes s'ouvraient, mais il s'arrêta soudain.

« Mon Dieu, il y a du sang... », bredouilla-t-il.

Sherrill le poussa sur le côté, aperçut une flaque de sang au milieu de la moquette.

« Comment on fait pour le bloquer ? demanda-t-elle.

— Il faut tirer sur le bouton rouge. »

Elle le repéra aussitôt et tira dessus.

« C'est bon, il est bloqué ?

— Oui, ça... » Le gardien leva les yeux vers le voyant lumineux au-dessus de la porte. « Le deuxième ascenseur arrive, annonça-t-il.

— Oh, merde ! Éloignez-vous, éloignez-vous. »

Elle recula de quelques pas, le pistolet tendu en avant, au niveau du ventre. Elle se souvenait de la chanson : *Deux dans le bide, une dans la tête, ça vous envoie un type au caveau…*

Puis les portes de l'ascenseur s'ouvrirent et elle vit Lucas par terre, l'arme pointée vers elle et du sang qui lui dégoulinait dans les yeux.

« Lucas ! hurla-t-elle. Lucas, bon Dieu… »

L'ascenseur semblait monter au ralenti. Carmel se redressa tant bien que mal, se rendit compte que son bras était en feu. Elle regarda et ne vit que du sang. Tout son corps n'était qu'une immense sensation de douleur. Elle sortit au cinquième étage en titubant, se dirigea vers l'entrée du parking. L'escalier débouchait dans le parking, et elle entendit quelqu'un qui montait les marches.

« Enculés ! » cria-t-elle dans le vide.

Elle apercevait uniquement le bras de l'homme, trois étages plus bas. Il s'arrêta, leva la tête vers elle et elle tira deux fois, coup sur coup. Sloan recula vivement. Il était entre le troisième et le quatrième étage, et il ne comprenait plus rien. Carmel ? Les deux balles fusèrent à côté de lui et il leva son arme à son tour, tira instinctivement sans prendre le temps de viser.

Carmel, ne sentant plus la peur, oppressée par la douleur, tira encore une fois, puis une autre, mais son pistolet émit un simple cliquetis : elle avait vidé son chargeur.

« Enculés », cria-t-elle une seconde fois avant de s'engouffrer dans le parking.

Encore une dizaine de mètres, et elle atteignit la Jaguar rouge, qui l'attendait sagement. Elle eut du mal à trouver la bonne clé. Son corps était en feu.

Enfin, elle réussit à passer la marche arrière, recula pour manœuvrer et s'engagea dans la rampe de sortie.

Sloan entendit la porte du parking se refermer. Il releva la tête au centre de la cage d'escalier avant de s'élancer jusqu'au palier suivant. C'est alors qu'il entendit la Jaguar démarrer dans un crissement de pneus. Il était entre le quatrième et le cinquième étage, à présent. Il redescendit un demi-niveau à toute allure, pénétra dans le parking au quatrième et l'entendit arriver. Au moment où elle franchissait le virage, il leva son arme et tira dans le pare-brise. Rien du tout. Carmel accéléra en passant devant lui, et il visa la vitre côté conducteur. Mais il fut trop lent et la balle fit exploser la vitre arrière. La Jaguar emprunta le virage en direction de la sortie.

Sloan se rua vers l'escalier et rentra dans le parking au troisième, mais elle était déjà en avance sur lui. Il fonça au deuxième, mais, comme il l'entendait approcher, il préféra continuer. Il déboula dans le hall en criant à Sherrill :

« Elle arrive par la rampe. »

Tout en s'élançant vers la porte, il enregistra l'image de Lucas à genoux par terre, le sang, Sherrill avec son arme à la main. Puis la Jaguar surgit de l'entrée du parking dans un rugissement de moteur et s'éloigna dans la rue en dérapant. Sloan se retrouva sur un trottoir bondé de gens, où il ne pouvait pas se servir de son arme…

Lucas, qui avait rapidement passé en revue ses blessures, précisa : « Pas trop grave » en essayant de se relever, alors que Sherrill lui criait : « Reste à terre, tu es blessé, reste couché ! » Il finit par la bousculer pour pouvoir passer et se dirigea en boitant vers la porte vitrée, à travers laquelle il vit Sloan s'élancer sur le trottoir alors que la Jaguar de Carmel disparaissait au bout de la rue.

« J'avais pas pensé à ça », dit-il en s'efforçant de sourire à Sherrill. Du sang coulait au coin dc sa bouchc. « Qu'elle ferait ça. Elle a complètement craqué.

— Lucas, assieds-toi. L'ambulance…

— M'en fous, de l'ambulance. » Soudain, ils virent les gens se retourner, paniqués, de l'autre côté de la rue. « Elle revient ! s'exclama Sherrill. Elle a fait le tour du pâté de maisons ! »

Lucas s'élança clopin-clopant dans la rue. Sherrill s'était résignée à le laisser passer devant. Elle le suivait, pistolet à bout de bras, en criant à la cantonade :

« Police ! Laissez passer. Police ! »

La Jaguar surgit de derrière un immeuble et Sherrill n'eut pas le temps de viser.

« Bon sang, dit Lucas alors que la Jaguar passait en trombe à leur hauteur. Elle fait du cent quatre-vingts ! »

Carmel ne ressentait quasiment rien. Juste une sorte d'obstination muette, le désir brûlant de n'en faire qu'à sa tête. Elle tourna encore dans une rue avant de se rendre compte qu'elle était en sens interdit, et que de toute façon l'hôpital se trouvait dans la direction opposée. Au lieu d'essayer de faire demi-tour, elle se concentra sur le Target Center, la salle où avaient lieu les matchs de l'équipe de basket locale. Elle visa le bâtiment et appuya à fond sur l'accélérateur.

Elle faisait plus de cent kilomètres à l'heure au bout de la première ligne droite, du cent cinquante au moment où Davenport la vit passer. Cinq cents mètres plus loin, le compteur plafonna autour de cent quatre-vingt-dix. Elle franchit la ligne blanche qui séparait les deux voies, tandis que les voitures faisaient des embardées pour l'éviter et qu'elle apercevait des visages hagards se retournant sur son passage. Elle fonça dans un gros type noir qui portait un sac à provisions contenant du lait, des biscuits et un filet d'oranges. Il ne la vit même pas arriver, alors qu'il traversait au passage clouté, le nez plongé dans son sac en se demandant si, oui ou non, il allait ouvrir les biscuits. Il était déjà trop gros, il n'aurait pas dû les acheter, sa femme allait lui passer un savon… Il ne vit pas Carmel arriver. Elle le frappa de plein fouet avec le capot de la Jaguar et il s'envola par-dessus la voiture comme s'il était soudain happé par des anges.

À cent quatre-vingt-dix kilomètres-heure, Carmel heurta le rebord du trottoir devant le Target Center, et la Jaguar décolla du sol.

Ébahis, Lucas et Sherrill la virent d'abord renverser le bonhomme avant de s'écraser contre le mur en béton de la salle de basket.

Le type fut tué sur le coup ; il n'avait rien senti qu'une légère appréhension. Quant à Carmel, la transition de la vie à la mort fut si brutale qu'elle ne s'en rendit pas compte.

Dans le silence qui suivit le fracas de l'impact, une douzaine d'oranges toutes rondes roulèrent sur la chaussée, dorées et prometteuses comme les meilleurs moments d'une vie brisée.

28

Charlie Ross et ses copains branchés de la Merchants Bank de Portland, dans l'Oregon, avaient inventé un nouveau système de classification pour les femmes. L'échelle de notation allait vers le bas : une « une-oie » était une femme à peu près potable, alors que par « dix-oies », ils désignaient une femme franchement repoussante.

Ross finissait de vérifier la comptabilité mensuelle des locations de coffres-forts tout en gardant un œil sur le guichet des dépôts, dont l'employé attitré était parti déjeuner, lorsqu'une six-oies se présenta au guichet. Elle était vraiment moche. Si, en désespoir de cause, on se retrouvait à devoir baiser avec elle, il valait mieux lui cacher la tête sous l'oreiller. Ross se leva pourtant de son bureau et traîna son énorme cul jusqu'au guichet.

La femme était petite, brune, au teint verdâtre. Elle avait un gros grain de beauté au coin de la bouche, presque noir, et un autre à côté du nez. Elle portait des lunettes démesurées, le genre qui foncent au soleil et qui restent toujours un peu jaunes même à l'intérieur.

Il prit la clé qu'elle lui tendit et alla l'insérer dans la machine, qui lui sortit automatiquement le dossier correspondant. Lorsqu'il revint au comptoir lui apporter la fiche qu'elle devait signer, elle avait les yeux rivés sur le poste de télé suspendu au plafond dans un coin de la salle. La télé était réglée en permanence sur CNN, et à cet instant on pouvait voir les images d'un terrible accident de voiture à Minneapolis : la carcasse d'une Jaguar rouge à moitié encastrée dans un mur en béton.

« Madame ? dit Ross. Madame, vous voulez bien signer ? »

Elle semblait ne pas l'entendre. Elle s'approcha de la télé, hypnotisée, la bouche ouverte.

« C'est arrivé hier soir », commenta Ross.

Il avait déjà vu le reportage une dizaine de fois. La femme regarda jusqu'à ce qu'un autre sujet commence, où l'on voyait un pompier mettre un masque à oxygène à un chien. Elle revint alors au guichet. Il rectifia son jugement et la fit passer de six à quatre-oies : elle avait un joli cul, plutôt bien roulé. On aurait dit qu'elle était dans un état second.

« J'espère que c'était pas quelqu'un que vous connaissiez, dit-il.

— Non, non, mais je trouve qu'ils montrent vraiment trop de violence à la télé », répondit Rinker.

Elle signa la fiche et la rendit à l'employé. Il remarqua qu'elle avait la main qui tremblait, et espéra que ce n'était pas une étrange maladie exotique.

Lucas avait été soigné aux urgences puis renvoyé chez lui. Une balle lui avait arraché de la peau sur le côté du cou, et il fallut recoudre. Un fragment de plomb – il avait reçu une pluie de ricochets fragmentés – avait percé la peau du crâne derrière l'oreille droite, mais sans atteindre l'os. On lui retira le bout de métal avec une pince à épiler, avant de refermer la blessure avec deux petits points.

« Comme Tête-de-Bois ! » s'exclama joyeusement Sherrill, qui avait retrouvé tout son allant lorsque les médecins avaient dit que ses blessures n'étaient pas graves.

Un autre fragment de plomb lui était entré dans l'arrière de la hanche, ce qui amusait beaucoup Sherrill.

« Une balle dans les fesses ! plaisanta-t-elle.

— Dans la hanche.

— Pour moi, c'est la fesse. Ta hanche est là, sur le côté. »

On lui retira encore d'autres éclats du flanc et des jambes. Pour en extraire un juste au-dessus du rein, le médecin fut obliger de pratiquer une petite incision supplémentaire. Les blessures aux jambes étaient toutes superficielles, mais assez moches ; il fallut en recoudre trois. Quand l'intervention fut terminée, on lui donna une simple boîte d'aspirine en lui recommandant de ne pas jouer au basket ce week-end.

« C'est tout ? grommela-t-il. Ne pas jouer au basket ?

— Oui, et vous avez aussi toute notre sympathie », répondit le médecin.

Lucas descendit de la table d'opération, remit son pantalon et se dirigea vers la porte en claudiquant.

« Tu sais ce qui fait le plus mal ? dit-il à Sherrill. J'ai carrément plongé dans son appartement. Elle tirait dans tous les sens et je me suis vraiment éclaté les coudes et les côtes. Je vais avoir mal pendant une semaine.

— C'est quand même mieux que si elle t'avait eu. »

Il eut mal pendant une semaine, sans cesser d'imaginer que toutes ses cicatrices allaient se découdre d'une minute à l'autre. Mais on lui retira ses points le jeudi et, le vendredi, lorsque Malone arriva en ville avec son équipe, il commençait à se détendre un peu.

« Aucune trace de Rinker », annonça Malone. Elle était assise dans le fauteuil devant son bureau, arborant un tailleur bleu marine et une cravate rouge. « Mais on finira par l'avoir, ajouta-t-elle.

— Je ne sais pas, répondit Lucas. Elle est intelligente, et ça fait neuf ou dix ans qu'elle doit réfléchir à la meilleure manière de se planquer. Elle est peut-être encore aux États-Unis, mais si ça se trouve elle est au Canada, en Australie, en Inde, aux Caraïbes ou bien, avec son espagnol, n'importe où en Amérique du Sud. Elle doit avoir mis un sacré paquet de fric de côté, depuis le temps.

— On l'a fichue hors circuit, en tout cas. Je regrette seulement de ne pas avoir été là pour le dénouement avec Carmel.

— Ah bon ? Pourquoi ?

— Ben, si j'avais pu être un peu blessée comme vous… Je veux dire : pas grièvement, mais un petit séjour à l'hôpital…

— Excusez-moi, mais je crois que vous avez oublié votre cerveau au vestiaire.

— C'est parce que vous n'êtes qu'un flic de base ignorant. Vous savez ce que ça rapporte, d'être un agent du FBI blessé en service ? Et pour une femme, en plus ! Bon sang, je serais déjà au top, avec ça.

— Du genre sous-assistante du directeur adjoint, un truc comme ça ?

— Au moins… Bon, comment vous vous sentez ?

— Pas trop mal. Je pourrais même peut-être danser le fox-trot, si on m'y obligeait.

— Considérez que vous y êtes obligé, alors. »

Le lundi suivant, Sherrill se rendit au bureau du FBI pour y faire une déposition. En revenant, elle déboula dans le bureau de Lucas et annonça :

« Je viens de voir Malone.

— Ah oui ? » Il était plongé dans la lecture du rapport de la commission, page cinq cent vingt-neuf. Il lui restait moins de cent pages à lire. Pousser un rocher en haut d'une montagne, c'était de la rigolade, comparé à ça.

« Elle pense toujours retrouver Rinker ? demanda Lucas d'un air détaché.

— Je ne sais pas exactement ce qu'elle pense, répondit Sherrill. Quand je lui ai parlé vendredi après-midi, elle était supervive, efficace. Incisive, c'était le mot que je cherchais. Vraiment remontée, tu vois ? »

Lucas tourna la page et continua à lire.

« Mais ce matin, elle était vachement plus décontractée. Les cheveux un peu en bataille… Elle a même rigolé, à un moment. Et elle avait son rouge à lèvres de travers. »

Lucas releva la tête.

« Quoi ?

— Elle a rigolé. Comme une gamine. En fait, on aurait dit quelqu'un qui avait passé la nuit à danser le fox-trot comme une malade.

— Inspecteur Sherrill, vous n'avez pas du travail à faire ? Parce que, vous voyez, je dois terminer de lire ce rapport et…

— D'accord, c'est bien ce que je pensais. »

La commission était composée de neuf membres : le président, un politicien en déclin que tout le monde appelait Bob et qui avait eu son heure de gloire au Parlement du Minnesota avant de se faire détrôner par un jeune loup de vingt-six ans ; sept membres des différentes circonscriptions ; et Lucas. Après le traditionnel rappel de l'ordre du jour, en guise d'introduction, la réunion dégénéra en un débat houleux quant à savoir si l'allongement de la liste des minorités et des handicaps reconnus officiellement risquait ou non de diminuer le crédit des revendications antérieures de ces groupes… ou en tout cas, c'est ce que Lucas crut comprendre.

En passant dans une librairie, plus tôt dans la journée, il avait découvert que Donald Westlake, alias Richard Stark, venait de publier *Backflash*, une nouvelle aventure de son héros Parker, et il avait caché le bouquin entre les pages du rapport. À la fin de la réunion, il en était déjà à plus de la moitié, et il finissait un chapitre qui se terminait sur le mot « connard ». Il était d'accord.

La nuit semblait tout droit sortie d'une chanson country ; une de ces nuits douces et calmes qui sont faites pour qu'on aille s'ébattre dans une meule de foin avec une fille de ferme. Même la circulation avait l'air au ralenti, comme si les gens avaient abandonné leur voiture pour marcher.

Le quartier de Lucas était désert, à l'exception de quelques véhicules, de temps à autre, sur le boulevard qui passait entre sa maison et les berges du Mississippi. Au moment où il s'engageait dans l'allée, il se souvint qu'il n'avait plus de lait ni de céréales, s'il voulait prendre le petit déjeuner chez lui le lendemain matin. Il avait remarqué la naissance de quelques bourrelets à sa taille, qu'il avait résolu d'éliminer, et le restaurant n'était pas une bonne solution. Il réfléchit deux secondes, décida de laisser sa voiture et d'y aller à pied. Il ouvrit sa portière, pivota sur son siège pour attraper le rapport et son roman sur la banquette arrière, posa un pied dehors…

Et c'est à ce moment qu'il la vit arriver.

Elle surgit de derrière le garage, et elle avançait vite. Malgré l'obscurité, il sut aussitôt que c'était elle. Il pouvait évaluer sa taille, et sa démarche légère ; une toute petite femme, une allure de danseuse. La voiture la gênait, elle se trouvait sur sa trajectoire. Elle pensait qu'il allait la rentrer au garage et qu'il serait coincé entre la Porsche et sa grosse Chevrolet Tahoe. Mais elle était habile. Il la vit pointer son arme dans sa direction, et il chercha désespérément son propre pistolet tout en projetant le rapport en face de lui. La fusillade éclata aussitôt. Des flashes de lumière dans la nuit.

Il se jeta au sol en même temps que le rapport s'envolait en l'air. À présent, il avait la main libre pour dégrafer son holster, qui n'était pas pratique pour des actions rapides. Il réussit enfin à dégager son arme et tira un premier coup au hasard. La balle partit vers la voiture et fit exploser le pare-brise. Lucas roula à terre, tira un deuxième coup sans viser non plus, juste histoire de la ralentir, de lui faire peur, puis il vit un autre éclair de lumière et sentit une balle traverser le tissu de sa veste. Il tira en direction de l'éclair, retourna vers la voiture en rampant et tira par en dessous, en essayant de viser approximativement l'endroit où elle se trouvait. Il eut la sensation qu'elle bougeait, tira de nouveau…

Elle courait.

Il le sentait, l'entendait, peut-être – même si, après coup, il se rendit compte qu'il n'avait pas pu l'entendre, tant les coups de feu étaient assourdissants –, et il tira plusieurs fois dans la direction qu'elle avait sans doute prise.

Puis il s'élança à ses trousses, dans la nuit. Elle était entièrement vêtue de noir mais il la voyait quand même grâce aux lumières des maisons alentour. Elle traversa le jardin à toutes jambes, piétinant les broussailles, sauta par-dessus une clôture grillagée. Il courait à en perdre haleine, handicapé par ses mocassins. Il en perdit un en passant par-dessus la clôture ; elle se retourna sans s'arrêter, tira deux coups dans sa direction, mais il fit un bond sur le côté, purement par instinct, brandit son pistolet avant d'apercevoir une fenêtre allumée derrière et de changer d'avis, sans cesser de courir. Elle franchit une deuxième clôture, plus haute que la précédente. Il était maintenant à moins de trente mètres derrière elle…

Elle grimpa alors sur une échelle appuyée contre le mur d'une maison, fit tomber l'échelle en donnant un coup de pied dedans et courut sur le toit. Il prit le risque de tirer, cette fois. Mais il visa mal et elle disparut de l'autre côté du toit. Il essaya de faire le tour de la maison, se cogna dans une poubelle, tomba, se releva, courut encore quelques mètres et trébucha de nouveau sur une tondeuse à gazon, se releva et courut jusqu'au bout du jardin…

Elle avait disparu.

Le propriétaire de la maison était sorti sur le porche et Lucas lui cria : « Appelez les flics. Il y a eu une fusillade. Appelez la police ! »

Il fallait qu'il prenne une direction au hasard et il choisit le nord, puisque ça avait été la tendance jusque-là. Il courut une trentaine de mètres en sprintant, se débarrassa de sa deuxième chaussure, s'arrêta au coin de la rue, regarda des deux côtés, commença à s'élancer vers l'ouest, fit demi-tour…

Personne.

Elle s'était envolée.

Les flics de Saint Paul arrivèrent trois minutes plus tard.

Malone, qui avait repris son allure de femme d'affaires, avec une veste en tweed et un chemisier à fronces impeccablement repassé, commenta :

« Intéressant, ma foi. Nous savons à présent qu'elle est toujours aux États-Unis, ce qui à mon avis signifie qu'elle n'avait pas l'intention de quitter le pays. On va l'avoir.

— Peut-être », répondit Lucas.

Il tripotait un crayon à papier jaune. Depuis que le labo avait embarqué le rapport de la commission pour examen, il n'avait plus rien pour s'occuper.

« Sois un peu optimiste, pour une fois, reprit Malone. Après tout, tu es le seul à lui avoir échappé.

— Ne m'en parle pas, quel fiasco ! J'ai tiré cinq balles et je ne l'ai même pas effleurée. Elle en a tiré encore plus et ne m'a pas touché non plus. Et pourtant, à un moment, on a dû être à un mètre l'un de l'autre…

— Je ne comprends pas. Tu te plains qu'elle t'ait raté ?

— Ben…

— Elle t'aurait fait exploser la cervelle si tu n'avais pas eu ce rapport à la main et si tu n'avais pas eu le réflexe de le jeter en l'air au bon moment.

— Putain de rapport, marmonna Lucas. Maintenant, il me manque. Il a pris deux balles à ma place. »

Malone se leva de sa chaise.

« Tu sais que je rentre à Washington ?

— Ah bon ? Je croyais que tu restais un moment.

— Il y a trop de boulot qui m'attend. Je prends un avion demain matin.

— Ah… Bon. Et, euh… tu penses que tu auras du temps, ce soir ? Parce qu'on pourrait se refaire un petit fox-trot, si tu vois ce que je veux dire ? »

Relâcher la pression.

Dire au revoir à Malone à l'aéroport.

Faire attention le soir.

Carmel, puis Clara Rinker. Toutes les deux sorties de sa vie, en tout cas c'est ce qu'il espérait.

Une semaine après la visite de Clara Rinker, Lucas était dans son bureau en train de lire une note rédigée par Del. Des amis hippies lui avaient envoyé une femme qui prétendait que son mari, une brute, était en fait un espion russe, une taupe. En vérifiant, Del s'était rendu compte que le type n'avait aucun passé au-delà de 1974, et qu'il portait le nom d'un gosse du Montana mort en 1958. Que fallait-il faire ?

Lucas n'en savait rien. Prévenir le ministère des Affaires étrangères, peut-être.

Le téléphone sonna ; et il décrocha.

« J'ai eu un mal fou pour qu'on me passe votre poste », dit Rinker.

Il reconnut son accent instantanément. Il pouvait presque sentir l'odeur des frites et de la bière du Rink.

« La bureaucratie, rétorqua Lucas. Vous allez bien ?

— Ouais, mais vous m'avez fichu une trouille bleue. J'ai pris un éclat de verre dans l'épaule quand la vitre de la voiture a explosé.

— Qu'est-ce que vous voulez que je vous dise ? »

Aucun moyen d'identifier la provenance de l'appel ; impossible de prévenir qui que ce soit, de signaler qu'il avait au bout du fil le nouveau numéro un sur la liste des criminels les plus recherchés des États-Unis.

« Et moi, je ne vous ai pas touché, pas vrai ? demanda-t-elle.

— Non, mais vous avez bousillé mon manteau Ermenegildo Zegna tout neuf. Maintenant, il faut que je trouve un endroit pour le faire recoudre. Et j'avais aussi un très beau pantalon, un pantalon italien, il est foutu.

— Ah. Dommage. Vous voulez savoir… Ce qui m'a déstabilisée, c'est la gerbe d'étincelles qui est sortie de votre flingue. C'était quoi ? Un 45 ?

— Ouais, exactement.

— Je ne voyais plus rien. J'étais cachée derrière ce grand arbre, à côté du garage.

— Le genévrier, précisa-t-il.

— Ouais. Mes yeux s'étaient tellement accoutumés à l'obscurité que lorsque vous m'avez tiré dessus… Je n'ai rien pu faire d'autre que d'appuyer sur la détente, au hasard. Je ne voyais rien. Je n'y avais vraiment pas pensé. Mais, putain, c'était ma première fusillade.

— Vous avez eu de la chance. C'est vous qui aviez placé cette échelle, là, comme issue de secours ?

— Non, non. Un coup de pot, reconnut-elle.

— Bon sang ! J'ai failli me tuer en essayant de faire le tour de cette baraque. Je me suis cogné dans une tondeuse à gazon et je me suis arraché un bout de peau de la taille d'un billet de vingt dollars sur le tibia.

— Arrêtez, Lucas. Vous pleurnichez comme un gamin.

— Non, ce que je veux vous dire, c'est que si vous aviez essayé par ce chemin-là, vous seriez tombée sur la tondeuse et je vous aurais rattrapée.

— Et à l'heure qu'il est, vous seriez mort, au lieu de faire le guignol dans un bureau.

— Peut-être pas », répliqua Lucas avec une petite note autoritaire dans la voix.

Après quelques secondes de silence, Rinker ajouta :

« Cette nana du FBI qui est venue dans mon bar avec vous, vous vous rappelez ? Je l'ai vue à la télé.

— Ah bon ?

— Ouais. Elle a dit que j'étais un monstre.

— Et alors ? Vous vous êtes sentie insultée ? »

Il laissa échapper un petit rire bref.

« Ça va, ça va... Vous vous l'êtes tapée, finalement ?

— Ma parole... », marmonna Lucas. Il poussa un soupir et finit par admettre : « Ouais. On peut dire ça, ouais.

— Félicitations. Elle avait l'air d'en avoir bien besoin.

— Vous êtes vache. Elle est très gentille. On parlait de vous, justement. Vous êtes où, bon sang ?

— Vous allez le répéter.

— Non, c'est promis. »

Bien sûr, qu'il allait le répéter.

« À Philadelphie. Je viens de vider mon dernier coffre. C'est ma dernière étape, alors je me suis dit que j'allais vous passer un coup de fil, puisqu'il y avait justement une cabine devant la banque. » Lucas entendait les voitures derrière elle. « Je voulais vous dire que j'étais en colère pour Carmel. Elle aurait pu devenir une amie. Je n'en ai pas.

— Vous vous trompez, répondit Lucas. Pour Carmel, les amis étaient des pions sur un échiquier. Regardez Hale Allen. Elle croyait qu'elle l'aimait, putain ! Et *bang !* elle l'a tué... à moins que ç'ait été vous...

— C'était elle, répondit Rinker. Il la trompait à tire-larigot.

— Allons, Clara, ce qu'elle lui faisait subir, c'était quasiment du viol. Il n'avait aucun moyen de lui résister. Elle l'a tué en un clin d'œil, et elle aurait fait pareil avec vous, un jour ou l'autre.

— Peut-être... Dites-moi, vous me cherchez toujours ?

— Si vous revenez ici, je vous tue.

— D'accord. Et si je ne reviens pas ?

— Je ne vous chercherai pas, mais il y a encore les Feds. Ils sont en train de presser Tête-de-Bois comme un citron.

— J'espère qu'ils vont l'envoyer à l'ombre pour un siècle, ce connard ! Il a essayé de me faire assassiner.

— Oui, j'ai eu un peu peur de ça, à vrai dire. Quand on est arrivés chez vous, on a trouvé du sang par terre. On a pensé que peut-être vos copains de la mafia avaient décidé que vous étiez devenue un trop grand risque pour eux.

— Oui, c'est ce qu'ils avaient décidé, mais je les ai fait changer d'avis.

— Vous pensez qu'on va les retrouver un jour ?

— Qui ça ?

— Les deux mecs en tweed, dit Lucas.

— Je préfère ignorer cette question.

— D'accord. Enfin bref, je ne pensais pas vraiment que vous étiez morte, mais je n'avais pas pensé non plus que vous alliez revenir. Me chercher. Je ne trouve pas ça très... très professionnel.

— Ah oui ? Mon psy à Wichita disait que j'étais trop sérieuse. Alors, pour une fois, j'ai décidé de me lâcher un peu et d'oublier mon objectif, qui était de rester cachée. J'avais envie de m'exprimer. Pour une amie. À sa mémoire.

— C'est très gentil de votre part. Je vais vous dire… »

Il rit de nouveau.

« Quoi ?

— On avait quinze gars qui vous attendaient à son enterrement.

— C'est vrai ? J'étais à deux mille kilomètres dc là. »

Elle était touchée, cela dit.

« On ne pouvait pas prendre le risque. On se serait cru à Hollywood, je vous jure ! Y avait des flics partout qui essayaient de se planquer, des caméras de télé qui essayaient de les filmer… Les grands moyens, quoi. Cachés dans les buissons tout autour. Je portais une combinaison en Kevlar, et j'avais tellement chaud que j'ai failli mourir asphyxié.

— C'est flatteur, en tout cas. » Elle laissa échapper un soupir et conclut : « Bon, je dois y aller. J'ai plein de trucs à faire.

— Vous allez où ? Costa Rica, Mexique, ou Chili ? Ce sont mes trois propositions.

— Pas mal, mais vous auriez dû penser à la côte du Venezuela. C'est plein de gringos, par là-bas. La vie n'est pas chère, tranquille…

— Je vais le dire.

— Allez-y. Il faut que j'y aille. » Et juste avant de raccrocher, elle ajouta : « Je suis plus rapide que vous.

— Ça m'étonnerait, ma belle. »

Elle eut un rire sincère, un rire empreint de la chaleur du Sud. Et puis le *clic* du combiné qu'on raccroche. Fin de la communication.

Quelque part à Philadelphie, songea Lucas, à cet

instant précis, elle montait dans une voiture anonyme, en route pour une obscure destination. Le numéro un sur la liste des criminels les plus recherchés.

Numéro un, avec les honneurs.

"Œil pour œil..."

(Pocket n°11300)

Candy LaChaise et sa belle-sœur Géorgie, deux dangereuses braqueuses, sont abattues par la police au cours d'un assaut, mettant un terme à plusieurs mois de cavale. De quoi éveiller la hargne de Dick LaChaise qui, autorisé à quitter sa cellule pour se rendre aux obsèques de sa femme et de sa sœur, profite de l'occasion pour prendre la fuite. Débute alors une escalade meurtrière, dictée par la soif de vengeance. Le lieutenant Lucas Davenport ne dispose que de peu de temps pour stopper le carnage...

Il y a toujours un Pocket à découvrir

"Présumé coupable"

(Pocket n°11564)

À Minneapolis, le jeune policier Lucas Davenport est chargé d'enquêter sur le meurtre de Dan Kresge, un magnat de la banque. Lucas soupçonne immédiatement un des employés de Dan Kresge, un homme d'un tempérament violent, qui risquait de perdre son poste au moment où son patron préparait la restructuration de sa banque. Les preuves s'accumulent contre ce suspect, jusqu'au jour où l'inspecteur de police fait une macabre découverte qui le fait douter de sa première hypothèse...

Il y a toujours un Pocket à découvrir

Impression réalisée sur Presse Offset par

BRODARD & TAUPIN

GROUPE CPI

24269 – La Flèche (Sarthe), le 25-05-2004
Dépôt légal : juin 2004

POCKET – 12, avenue d'Italie - 75627 Paris cedex 13
Tél. : 01.44.16.05.00

Imprimé en France